FANETTE

De la même auteure

Romans

Fanette, tome 6, *Du côté des dames*, Libre Expression, 2013.

Fanette, tome 5, *Les ombres du passé*, Libre Expression, 2012.

Fanette, tome 4, *L'encre et le sang*, Libre Expression, 2011.

Fanette, tome 3, *Le secret d'Amanda*, Libre Expression, 2010.

Fanette, tome 2, *La vengeance de Lumber Lord*, Libre Expression, 2009.

Fanette, tome 1, *À la conquête de la haute-ville*, Libre Expression, 2008.

Le Fort *intérieur*, Libre Expression, 2006; collection « 10/10 », 2012.

Théâtre

La Nuit des p'tits couteaux, Leméac, 1987.

Suzanne Aubry

FANETTE

Honneur
et disgrâce

Roman

Libre Expression

Une société de Québecor Média

Catalogage avant publication de Bibliothèque et Archives nationales du Québec et
Bibliothèque et Archives Canada

Aubry, Suzanne
    Fanette : roman
    Sommaire : t. 7. Honneur et disgrâce.

    ISBN 978-2-7648-0942-6 (v. 7)

    I. Titre. II. Titre : Honneur et disgrâce.

PS8551.U267F36 2007   C843'.54   C2007-942350-7
PS9551.U267F36 2007

Direction littéraire : Monique H. Messier
Révision linguistique : Marie Pigeon Labrecque
Correction d'épreuves : Julie Lalancette
Couverture, grille graphique intérieure et mise en pages : Chantal Boyer
Photo de l'auteure : Sarah Scott
Illustration de la couverture : Jean-Luc Trudel

Bien qu'inspiré par certains faits et personnages historiques, cet ouvrage est une œuvre de fiction
et le fruit de l'imagination de l'auteure.

Remerciements
Nous reconnaissons l'aide financière du gouvernement du Canada par l'entremise du Fonds du
livre du Canada pour nos activités d'édition.
Nous remercions le Conseil des Arts du Canada et la Société de développement des entreprises
culturelles du Québec (SODEC) du soutien accordé à notre programme de publication.
Gouvernement du Québec – Programme de crédit d'impôt pour l'édition de livres – gestion
SODEC.

Les Éditions Libre Expression
Groupe Librex inc.
Une société de Québecor Média
La Tourelle
1055, boul. René-Lévesque Est
Bureau 300
Montréal (Québec) H2L 4S5
Tél. : 514 849-5259
Téléc. : 514 849-1388
www.edlibreexpression.com

Dépôt légal – Bibliothèque et Archives nationales du Québec et Bibliothèque et Archives
Canada, 2014

ISBN : 978-2-7648-0942-6

Distribution au Canada   **Diffusion hors Canada**
Messageries ADP   Interforum
2315, rue de la Province   Immeuble Paryseine
Longueuil (Québec) J4G 1G4   3, allée de la Seine
Tél. : 450 640-1234   F-94854 Ivry-sur-Seine Cedex
Sans frais : 1 800 771-3022   Tél. : 33 (0) 1 49 59 10 10
www.messageries-adp.com   www.interforum.fr

À mes parents, Paule Saint-Onge et Claude Aubry.
À Robert, mon amoureux.

« Je ne suis pas de ces âmes patientes
qui accueillent l'injustice avec un visage serein. »

George Sand

« L'espoir est une mémoire qui désire. »

Honoré de Balzac

Une épaisse fumée bleue flottait dans le bureau de maître Hart. Le vieux notaire, assis à son pupitre encombré de paperasse, déposa sa pipe dans un cendrier, ajusta ses bésicles et se racla la gorge.

— Mes chers amis, je vous ai convoqués en ce vingtième jour de juillet 1866 afin d'accomplir les dernières volontés de feu Alistair Gilmour, connu également sous le nom d'Andrew Beggs.

Il leva les yeux vers Sean O'Brennan. Le jeune homme serra les lèvres pour contenir son chagrin. Fanette et Amanda, installées de chaque côté de leur frère, lui prirent spontanément une main, formant une chaîne d'affection.

Le notaire décacheta une enveloppe et en sortit un document, qu'il déposa devant lui.

— Voici le testament de feu Alistair Gilmour, qui m'a confié le soin de vous rassembler en ce lieu afin d'en faire la lecture.

Il garda un silence solennel, puis reprit d'une voix grave :

— « Lorsque vous entendrez ces paroles, je ne serai plus de ce monde. »

Les yeux bleus de Sean se brouillèrent. Une larme s'insinua dans l'étrange cicatrice qui déformait légèrement sa joue droite.

— « Mon souhait le plus cher serait que mes restes soient enterrés aux côtés de ceux de ma sœur bien-aimée, Cecilia, au cimetière des Irlandais, à Québec. »

Fanette songea au sort tragique de l'infortunée Cecilia, qui s'était noyée dans le lac Saint-Charles. Alistair soupçonnait le

11

notaire Grandmont, l'ancien beau-père de Fanette, d'avoir causé sa mort. Le Lumber Lord avait alors ourdi une terrible vengeance contre son ennemi. Celui-ci, après avoir été déshonoré, s'était enlevé la vie, mais sa disparition, loin d'apaiser Alistair, l'avait laissé inassouvi et amer.

Maître Hart poursuivit sa lecture.

— « Je lègue à Amanda O'Brennan le montant de dix mille dollars, qu'elle pourra consacrer à l'éducation de son fils, Ian, ou à tout autre usage qu'elle jugera utile. »

L'émotion fit battre le cœur d'Amanda. Ainsi, malgré le passage du temps, son ancien amant ne les avait pas oubliés, son fils et elle. Pourtant, il n'était pas le père de l'adolescent et n'avait aucune responsabilité envers lui, encore moins envers elle. Bien qu'elle eût souffert à cause de cet homme, elle reconnaissait, dans ce geste désintéressé, une âme généreuse. La voix éraillée du notaire s'éleva à nouveau.

— « Je garde un souvenir ému de ma première rencontre avec Fanette Grandmont, dans les jardins de mon domaine de Cap-Rouge. Nous avions en commun l'amour de la nature et la douleur du deuil. »

Les joues de Fanette se colorèrent en entendant ces mots. Elle avait éprouvé un trouble singulier en voyant surgir devant elle cette grande silhouette sur le sentier du domaine d'où l'on pouvait apercevoir le fleuve et le ciel. Le Lumber Lord portait ses cheveux flamboyants sur les épaules. Son regard d'un vert perçant s'était fixé sur elle, comme s'il pouvait lire tous les secrets de son cœur. Elle lui avait confié, sans même le connaître, son chagrin d'avoir vu mourir ses parents, la dispersion de sa famille, son désir de retrouver sa sœur, Amanda, dont elle avait perdu la trace depuis de longues années. Il lui avait alors dit, de sa voix un peu rocailleuse : « La vie est trop courte. Oubliez votre sœur. Mordez dans le présent et faites une croix sur tout le reste. »

Maître Hart observa pensivement la jeune femme derrière ses bésicles, puis se replongea dans le testament.

— « Je lègue mon domaine de Cap-Rouge et ses dépendances à Fanette Grandmont. Libre à elle d'en disposer comme elle l'entendra. »

Fanette fut complètement prise de court par cet héritage, auquel elle ne s'attendait pas. Tout cela lui semblait irréel.

— « Quant à Sean O'Brennan, que j'aimais comme mon propre fils, je souhaite lui léguer la somme de trois cent mille dollars. »

L'énormité du montant fit sourciller le jeune homme, qui ignorait tout de la fortune de son ancien mentor. Jamais ce dernier n'avait fait la moindre allusion au fait qu'il fût riche. Au contraire, Andrew lui parlait souvent de son enfance misérable, dans un quartier pauvre, près du port de Québec, et de son pénible travail comme débardeur, dès l'âge de quatorze ans, afin de pourvoir aux besoins de sa famille. Sa surprise était telle qu'il fut incapable de prononcer un mot. Il croyait connaître Andrew Beggs, mais c'était un tout autre personnage qu'il découvrait, à la fois mystérieux et puissant, généreux et omnipotent, comme dans un conte des mille et une nuits.

— « Je laisse Sean décider de ce qu'il fera de cet argent, mais j'émets le vœu qu'il poursuive le noble combat des Fenians pour libérer l'Irlande du joug de l'Empire britannique, libération que je n'aurai pas eu la chance de voir de mon vivant. »

Cette dernière volonté plongea Sean dans le désarroi. Il avait consacré ses meilleures années à la lutte de son peuple contre les Anglais, aux côtés de Beggs et des Fenians. La cuisante défaite des révolutionnaires dans la bataille de Ridgeway, où Andrew avait connu la mort, l'avait laissé meurtri. Il avait un profond désir de paix, de repos, loin du bruit et de la fureur des combats. Le bonheur d'avoir retrouvé ses sœurs n'était pas étranger à ses sentiments.

— « Signé le 13 janvier 1863, en présence de maître Hart, notaire. »

Sean fut frappé par la date. *Janvier 1863...* Andrew avait sûrement fait le voyage de New York à Québec pour y rencontrer maître Hart, mais il avait gardé cette démarche pour lui. Déjà, à cette époque, il avait prévu sa mort possible et planifié ce legs pour son protégé. Y avait-il d'autres secrets, d'autres mystères que cet homme qu'il croyait connaître lui avait cachés ?

L'avoué replia le testament, qu'il remit dans l'enveloppe. Sean et ses deux sœurs restèrent assis sans parler, comme pétrifiés par ce qu'ils venaient d'entendre. Ce fut le notaire qui brisa le silence en premier.

— Je comprends fort bien votre étonnement. Monsieur Gilmour possédait une immense fortune. Lorsqu'il est venu chez moi afin de me confier la rédaction de son testament, il m'avait spécifié qu'il souhaitait laisser ses avoirs à des êtres de confiance, qui avaient joué un rôle important dans sa vie.

Sean se leva soudain en faisant grincer sa chaise. Son visage était pâle et troublé. Sa cicatrice avait pris une teinte violacée.

— Je ne peux accepter, dit-il d'une voix étranglée.

Il sortit en coup de vent, laissant ses sœurs et le notaire stupéfaits. Amanda se leva à son tour et le suivit.

⁓

Sean s'était assis sur la dernière marche d'un escalier vermoulu, vaguement éclairé par un quinquet. Des sanglots sourds lui soulevaient les épaules. Il n'entendit pas les pas légers qui s'approchaient de lui et tressaillit lorsqu'une main se posa sur son bras.

— Sean…

Amanda prit place à côté de son frère. Ils restèrent ainsi sans rien dire. Sean se calma peu à peu, réconforté par la présence de sa sœur et la chaleur de son corps contre le sien.

— Il n'aurait pas dû, finit-il par dire. C'était trop me demander.

— Tu parles d'Andrew ?

Sean acquiesça. Bien qu'il éprouvât toujours de l'empathie pour la cause des Irlandais, l'idée même de prendre les armes et de tuer son prochain pour la défendre lui paraissait maintenant absurde.

— J'ai consacré une partie importante de ma vie aux Fenians. Andrew est mort à cause d'eux, et il voudrait que je continue à me sacrifier pour un combat perdu d'avance ! Je n'en ai plus le courage, Amanda. Je viens tout juste de vous retrouver, toi et Fanette. Je n'ai pas de femme, pas d'enfants. Il me semble que j'ai droit à un peu de bonheur.

— Rien ne t'oblige à prendre une décision maintenant. Prends le temps d'y réfléchir. Je suis certaine qu'Andrew ne voulait pas te forcer la main et souhaitait que tu sois heureux.

∽

Après la lecture du testament, maître Hart proposa à Fanette de visiter le domaine dont elle était devenue la propriétaire. Elle accepta. Son retour à Montréal étant prévu dans quelques jours, il ne lui restait que peu de temps pour accomplir cette démarche. Elle offrit au vieil avoué de faire le voyage dans son Phaéton, ce qui le soulagea, car il ne possédait pas de voiture et les fiacres coûtaient trop cher pour ses maigres moyens. Il s'était occupé des affaires de la famille Portelance durant plus de quarante ans et n'avait jamais exigé que de modestes émoluments, puisqu'il voyait le seigneur de Portelance comme un ami. À la mort de ce dernier, il avait continué à veiller sur les intérêts de ses enfants, qu'il considérait un peu comme les siens.

Il leur fallut plusieurs heures pour parvenir au village de Cap-Rouge, situé au bord du fleuve Saint-Laurent. Le manoir du Lumber Lord avait été bâti au faîte d'une falaise. Même de loin, on pouvait en distinguer les contours, tel un château de légende.

Après avoir franchi un chemin étroit et escarpé, la voiture s'immobilisa devant une grille de fer forgé, rouillée par les intempéries.

— Nous y sommes, murmura Fanette, saisie par l'aspect décati du portail.

Le vieil avoué descendit de la voiture et s'approcha des grilles, qui disparaissaient sous une vigne sauvage, dont le feuillage tombait en grappes touffues jusqu'au sol. Il prit le trousseau de clés qu'il portait à sa ceinture et choisit la plus imposante, qu'il introduisit dans la serrure, non sans avoir arraché la végétation qui l'obstruait. Les portes s'ouvrirent avec un grincement. Maître Hart revint vers le Phaéton et y remonta avec effort, en s'appuyant sur le garde-boue. À quatre-vingt-un ans bien sonnés, il avait encore bon pied bon œil, mais ses membres étaient perclus de rhumatismes et il refusait obstinément de marcher avec une canne.

La voiture roula avec difficulté sur le chemin, envahi par les mauvaises herbes et criblé de nids-de-poule. Après une dizaine de minutes, les contours du manoir se dessinèrent dans le ciel festonné de nuages blancs. De loin, le domaine avait gardé toute sa majesté, avec ses élégantes tourelles et ses toits d'ardoises. D'innombrables fenêtres brillaient dans la lumière estivale. Mais plus la voiture s'approchait, plus des signes de dégradation se manifestaient : des carreaux brisés, des volets arrachés par le vent, des pierres qui s'effritaient, rongées par le salpêtre.

Le Phaéton s'immobilisa devant le portique, dont la peinture, jadis d'un blanc éclatant, avait jauni et s'écaillait. L'une des cinq colonnes de marbre soutenant la voûte du porche s'était affaissée. Des hirondelles, qui avaient fait leur nid au-dessous du linteau de la porte, s'envolèrent à tire-d'aile avec de petits cris aigus. Le silence retomba, accompagné par le sifflement du vent qui accentuait l'abandon des lieux.

Fanette resta sur le seuil, bouleversée par les ravages que le temps avait fait subir au manoir. Ne se résignant pas à y entrer tout de suite, elle décida d'aller d'abord visiter les jardins, qu'elle avait tant admirés autrefois. La vue qui s'offrit à elle la désola encore davantage. Le chiendent, le chardon et l'armoise avaient pris d'assaut les bosquets de roses et de potentilles. Les belles plates-bandes à l'anglaise, où poussait une variété extraordinaire de plantes indigènes, avaient disparu sous les herbes sauvages.

Des branches mortes pendaient sous les tonnelles. La fontaine s'élevait toujours au milieu du parterre, mais elle était à sec. L'eau ne jaillissait plus en ruissellements clairs dans le bassin de marbre et de porphyre. La coupole qui surmontait le réservoir s'était fissurée. Fanette regretta sa visite. Elle aurait préféré mille fois garder le souvenir ébloui du domaine tel qu'il était auparavant, plutôt que le revoir dans un tel état de décrépitude. Le cœur serré, elle rejoignit le vieil avoué, qui l'attendait patiemment devant la porte.

Ils s'avancèrent dans le hall, où dominait un immense lustre en pierres du Rhin. Leurs pas résonnaient sur les dalles de marbre. Une forte odeur de renfermé régnait partout. Une épaisse couche de poussière couvrait les meubles et des taches d'humidité déparaient les tapisseries. Malgré tout, des traces de l'ancienne splendeur subsistaient. Maître Hart ne put s'empêcher de pousser une exclamation d'admiration en traversant le salon, dont les murs étaient lambrissés de miroirs. Le plafond, très haut, était fabriqué de caissons de chêne peints à la main.

— Quelle beauté ! On ne construit plus ainsi de nos jours. Je n'arrive pas à comprendre pourquoi monsieur Gilmour a pu laisser à l'abandon une demeure aussi magnifique.

Parce qu'il avait assassiné un homme et pris la fuite, aurait pu lui répondre Fanette, mais elle se tut, souhaitant préserver la mémoire de celui qui avait sauvé sa sœur de l'échafaud, au prix du meurtre de son geôlier.

Mue par une impulsion irrésistible, elle s'engagea dans l'escalier de marbre qui menait aux appartements d'Alistair. Une fois parvenue au premier étage, elle emprunta le couloir au bout duquel se trouvait la chambre principale. Ses talons résonnaient sur le plancher de chêne. Un frisson lui parcourut l'échine. Même la lumière qui pénétrait à flots à travers les fenêtres ne réussissait pas à égayer les lieux, comme si la disparition d'Alistair y avait semé le deuil et la désolation.

Lorsqu'elle arriva devant la chambre de son ancien amant, elle constata que la porte en était fermée. Elle resta debout sans faire un geste, n'osant pas entrer. Puis elle entendit un bruissement, comme celui d'un vêtement froissé. Son cœur se mit à battre à tout rompre. Une angoisse mêlée à un espoir insensé s'insinua dans ses veines. Se pouvait-il qu'Alistair soit encore vivant? Peut-être n'était-il pas vraiment mort au champ de bataille, qu'il avait réussi à s'échapper et était revenu chez lui sans en souffler mot à personne, pas même à Sean? Rien ne l'aurait étonnée chez cet homme étrange, à la force plus grande que nature, pas même un ultime défi lancé à la Faucheuse. Elle tourna lentement la poignée de la porte, qui céda.

Fanette fit quelques pas dans la pièce, plongée dans une demi-pénombre. Les larges fenêtres étaient couvertes de rideaux de velours damassé, sauf une, qui laissait filtrer un rayon de lumière à travers une vitre brisée. Un bougeoir en argent avait été laissé sur une crédence poussiéreuse. Des chandelles blanches étaient encore fichées dans les branches.

La jeune femme s'approcha du lit. Les draps étaient en désordre, comme si quelqu'un venait tout juste de se lever. Elle les effleura doucement du bout des doigts. Le souvenir des caresses d'Alistair la fit frémir. C'était dans ce lit qu'ils s'étaient aimés la première fois, que les mains chaudes d'Alistair avaient exploré son corps, soulevé des vagues de désir, la faisant fondre sous son regard brûlant. Les mots de la chanson qu'il avait fredonnée après l'amour lui revinrent:

When Irish eyes are smiling
Sure, 'tis like the morn in Spring
In the lilt of Irish laughter
You can hear the angels sing.

Comme tout cela était loin, maintenant! Ces souvenirs appartenaient à une autre vie, à un autre temps, à la nostalgie d'un passé révolu. Alistair n'était plus qu'une ombre, et sa demeure, qu'il avait édifiée comme emblème de sa puissance et de sa richesse, tombait peu à peu en ruine. Le bruissement qu'elle avait entendu quelques minutes auparavant recommença. Fanette eut la certitude qu'elle n'était pas seule dans la chambre. La frayeur lui glaça le sang.

— Alistair? chuchota-t-elle.

Elle crut sentir un léger courant d'air. Soudain, une forme sombre jaillit de la fenêtre brisée et fonça sur elle. Fanette poussa un cri et leva instinctivement les bras pour se protéger le visage. Elle entrevit un bec recourbé, des yeux jaunes, de larges ailes grises. Les pattes de l'oiseau lui agrippèrent un bras. Les griffes acérées déchirèrent le tissu de sa manche et atteignirent la chair. Fanette, prise de panique, se débattit et recula de quelques pas pour tenter d'échapper au volatile. Elle perdit l'équilibre et s'accrocha à une tapisserie qui couvrait le mur derrière elle. La tenture fut arrachée, révélant une porte. Fanette l'ouvrit. Un escalier à vis se profilait dans l'obscurité.

— Madame Vanier !

Maître Hart, qui avait entendu les cris de la jeune femme, avait monté l'escalier principal du plus vite que lui permettaient ses vieilles jambes et avait aperçu une porte entrouverte, au fond d'un corridor. Il rassembla ce qu'il lui restait de forces et s'élança vers Fanette, puis saisit l'oiseau par les pattes et le chassa. Le volatile tournoya dans l'air, déployant ses ailes dans un lourd battement, puis s'envola par la fenêtre en poussant un « rèk rèk » aigre.

— C'était un faucon, expliqua le vieil homme. Il devait nicher sur une falaise, près d'ici, et a foncé dans cette fenêtre par accident.

Il examina le bras de Fanette. Par chance, il n'y avait que des écorchures sans gravité.

— Il n'y a plus d'eau potable dans cette maison, mais il vous faudra nettoyer ces égratignures dès que possible. Où habitez-vous à Québec ?

— Chez ma mère.

— Partons maintenant.

Maître Hart avait exigé de conduire le Phaéton afin que Fanette pût se reposer durant le voyage. Pendant le trajet du retour, elle demeura silencieuse, encore sous le choc de l'incident avec le faucon. Elle avait beau tâcher de garder la tête froide, elle ne pouvait s'empêcher de l'interpréter comme un mauvais présage. Maître Hart respecta son mutisme. Il songeait de son côté à l'énormité des travaux à entreprendre pour remettre le domaine en bon état. Ce ne serait pas une mince affaire, mais l'endroit était magnifique et vaudrait une fortune, une fois rénové.

— Je connais d'excellents ouvriers qui pourraient effectuer les travaux à un prix raisonnable.

— Ce n'est pas le coût des travaux que je crains, maître Hart.

L'avoué lui jeta un regard pensif. Il était loin de se douter que c'était le passé qu'elle fuyait.

— Je souhaite vendre le domaine.

Le vieil homme acquiesça, non sans une pointe de regret.

— Comme vous voudrez. Je ferai le nécessaire dès demain.

☙

La nuit était tombée lorsque la voiture s'arrêta devant le logement de maître Hart. Ce dernier insista pour reconduire Fanette chez sa mère, mais la jeune femme refusa avec fermeté.

— Je me porte parfaitement bien. Vous avez eu une journée bien chargée, allez dormir.

Il accepta à contrecœur et se dirigea chez lui d'un pas traînant. *Quel brave homme !* se dit Fanette en prenant les rênes. La voiture roula à bonne allure jusqu'à la rue Sous-le-Cap. Des lumières brillaient aux fenêtres, ce qui réconforta Fanette.

Emma accueillit sa fille avec sa chaleur habituelle, mais s'inquiéta aussitôt qu'elle aperçut sa manche déchirée.

— Ma foi du Bon Dieu, que t'est-il arrivé ?

Fanette lui raconta aussi brièvement que possible sa visite au domaine de Cap-Rouge, s'attardant à peine sur l'incident du faucon. Emma insista pour jeter un coup d'œil à son bras.

— Je vais chercher Henri, décréta-t-elle.

— Voyons, maman, ce n'est pas nécessaire. Je n'ai que quelques éraflures.

— On n'est jamais assez prudent !

Le docteur Lanthier, qui habitait à un coin de rue, arriva une dizaine de minutes plus tard. Fanette remarqua avec un serrement de cœur que ses cheveux et sa barbe étaient maintenant entièrement blancs. Il embrassa la jeune femme avec émotion.

— Vous ne changez pas. Toujours aussi charmante, dit-il avec ce sourire gentiment ironique que Fanette aimait tant.

Il examina son bras avec attention.

— Ce sont des égratignures sans gravité, mais je vais tout de même les désinfecter. Ma chère Emma, auriez-vous l'obligeance de mettre un peu d'eau à chauffer ?

Il y avait une complicité touchante entre le médecin et Emma, au point qu'on aurait pu facilement les prendre pour un vieux couple. Lorsque l'eau fut chaude, le docteur Lanthier y trempa un linge propre, nettoya soigneusement le bras de Fanette, puis sortit une fiole de teinture d'iode de son sac et en frotta les légères blessures, qu'il pansa ensuite.

— Voilà ! Dans quelques jours, il n'y paraîtra plus.

Une fois le docteur parti, Emma observa sa fille et constata sa tristesse. Elle savait que Fanette avait assisté à la lecture du testament d'Alistair Gilmour le matin même. Sa fille avait beau filer le parfait bonheur avec Julien Vanier et être l'heureuse mère de trois enfants, elle avait sans doute été affectée par la disparition d'un homme qu'elle avait aimé jadis et qu'elle avait failli épouser. Emma se demanda pour quelle raison Fanette s'était rendue au domaine de Cap-Rouge, mais n'osa pas aborder le sujet, de crainte de remuer des souvenirs encore douloureux.

Percevant l'anxiété de sa mère, la jeune femme lui apprit qu'elle était devenue l'héritière du manoir d'Alistair Gilmour,

mais qu'elle avait la ferme intention de le vendre, sans toutefois souffler un mot sur le trouble qu'elle avait éprouvé dans la
chambre de son ancien amant.

Ce fut avec soulagement que Fanette gagna la petite pièce
qu'elle occupait lorsqu'elle était enfant. Tout était resté comme
avant : les mêmes rideaux de dentelle blanche ajouraient la fenêtre,
l'armoire de pin et le lit couvert d'un édredon qu'Eugénie avait
cousu elle-même étaient toujours là. Cela la rassura, comme si
un peu de son enfance demeurait intact. Elle s'endormit avec les
mots *When Irish eyes are smiling* tourbillonnant dans sa tête comme
un froissement d'ailes.

⤬

Le lendemain, Sean donna rendez-vous à ses sœurs à la
gare de Québec. Il n'avait toujours pas pris de décision quant à
l'énorme héritage d'Andrew Beggs, mais tenait à se rendre à Buffalo et à ramener les restes de son mentor au cimetière des Irlandais à Québec, afin de respecter ses dernières volontés. Amanda
et Fanette lui proposèrent de l'accompagner, mais il refusa.

— Je souhaite accomplir cette démarche seul.

— Quand reviendras-tu ? demanda Fanette.

— C'est un long voyage. Je ne serai pas de retour avant sept
ou huit jours.

— Je t'attendrai ! s'écria Fanette.

Sean fit ses adieux aux deux femmes, les serrant très fort
dans ses bras, rendus musclés par le travail de débardeur et sa
formation de soldat.

— Donne-nous de tes nouvelles, dit Amanda, la gorge nouée.
Il y a un bureau de poste et de télégraphe à l'Ancienne Lorette.

— Je n'y manquerai pas.

Le train arriva en gare dans un panache de fumée grise. Sean
se hissa sur le marchepied d'un wagon et les salua de la main.
Les deux sœurs agitèrent le bras à leur tour. Amanda prit un
mouchoir dans sa bourse et s'essuya les yeux.

— Je déteste les adieux, dit-elle, la gorge serrée.

Fanette devina que sa sœur pensait aussi à son départ prochain pour Montréal. Elle saisit sa main et la pressa doucement
dans la sienne. Le train avait déjà disparu à l'horizon, ne laissant
qu'un filet de fumée dans le ciel bleu.

Première partie

Héritages

I

Un mois auparavant
Montréal, 15 juin 1866

Madeleine Portelance dévisagea longuement le jeune homme grand et assez maigre qui se tenait debout devant elle, tenant timidement son chapeau dans ses mains. Berthe, la servante, figée de stupeur, observait la scène, tandis que la chienne George s'approchait de l'étranger et flairait ses chaussures impeccablement cirées.

— Répétez un peu ce que vous venez de dire ? Je ne crois pas avoir bien compris, dit Madeleine d'une voix coupante.

Le jeune homme perdit contenance devant le regard courroucé de la femme, dont des mèches poivre et sel sortaient d'un chignon fait à la va-vite. Elle tenait une canne dans sa main droite.

— Eh bien…

Il s'éclaircit la gorge.

— Je m'appelle Guillaume Soulières. Je suis… votre fils.

Madeleine donna un coup de canne sur le plancher de bois.

— J'ai horreur des mauvaises plaisanteries ! Je vous prie de sortir de ma maison immédiatement.

— J'allions faire du thé, murmura Berthe.

La bonne s'empressa d'aller à la cuisine pour échapper à cette rencontre, qui s'annonçait orageuse.

— Ce n'est pas une plaisanterie, plaida le jeune homme.

Il sortit un mouchoir fripé d'une poche de son pantalon et épongea son front en sueur.

— Jamais il ne me viendrait à l'esprit de plaisanter sur une chose aussi importante. Ma mère est décédée, il y a quelques mois. Avant de mourir, elle m'a appris qu'elle m'avait adopté peu après ma naissance.

Le ton sincère de son interlocuteur troubla Madeleine malgré elle. Elle ouvrit une boîte à cigares et en sortit un, qu'elle alluma à même la flamme d'une bougie. Elle avait contracté cette habitude après son retour d'Europe, imitant ainsi son idole, George Sand. Le jeune homme lui jeta un regard embarrassé. C'était la première fois de son existence qu'il voyait une femme fumer.

— Vous ne pouvez pas être mon fils, affirma Madeleine en prenant une bouffée de son cigare. Le seul enfant que j'ai eu est mort-né.

Il secoua la tête.

— C'est impossible. On vous a induite en erreur.

Madeleine l'observa de plus près. Il avait parlé avec une telle conviction ! Pourtant, son fils était mort, de cela elle n'avait aucun doute. Elle n'avait jamais pu oublier son terrible accouchement, qui avait duré plus de dix-huit heures : l'odeur fétide du sang, la nervosité du jeune médecin, le visage sévère de la religieuse lorsqu'elle lui avait annoncé, après toutes ces souffrances, que son enfant avait rendu son dernier soupir. « C'est le salaire de votre péché », lui avait-elle dit, avec la certitude aveugle de ceux qui croient détenir la vérité. Dire qu'elle était une sœur de la Charité !

La perte de son bébé avait été si douloureuse que Madeleine avait tout fait pour enterrer à jamais ce pénible souvenir. Et voilà que cet inconnu venait cogner à sa porte, éveillant par sa seule présence des blessures qu'elle croyait guéries.

— Comment osez-vous affirmer une telle chose ?

— Me permettez-vous de m'asseoir ? demanda-t-il. L'émotion...

Madeleine hésita, puis fit un geste résigné vers le salon.

— Je vous avertis, je n'ai que peu de temps.

Elle prit place dans un canapé, tout en lui désignant un fauteuil.

— Quel est votre nom, déjà ?

Il s'installa sur le bout du fauteuil, plaçant son chapeau sur ses genoux.

— Guillaume Soulières.

Soulières. Ce nom lui était vaguement familier.

— Avez-vous des preuves de ce que vous affirmez ?

— Ma mère m'a confié qu'elle et mon père étaient sans enfants, et qu'ils voulaient désespérément en avoir un. Ils se sont rendus au refuge Sainte-Famille.

Le refuge Sainte-Famille… C'était à cet endroit que Madeleine avait donné naissance à son bébé.

— Cela ne prouve en rien que je sois votre mère. Quelle est votre date de naissance ?

— Le 15 juin 1842.

— C'est aujourd'hui votre anniversaire, comprit Madeleine, embarrassée.

— Je viens d'avoir vingt-quatre ans, avoua-t-il en rougissant. J'ai pensé que ce serait un bon moment pour venir vous voir.

Il extirpa un document de sa redingote et le lui tendit.

— Mon acte de naissance.

Madeleine prit le document jauni par le temps d'une main légèrement tremblante et l'examina.

Joseph-Guillaume Soulières, fils de René Soulières et d'Augustine Bouchard, né à Montréal le 15 juin 1842.

Une signature illisible apparaissait sur le document. Madeleine fit fébrilement le calcul. Elle avait accouché le 7 juin 1842, soit une semaine avant la date qui apparaissait sur le certificat, mais il était possible qu'il y ait eu un délai entre la naissance et son enregistrement officiel. Une fille-mère qu'elle avait connue au refuge et qui avait accouché quelques jours avant elle lui avait affirmé que les religieuses attendaient parfois que l'enfant soit recueilli par des parents adoptifs avant d'inscrire sa naissance dans un registre.

— Pourquoi ? lui avait demandé naïvement Madeleine.

— Pour pas que les mots « Père inconnu » soient sur le certificat, cette affaire !

Cette pratique arrangeait aussi bien les autorités religieuses que les parents adoptifs, lui avait expliqué sa compagne d'infortune, car elle leur évitait ainsi l'opprobre associé à un enfant bâtard.

Madeleine remit le document à Guillaume Soulières. Bien que ce dernier lui parût de bonne foi, elle se refusait toujours à reconnaître qu'il pût être son fils.

— Beaucoup de femmes ont accouché à Sainte-Famille durant cette période, vous savez. Comment pouvez-vous être certain qu'il s'agit bien de moi ?

— C'est ma mère qui me l'a dit.

Madeleine tapota sur son cigare d'un geste nerveux. La cendre se répandit sur le tapis.

— C'est impossible ! déclara-t-elle. Les sœurs de la Charité ne révèlent jamais le nom des femmes qui donnent naissance au refuge.

Guillaume Soulières contint un soupir. Il se rendait bien compte que cette femme, dont il ne doutait pas qu'elle fût sa vraie mère, ne voulait rien savoir de lui. Comment la blâmer ? Il surgissait dans sa vie sans crier gare, après vingt-quatre ans de séparation. Lui-même avait longuement hésité avant de faire cette démarche, craignant d'être déçu. Et à voir la façon dont il était reçu, il commençait à regretter de l'avoir entreprise.

— Mon père adoptif s'appelle René Soulières, reprit-il avec patience. Il est médecin. À l'époque, il se rendait une ou deux fois par semaine au refuge Sainte-Famille pour assister les parturientes. C'est lui qui a procédé à… à votre délivrance.

Cette fois, Madeleine resta muette. Il lui fallut un moment pour digérer cette nouvelle révélation. Elle se rappelait, maintenant. René Soulières était le jeune médecin qui l'avait accouchée. Une colère sourde, qui venait de loin, lui fit battre les tempes.

— Il a failli me tuer ! Si cela n'avait été d'une sage-femme, je serais morte au bout de mon sang.

Le jeune homme baissa la tête, comme s'il prenait le reproche pour lui-même.

— Vous m'en voyez navré.

Il était si penaud que Madeleine eut presque pitié de lui. Elle l'examina de plus près, remarqua ses yeux noirs, ses traits anguleux, son nez aquilin, sa maigreur. Sa ressemblance avec elle était saisissante. Plusieurs questions subsistaient, mais elle ne pouvait plus nier l'évidence : Guillaume Soulières était bel et bien son fils naturel.

— Comment avez-vous fait pour me retrouver ?

Il haussa les épaules, visiblement intimidé.

— Vous êtes une personnalité bien connue à Montréal.

Madeleine se sentit flattée, ce qui l'irrita.

— Pourquoi teniez-vous tant à me rencontrer ? demanda-t-elle avec brusquerie.

Il baissa les yeux.

— Je ne sais pas pourquoi, mais depuis ma plus tendre enfance, j'avais le sentiment de… de ne pas être à ma place.

Madeleine fronça les sourcils, ce qu'il interpréta comme de la désapprobation.

— N'allez surtout pas croire que je n'aimais pas mes parents. Ils ont toujours été très dévoués. Je n'ai rien à leur reprocher. Mais je me rappelle, vers l'âge de dix ans, avoir regardé une photo de leur mariage, que maman avait encadrée et placée sur un guéridon. Pour la première fois, je me suis rendu compte que je ne leur ressemblais pas du tout. Ma mère était petite, avec des cheveux blonds et fins. Mon père, lui, est de taille moyenne, et plutôt rond de visage. Le contraire de moi. Quand j'étais petit, il m'appelait « l'asperge » à la blague, car j'étais maigre comme un pic, et grand pour mon âge.

Il s'interrompit, trop bouleversé pour poursuivre. Puis il reprit la parole, la voix enrouée par l'émotion.

— Quand ma mère m'a dit la vérité, c'est fou, je n'ai même pas été surpris. Comme si je savais, dans mon for intérieur, que j'étais différent. C'est pour cette raison que je souhaitais vous rencontrer. Pour savoir d'où je venais.

Un sentiment étrange s'empara de Madeleine, un mélange de compassion et d'agacement.

— Eh bien, maintenant, c'est fait ! J'espère que vous n'êtes pas trop déçu.

Son ton était plus sec qu'elle l'eût souhaité. Elle observa la pomme d'Adam de Guillaume Soulières remuer, comme s'il était sur le point de pleurer et retenait ses larmes, ce qui la toucha. *Pourquoi suis-je si dure avec lui ?*

— Une dernière question, et je ne vous dérangerai plus, dit le jeune homme, tâchant de maîtriser son chagrin.

Il fixa un point devant lui, comme pour se donner le courage de poursuivre.

— Connaissez-vous l'identité de mon vrai père ?

Il avait rougi en prononçant ces mots. Madeleine, au contraire, sentit le sang se retirer de son visage. La simple évocation de l'homme qui l'avait engrossée au début de la vingtaine, puis lâchement abandonnée, faisait ressurgir une rancune implacable.

— Je n'ai gardé aucun souvenir de cet homme. Et quand bien même je me souviendrais de lui, la dernière chose que je voudrais, c'est vous dire son nom !

Berthe revint au salon avec un plateau sur lequel elle avait disposé une théière, deux tasses et des biscuits.

— Berthe, sers une tasse de thé à ce jeune homme. Je dois partir.

Il était vrai qu'elle avait un rendez-vous avec sa compagne, Clara Bloomingdale, mais il lui aurait été facile de le retarder en lui faisant envoyer un mot chez elle.

Guillaume Soulières se leva. Son chapeau tomba par terre. Il se pencha pour le ramasser.

— Merci, mais je ne veux pas m'imposer plus longtemps. Je suis désolé de vous avoir importunée, madame.

Il remit son chapeau et sortit sans que Madeleine fasse un geste pour le retenir. Le mot « madame » résonnait dans sa tête. Elle ne put s'empêcher d'aller à la fenêtre et d'en soulever le rideau. La grande silhouette de Guillaume Soulières, légèrement voûtée, s'éloignait lentement sur le trottoir de bois. *Va-t-il se retourner ?* s'interrogea-t-elle. Il ne se retourna pas. Elle en éprouva du soulagement, mêlé à un vif sentiment de culpabilité. Elle se versa une tasse de thé sous le regard désapprobateur de sa bonne, qui avait remarqué la cendre sur le tapis.

— Vous en avez encore mis partout ! maugréa Berthe.

Elle s'affaira à nettoyer le dégât.

— Pauvre garçon, poursuivit-elle en hochant la tête. Il avions pourtant l'air bien élevé.

Madeleine déposa brusquement sa tasse.

— Je ne t'ai pas demandé ton avis, que je sache !

Elle se dirigea vers l'écurie et ordonna sèchement à Alcidor d'atteler sa calèche. Ce dernier jeta un coup d'œil songeur à sa maîtresse. Il fallait qu'elle eût appris une bien mauvaise nouvelle pour être d'une humeur aussi massacrante...

II

— Tu es certaine qu'il s'agit bien de ton fils ? demanda Clara avec son joli accent anglais.

Madeleine faisait les cent pas dans le salon de sa compagne, dont les murs étaient couverts de tableaux.

— Il n'y a pas de doute possible. Sa date de naissance, son âge, le fait qu'il ait été adopté par le médecin qui m'a accouchée à Sainte-Famille... Tout concorde. Sa mère adoptive lui a même révélé mon nom !

Elle prit un cigare dans un boîtier qu'elle avait mis dans sa bourse et s'apprêta à l'allumer.

— Je t'en prie, pas de cigare chez moi, l'implora Clara, tu sais bien que je ne supporte pas la fumée.

Madeleine soupira et replaça le cigare dans son boîtier. Clara observa son amie, qui était en proie à la plus vive agitation.

— Assieds-toi près de moi, Maddie, tu me donnes le vertige.

Elle obéit. Clara lui prit tendrement la main. Depuis leur réconciliation, pas un nuage n'avait altéré leur relation amoureuse, sinon la jalousie de Madeleine, qui avait toujours de la difficulté à accepter le fait que son amie fût mariée avec son mécène, Peter Newton, bien que ce dernier se montrât des plus compréhensifs et qu'il passât le plus clair de son temps en voyage afin d'acquérir des œuvres d'art dans le monde entier.

— Tu croyais ton enfant mort-né. N'es-tu pas heureuse de le retrouver en vie, après tant d'années ?

— Heureuse ? s'exclama Madeleine. Ce grand dadais arrive chez moi comme un cheveu sur la soupe, et je devrais m'en réjouir ? C'est un parfait étranger ! Nous n'avons rien en commun !

La véhémence de Madeleine était telle que Clara devina aisément que c'était une façade pour se protéger.

— S'il a pris la peine de faire cette démarche, c'est que c'était important pour lui de te connaître.

— Je n'ai rien à lui apporter.

— Qu'en sais-tu ? Tu viens à peine de le rencontrer.

Madeleine ne répondit pas. Son visage s'était fermé comme une huître. Clara lui entoura les épaules.

— Pendant notre voyage en Europe, tu m'as confié à quel point la perte de ton enfant t'avait dévastée. Le revoir après tant d'années doit être bouleversant.

Madeleine se rembrunit.

— Je m'en remettrai.

— Maddie, tu te marches sur le cœur !

— Au contraire, je le ménage, mon pauvre cœur ! Je suis trop vieille pour ce genre d'émotions.

Elle se leva de nouveau, se dirigea nerveusement vers la fenêtre, contemplant le jardin, dans lequel Clara installait si souvent son chevalet pour peindre. Un saule pleureur déployait ses branches au-dessus d'une fontaine, dont les jets d'eau captaient la lumière du soleil en reflets irisés.

— C'est vrai, j'ai beaucoup souffert lorsque la religieuse m'a arraché mon bébé des bras. J'ai eu le sentiment qu'elle m'enlevait une partie de moi-même. Pendant vingt-quatre ans, j'ai cru que mon enfant était mort. Il a vécu toutes ces années loin de moi, a été élevé, nourri, aimé par ses parents adoptifs. À quoi bon le revoir maintenant ? Je ne suis rien pour lui, et il n'est rien pour moi.

Clara connaissait sa compagne par cœur et se doutait que le retour de son fils dans sa vie réveillait des réminiscences pénibles.

— Laisse-toi le temps d'apprivoiser la situation.

— Je ne sais même pas où il habite ! Il est parti de chez moi sans même accepter de prendre une tasse de thé !

Madeleine eut honte de sa mauvaise foi. Elle avait offert du thé au jeune homme, mais lui avait annoncé abruptement qu'elle avait rendez-vous et qu'il lui fallait partir. Pas étonnant qu'il ait été heurté et qu'il ait décliné son offre sans demander son reste.

— Il reviendra te voir, j'en suis convaincue.

Madeleine fut sur le point de répondre : « J'espère bien que non ! » mais elle s'en abstint. Elle ne comprenait pas elle-même les émotions contradictoires qui lui remuaient ainsi les entrailles. Tout ce qu'elle savait, c'est qu'elle ne tenait pas à connaître ce fils qui, hier encore, était un parfait inconnu. Elle l'avait conçu à l'âge de vingt-quatre ans avec un homme à qui elle avait tout donné, et qui avait rompu leur relation brutalement, sans un mot d'excuse. Pire, il l'avait chassée de son poste de secrétaire, la laissant sans ressources. Elle avait vécu sa grossesse tel un mauvais rêve, cachant ses rondeurs dans des robes trop larges, se terrant dans son petit logement pour que personne ne se rende compte qu'elle était enceinte, surtout pas sa logeuse, qui était une commère doublée d'une grenouille de bénitier. Elle n'avait jamais dit la vérité à personne, pas même à sa sœur aînée, Emma, en qui elle avait pourtant confiance, tellement elle avait honte. Dans les rares lettres que Madeleine avait envoyées à sa sœur, elle avait prétendu qu'elle travaillait pour un avocat et qu'elle était parfaitement heureuse à Montréal. Elle avait été humiliée, marquée au fer rouge. N'étaient-ce pas des raisons suffisantes pour rayer à jamais Guillaume de son existence ? Pourtant, une phrase qu'il avait dite l'avait profondément émue : « Depuis ma plus tendre enfance, j'avais le sentiment de ne pas être à ma place. » Elle avait elle-même éprouvé ce sentiment, du plus loin qu'elle se souvînt. Elle s'était toujours sentie comme une étrangère dans sa propre famille, bien que ses sœurs Emma et Marie aient fait leur possible pour la soutenir et la défendre. Une vague de tendresse l'envahit, qu'elle réprima aussitôt.

— Allons faire une promenade ! s'écria-t-elle d'une voix faussement guillerette. Il fait si beau !

Elle mit son chapeau et se dirigea vers une porte vitrée qui menait à une terrasse. Clara la suivit pensivement des yeux. Elle avait la conviction profonde que cette histoire aurait une suite.

III

Un mois plus tard, juillet 1866

L'entreprise dans laquelle Sean s'était engagé était loin d'être simple. La ville de Buffalo était à plus de cinq cents milles de Québec. Il lui faudrait prendre plusieurs trains, et ensuite trouver un bateau pour traverser la rivière Niagara vers la ville américaine, située du côté sud de la rive. Maître Hart lui avait fourni quelques centaines de dollars, pris à même l'héritage, pour accomplir le voyage, louer un tombereau et embaucher quelques hommes afin de déterrer le cercueil renfermant la dépouille d'Andrew Beggs, qui serait ensuite transportée jusqu'à la gare ferroviaire et qui ferait route jusqu'à Québec. L'avoué lui avait également remis une copie certifiée du testament de Gilmour, que Sean pourrait montrer aux autorités ecclésiastiques si ces dernières s'opposaient à l'ouverture de la tombe.

☙

Il pleuvait à boire debout lorsque Sean et deux débardeurs, qu'il avait enrôlés au port de Buffalo, parvinrent au cimetière catholique de Mount Olivet, où son ancien mentor avait été inhumé dans la section réservée aux Irlandais. Les roues de la voiture se prenaient souvent dans les ornières gorgées d'eau. Un brouillard saumâtre recouvrait le paysage désolé d'où des croix et des anges de pierre affleuraient çà et là. Sean eut du mal à repérer la sépulture d'Andrew, mais finit par la trouver près d'un grand pin blanc dont il avait utilisé quelques branches pour fabriquer une croix. Celle-ci avait disparu, sans doute à cause des intempéries. L'endroit était désert. Le crépitement de la pluie et le croassement de quelques corneilles escortaient le silence.

Le travail fut long et pénible. Pour se donner du courage, Sean pensait au vœu de son ancien compagnon, qui reposerait enfin auprès de sa sœur dans une sépulture digne du héros qu'il avait été. Après quelques heures de dur labeur, le cercueil, à peu près intact, fut dégagé et placé dans le tombereau. Avant de quitter Buffalo, il envoya un télégramme à Amanda pour lui annoncer son retour, d'ici trois ou quatre jours.

∾

Lorsque le train entra en gare de Québec, Sean aperçut avec joie la silhouette de ses deux sœurs, qui l'attendaient sur le quai. Leur fidélité le remua jusqu'au fond de l'âme. Désormais, il n'était plus seul. Fanette et Amanda insistèrent pour se rendre avec lui au cimetière des Irlandais, ce qu'il accepta avec reconnaissance. Une surprise l'y attendait. Elles avaient fait graver une épitaphe sur le monument funéraire de Cecilia.

Ci-gît, aux côtés de sa sœur bien-aimée, Andrew Beggs,
mort au combat le 2 juin 1866 pour le peuple irlandais.
Forget me not.

Tous les trois se recueillirent sur la tombe. Puis Sean regarda ses sœurs.

— Durant le voyage à Buffalo, j'ai eu le temps de réfléchir à mon avenir.

Il contempla les filets de lumière qui s'infiltraient entre les branches des peupliers, tachetant le sol de reflets mordorés.

— J'ai décidé de renoncer à l'héritage d'Andrew. Je le remettrai à la confrérie des Fenians. Je ne garderai que ce qu'il faut pour rembourser mes dettes et voir venir pendant quelque temps.

Maître Hart regarda Sean au-dessus de ses bésicles.

— Vous êtes bien certain que c'est ce que vous souhaitez, jeune homme ?

— La guerre, le sang, la mort, c'est vraiment fini. Je veux tourner la page.

L'avoué hocha la tête, ne cachant pas sa désapprobation.

— C'est votre décision. Je rédigerai les documents nécessaires. Vous n'aurez qu'à les signer.

Il leva les yeux vers Fanette et Amanda, qui accompagnaient leur frère.

— Vos sœurs agiront comme témoins. Je ferai moi-même les démarches pour remettre le montant à cette... confrérie.

L'avoué avait entendu parler de ce groupe de révolutionnaires irlandais et était en total désaccord avec leurs actions. En tant que juif, il savait à quel point son peuple avait souffert de la persécution. Il croyait à la paix et à la bonne entente, non à la guerre et à la violence.

Lorsque les formalités furent terminées, Sean remercia le vieil homme. Les trois jeunes gens sortirent du bureau. Fanette s'adressa à son frère.

— Quels sont tes projets d'avenir, Sean ?

— Je n'en ai pas pour le moment.

— Sache que tu es le bienvenu chez moi, à Montréal, dit Fanette.

— Et chez moi également, renchérit Amanda en souriant.

Sean les regarda avec affection.

— Vous êtes tout ce que j'ai sur cette terre, mais il me faudra un peu de temps pour savoir quoi faire de ma vie.

Les deux femmes échangèrent un coup d'œil où perçait de l'inquiétude.

— Où habiteras-tu ? ne put s'empêcher de demander Fanette.

— La chambre que j'ai louée devant le port est tout à fait convenable. J'y resterai jusqu'à ce que je voie plus clairement le chemin que je dois prendre.

IV

Fanette plaça ses bagages dans son Phaéton. Les adieux avec son frère l'avaient laissée songeuse. Que deviendrait-il ? Son besoin de solitude ne cachait-il pas un désarroi qu'il ne voulait pas avouer, par crainte de causer de l'inquiétude à ses sœurs ? Emma sortit de la maison, un panier à la main.

— Voici quelques victuailles. Tu en auras besoin durant ton voyage. On mange si mal dans les relais !

Les deux femmes s'enlacèrent.

— N'oublie pas de m'écrire souvent, dit Emma, les yeux brouillés par l'émotion.

Bien que Fanette fût triste de quitter sa mère, ainsi que Sean et Amanda, il lui tardait de revoir Julien et les enfants, après plus de deux semaines d'absence. Durant son séjour à Québec, elle avait reçu une belle lettre de son mari.

> La maison n'est plus la même sans toi. Chaque soir, je regagne notre lit, qui me semble bien grand, bien vide depuis que tu es partie. Hugo continue à faire ses dents et pleure beaucoup, mais il se console vite et est très affectueux. Isabelle est une véritable tornade et court partout dans la maison, brisant quelques bibelots au passage… Quant à Marie-Rosalie, elle raffole toujours autant de ses leçons de chant et de piano. Rosalie croit qu'elle a un réel talent pour la musique. Je suis fier de notre fille !
>
> Reviens vite, mon amour ! Tu nous manques terriblement.
> Ton Julien, qui t'aime de tout son cœur.

« Je suis fier de notre fille. » Ces mots avaient profondément touché Fanette. Dans les premiers temps de son mariage, elle avait craint que Marie-Rosalie ait de la difficulté à accepter un nouveau père dans sa vie, mais l'affection sincère que Julien lui portait avait fini par vaincre ses résistances.

Tout en admirant le paysage qui défilait devant ses yeux, Fanette songea à ses jumeaux avec tendresse. Ils étaient si différents l'un de l'autre ! Isabelle s'était mise à marcher dès l'âge d'un an et montrait déjà un caractère décidé et indépendant. Hugo, de son côté, avait toujours été un bébé calme et placide. Il avait appris à marcher quelques mois après Isabelle, mais en revanche il savait déjà quelques mots. Un matin, alors que Fanette était allée promener les jumeaux au carré Saint-Louis en poussette, Hugo avait pointé un doigt vers un oiseau qui s'égosillait sur une branche et avait dit : « Chante ! » Fanette avait raconté cet épisode à son mari qui s'était exclamé avec une note d'humour : « Notre fils est un véritable poète ! » Elle éprouvait une affection particulière pour le bambin, dont la santé était un peu fragile. Son tempérament doux et contemplatif le rendait très attachant.

~~

Le cœur de Fanette bondit de joie lorsqu'elle vit enfin le carré Saint-Louis, entouré de tilleuls et de saules dont les branches ployaient gracieusement sous une brise d'été. Des enfants jouaient autour de la jolie fontaine, sous le regard attentif de leurs mères, assises sur des bancs de parc. Des couples se promenaient, bras dessus, bras dessous, profitant de cette belle journée ensoleillée. Le Phaéton s'immobilisa devant la maison où la famille Vanier avait emménagé, peu après la naissance des jumeaux.

En entrant dans le logement, Fanette perçut des notes de musique. Elle reconnut une valse de Chopin. Intriguée, elle se dirigea vers le salon et vit Marie-Rosalie, assise devant un piano, en train de jouer. La fillette était tellement concentrée qu'elle n'entendit pas sa mère s'approcher d'elle. Fanette l'écouta, n'osant l'interrompre. Une voix s'éleva derrière elles.

— N'est-ce pas qu'elle est douée ?

Fanette se retourna et découvrit Julien, tenant un bouquet de roses blanches dans ses mains. Elle s'élança vers lui.

— Julien !

— Te voilà enfin, ma chérie !

Il lui tendit le bouquet, qu'elle respira avec délices. Marie-Rosalie se tourna vers sa mère, tout excitée.

— Mon beau-papa a acheté un piano, juste pour moi !

Fanette jeta un regard reconnaissant à son mari.

— Quelle merveilleuse idée.

Anne, la nounou, dont les joues roses et le rire communicatif faisaient la joie des enfants, entra dans la pièce.

— Madame Vanier ! Quel bonheur de vous voir ! Saviez-vous qu'Hugo a eu sa première molaire ?

Tandis que la bonne, Céleste, disposait les roses dans un vase, Fanette alla voir les jumeaux. Hugo, assis dans son lit à ridelles, observait ses doigts dans un rayon de lumière où dansaient des particules de poussière, alors qu'Isabelle, installée par terre, s'amusait avec des soldats de plomb, qu'elle avait alignés avec application les uns à côté des autres, formant ainsi une petite armée. Ils accueillirent leur mère avec des cris de joie.

Fanette et Julien durent attendre que les enfants soient couchés et qu'Anne et Céleste se soient retirées dans leur chambre pour être enfin seuls. Julien lui fit un sourire radieux.

— Tu as devant toi maître Julien Vanier, associé à part entière du cabinet Hébert & Lalonde ! déclara le jeune avocat.

— Tu as accepté leur offre ? commenta-t-elle, non sans surprise.

Son mari lui avait fait part, quelques semaines auparavant, du fait qu'une importante firme d'avocats l'avait approché, mais il semblait hésiter à renoncer à son indépendance, qui lui permettait de choisir sa clientèle au lieu d'être inféodé à un gros cabinet.

— Impossible de la refuser. Non seulement je serai un partenaire en bonne et due forme, mais j'aurai mon propre bureau, et même une secrétaire !

— Je croyais que tu souhaitais continuer à défendre les clients déshérités.

— Je le ferai ! Maître Hébert s'est engagé à me laisser consacrer vingt pour cent de mon temps à la défense de clients *pro bono*. Je ne pouvais rêver d'un meilleur arrangement.

Fanette se réjouissait de la nouvelle, tout en éprouvant une étrange déception, sans qu'elle en comprît la cause. Julien s'en rendit compte.

— Crains-tu que mon travail m'accapare trop et que je ne sois pas assez présent pour notre famille ?

Il y avait une part de vérité dans ce qu'il venait de dire, mais Fanette s'inquiétait surtout que son nouveau statut l'éloigne de ses idéaux.

— Je t'ai connu défenseur de la veuve et de l'orphelin. Et maintenant tu es devenu l'associé d'une grosse firme d'avocats. Il faut simplement que je m'y habitue.

Julien la serra contre lui.

— Je te promets de rester toujours celui que tu as connu.

Il la regarda dans les yeux.

— Et toi, de ton côté, promets-moi une chose. Si jamais tu trouves que je ne vous consacre pas assez de temps, à toi et aux enfants, je t'en prie, n'hésite pas à m'en faire part.

Touchée par sa bonne volonté, elle acquiesça.

— Promis.

Ils s'embrassèrent. Leur baiser se prolongea, devint langoureux. Julien entraîna sa femme vers leur chambre. Aussitôt la porte fermée, il la déshabilla avec impatience, comme si ses vêtements étaient autant d'obstacles l'empêchant de la posséder. Il lui enleva son corsage, saisit ses seins en coupe dans ses mains, tels des fruits suaves. Fanette gémit sous la caresse. Elle se sentit fondre sous ses lèvres chaudes. Ils s'effondrèrent sur le lit. Julien remonta ses jupes et glissa une main entre ses cuisses douces. Ils s'aimèrent longuement, assoiffés l'un de l'autre, insatiables.

Après l'amour, Julien caressa tendrement les cheveux de son épouse, ne se lassant pas de contempler son beau visage.

— Tu ne m'as toujours rien dit sur ce mystérieux testament.

Fanette sentit un profond malaise s'insinuer en elle. Lorsque maître Hart lui avait envoyé un télégramme afin de lui faire part d'une convocation pour la lecture du testament d'Alistair Gilmour, elle en avait bien sûr parlé à son mari, sans toutefois lui révéler quoi que ce soit sur sa relation passée avec le Lumber Lord. Elle n'avait pas vraiment démêlé les raisons pour lesquelles elle s'était montrée si discrète. Peut-être craignait-elle de décevoir Julien, qui avait tellement confiance en elle ? Elle n'osait imaginer ce qu'il aurait pensé s'il avait appris qu'elle avait eu une liaison avec un aventurier doublé d'un assassin. Peut-être aussi avait-elle gardé, au fond de son cœur, des sentiments pour son ancien amant. La scène troublante qu'elle avait vécue dans la chambre du marchand naval renforçait cette hypothèse.

— J'ai hérité d'un manoir, se contenta-t-elle de répondre.

Julien se redressa sur un coude.

— Un manoir ?

— Un domaine, à Cap-Rouge. Mais il est en si mauvais état que j'ai décidé de le vendre.

Julien la regarda, pensif.

— Qui était cet homme pour toi ?

Fanette avait redouté cette question. Son cœur battit plus vite. Elle se résigna à lui dévoiler une partie de la vérité.

— Il a aidé ma sœur Amanda à s'évader de la prison de Québec. Je lui en ai toujours été profondément reconnaissante.

De toute évidence, la réponse ne satisfit pas Julien.

— Dans ce cas, c'est toi qui avais une dette envers lui. Ne trouves-tu pas étrange qu'il t'ait fait un don aussi important ?

Fanette eut l'impression d'être prise au piège. Elle comprit qu'elle n'avait pas d'autre choix que d'être parfaitement honnête avec son mari.

— Nous avons eu des sentiments l'un pour l'autre, il y a de cela plusieurs années. Il a même été question de mariage, mais finalement nous avons rompu, et il est reparti en Irlande.

Le front de Julien se plissa. Ces révélations inattendues le troublaient plus qu'il n'aurait voulu l'admettre.

— Pour quelle raison avez-vous rompu ?

Fanette hésita.

— Il n'était pas l'homme que j'avais cru connaître.

Julien comprit que sa femme ne dirait rien de plus. La jalousie l'envahit. Il fit un effort pour juguler ce sentiment, qu'il trouvait détestable. Comment osait-il être jaloux, alors qu'il cachait à Fanette un secret inavouable ?

— Pardonne-moi. Ton passé t'appartient. Je n'ai pas le droit de douter de toi.

Ils s'étreignirent passionnément. Tous deux savaient intuitivement qu'ils avaient marché au bord d'un précipice et qu'il valait mieux éviter ces sentiers dangereux, qui risquaient de fragiliser leur union, voire de la mettre en péril.

V

Village de la Jeune Lorette
Août 1866

Debout sur le promontoire qui surplombait la chute Kabir Kouba, Sean contemplait l'eau bouillonnante qui dévalait les rochers avec des éclats d'écume pailletée de mauve. Un parfum vif de pin lui remplissait les narines. Son beau-frère, Noël Picard, le mari d'Amanda, lui avait fait découvrir cet endroit et depuis il s'y rendait chaque jour. Pas un instant il n'avait regretté sa décision de renoncer à l'héritage d'Andrew Beggs au profit de la confrérie des Fenians et de venir s'installer au village huron. Pendant ses journées de solitude, passées dans la petite chambre de Québec, il avait pris le temps de réfléchir à ce qu'il voulait faire de son existence. L'offre généreuse de Fanette de vivre avec elle à Montréal l'avait touché, mais il ne souhaitait pas habiter dans une grande ville. Après sa vie d'aventures, il avait besoin de paix, de tranquillité. Lorsqu'il s'était rendu à la Jeune Lorette pour la première fois, il avait aussitôt été enchanté par son charme bucolique et par la gentillesse de ses habitants. Il avait eu le sentiment de s'être retrouvé lui-même.

Sean occupait depuis quelque temps la chambre de son neveu Ian, qui poursuivait son apprentissage à bord du *Mistral* afin de devenir officier et ne serait pas de retour chez lui avant la fin de la période de navigation, vers la mi-novembre. Il s'entendait à merveille avec Amanda. Il redécouvrait avec bonheur sa « grande sœur », celle qui, lorsqu'Arthur et lui étaient enfants, en Irlande, accompagnait leurs jeux, leur racontait des histoires le soir, avant de dormir, les soignait lorsqu'ils se faisaient des écorchures aux genoux ou qu'ils attrapaient un rhume. Frère et sœur avaient eu leur lot de souffrances avant de connaître une certaine paix intérieure. Tous deux avaient cherché sans relâche à réunir leur famille dispersée. Ils pleuraient en évoquant la mort d'Arthur et celle de leurs parents. Sean avait gardé un vague souvenir de son père, un grand roux qui lui avait appris à monter à cheval et à planter des pommes de terre. Il se rappelait le doux regard de sa mère, dont il avait hérité les yeux améthyste, et les chansons irlandaises qu'elle fredonnait lorsqu'elle travaillait aux champs ou lavait des vêtements dans une cuve de bois que son mari avait fabriquée. Il n'avait pas oublié le son joyeux du violon que leur père jouait durant les longues soirées d'hiver. Il parla peu toutefois de son séjour forcé dans la léproserie de Tracadie. Les scènes atroces qu'il y avait vécues l'avaient marqué profondément. Il voulait effacer à jamais ces images d'abjection et de misère. Amanda, pour sa part, restait discrète sur certains pans de son existence. Elle ne voulait surtout pas que son frère sache qu'elle s'était déjà prostituée et qu'Ian était le fruit d'un viol. Un jour, peut-être, elle aurait le courage de s'en ouvrir, mais pour le moment elle ne souhaitait pas assombrir la joie des retrouvailles.

Noël Picard, sa sœur Lucie ainsi que Bertrand, le mari de cette dernière, avaient accueilli le nouveau venu avec chaleur et générosité, mais ils étaient intimidés par cet homme un peu maigre, au regard perçant et aux manières parfois brusques, qui partageait leurs repas de famille, mais était peu loquace, sauf lorsqu'il était seul avec sa sœur. Noël, surtout, éprouvait devant le frère de sa femme un malaise qu'il n'arrivait pas à s'expliquer. C'était peut-être lié au passé révolutionnaire de Sean, au fait qu'ils avaient tous deux combattu dans deux camps opposés, mais il y avait autre chose.

Un soir, pendant le souper, Sean évoqua avec tristesse la mort d'Andrew Beggs, son mentor et le capitaine des Fenians, tué par une balle ennemie.

— Comment cela s'est-il passé ? demanda Noël.

— On s'était placés en embuscade sur la Lime Ridge Road. Des miliciens canadiens sont arrivés par la route. La bataille a commencé. Un des soldats canadiens a tiré sur Andrew.

Noël masqua son trouble. La Lime Ridge Road, c'était la route qu'il avait prise avec le contingent canadien avant qu'ils ne soient attaqués par les Fenians.

— À quoi ressemblait votre capitaine ?

— Très grand, costaud, avec des cheveux roux.

Un géant roux menait la charge, se souvint Noël. *Ian combattait à ses côtés. Un soldat canadien le visait avec son fusil.* Noël, pour sauver Ian, avait fait dévier l'arme du milicien. Le coup était parti. Le géant roux s'était écroulé. La vérité lui éclata au visage. C'était lui qui avait tué Andrew Beggs.

VI

Le reste du repas s'était poursuivi en silence. Noël s'était retiré tôt, prétextant la fatigue. Il s'était étendu sur son lit, tâchant de recouvrer son calme. Il était responsable de la mort d'Andrew Beggs. Bien sûr, il ne l'avait pas visé directement et n'avait fait que dévier l'arme du soldat canadien pour sauver la vie d'Ian, mais le résultat était le même. Dire que le frère d'Amanda vivait sous le toit de l'assassin de son capitaine ! Car c'est ce que Sean penserait s'il apprenait la vérité.

Noël leva les yeux vers le capteur de rêves, qu'il avait suspendu au-dessus de la fenêtre. Dans la spiritualité huronne, ce cercle en saule où étaient accrochés plumes et bijoux avait pour fonction d'éloigner les cauchemars en ne conservant que les beaux rêves. Si seulement le capteur de rêves pouvait détruire ces images de guerre, les effacer à jamais de son esprit et de celui de Sean !

Amanda vint le rejoindre. Elle avait remarqué le visage sombre de son mari durant le repas et s'en inquiétait. Noël était toujours d'humeur égale et laissait rarement ses émotions influer sur son comportement. Elle se blottit contre lui.

— Qu'est-ce qui ne va pas, Noël ?

Il fut tenté de lui dire la vérité, mais songea aux conséquences désastreuses que celle-ci entraînerait. Malgré l'amour sincère qu'Amanda lui portait, elle souffrirait du mal qu'il avait fait à son frère, même sans le vouloir. Et que ferait Sean s'il apprenait son rôle dans la mort de son compagnon ? Il chercherait sans doute à se venger, ou bien quitterait le village, ce que sa femme ne lui pardonnerait jamais. Non, le silence était la seule solution pour préserver le bonheur d'Amanda, qui était aussi le sien.

— Ce n'est rien, mon amour. J'espère seulement que ton frère finira par faire la paix avec le passé.

こ

Sean s'était rapidement accoutumé à la vie paisible du village. L'affabilité des habitants et leur sens de l'entraide le touchaient, lui donnaient le sentiment d'appartenir à une grande famille. Quant aux Picard, ils avaient découvert graduellement ses qualités de cœur, son rire rare, mais sincère, qui illuminait soudain son visage, sa profonde humanité. D'abord distant avec les enfants, comme s'il ne savait pas trop comment s'y prendre avec ces petits êtres remuants et imprévisibles, Sean avait fini par apprécier leur présence et même par participer à leurs jeux. Les marques d'affection de son entourage avaient adouci les aspérités de son caractère, forgées par des années de pauvreté et de durs combats. La beauté sereine de la campagne, la bonté des Hurons avaient achevé de l'attacher profondément à ce coin de pays.

Ayant été recueilli à un jeune âge dans la ferme des Aucoin, en Acadie, Sean n'était pas rebuté par les travaux agricoles. Il participait sans rechigner aux corvées et au train quotidien de la maisonnée. Bertrand et Noël l'avaient également initié à la chasse et à la pêche, pour lesquelles il montrait des dispositions naturelles. Il était même allé à une fête de village organisée par le chef huron, Simon Romain, pour célébrer les récoltes de maïs. Les habitants avaient revêtu leurs habits rituels, faits de peaux de cerf brodées de motifs floraux aux teintes vives et garnies de franges. Amanda remarqua que son frère avait invité plusieurs fois à danser une jeune veuve huronne, Marie Siouï, dont le beau visage, les grands yeux sombres et les manières accortes attiraient plus d'un regard.

— Pour moi, ça finira par un mariage, glissa-t-elle à l'oreille de son mari, qui sourit d'un air entendu.

Noël était soulagé de voir à quel point son beau-frère s'adaptait à sa nouvelle vie au village, laissant derrière lui les décombres de la guerre et du deuil.

એૐ

Levé dès l'aube, à l'instar de tous les hommes, les femmes et les garçons de plus de treize ans, Sean allait travailler aux champs. Les Hurons avaient coutume de s'entraider. Lorsqu'un fermier avait terminé d'engranger ses récoltes, il partait avec sa famille donner un coup de main à un voisin. Aussi, Sean, après sa journée de travail avec les siens, se rendait chez Marie Siouï, qui vivait seule dans une modeste maison non loin du village, et il lui offrait ses services. Marie acceptait l'aide de Sean avec un naturel déconcertant, comme si cela était dans l'ordre des choses. Elle l'accueillait en lui disant *Nɔio ! Kwe !* qui voulait dire « bonjour » dans la langue huronne et, lorsqu'il repartait, *Eskonyen'*, « À la prochaine » ou « Je te reverrai encore une fois ».

Elle ne possédait que quelques acres, mais chaque parcelle avait été cultivée avec soin. Outre un potager, elle faisait également pousser du maïs et de l'orge. Une vache, un cochon et un cheval de trait complétaient ses possessions. Elle se contentait de peu, accordée qu'elle était à la nature et au rythme des saisons. La perte de son mari et de leur jeune fils, morts quelques années auparavant par noyade dans la rivière Saint-Charles, avait assombri ses jours, mais elle s'était résignée à ce coup du sort avec un courage tranquille et un brin de fatalisme.

Le travail ne lui faisait pas peur. Elle accomplissait chaque tâche avec vigueur, sans jamais se plaindre de la chaleur ou des mouches importunes. Elle chantonnait toujours en huron. Sean ne comprenait pas les paroles, mais il les trouvait poétiques, comme le bruissement d'un ruisseau. Au coucher du soleil, Marie lui servait un repas chaud accompagné de pain banique, qu'il mangeait avec appétit. Il repartait rassasié, mais le cœur affamé d'amour. Car les beaux yeux noirs de Marie, dans lesquels se reflétait la flamme d'une chandelle, sa poitrine généreuse, ses bras ronds et brunis par le soleil, l'avaient peu à peu envoûté. Il lui était difficile de s'arracher à sa présence. Lorsqu'il regagnait la petite chambre d'Ian et s'étendait sur le lit de l'adolescent, les images de Marie habitaient son esprit et le suivaient jusque dans son sommeil.

Un soir, alors qu'il s'apprêtait à s'en aller, Marie le retint en posant une main sur son bras.

— Reste.

Elle le prit par la main et l'entraîna vers son lit. Elle enleva ses vêtements sans montrer la moindre gêne. Ses cheveux noirs comme l'aile d'un corbeau étaient répandus sur ses épaules. Sean admira ses formes pleines et harmonieuses, sa peau qui luisait dans la clarté ambrée d'une bougie. Il était subjugué par la façon simple et naturelle dont elle s'était déshabillée.

— Toi aussi, demanda-t-elle.

Il l'imita, mais ses gestes étaient maladroits. Il devinait le regard de Marie sur son corps. Jamais il ne s'était senti aussi vulnérable. Quand il fut entièrement nu, elle s'approcha de lui, effleura d'un doigt l'étrange marque qu'il avait sous la joue droite, comme si elle décelait les souffrances que celle-ci contenait. Sa main glissa sur son cou, sur une épaule, puis tout le long de son épine dorsale. Il fut parcouru d'un frisson délicieux. Il posa ses mains dans le creux de ses reins. La chaleur de sa peau le traversa. Leurs corps s'unirent comme du métal en fusion.

VII

L'aube se levait à peine quand Sean se réveilla dans les bras de Marie. Elle dormait d'un sommeil paisible. Il s'habilla doucement pour ne pas la réveiller. En marchant sur le chemin qui menait à la maison de sa sœur, il eut l'impression d'être aussi léger que les nuages qui moutonnaient dans le ciel magenta. Le bonheur lui avait toujours semblé être une invention humaine pour tenter de rendre l'existence plus supportable, mais l'euphorie qui l'habitait, l'amour qui gonflait sa poitrine, sa foi illimitée en la vie et ses possibilités n'étaient-ils pas la définition même du bonheur ?

Lorsqu'il entra dans la cuisine pour y prendre de l'eau, il aperçut Amanda qui préparait du café. Elle sourit sous cape en voyant son frère, dont les yeux battus, les joues roses, les traces de baisers dans le cou trahissaient une nuit d'amour. Embarrassé, il prit un gobelet et alla puiser de l'eau dans le quart, qui se trouvait sous un évier en grès.

— Marie est une femme bien, commenta Amanda. Je crois qu'elle te rendra heureux.

Sean regarda sa sœur aînée comme un enfant pris sur le fait, puis lui fit un grand sourire.

༄

La journée s'annonçait magnifique. Le soleil, déjà haut dans le ciel, couvrait les champs de reflets ocre. Sean et son beau-frère, Noël, tenant chacun une fourche, remplissaient une charrette de foin. Plus loin, Bertrand et trois de ses fils fauchaient du blé. Amanda et Lucie, grimpées dans une échelle, cueillaient des pommes dans le verger, aidées par André, le benjamin de la famille, qui avait maintenant dix ans. Celui-ci était chétif pour son âge, de sorte qu'au village on continuait à l'appeler le « p'tit André », ce qui le fâchait. Il rêvait d'accompagner son père à la pêche, mais Lucie s'y opposait, car il avait failli se noyer à l'âge de trois ans et elle était restée craintive. Bertrand avait beau lui répéter qu'un enfant devait affronter le danger pour pouvoir le vaincre, elle ne voulait rien entendre.

Les yeux remplis de lumière, Sean pensait constamment à Marie tout en travaillant avec ardeur. Jamais il n'avait éprouvé de tels sentiments pour une femme, tissés de désir et de quiétude, de confiance et d'harmonie. La perspective de la revoir le plongeait dans un état de béatitude et d'impatience. Déjà, ses yeux magnifiques, son corps doux et brûlant, son parfum suave lui manquaient.

Il était si absorbé dans sa rêverie amoureuse qu'il n'aperçut pas les trois cavaliers apparaître au bout de la route. Le claquement des sabots lui fit lever la tête. Les hommes montés galopèrent dans leur direction, soulevant un nuage de poussière. Même à distance, on pouvait voir qu'ils étaient armés. Noël s'était redressé et les observait avec méfiance. Bertrand et les adolescents avaient cessé leur labeur et, appuyés sur leur faux, les regardaient s'approcher. Amanda et Lucie échangèrent un coup d'œil anxieux. Les visites d'étrangers étaient rares dans le village, où tout le monde se connaissait. D'un mouvement instinctif, Lucie prit le petit André par les épaules. L'enfant se dégagea et bomba son torse malingre, pour prouver à sa mère qu'il n'avait pas peur.

Les cavaliers, dont les habits de voyage étaient couverts de poussière, semblaient harassés. L'un d'eux, un peu plus grand que les autres, avait un air d'autorité qui le démarquait. Sean le reconnut avec stupéfaction. C'était le lieutenant-colonel John O'Neill, que les Fenians surnommaient « général ». Ce dernier avait mené les révolutionnaires irlandais à la victoire lors de la bataille de Ridgeway, avant l'arrivée de renforts canadiens et américains. Une douzaine d'Irlandais avaient alors été tués et plus de quarante avaient été faits prisonniers.

O'Neill arrêta sa monture à quelques pieds de Sean et s'adressa à lui d'un ton ferme, trahissant l'habitude du commandement.

— *Do you know where I could find Sean O'Brennan?* demanda-t-il.

— *That's me*, répondit Sean, le ventre noué par l'angoisse.

Comment un des leaders les plus renommés des Fenians avait-il réussi à le trouver ? Mais surtout, que lui voulait-il ? Noël fit un pas vers l'étranger, prêt à défendre son beau-frère, tandis que Bertrand et ses fils s'avançaient vers eux, leur faux à la main. Sean leur fit signe que tout allait bien.

⤮

O'Neill et ses hommes s'étaient installés dans la cuisine des Picard, que Noël et Bertrand, rassurés par les explications de Sean, avaient mise à leur disposition. Dans un geste pour prouver leurs intentions pacifiques, les Fenians avaient également laissé leurs fusils à l'extérieur de la maison, appuyés contre un mur. Malgré ces précautions, Amanda les observait avec méfiance. Que voulaient-ils ? Pourquoi étaient-ils armés ? Noël partageait ses sentiments. Après tout, ces hommes étaient des ennemis, qu'il avait combattus aux côtés des Britanniques et des Canadiens.

Sean servit au général et aux Fenians de l'eau fraîche, car ils avaient fait longue route et étaient assoiffés. Il leur offrit également à manger, ce qu'ils acceptèrent avec gratitude. Lucie et Amanda déposèrent des écuelles de soupe de maïs et du pain banique sur la table, puis se retirèrent discrètement. Noël les suivit à contrecœur, tout en se promettant de rester à proximité, au cas où surgirait un problème.

D'entrée de jeu, O'Neill remercia Sean, au nom de la confrérie des Fenians, pour la somme fort importante que celui-ci avait offerte au groupe révolutionnaire.

— *It was Andrew Beggs' money, not mine*, répondit Sean, que l'hommage rendait mal à l'aise.

« C'était l'argent d'Andrew Beggs, et non le mien », avait-il dit. O'Neill le félicita de sa modestie. Rien ne l'obligeait à faire don de cette fortune pour la cause irlandaise. C'était le geste d'un grand patriote.

Sean attendit la suite avec appréhension. Il ne doutait pas que cette entrée en matière flatteuse n'était que le prélude à autre chose. Le général parla longuement du sort de leurs compatriotes. Beaucoup d'entre eux, après leur fuite de Fort Erie, à la suite de la bataille de Ridgeway, avaient été mis sous les verrous et subi un procès. Lui-même avait failli se faire prendre par les milices canadiennes, mais avait réussi à s'échapper, presque par miracle. Pourtant, tous ces revers ne signifiaient pas la fin de leur mouvement, bien au contraire, poursuivit-il avec éloquence. Les Fenians devaient démontrer à l'ennemi britannique leur détermination sans faille à poursuivre la défense des droits du peuple irlandais.

Sean écoutait le leader avec respect, mais ne pouvait s'empêcher d'éprouver un profond scepticisme. Il avait entendu ces belles paroles si souvent ! Il est vrai que les combattants irlandais avaient réussi à mettre en échec les forces britanniques et canadiennes à quelques reprises, mais sans pour autant gagner une bataille décisive. L'idée même de s'attaquer à des régions du Canada pour faire plier l'occupant anglais en Irlande lui paraissait de plus en plus aberrante. O'Neill avala de la soupe et reprit la parole.

— *We should have to strike while the iron is hot.*

Nous devons battre le fer pendant qu'il est chaud, traduisit Sean dans sa tête. Il comprit alors avec un serrement de cœur où le général voulait en venir. Ce dernier lui exposa son intention d'organiser un autre raid dans les Cantons-de-l'Est, une région rurale à proximité des frontières américaines. Il tentait de rassembler une troupe d'au moins cinq cents hommes. Sean émit poliment des objections : était-ce sage de continuer à s'en prendre à des cibles canadiennes ? Ne serait-il pas plus utile de concentrer les forces révolutionnaires en Irlande au lieu de poursuivre le combat au Canada ? O'Neill le foudroya du regard.

— *Don't you believe in our cause anymore ?*

Sean contint un soupir. Le général avait la réputation d'être un homme brave, qui se battait comme un lion et croyait sincèrement à la libération de l'Irlande, mais ce n'était pas un fin stratège et il pouvait parfois faire preuve d'un entêtement qui confinait à la stupidité. Toutefois, Sean avait du respect pour le commandant et ne voulait pas le blesser dans son orgueil. Il mit des gants blancs pour expliquer que ce n'était pas en la cause comme telle qu'il ne croyait pas, mais qu'il avait des doutes quant aux moyens à prendre pour la mener à bien. O'Neill fit alors un vibrant plaidoyer, évoquant la mémoire du capitaine Andrew Beggs, qui avait démontré un rare courage et sacrifié sa vie pour les siens. Ce héros se retournerait dans sa tombe en voyant son protégé tenter de se défiler au lieu de se battre pour son peuple.

Cet argument blessa Sean au plus profond de lui-même. Il avait beau savoir que son ancien mentor ne l'aurait jamais accusé de manquer de courage et qu'il critiquait lui-même avec sévérité les tactiques guerrières des Fenians, il recevait néanmoins ces paroles comme un reproche qu'Andrew lui adressait d'outre-tombe. Il n'avait jamais pu se délester d'un vif sentiment de culpabilité à la suite de la mort de celui qu'il considérait comme son père. *J'aurais dû mieux le protéger*, pensait-il souvent, *recevoir la balle ennemie à sa place*. Aucun raisonnement ne pouvait le détourner de ce *mea culpa*, de ce procès qu'il s'intentait à lui-même et dont il était à la fois juge et partie.

Sentant qu'il avait gagné du terrain, O'Neill fit valoir que ce serait probablement le dernier raid des Fenians au Canada. Il fallait que chaque patriote mette l'épaule à la roue afin que cette bataille fût victorieuse.

Lorsque O'Neill eut terminé sa harangue, un long silence s'installa.

— *I have to think about it*, finit par dire Sean.

Il devait y réfléchir. O'Neill se leva.

— *I'll be waiting nearby.*

Après avoir fait un salut militaire, O'Neill sortit, suivi des deux autres Fenians. Sean s'abîma dans ses pensées. Amanda revint dans la cuisine et remarqua aussitôt la gravité qui creusait les traits de son frère. Elle débarrassa sans mot dire les verres et les plats que les hommes avaient laissés tandis que Noël se profilait sur le seuil de la porte.

— Le général O'Neill est en train de lever une troupe, dit soudain Sean. Il prépare un autre raid dans les Cantons-de-l'Est.

Amanda pâlit.

— Tu n'as pas l'intention d'y participer ?

Il y avait une supplication dans sa voix. Sean ne répondit pas. Sa sœur prit place près de lui, cherchant son regard.

— Je croyais que tu étais heureux ici, auprès de ta famille.

— Je le suis, Amanda, plus que tu ne le sauras jamais.

— Alors pourquoi aller te battre ? As-tu déjà oublié ce que tu m'avais dit ? Tu as donné une partie de ta vie aux Fenians, Andrew est décédé à cause d'eux, tu ne voulais plus te sacrifier pour un combat perdu d'avance !

— Tu as une bonne mémoire, fit Sean avec un sourire teinté de détresse.

— Tu as ajouté que tu n'avais pas de femme, pas d'enfants. Que tu avais le droit d'être heureux.

Sean sentit sa poitrine se serrer dans un étau. La pensée de Marie fut si douloureuse qu'il eut du mal à respirer. *Marie.* La première femme dont il pouvait dire qu'il était vraiment amoureux. C'était même plus que de l'amour. Pour un homme qui avait vécu sans famille pendant si longtemps, qui avait frôlé la mort à plusieurs reprises et vu mourir des êtres chers, Marie représentait un gage de pérennité, un lien profond avec la vie, la terre, la nature.

— Je ne serai pas parti longtemps, articula-t-il d'une voix étranglée.

Le visage d'Amanda se durcit.

— La guerre, toujours la guerre ! Toi et tes maudits Fenians n'avez que ce mot à la bouche. Eh bien, pars ! Va te battre contre des moulins, tue ton prochain si c'est ce que tu veux ! Si tu te fais tuer, je ne verserai pas une larme. J'ai assez pleuré pour plusieurs vies.

Elle quitta la cuisine en direction de sa chambre. Sean resta à sa place, profondément blessé par les paroles de sa sœur, tout en sachant au fond de lui qu'elle avait raison. En levant les yeux, il aperçut son beau-frère. De toute évidence, ce dernier avait entendu leur discussion.

— Laisse la guerre à ceux qui veulent la faire, lui conseilla Noël.

ༀ

Marie tirait l'eau de son puits lorsqu'elle vit la silhouette de Sean sur le sentier qui menait à sa maison. Elle déposa son seau et agita la main à l'intention du jeune homme en souriant. Son sourire s'éteignit lorsqu'elle put distinguer ses traits, figés dans une expression grave qui l'étonna. Elle remarqua qu'il avait un havresac sur une épaule et qu'il portait des bottes. Il s'arrêta à sa hauteur et resta un moment à se balancer d'un pied sur l'autre.

— Je dois partir pour quelques semaines.

Elle continuait à l'observer avec étonnement, ne comprenant pas la raison pour laquelle il avait l'air si sérieux.

— Tu es libre. Je n'ai attaché aucune chaîne à tes pieds, dit-elle avec sa placidité coutumière.

Sean la regarda, déconcerté.

— Je croyais… que tu avais des sentiments pour moi, balbutia-t-il.

— J'en ai, mais tu ne m'appartiens pas.

Il ne sut que répondre. Il s'attendait à des larmes, à des remontrances, et non à ce calme qui lui semblait proche de l'indifférence.

— Tu ne me demandes pas pourquoi je pars ni à quel endroit ?

— C'est à toi de me le dire, si c'est important à tes yeux.

— Je vais me battre, à l'est du Québec.

Cette fois, le visage de Marie exprima de la tristesse. Ses grands yeux sombres se voilèrent.

— Te battre…

— C'est à la mémoire d'un homme que j'estimais. Je reviendrai, je te le promets.

Marie posa un doigt sur ses lèvres.

— Pas de promesses.

Elle se pencha et saisit le seau qu'elle venait de remplir.

— Si tu reviens, je serai toujours là.

Elle marcha vers sa maison, son corps souple légèrement ployé à cause de son fardeau. Sean voulut lui donner un coup de main, mais se ravisa. Il sentait confusément qu'elle refuserait son aide. Il la suivit des yeux jusqu'à ce que la porte se referme sur elle. La pensée qu'il ne la reverrait peut-être jamais plus l'atteignit comme une balle.

VIII

Vermont, aux États-Unis

Après avoir fait le voyage de la Jeune Lorette jusqu'à Québec à cheval, en compagnie de John O'Neill et de ses deux escortes, Sean, sur les ordres du général, prit le train en direction de Richmond. De là, une diligence le mènerait au Vermont, où il rejoindrait un campement de combattants irlandais au nord du village de Franklin, situé à quelques milles de la frontière canadienne. Il devrait alors se rapporter au brigadier-général Samuel Spears, un officier diplômé de l'académie militaire de West Point. Sean s'était montré surpris que le héros de Ridgeway ne soit pas lui-même à la tête des Fenians, mais O'Neill s'était vu confier la mission de lever des troupes à Boston : il ne servait à rien de lancer un autre raid si c'était pour le perdre, faute de combattants, lui avait-il confié. Dans quelques jours, il retrouverait les forces irlandaises avec des renforts. Le général avait le plus grand respect pour Spears, un homme courageux doublé d'un bon stratège, qui jouissait de la confiance du secrétaire de la guerre des Fenians, T. W. Sweeny, responsable des forces révolutionnaires à l'ouest du lac Champlain.

Lorsque Sean parvint au cantonnement dressé aux abords d'une rivière, il constata qu'une atmosphère joyeuse et bon enfant y régnait, comme si les hommes ne se rendaient pas compte qu'ils allaient bientôt entreprendre un combat. Ou peut-être avaient-ils une telle confiance en leur bonne étoile que le danger ne leur faisait pas peur. Sean demanda à un soldat occupé à fourbir un vieux fusil où il pouvait trouver le commandant Spears. L'homme lui indiqua une tente, qui se dressait près d'une colline. Sean s'y rendit. Le leader fumait la pipe en scrutant à l'aide d'une loupe un plan de la région étalé sur une planche que soutenaient deux tréteaux. Sean se présenta. Le commandant l'accueillit avec affabilité, lui disant qu'il avait beaucoup entendu parler de lui et d'Andrew Beggs.

— *I heard that he died at the battle of Ridgeway.*

Sean acquiesça. Oui, son ancien mentor était mort comme un héros.

— *A brave man*, ajouta le militaire. *May his soul rest in peace.*

Que son âme repose en paix, répéta Sean pour lui-même. Spears lui montra la carte qu'il était en train d'étudier et lui fit part de son plan de campagne. Près de huit cents combattants étaient déjà déployés le long de la frontière américaine, n'attendant qu'un signal pour la traverser et s'emparer des villages canadiens qui se trouvaient de l'autre côté, dans les Cantons-de-l'Est : Stanbridge Station, Pigeon Hill, Saint-Armand et Frelighsburg. Le secrétaire de la guerre lui avait promis dix-sept régiments d'infanterie et cinq de cavalerie, ce qui représentait un contingent d'environ douze mille hommes, mais il était impossible aux différents clubs de Fenians de mobiliser autant de soldats en si peu de temps. Aussi ne pouvait-il compter que sur les soldats qu'il avait déjà, et encore, pour une courte période. Il pointa l'index vers un village sur la carte. Lui-même, avec trois cents hommes, marcherait sur Stanbridge Station, au nord-ouest de Franklin. Un deuxième contingent envahirait Frelighsburg, au nord-est, poursuivit-il en désignant un autre endroit sur le plan.

— *You'll take charge of the unit that will invade Pigeon Hill and Saint-Armand.*

Sean accusa la surprise. *Moi, prendre le commandement d'une troupe ?* Lorsqu'il avait combattu aux côtés d'Andrew Beggs, il s'était contenté d'être son aide de camp, mais il n'avait jamais exercé un rôle de chef. Il fallait que Spears fût à court d'hommes pour lui confier une responsabilité aussi importante. Il pensa refuser, mais cela aurait été interprété comme un geste de lâcheté, alors qu'il s'agissait plutôt d'une remise en question de sa propre capacité à mener des soldats au combat. Il s'enquit du moment où le commandant avait l'intention de commencer les opérations.

— *Tomorrow, at dawn.*

« Demain, à l'aube. » John O'Neill lui avait pourtant expliqué qu'il recrutait d'autres soldats à Boston en vue de la bataille et que les renforts arriveraient dans quelques jours. Il en fit part à Spears, qui hocha la tête. Il ne pouvait se payer le luxe d'attendre. Il avait envoyé quelques éclaireurs afin d'explorer la région et d'évaluer les forces ennemies, à la bordure de la frontière américaine. Selon leur rapport, des soldats de la Royal Welsh Fusiliers avaient été aperçus près de Stanbridge Station, mais en nombre insuffisant pour contrer une invasion. Il fallait donc agir rapidement afin de prendre les forces britanniques et canadiennes de court, comme cela avait été le cas à Ridgeway.

Sean n'avait d'autre choix que de se plier à la décision de son supérieur, qu'O'Neill lui-même avait qualifié d'« homme courageux doublé d'un bon stratège ». La réalité d'un combat imminent s'imposa brutalement à lui. Demain, à l'aube, il mènerait pour la première fois un raid contre un village canadien. *Contre des compatriotes*, ne put-il s'empêcher de penser.

Le commandant lui offrit de partager son repas, ce qu'il déclina poliment. Il préférait rejoindre son unité. Spears lui présenta Thomas Branagan, un rouquin au regard espiègle, qui lui avait été assigné comme aide de camp. Branagan lui donna une solide poignée de main. Il parlait bien français, grâce à sa mère, qui était canadienne-française. Sean sympathisa aussitôt avec le jeune homme, dont il apprécia le visage ouvert et franc. Branagan lui faisait penser à Adrian Cortland, un soldat irlandais qu'il avait connu pendant la guerre de Sécession. Orphelin de père et de mère, le pauvre garçon, qui rêvait tellement de se battre, était mort au champ de bataille, près de la rivière Red Bull. Il n'avait que dix-huit ans. Sean se souvenait d'une médaille de sainte Brigitte qu'Adrian gardait toujours sur lui, prétendant qu'elle lui portait chance. L'évocation de son ancien compagnon d'armes l'assombrit.

— *Sir ?*

Il leva les yeux vers son nouvel adjoint, qui lui proposa gentiment de l'escorter jusqu'à son régiment. Celui-ci, composé d'une cinquantaine de Fenians, bivouaquait près d'une rivière, à l'abri d'un grand chêne. Quelques feux avaient été allumés, dégageant une fumée âcre. Des poulets et des lapins rôtissaient sur des branches. Plusieurs soldats buvaient du cidre en chantant des airs grivois. Sean les observa à distance. Sa vie paisible au village huron lui avait fait oublier les manières parfois grossières des troupiers. Branagan le présenta aux hommes. L'un d'eux lui tendit une bouteille en guise de bienvenue. Sean en prit une gorgée par politesse et remit la bouteille au soldat. La dernière chose qu'il souhaitait était de se soûler la veille d'une bataille.

Après avoir mangé un morceau, il s'étendit près du feu. Le calme revint peu à peu dans le campement. Des étoiles s'allumaient une à une dans le ciel. Le son des grillons s'élevait et s'éteignait comme une douce complainte. Quelques ronflements faisaient un bruit de forge. Sean eut une pensée pour Marie, qu'il chassa aussitôt. Le temps n'était pas aux regrets. Personne d'autre que lui-même ne l'avait forcé à reprendre le sentier de la guerre. Il lui fallait maintenant vivre avec sa décision. *Et peut-être mourir à cause d'elle*, songea-t-il avec amertume.

IX

Les premières lueurs de l'aurore coloraient à peine le ciel lorsque l'ordre fut donné de lever le camp. Sean se mit debout, les membres endoloris. Il avait à peine fermé l'œil de la nuit. Après avoir avalé rapidement un thé tiède et un morceau de pain, il regagna la tente du brigadier-général Spears. Ce dernier, rasé de frais, l'accueillit avec bonne humeur. Il avait fière allure dans son ancien uniforme d'officier de l'armée de l'Union, composé d'une tunique bleue à boutons dorés, d'un ceinturon et d'un chapeau à larges bords, arborant l'écusson « U. S. » brodé en lettres d'or. Quelques hommes s'affairaient à démonter le campement. Une demi-douzaine de chevaux, attachés à des arbres, piaffaient non loin de là.

— *Where did you find them?* demanda Sean, intrigué.

« Où les avez-vous trouvés ? » Le commandant expliqua en souriant que les chevaux avaient été réquisitionnés dans une ferme avoisinante. Sean comprit entre les lignes qu'ils avaient été volés, ce qui le fit tiquer. La cause des Fenians était noble. Il n'aimait pas l'idée qu'elle pût être ternie par des actes répréhensibles. Spears remarqua la réticence du jeune homme.

— *We don't win battles with principles.*

On ne gagne pas de batailles avec des principes, traduisit Sean mentalement. *Si nous renonçons à nos principes, à quoi bon nous battre ?* fut-il tenté de répliquer. Il se contenta de confirmer avec son supérieur le plan de campagne établi la veille.

Les troupes, suivies par quelques charrettes où s'entassaient des provisions, se mirent en branle. La frontière canadienne n'était qu'à quelques milles, que franchirent allègrement les Fenians, ragaillardis par une nuit de sommeil et la perspective d'un combat. Sean décida alors de diviser son régiment en deux groupes. Le premier prendrait le chemin des Érables, qui menait à Pigeon Hill, tandis que le second emprunterait le chemin Eccles Hill, en direction de Saint-Armand, situé à quelques milles vers l'est. Sean confia la responsabilité du second contingent à Thomas, son aide de camp. Il venait à peine de le rencontrer, mais il aimait son aplomb et sentait qu'il pouvait lui faire confiance.

Les Fenians se séparèrent. Sean et ses hommes s'engagèrent dans le chemin des Érables, qui portait bien son nom, car il y en avait tout autour d'eux, dont les feuilles étaient déjà colorées de jaune et de carmin. Tout en marchant, Sean ne put s'empêcher d'admirer le paysage. Des collines émeraude se détachaient dans le ciel clair, stratifié de nuages blancs. Des champs ambrés succédaient à des pâturages verdoyants, sertis de rivières aux reflets argentés. D'innombrables vergers s'étendaient à perte de vue. Des miliciens s'arrêtaient en route, secouaient des pommiers et cueillaient les fruits qui tombaient, les croquant ensuite à belles dents. On aurait dit des enfants faisant l'école buissonnière. Il était difficile d'imaginer qu'un combat allait bientôt s'engager dans ce cadre champêtre.

Peu après, des bâtiments de ferme bordés de peupliers apparurent à distance. Le clocher d'une église se dessinait au loin.

— *That's Pigeon Hill!* s'écria un soldat.

Des vaches paissaient paisiblement dans un pacage entouré de clôtures. En s'approchant de la ferme, Sean, suivi de ses hommes, remarqua un filet de fumée sortant de la cheminée. Les habitants étaient sûrement chez eux. Un molosse attaché à une chaîne montra ses crocs en apercevant les soldats et se mit à japper comme un forcené. Des caquètements de poules provenant d'un enclos s'élevèrent. Quelques Fenians s'avancèrent vers la maison principale. Sean leur ordonna de revenir vers le peloton, mais ils refusèrent d'obéir et continuèrent à marcher vers la porte, qu'ils enfoncèrent à coups de baïonnette. Furieux, Sean s'élança dans cette direction. Un des soldats réapparut sur le seuil.

— *The house is empty !* hurla-t-il. *Nobody's home !*

À ces mots, plusieurs se ruèrent à leur tour vers la maison.

— *Draw back immediately ! That's an order !* leur cria Sean.

Il eut beau s'époumoner, ses ordres se perdirent dans les hurlements des hommes qui avaient pris la maison d'assaut. Un Fenian le bouscula au passage. Sean serra les dents, humilié par son manque d'ascendant sur les miliciens dont il avait la responsabilité et par son impuissance à empêcher le pillage. Quelqu'un assomma le chien avec la crosse de son fusil tandis qu'un autre arrachait la porte grillagée qui fermait le poulailler. Des poules s'en échappèrent, caquetant de plus belle, pourchassées par des soldats. Un jeune homme sortit de la maison, les bras chargés de provisions. Un farceur avait mis un bonnet de dentelle sur sa tête et un châle de femme sur ses épaules et se pavanait, déclenchant des rires et des sarcasmes. La confusion et le vacarme le plus complet régnaient. Sean, complètement dégoûté par les agissements de son unité, leva son fusil et tira un coup de feu dans les airs. Un silence de stupéfaction s'ensuivit, ponctué par le piaillement des volatiles qui continuaient à courir un peu partout. Sean réussit tant bien que mal à rassembler sa troupe. La colère et l'indignation lui conféraient soudain une certaine autorité. Il se mit à parler d'une voix ferme. Leur mission était de s'emparer d'un village canadien au nom de leur cause, et non d'agir en brigands de grand chemin, martela-t-il.

— Que je voie un seul homme tenter à nouveau de piller et de voler, et il aura affaire à moi !

Après quelques protestations, rapidement matées par Sean, qui tenait les récalcitrants en joue, le groupe se remit en route. Les contours de Pigeon Hill se précisèrent à l'horizon : une église presbytérienne à l'élégant clocher, un magasin général, dont l'enseigne de bois grinçait dans la brise, de coquettes maisons aux longues galeries couvertes et aux volets peints de couleurs pimpantes, des jardins bien entretenus. Un étrange silence régnait, comme si le village était inhabité. Un visage effrayé apparut à une fenêtre du magasin, puis disparut aussitôt. Sean comprit que les gens du village avaient sans doute été avertis de l'arrivée imminente des Fenians et s'étaient barricadés chez eux ou avaient fui. Les hommes, qui s'étaient préparés à un rude combat, déambulèrent dans la rue principale sans rencontrer âme qui vive. Il n'y avait pas l'ombre d'un milicien canadien. Sean donna l'ordre à deux soldats de grimper sur le toit de la mairie qui jouxtait le presbytère et d'y installer le drapeau des Fenians. Ils s'exécutèrent. Bientôt, l'étendard vert des révolution-naires irlandais flotta dans le vent sous les hourras des combat-tants. Sean contemplait la scène, songeur. Jusqu'à présent, tout avait été trop facile. Il ne pouvait concevoir que les Canadiens aient renoncé à se défendre. Les habitants devaient sûrement posséder des armes. Comment se faisait-il que personne ne se manifestât ?

Sean résolut de poster une quinzaine de sentinelles devant la mairie et d'explorer le village avec les autres soldats. *Tou-jours ce silence étrange.* Même les oiseaux se taisaient. Soudain, un claquement le fit tressaillir. C'était une porte de grange qui battait au vent. Sean avait le pressentiment que quelque chose se préparait. Pour en avoir le cœur net, il choisit deux hommes qui lui semblaient un peu plus fiables que les autres et les envoya en éclaireurs. Au bout d'une demi-heure, ils revinrent, à bout de souffle et en nage, la panique inscrite sur leur visage. Le plus âgé s'exclama :

— *They're coming !*

— Qui s'en vient ? demanda Sean, sur des charbons ardents.

Le Fenian expliqua que son compagnon et lui avaient aperçu un régiment de soldats, à l'ouest du chemin Saint-Armand, se dirigeant vers Pigeon Hill.

— Combien sont-ils ?

Difficile à dire, de répondre l'éclaireur. À peu près trois cents, peut-être davantage. Sean réfléchit rapidement. Fallait-il les affronter directement, ou plutôt donner le signal à ses hommes de battre en retraite et de rejoindre les troupes qu'il avait confiées à son aide de camp, Thomas ? Il choisit la seconde hypothèse. Ainsi, ils réuniraient leurs forces et pourraient faire face à l'ennemi en plus grand nombre. Il laissa les sentinelles devant la mairie, rassembla les autres combattants et leur donna l'ordre de se replier sur le village de Saint-Armand, situé à moins de deux milles de Pigeon Hill.

Après une demi-heure de marche, les Fenians remarquèrent des lueurs orangées à l'horizon. En s'en approchant, Sean constata qu'il s'agissait d'une grange en flammes. Des fermiers tiraient de l'eau d'un puits et tentaient désespérément d'éteindre l'incendie, tandis que des cochons et des poulets couraient un peu partout. Un cheval attaché à une clôture hennissait, ses yeux envahis par la peur. Une femme consolait un enfant qui pleurait à chaudes larmes. Horrifié, Sean se demandait qui avait bien pu mettre le feu à cette grange. Un fermier muni d'une fourche fonça vers eux.

— *Cowards* ! cria-t-il. *You Fenians are bloody cowards* !

Sean comprit qui étaient les coupables. La honte lui brûla le visage. Un Fenian arma son fusil et voulut tirer, mais Sean l'en empêcha. Le cultivateur resta debout devant eux, comme pour les mettre au défi. Sean fit signe à ses hommes de poursuivre leur chemin. Son cœur battait à tout rompre. Comment des révolutionnaires, prétendant se battre pour la libération de leur peuple, pouvaient-ils s'en prendre à de pauvres fermiers, qui trimaient dur pour gagner leur pain ?

Au village, le spectacle qui l'attendait était tout aussi désolant. Des Fenians sortaient d'une maison, emportant avec eux des bouteilles et des provisions, tandis qu'une femme les agonissait d'injures. Un habitant, debout sur son balcon, braqua un fusil et tira sur eux. L'impact fit éclater une bouteille, dont le liquide se répandit en flots ambrés sur le sol. Ailleurs, des soldats tanguaient sur le chemin, visiblement ivres. D'autres tiraient des coups de fusil dans les airs pour intimider la population. Par chance, Sean ne vit aucun blessé.

Une cloche se mit à sonner à toute volée. Sean chercha son aide de camp du regard. Il finit par l'apercevoir, assis sur le perron de la petite église. Il regardait devant lui, les yeux rouges.

— Thomas !

Sean s'élança vers lui et lui secoua rudement les épaules.

— Qu'est-ce que ça signifie ? Comment as-tu pu laisser tes hommes agir ainsi ?

Thomas hocha la tête.

— Je n'ai rien pu faire. Ils étaient comme fous.

Au même moment, des cris retentirent. Des Fenians passèrent devant eux à la course, comme s'ils avaient le diable aux trousses.

— *Every man for himself !* hurla l'un d'eux.

Sean se retourna et distingua des silhouettes rouges se détachant à l'horizon. Il reconnut l'uniforme des Royal Welsh Fusiliers, un régiment britannique. Les soldats étaient trop loin pour qu'il puisse les compter, mais ils semblaient nombreux. Ils avançaient rapidement en direction du village. Bientôt, Sean put voir des fusils dont le métal étincelait au soleil.

— On s'en va d'ici. Viens ! hurla-t-il à Thomas.

Son plan était de s'enfuir par le chemin le plus proche, Eccles Hill, et de regagner la frontière aussi vite que possible, en espérant qu'ils ne seraient pas pris en souricière par les autorités américaines. Ensuite, Sean trouverait bien le moyen de revenir au Québec, en train ou en diligence, après s'être procuré des habits civils.

Constatant que Thomas restait immobile, figé par la panique, il le saisit par le bras et l'entraîna vers Eccles Hill.

— Où allons-nous ?

— Je t'expliquerai plus tard.

❧

La nouvelle de l'arrivée de troupes ennemies s'était répandue comme une traînée de poudre. Les Fenians fuyaient dans le désordre le plus total. La plupart tâchaient de rejoindre la frontière, à l'instar de Sean et de Thomas. Certains d'entre eux, refusant d'abandonner les victuailles et les marchandises volées aux habitants, s'obstinaient à les transporter dans des charrettes ou des brouettes qu'ils avaient également prises à la population locale, ce qui les ralentissait beaucoup et créait des bouchons.

Sean jugea plus prudent de quitter la route et de prendre un sentier qui longeait un champ où des balles de foin jetaient des taches ambrées. Il fit signe à son compagnon de le suivre. Ce dernier, hébété par les événements, obéit. Il n'arrivait plus à penser par lui-même et mettait aveuglément son sort entre les mains de Sean, dont l'autorité et la débrouillardise l'impressionnaient. Ils croisèrent une vieille paysanne, dont le visage était bruni par le soleil. Elle leur jeta un regard craintif. Sean lui sourit pour la rassurer, mais elle pressa le pas.

— Nous avons fait peur à de vieilles femmes. Quel exploit ! commenta-t-il, amer.

Tout à coup, trois formes écarlates apparurent au bout du sentier. *Des miliciens canadiens.*

— L'ennemi, chuchota-t-il.

Il poussa son compagnon en direction du champ. Ils se réfugièrent derrière une botte de foin. Une voix masculine s'éleva au loin, répercutée par l'écho.

— *Ma'am, stop !*

De sa position, Sean pouvait observer la scène. La vieille paysanne qu'il avait croisée continua à marcher comme si elle n'avait rien entendu.

— *Stop, or you'll be shot !* cria la même voix.

Sean comprit que c'était un des soldats qui intimait à la femme d'arrêter. Celle-ci poursuivit son chemin. Il pria intérieurement pour qu'elle s'arrête. Il entendit des cliquetis de métal. C'est alors que quelque chose d'effroyable survint. Les soldats levèrent leur arme vers la femme et tirèrent. Des éclairs orangés fendirent l'air. La femme s'écroula, comme une marionnette à qui on aurait soudain coupé les fils. Son corps resta immobile. Sean n'en croyait pas ses yeux. Comment ces hommes avaient-ils pu tuer ainsi une habitante de la région, qui n'avait rien à voir avec les Fenians ? Ce geste était aussi barbare qu'insensé. Les actes posés jusqu'à présent par les révolutionnaires irlandais, bien que condamnables, ne pesaient pas lourd à côté d'un pareil crime. Il tourna la tête vers Thomas, qui était devenu pâle comme de la craie.

Les soldats s'avancèrent vers la victime. L'un d'eux effleura le corps avec la pointe de son fusil, puis haussa les épaules.

— *She's dead*.

Le fantassin leva la tête et scruta les environs. Sean se rencogna et retint son souffle, tout en mettant un doigt sur sa bouche pour indiquer à Thomas de garder le silence. Les militaires se mirent à marcher dans leur direction. Sean avait glissé subrepticement l'index sur la détente de son arme, prêt à l'actionner si l'ennemi s'approchait trop. Les Canadiens passèrent à côté d'eux sans les voir. Sean attendit de longues minutes avant de sortir de sa cachette.

— Il faut à tout prix éviter les sentiers. Je suis certain qu'il y a plein de miliciens partout.

Menant la marche, Sean traversa le champ. Thomas lui emboîta le pas, les jambes flageolantes à cause de la peur. Ils firent plusieurs milles ainsi, passant à travers des sous-bois, enjambant des ruisseaux, franchissant des collines. Sean se guidait à l'aide d'une boussole qu'on lui avait remise en même temps que son arme, lorsqu'il s'était présenté au campement.

Une fois parvenu aux abords de la frontière, il reconnut avec soulagement des maisons qu'il avait repérées lors de l'expédition, à l'aller. Les sens en alerte, il avisa à une certaine distance des *troopers* américains postés derrière un promontoire, surveillant la frontière, où se trouvait un boisé de pins. Sean fit un signe de la main à Thomas, lui indiquant un rocher derrière lequel ils s'embusquèrent. De là, ils avaient une bonne vue des environs.

Des silhouettes se dessinèrent entre les troncs des conifères. La poitrine comprimée par l'angoisse, Sean vit parmi elles des

Fenians qui faisaient partie du groupe dont Spears lui avait confié le commandement. Ils ne semblaient pas avoir remarqué que des soldats américains les épiaient. Tout à coup, les *troopers* se redressèrent et se lancèrent vers les forces irlandaises, braquant leurs fusils. Les Fenians n'eurent pas même le temps de se défendre, car les Américains étaient nombreux et ils avaient déjà encerclé les combattants, qui furent arrêtés et emmenés, menottes aux poings. À peine quelques coups de feu furent tirés.

La scène s'était déroulée rapidement. Bientôt, le secteur recouvra sa tranquillité, comme si rien ne s'y était passé.

— On l'a échappé belle, dit Sean à son compagnon, qui était resté accroupi derrière le rocher, muet de terreur. Ne restons pas ici, ajouta-t-il, l'aidant à se mettre debout.

◦◦

Les deux fuyards parvinrent à Highgate Springs, un village situé sur les rives est du lac Champlain, en face de Goose Bay, où ils purent acheter des vêtements et de la nourriture. De là, ils prirent un bateau à vapeur qui traversait le lac jusqu'au Québec. Pendant le trajet, Sean put en savoir un peu plus long sur Thomas. Celui-ci était l'aîné d'une famille de huit enfants. Son père, un Irlandais originaire de Kilkenny, avait émigré aux États-Unis à cause de la famine de 1845. Il était devenu ouvrier dans un chantier naval à Boston, où il avait rencontré sa mère, une Canadienne française, qui était employée dans une usine de coton. Thomas avait commencé à travailler à la manufacture dès l'âge de onze ans pour aider la famille à subsister. Les journées étaient longues, et le salaire, dérisoire : douze heures par jour, six jours par semaine pour quelques dollars. Il besognait pieds nus parce qu'il ne possédait qu'une paire de chaussures, qu'il devait ménager. À l'âge de quinze ans, il en avait eu assez et s'était sauvé. Durant la belle saison, il se faisait engager comme ouvrier agricole dans des fermes de la région. L'hiver, il se rendait plus au nord et coupait du bois. L'un des bûcherons du camp était irlandais. Le soir, lorsque les hommes étaient réunis autour du poêle à bois, il parlait avec passion d'un groupe de patriotes, la confrérie des Fenians, laquelle, un jour, allait libérer leur peuple du joug des Britanniques. C'est ainsi que Thomas, exalté par les idéaux de ce groupe révolutionnaire, avait décidé de s'y joindre.

— Que vas-tu devenir ? lui demanda Sean avec sollicitude.

Le jeune homme haussa les épaules.

— Je ne sais pas. En tout cas, les Fenians, c'est fini pour moi.

Sean lui jeta un regard songeur. Il s'était pris d'affection pour ce garçon, qui était resté candide et honnête malgré une vie de misère.

— Que dirais-tu de venir avec moi, au village où j'habite ?

Thomas écarquilla les yeux. Il ne s'était pas attendu à cette proposition, qui lui ouvrait des horizons insoupçonnés, lui dont l'avenir était si incertain.

— Pourquoi moi ? demanda-t-il naïvement.

Sean sentit l'émotion le gagner. Il pensa à Adrian et comprit que, en prenant Thomas sous son aile, il vengeait en quelque sorte la mort prématurée du jeune soldat.

— Pourquoi pas ?

Il lui décrivit avec ferveur la Jeune Lorette, la gentillesse de ses habitants, la beauté de ses paysages.

— On dirait le paradis, murmura Thomas.

— D'une certaine manière, c'en est un, répondit Sean, en revoyant le beau visage de Marie.

౼

Il leur avait fallu plus de trois jours pour parvenir au village huron. Sean avait usé de prudence tout au long du voyage. La dernière chose qu'il souhaitait était que Thomas et lui finissent en prison. Ils avaient pris un train de la compagnie Montreal and Champlain Railroad qui se rendait jusqu'à Saint-Lambert. De là, ils étaient montés à bord d'un gros bac qui assurait la traversée du fleuve Saint-Laurent de la rive sud jusqu'au port de

Montréal, transportant chaque jour des passagers, des charrettes remplies de marchandises et même du bétail. Une fois au port, sans ressources, les deux hommes avaient réussi à s'embarquer clandestinement dans un bateau qui faisait route vers Québec. La traversée n'avait pas été de tout repos. Ils avaient dû se réfugier dans la cale, au milieu de caisses de poissons à l'odeur nauséabonde et de rats qui leur filaient entre les jambes.

∽

Sean et son compagnon arrivèrent à la Jeune Lorette à la fin de la journée, sales et rompus de fatigue. Aurélien, l'aîné de Lucie, qui faisait une corvée de bois, les vit venir sur le chemin et courut avertir sa tante. Amanda, immensément soulagée de revoir son frère en vie, oublia sa rancœur et l'accueillit avec des cris de joie.

— Sean, tu es revenu !

Elle le serra contre lui, mais l'odeur pestilentielle qui se dégageait de ses vêtements la fit reculer.

— Ma foi, tu as besoin d'un bon bain…

C'est alors qu'elle remarqua le jeune homme qui se tenait timidement en retrait. Sean le présenta.

— Thomas Branagan. Je l'ai rencontré là-bas.

Il avait dit « là-bas » sciemment. Il ne voulait surtout pas parler de sa pénible expérience. Amanda comprit à demi-mot et accueillit le nouveau venu avec affabilité, comme s'il avait été un membre de la famille. Il reçut le même accueil simple et chaleureux de la part de Noël et de Bertrand lorsque ceux-ci revinrent d'une expédition de chasse. Étant donné qu'il ne restait aucune chambre libre dans la petite maison, ils montèrent une tente dans la cour pour que le jeune homme pût se reposer, en attendant de lui trouver une chambre chez un habitant. Thomas commençait à comprendre pourquoi Sean avait dépeint le village comme un endroit idyllique. Jamais il ne s'était senti chez lui nulle part, sauf dans cette maison, avec ces gens qu'il ne connaissait même pas la veille et qui le traitaient déjà comme un des leurs.

Affamés, Sean et son compagnon dévorèrent tout ce que Lucie et Amanda leur servirent. Puis, après un long bain, Sean, rasé de près et vêtu de son habit le plus propre, prit congé sous le regard attendri de sa sœur, qui se doutait bien de la raison pour laquelle il quittait la compagnie aussi rapidement.

୬

Lorsque Sean parvint à la maison de Marie, le soleil se fondait dans les nuages, jetant ses derniers feux. Il vit de la lumière à une fenêtre. *Elle est là.* Son cœur battit plus vite, telles les ailes d'un oiseau fuyant un orage. Car il ne savait pas à quoi s'en tenir. « Si tu reviens, je serai toujours là », avait-elle dit d'un ton neutre quand il lui avait fait ses adieux. Cela voulait-il dire qu'elle l'attendait, qu'elle souhaitait son retour ? Ou bien était-ce une manière de prendre ses distances avec lui, de lui signifier qu'il ne devait s'attendre à rien ?

Il frappa à sa porte, rempli de crainte et d'espoir. Des secondes interminables s'écoulèrent avant que celle-ci ne s'entrouvrît. Marie se tenait sur le seuil. Elle avait ses longs cheveux noirs sur les épaules et une robe de lin serrée à la taille par une cordelette. Elle sentait le foin coupé et l'herbe fraîche. Elle le fixa longuement. Ses prunelles étaient sombres et sans expression. Puis elle posa ses mains sur ses épaules et l'attira doucement à elle.

୬

Chaque soir, après souper, Sean se rendait chez la belle Marie. Elle l'accueillait dans ses bras doux et l'entraînait vers son lit. L'amour de Sean pour la jeune veuve grandissait de jour en jour. Il n'arrivait plus à comprendre comment il avait pu la quitter pour participer à cette guerre absurde. Sa vie se résumait à la lumière dans son regard, à la courbe de ses hanches, à la grâce de ses gestes.

Un soir, après l'amour, il caressa doucement ses cheveux, qui déferlaient sur ses épaules comme une cascade.

— Je t'aime, Marie. Veux-tu devenir ma femme ?

Elle posa sur lui son regard insaisissable.

— Le moment présent ne te suffit-il pas ?

Sean fut déconcerté par sa question.

— Bien sûr. Seulement… le mariage, c'est une façon de consolider nos liens, de nous engager l'un envers l'autre.

— Chaque soir, lorsque je m'endors entre tes bras, je suis ta femme. Chaque matin, lorsque je me réveille et que je vois ton visage, je te choisis. Je n'ai pas besoin d'un bout de papier pour que tu sois mon mari.

∾

Noël se rendit en charrette au bureau de poste de l'Ancienne Lorette pour y prendre le courrier et quelques journaux. L'un d'eux faisait mention du combat entre les révolutionnaires irlandais et les milices canadiennes qui avait eu lieu à Pigeon Hill. L'article dénonçait avec indignation les actes déplorables des Fenians. Ceux-ci s'étaient livrés à du vandalisme et à du pillage dans la région, mettant même le feu à des fermes et terrorisant la population locale. De nombreux Irlandais avaient été faits prisonniers par des troupes américaines, qui les attendaient de pied ferme à la frontière.

« Un des leaders, John O'Neill, a été arrêté à quelques milles de Pigeon Hill, au moment où il rejoignait les Fenians avec un contingent de plusieurs centaines d'hommes. Lors de son arrestation, celui qu'on surnomme le "général" aurait déclaré : "J'ai honte d'être un Fenian." Quant à Margaret Vincent, une pauvre femme qui se trouvait sur le chemin d'Eccles Hill, elle a été tuée par un milicien canadien. Celui-ci, la prenant pour une Fenian, l'avait sommée de s'arrêter, mais la femme a continué son chemin, et le soldat l'a abattue d'un coup de fusil. Il semble, d'après des voisins qui la connaissaient, que Mrs. Vincent était sourde et n'avait pas entendu les sommations. »

Noël replia pensivement le journal. Était-il possible que Sean se soit livré à des actions aussi lâches ? Il se refusait à le croire. De toute manière, ce combat absurde était maintenant chose du passé. Par chance, son beau-frère s'en était sorti vivant et était revenu au village. C'était tout ce qui importait. Il jeta la gazette dans une poubelle et retourna à la charrette. *Le passé appartient au passé.*

X

Montréal, début de septembre 1866

C'était la rentrée scolaire. Julien était parti à l'aube pour se rendre aux Trois-Rivières, où il devait rencontrer un client. Fanette aida sa fille à attacher les boutons de sa tunique noire, dont Céleste avait rallongé le bord, car Marie-Rosalie avait grandi de quelques pouces. *Déjà sept ans et demi*, songea Fanette. Tout en ajustant le col de dentelle qui garnissait l'uniforme, elle observa le visage de la fillette. Ses traits s'étaient affinés, perdant les rondeurs de l'enfance. Elle se revit à l'âge de dix ans, portant un uniforme semblable. Emma avait dû prendre la décision de l'envoyer au couvent des Ursulines, à la suite de la pneumonie de sa protégée, Eugénie. La neige lourde qui couvrait le jardin et les toits, la porte de chêne, les couloirs aux murs crépis de blanc et aux planchers de bois sentant l'encaustique et la cire d'abeille, le parloir aux doubles grilles, le bruissement des chapelets ; son sentiment d'abandon lorsque sa mère adoptive l'avait embrassée une dernière fois avant de la quitter : ses impressions d'alors n'avaient rien perdu de leur acuité. C'était chez les Ursulines que Fanette avait fait la connaissance de Rosalie, qui était devenue sa meilleure amie. Sa vie entière en avait été transformée.

— À quoi penses-tu, maman ? lui demanda la fillette.

— À moi quand j'avais à peu près ton âge, répondit Fanette en souriant. J'étais pensionnaire chez les Ursulines. La sœur de ta grand-mère, Marie de la Visitation, y était institutrice. Elle enseigne encore, d'ailleurs.

— C'est elle qui t'a appris à lire et à écrire ?

— Oui, et aussi la géographie et l'arithmétique. Il y avait même une religieuse qui nous enseignait la musique et le chant.

Avant de conduire sa fille à l'école, Fanette alla voir les jumeaux, qui dormaient encore, puis se rendit à la salle à manger. Céleste avait déjà déposé une cafetière fumante et du pain grillé sur la table, ainsi que quelques journaux et le courrier. Tout en buvant du café, Fanette feuilleta les gazettes, épluchant soigneusement les annonces. Depuis que Prosper Laflèche l'avait renvoyée de *L'Époque* à cause de sa grossesse, elle était à la recherche d'un emploi lié de près ou de loin à un journal, mais jusqu'à présent ses efforts n'avaient rien donné. Parfois, elle se demandait pourquoi elle continuait à s'acharner ainsi. Même sa tante Madeleine, qui avait pourtant une longue expérience de feuilletoniste, n'avait pas réussi à obtenir une nouvelle chronique dans un journal et devait se contenter de faire de la correction d'épreuves pour un imprimeur afin de joindre les deux bouts. Malgré tout, le métier de journaliste lui manquait cruellement. Son amour pour Julien et pour ses enfants ne parvenait pas à le lui faire oublier.

Après avoir parcouru *Le Pays* et *La Minerve* sans rien trouver d'intéressant, Fanette scruta les annonces de *L'Époque*. Elle ne put s'empêcher de jeter un coup d'œil aux articles. En première page figurait un papier signé par Lucien Latourelle, qui l'avait remplacée à la chronique *Du côté des dames*. Le jeune poète y faisait une critique dithyrambique de l'opéra-bouffe de Jacques Offenbach, *La Belle Hélène*, qui jouait à guichets fermés au théâtre Royal. Il ne tarissait pas d'éloges sur le talent de la jeune comédienne et chanteuse, Mathilde Duchamp, qui incarnait le rôle-titre : « Jamais n'aura-t-on vu sur la scène de ce théâtre prestigieux une jeune femme aussi gracieuse, dont la voix belle et pure comme du cristal de roche fait revivre les splendeurs et les fastes de la Grèce antique. » Force lui était d'admettre que Lucien n'avait pas une vilaine plume et avait même un certain talent pour la description, mais son manque de profondeur et son ton mielleux de courtisan gâchaient son style. *Tu es jalouse*, s'avoua Fanette en repliant la gazette avec humeur. Elle porta son regard sur le courrier. Une lettre lui était adressée.

Québec, le 24 août 1866

Chère madame,

Par la présente, je souhaitais simplement vous aviser que j'ai eu plusieurs visites pour le manoir de Cap-Rouge, dont celle d'un marchand naval, monsieur Miller, qui semblait fort intéressé par le domaine. Malheureusement, il n'a finalement pas déposé d'offre d'achat, considérant que les réparations à effectuer étaient trop importantes. Je ne perds toutefois pas espoir de trouver preneur pour cet endroit hors du commun. En attendant, j'ai engagé un homme à tout faire pour exécuter les travaux les plus urgents.

Votre tout dévoué,

Maître Isaac Hart

Fanette remit la lettre dans l'enveloppe. Le vieux notaire avait adopté un ton optimiste, mais elle voyait bien qu'il ne pensait guère être capable de vendre la demeure du Lumber Lord, dont elle avait hérité. Les autres lettres étaient adressées à Julien, sauf une enveloppe blanche, sur laquelle son nom avait été écrit, sans adresse. Intriguée, elle l'ouvrit. Une phrase avait été tracée en caractères d'imprimerie.

Votre mari n'est peut-être pas aussi loyal que vous le croyez.

Le cœur de Fanette se mit à battre la chamade. Qui était l'auteur de cette lettre anonyme ? L'idée que ce pût être le reporter Arsène Gagnon lui traversa l'esprit. *Il en serait bien capable*, se dit-elle. Elle avait beau ne plus travailler à *L'Époque*, Gagnon était un être mesquin et revanchard. Puis l'image furtive de la femme vêtue de noir, qu'elle avait aperçue à la chapelle Notre-Dame-de-Bon-Secours, lors de son mariage avec Julien, lui apparut. La mystérieuse femme s'était avancée dans l'allée de l'église et s'était immobilisée à une vingtaine de pieds du maître-autel. Le prêtre avait dû interrompre la cérémonie. Puis la femme était partie, tel un mauvais rêve se dissipant dans la clarté du jour. Un autre événement étrange s'était produit, après ses retrouvailles émouvantes avec son frère Sean, en juin dernier. À son retour à Montréal, alors qu'elle s'approchait de sa maison en voiture, elle avait vu Julien en compagnie d'une inconnue, dont la silhouette ressemblait à celle de la femme en noir. Celle-ci parlait dans une langue étrangère. Des éclats de voix lui étaient parvenus à distance : « *Marietta… Malata… Parla da sola…* » En entendant les roues de la voiture, la femme avait tourné la tête dans sa direction. Une voilette cachait son visage. Elle avait fixé Fanette pendant un moment, puis s'était éloignée à pas rapides. Fanette était descendue du Phaéton pour aller à la rencontre de Julien. Ce dernier semblait en proie à une vive émotion.

— Qui était cette femme ? s'était-elle enquise.

— Une cliente. Elle est bouleversée parce que son mari lui a demandé le divorce.

Fanette avait eu le sentiment qu'il ne lui disait pas la vérité. Elle avait ensuite oublié cet incident, jusqu'à ce qu'elle reçoive cette lettre anonyme. *Julien a peut-être une liaison.* Cette seule pensée lui broya le cœur. Une autre hypothèse affolante lui passa par la tête. *Auguste Lenoir a écrit la lettre.* Elle voyait encore son regard haineux posé sur elle lorsqu'il avait été reconnu coupable de l'enlèvement et de la séquestration de Marie-Rosalie et qu'il avait été incarcéré à la prison du Pied-du-Courant à la suite de son témoignage. Elle secoua la tête. *Impossible.* Lenoir avait été déporté en France pour complot contre le défunt roi Louis-Philippe. *À moins qu'il n'ait réussi à s'évader…*

XI

Tourmentée par des pensées sombres, Fanette alla dans sa chambre et rangea la lettre dans un tiroir de sa commode sous une pile de vêtements, bien décidée à avoir une explication avec Julien lorsqu'il reviendrait des Trois-Rivières, dans deux jours. En attendant, il lui fallait mettre un masque de sérénité pour poursuivre ses activités quotidiennes. Pas question que son entourage soit touché par l'angoisse qui l'habitait.

L'école n'étant qu'à une dizaine de minutes de chez elle, Fanette s'y rendit à pied avec sa fille. C'était une de ces journées lumineuses de fin d'été, où les rayons obliques du soleil coulent sur le feuillage des arbres et sur les toits des maisons comme de l'or en fusion. L'insinuation perfide mettant en cause la loyauté de son mari sembla soudain irréelle devant la beauté du jour.

En arrivant devant l'immeuble, Fanette aperçut la silhouette mince de Rosalie, debout sur le perron. Son amie les accueillit avec joie.

— Bienvenue à mon école ! s'écria-t-elle.

Plusieurs parents étaient déjà arrivés, tenant leurs fillettes par la main. Des voitures s'immobilisaient devant l'école dans un grincement de roues. Fanette embrassa sa fille, puis la regarda s'éloigner vers la cour de récréation, le cœur gros. Rosalie remarqua sa tristesse.

— Il est encore tôt. Nous avons le temps de prendre le thé avant le début des classes, lui dit-elle en l'entraînant à l'intérieur de l'école.

Rosalie déposa un canard sur le poêle. L'ancienne cuisine avait été transformée en réfectoire pour y accueillir les élèves.

— Qu'est-ce qui te tracasse ?

Devant le regard droit et franc de son amie, Fanette fut tentée de lui faire part du message qu'elle avait reçu, mais elle se contint. Bien qu'elle eût une entière confiance en Rosalie, elle devait permettre à Julien de s'expliquer avant de se confier à elle.

— Rien, mentit-elle. Le brouhaha de la rentrée, sans doute.

Les deux jours suivants passèrent avec une lenteur désespérante. Fanette tâcha de s'occuper comme elle le pouvait, écrivant dans son journal intime, prenant soin des jumeaux, supervisant les devoirs de Marie-Rosalie. Elle venait de mettre les enfants au lit lorsqu'elle entendit le bruit de la porte d'entrée. Le cœur serré, elle se dirigea vers le vestibule. Julien suspendait son chapeau et sa redingote à la patère. Une valise de cuir était déposée à ses pieds. Elle s'avança vers lui, faisant un effort pour calmer son tumulte intérieur.

— Ton voyage s'est-il bien passé ?

— Très bien. Monsieur Dussault était un client exigeant, mais j'ai réussi à l'amadouer.

Il l'embrassa affectueusement.

— Et toi, ma chérie ? Comment as-tu réussi à vivre sans moi pendant tout ce temps ? ajouta-t-il avec humour.

Son regard était si tendre et son sourire si lumineux que les doutes de Fanette fondirent comme neige au soleil. Elle s'en voulut d'avoir douté de lui.

— Tu m'as manqué plus que tu ne peux le croire.

Le lendemain, elle attendit que Julien soit parti au palais de justice pour reprendre la lettre dans le tiroir. Elle se dirigea ensuite vers la cuisine et jeta la feuille de papier dans le poêle. Sa confiance en son mari pesait plus lourd que cette calomnie.

XII

Montréal, mi-octobre 1866

Madeleine se réveilla en sursaut et se redressa dans son lit, le souffle court. Elle avait rêvé qu'elle montait un escalier étroit, sans lumière, et qu'elle ne parvenait pas à atteindre le palier. Elle chercha à tâtons la lampe qui se trouvait sur sa table de chevet et remonta la mèche. L'horloge indiquait trois heures du matin.

Elle laissa échapper un soupir et se leva, sachant qu'elle n'arriverait pas à se rendormir. Après avoir mis sa robe de chambre, elle alluma une chandelle, descendit à la cuisine et fit des préparatifs pour un thé, espérant qu'une boisson chaude l'aiderait à retrouver le sommeil. La chienne George, qui dormait près de la porte, s'éveilla et frétilla de la queue en apercevant sa maîtresse. Madeleine lui caressa la tête.

— Tu as bien de la chance de ne pas avoir les soucis des humains, ma pauvre George !

L'animal lui donna la patte, comme s'il approuvait ses paroles. Madeleine prit son infusion ainsi que le chandelier et remonta à l'étage, George sur ses talons. Lorsque celle-ci la suivit jusque dans sa chambre, elle n'eut pas le cœur de la laisser dans le couloir et lui permit d'entrer, ce qui dérogeait aux règles sacro-saintes établies par Berthe. Elle s'installa dans son lit, alluma un cigare et replongea dans *Histoire de ma vie*, autobiographie que son idole, George Sand, avait fait paraître. Elle ne protesta pas quand sa chienne la rejoignit d'un bond et se coucha à ses pieds. La présence du basset lui faisait du bien. Depuis la visite impromptue de Guillaume Soulières, quelques mois auparavant, elle n'avait cessé de penser à lui. Quelle cuisante déception avait-il dû ressentir après l'avoir rencontrée ! « Quoi, cette mégère sans cœur est ma mère ? » devait-il se dire. Il regrettait sans doute amèrement d'avoir fait cette démarche, qui semblait être si importante à ses yeux et lui avait sûrement demandé énormément de courage.

— Je dois le revoir, pensa-t-elle à voix haute.

Elle fut elle-même surprise de s'entendre prononcer ces mots. L'évocation de son fils, ce grand jeune homme maigre et trop poli, qui lui ressemblait beaucoup physiquement, la bouleversa malgré elle. Il lui fallait le revoir, ne serait-ce que pour se dédouaner de l'avoir traité aussi mal. Mais comment le retrouver ? Elle n'avait pas la moindre idée de l'endroit où il habitait. *Je finirai bien par le savoir*, se dit-elle après avoir éteint son cigare et tourné la mèche de sa lampe. La chaleur rassurante de sa chienne et sa respiration régulière la calmèrent. Elle sombra enfin dans le sommeil.

꩜

— Si ç'a du bon sens !

Madeleine ouvrit les yeux. Sa servante était en train de tirer les rideaux en maugréant.

— J'vous avions dit cent fois de pas laisser George entrer dans votre chambre. Qui c'est qui ramasse les poils sur le tapis et les couvertures ? C'est sans compter la cendre, que j'trouvions partout !

Le soleil entrait à flots dans la pièce. La chienne basset, nullement intimidée par les admonestations de Berthe, sauta par terre et alla trouver la bonne, quémandant une caresse. Madeleine étouffa un bâillement et jeta un coup d'œil à l'horloge. *Sept heures.* Elle rejeta les couvertures.

— Au lieu de rouspéter, ma pauvre Berthe, va donc préparer un café très fort. J'en ai bien besoin.

꩜

En robe de chambre, les cheveux en désordre, Madeleine sirotait un café tout en fouillant dans les tiroirs de son pupitre.

— Où ai-je bien pu mettre cela? marmonna-t-elle.

Elle finit par dénicher un bottin imprimé par Lovell, qui contenait les noms et adresses des habitants et des commerces de Montréal. Elle le feuilleta, mais ne vit pas le nom de Guillaume Soulières. Par contre, sur la même page, un peu plus bas, elle tomba sur le nom et l'adresse du docteur René Soulières, le père adoptif de son fils, dont le cabinet se trouvait rue Saint-Hubert. La contrariété plissa sa bouche. Bien que cet homme fût sans doute le seul qui pût la renseigner, elle ne pouvait se résoudre à aller le voir. *Plutôt crever*, se dit-elle en remettant le bottin dans le tiroir, qu'elle referma d'un coup sec.

Elle termina son café puis fit les cent pas dans son bureau, en proie à un débat intérieur. N'y tenant plus, elle retourna à son pupitre, ouvrit de nouveau le tiroir, dont elle extirpa le bottin. Elle hésita longuement puis, d'un geste impatient, en tourna les pages jusqu'à ce qu'elle parvienne aux noms en S. Elle repéra l'adresse qui l'intéressait, puis arracha la page, qu'elle plia en deux et glissa dans une poche de son peignoir. Lorsque sa bonne revint avec un plateau chargé de nourriture, elle ne toucha à rien.

— Demande à Alcidor d'atteler ma calèche.

La servante leva les yeux au ciel. Qu'avait-elle fait au Bon Dieu pour devoir subir les caprices de cette femme attachante, mais au caractère impossible?

⁓

Il ne fallut qu'une dizaine de minutes à Madeleine pour faire le trajet en calèche jusqu'à la rue Saint-Hubert. La plupart des feuilles étaient déjà tombées, formant dans les jardins un tapis aux tons orangés et jaune vif. Elle gara sa voiture devant une maison d'allure bourgeoise, carrée et solide, mais sans charme. Il n'y avait qu'un seul arbre dans la cour, un orme dont les branches avaient été sévèrement taillées, ce qui lui donnait un aspect rachitique.

Madeleine franchit lentement les marches menant jusqu'au perron. Soudain, elle eut le sentiment de revivre son mauvais rêve, et une angoisse diffuse s'empara d'elle. Elle faillit retourner sur ses pas, mais une voix la força d'aller de l'avant. *De quoi as-tu peur ? Un peu de cran, que diable !*

Une plaque de cuivre avait été posée à côté d'une porte de chêne :

Dr René Soulières, MD

Madeleine appuya fermement sur le bouton de la sonnette. Elle entendit le son aigrelet se réverbérer à l'intérieur. Une femme, portant une coiffe et un tablier blancs parfaitement propres et amidonnés, vint répondre.

— Que puis-je faire pour votre service ?

Son ton était cordial, ce qui rassura Madeleine.

— Je voudrais voir le docteur Soulières.

Une voix rébarbative s'éleva derrière la domestique.

— Je suis la secrétaire du docteur Soulières. Avez-vous un rendez-vous ?

Madeleine aperçut une silhouette maigre vêtue d'une robe marron. Un chignon sévère dévoilait un visage aux traits osseux.

— Non, mais je souhaiterais…

— Le docteur Soulières ne donne jamais de consultation sans rendez-vous.

La secrétaire fit un mouvement pour refermer la porte, mais Madeleine mit un pied sur le seuil.

— Je ne suis pas une patiente. Il faut que je voie monsieur Soulières pour une… une question importante.

Elle entra dans le vestibule, sans que la secrétaire puisse l'en empêcher. Cette dernière, mécontente, referma la porte et s'empressa de rejoindre l'intruse, qui s'avançait dans le hall, cherchant des yeux le bureau du médecin.

— Je vous répète que le docteur…

— Je ne suis pas sourde.

Madeleine s'engagea résolument dans un couloir qui donnait sur une salle d'attente. Celle-ci était vide. Elle avisa une porte sur laquelle se trouvait une plaque similaire à celle de l'entrée. Sans réfléchir, elle frappa brièvement et pénétra dans un bureau, dont les murs étaient tapissés de bibliothèques vitrées. De lourdes draperies masquaient les fenêtres. Un homme au visage rond, encore jeune, mais qu'un habit noir vieillissait, était installé derrière un grand pupitre qu'éclairait une lampe à l'abat-jour vert. Il griffonnait rapidement des notes dans un dossier. Madeleine remarqua qu'il arborait un brassard de deuil. Il leva les yeux et fronça les sourcils en la voyant.

— Je n'attends pas de patients avant huit heures.

La secrétaire se profila dans l'embrasure de la porte.

— Je suis navrée, docteur. J'ai eu beau dire à cette femme qu'elle ne pouvait vous consulter sans rendez-vous, elle a refusé de m'écouter.

Visiblement contrarié, le médecin s'adressa à Madeleine.

— Je n'ai pas l'habitude de faire de passe-droits. Veuillez prendre rendez-vous avec ma secrétaire, et revenez lorsque vous en aurez obtenu un en bonne et due forme.

Il continua d'écrire. Madeleine refusa de se laisser éconduire.

— Je ne suis pas venue pour parler maladies. Cela concerne votre fils adoptif, Guillaume.

Le docteur Soulières se raidit soudain.

— Mon fils *adoptif*?

— Je suis sa mère, Madeleine Portelance.

Les couleurs se retirèrent du visage du médecin. Il déposa sa plume dans son socle, puis se tourna vers son employée.

— Veuillez nous laisser seuls, mademoiselle Pothier.

La secrétaire pinça les lèvres et s'effaça en refermant la porte. Le médecin toisa Madeleine sans même lui offrir de s'asseoir.

— Je ne comprends pas de quoi vous voulez parler, commenta-t-il froidement. Mon fils n'a pas été adopté. Sa mère, Dieu ait son âme, est morte il y a près de huit mois.

— Puisque je vous dis que je suis sa vraie mère ! C'est moi qui lui ai donné naissance.

— Rien ne me prouve que vous dites la vérité.

Madeleine se rappela son propre scepticisme devant les affirmations de Guillaume Soulières et en éprouva de la honte.

— Votre fils est venu me rendre visite, au mois de juin dernier. C'est lui qui me l'a appris.

Cette fois, le médecin ne put masquer son trouble. Il regarda Madeleine de plus près.

— J'ignore comment il l'a su. Jamais sa mère et moi n'avons parlé à Guillaume de ses origines. Nous étions convaincus qu'il valait mieux pour lui ne pas savoir la vérité sur sa naissance. Maintenant, veuillez sortir de mon bureau, j'ai une longue journée qui m'attend.

Il reprit sa plume, la trempa dans l'encrier et se remit à annoter son dossier. Madeleine fit quelques pas vers lui et s'arrêta à sa hauteur.

— Votre femme a révélé la vérité à Guillaume avant de mourir.

Le docteur Soulières cessa d'écrire.

— Je ne vous crois pas.

— C'est votre fils lui-même qui m'en a fait part. Allez-vous le traiter de menteur, lui aussi ?

Le médecin la scruta longuement, comme s'il cherchait à comparer les traits de cette femme avec ceux de son fils.

— En admettant que vous disiez la vérité sur ce point, encore une fois, rien ne me prouve que vous êtes la mère biologique de Guillaume.

— Vous assistiez les parturientes du refuge Sainte-Famille, tenu par les sœurs de la Charité, n'est-ce pas ?

Le visage du médecin se ferma.

— C'était il y a longtemps, je n'en ai gardé aucun souvenir.

— Vous y veniez pourtant une ou deux fois par semaine. C'est même vous qui avez procédé à mon accouchement, le 7 juin 1842.

— C'est possible, dit le médecin après une hésitation.

— C'est la vérité ! s'écria Madeleine, à bout de patience. Comment pouvez-vous avoir oublié ? J'ai perdu tellement de sang à cause de vous que c'est un miracle si je suis encore en vie !

Le médecin se leva brusquement. La plume qu'il tenait lui échappa des doigts, éclaboussant le dossier de taches d'encre.

— Je vous prie de quitter ce bureau immédiatement !

Madeleine regretta de s'être emportée.

— Je ne suis pas venue ici pour régler de vieux comptes, docteur Soulières.

— Alors que me voulez-vous ?

— Je souhaiterais savoir où habite mon fils.

— Ne l'appelez pas « mon fils » ! lança le médecin, exaspéré. Ses vrais parents sont ceux qui se sont occupés de lui, l'ont logé, nourri, lui ont donné une bonne éducation !

— Je m'en serais occupée si les religieuses ne me l'avaient pas enlevé en me faisant croire qu'il était mort-né.

— Il aurait été complètement irresponsable de leur part de laisser une fille-mère élever seule un enfant.

— De quel droit me jugez-vous ? Que savez-vous des circonstances qui ont mené à cette grossesse ? Croyez-vous qu'une femme tombe enceinte par la simple opération du Saint-Esprit ? Que faites-vous de la responsabilité du géniteur ?

Le médecin reprit lentement place dans son fauteuil, comme s'il portait un lourd poids sur les épaules.

— Rien ne m'oblige à vous divulguer ce renseignement.

— Votre fils tenait à me retrouver. Il a pris la peine de me rendre visite et m'a dit qu'il voulait savoir d'où il venait. Cela devrait vous suffire.

— Pourquoi Guillaume ne vous a-t-il pas donné son adresse lorsqu'il s'est présenté chez vous ? S'il tenait tant à vous revoir, il me semble qu'il vous en aurait informé lui-même.

Le docteur Soulières venait de soulever un point délicat. Après tout, c'était à cause d'elle si son fils était parti sans demander son reste.

— Nous étions troublés, tous les deux. Je n'ai pas songé à la lui demander.

Le médecin hocha la tête.

— Je n'approuve pas sa démarche. Il a eu une belle enfance, reçu tout ce dont il avait besoin. À quoi bon remuer le passé ? Cela ne peut lui apporter que des désillusions.

Ces dernières paroles atteignirent leur cible. Madeleine repensa avec chagrin à la brusquerie avec laquelle elle avait accueilli Guillaume et à la vive déception qu'il avait dû éprouver en se voyant aussi mal reçu.

— Quelle que soit votre opinion de moi, je suis sa mère.

Pour la première fois, une certaine émotion parut sur le visage du médecin. Un long silence régna. Le docteur Soulières semblait en proie à une profonde réflexion.

— Si j'accepte de vous révéler où habite Guillaume, ce sera à une condition.

Remplie d'espoir, Madeleine attendit qu'il poursuive.

— Vous devez vous engager à couper les ponts avec mon fils après l'avoir revu. Ne tentez de vous immiscer dans sa vie d'aucune façon.

— Ce n'est pas à vous de décider du rôle que je peux jouer auprès de lui, rétorqua froidement Madeleine.

— Guillaume travaille comme directeur adjoint d'une banque. C'est un milieu très conservateur, où tout tient à la réputation. Si cela se savait, qu'il est né hors mariage, ce serait dévastateur pour sa carrière. Son avenir et celui de sa famille seraient compromis.

— Sa famille ? s'exclama Madeleine, saisie.

Le médecin se mordit la lèvre, s'en voulant de s'être avancé sur ce terrain.

— Me donnez-vous votre parole, oui ou non ?

— Ainsi, tout se résume pour vous à une question de réputation ?

— Avez-vous eu d'autres enfants que Guillaume, madame Portelance ?

C'était la première fois qu'il l'appelait par son nom. Son ton s'était radouci.

— Malheureusement, non, admit-elle.

— Si cela avait été le cas, vous comprendriez quelles responsabilités incombent aux parents. Ma femme et moi n'avons pas conçu Guillaume, mais nous l'avons élevé et aimé comme s'il avait été notre propre fils. Rien ne compte davantage que son bien-être.

Il se leva de nouveau, fit quelques pas vers elle.

— Contrairement à ce que vous croyez, je ne vous blâme pas d'avoir subi cette grossesse sans être mariée et d'avoir été contrainte d'accoucher dans un refuge. J'ai assisté des dizaines de femmes qui étaient dans votre situation. Mais si vous avez un tant soit peu d'affection pour Guillaume, épargnez-lui le rappel de ce douloureux passé. Ne laissez pas vos propres sentiments prendre le dessus sur son bonheur.

Madeleine resta coite. Le médecin n'avait pas complètement tort. La société n'était pas tendre envers les enfants illégitimes. Certes, Guillaume avait fait une démarche pour la retrouver, mais il n'avait pas cherché à la revoir après sa visite. Peut-être valait-il mieux abandonner toute tentative ? Pourtant, c'était sa dernière chance de lui demander pardon.

— Donnez-moi son adresse. Je vous donne ma parole que je couperai les ponts avec mon fils après cette rencontre.

XIII

Madeleine retourna d'un pas saccadé vers sa calèche, tenant un bout de papier serré dans une main. Sa rencontre avec le père adoptif de Guillaume l'avait meurtrie, mais en même temps elle triomphait d'avoir réussi à obtenir l'adresse de son fils. Bien que le docteur Soulières se fût montré un peu plus humain à la fin de l'entrevue, ses mises en garde s'étaient insinuées en elle, tel un poison. « Si vous avez un tant soit peu d'affection pour Guillaume, épargnez-lui le rappel de ce douloureux passé. » Il avait semblé sincère en prononçant ces mots, mais n'était-ce pas une manœuvre de plus pour l'éloigner de son fils ? Il avait eu beau se défendre de juger les « femmes tombées », il avait tout de même caché à Guillaume la vérité au sujet de ses origines et ne voulait pas que celui-ci puisse refaire des liens avec sa vraie mère. Maintenant qu'elle avait réussi à lui soutirer ce qu'elle était venue chercher, elle ne voyait aucune raison de céder au chantage indu de cet homme, quitte à trahir sa parole.

Elle défroissa le papier et relut l'adresse que le docteur Soulières y avait griffonnée avec son écriture quasi illisible de médecin. « 4535, rue de l'Esplanade. » Il lui avait expliqué que l'immeuble était situé près de l'Hôtel-Dieu.

Lorsque Madeleine parvint à destination, elle resta dans sa voiture, observant longuement la maison de trois étages. Son fils habitait au rez-de-chaussée. Une clôture ceignait un jardin petit, mais bien entretenu. Un tilleul y poussait. Ce détail l'émut particulièrement : c'était la même essence d'arbre qui s'élevait devant sa maison, et dont les fleurs parfumaient délicieusement l'air en été.

Il lui fallut tout son courage pour descendre de la calèche et se diriger vers le perron. Elle avait les mains moites et son cœur battait à tout rompre. Elle resta longtemps sur le seuil de la porte, incapable de faire un geste. Puis elle ferma les yeux et appuya sur le bouton de la sonnette. Le son résonna à l'intérieur. *Que vais-je lui dire ?* se demanda-t-elle avec angoisse en s'essuyant les mains sur les pans de son manteau. Au bout d'un moment, la porte s'ouvrit. Une jeune femme au visage rond et avenant se tenait sur le seuil. Elle portait un tablier et ses mains étaient légèrement enfarinées.

— Bonjour, balbutia Madeleine. Je… je souhaiterais… Savez-vous si monsieur Soulières est à la maison ?

— Guillaume ? Je l'attends d'une minute à l'autre. Il revient toujours à la maison pour le dîner. Il dit que ça coupe sa journée de travail en deux et qu'elle passe plus vite.

Madeleine devina que son interlocutrice était la femme de son fils. Celle-ci lui fit signe d'entrer.

— Excusez mes mains, j'étais en train de pétrir du pain.

Touchée par l'amabilité et la simplicité de la jeune femme, Madeleine la suivit à l'intérieur. Une agréable odeur de pot-au-feu y régnait. Le logement était meublé modestement, mais bien tenu. Des chrysanthèmes d'automne avaient été disposés sur une crédence, égayant le hall.

— Puis-je vous offrir du thé ? Nous attendrons mon mari ensemble.

— Volontiers.

La cuisine était gaie. Le soleil entrait à flots par une fenêtre garnie de rideaux de cretonne aux motifs colorés. Un rouleau à pâte traînait sur un comptoir de bois. L'hôtesse enfourna le pain, se lava les mains dans une bassine, mit un canard à chauffer sur le poêle, puis se tourna vers Madeleine.

— Je ne me suis pas encore présentée. Florence Soulières, dit-elle en tendant la main à Madeleine, qui la serra dans la sienne.

— Je suis…

Madeleine s'interrompit. Guillaume avait-il parlé d'elle à sa femme ? L'avait-il mise au courant qu'il avait été adopté, et de sa démarche pour retrouver sa vraie mère ?

— J'ai… j'ai enseigné à Guillaume lorsqu'il fréquentait l'école primaire.

Florence sourit.

— Quelle bonne idée de venir le voir ! Je suis certaine qu'il sera ravi de votre visite. Il a toujours adoré l'école.

Des pleurs s'élevèrent.

— Veuillez m'excuser. Je vous en prie, assoyez-vous, faites comme chez vous.

Elle s'éclipsa. Madeleine prit place sur une chaise, la poitrine serrée dans un étau. Les pleurs cessèrent. Après quelques minutes, Florence revint, tenant un bambin par la main.

— Voici notre fils, Tristan.

La stupéfaction cloua Madeleine sur place. Elle regarda le petit garçon, dont les boucles blondes entouraient un visage délicat. Il ressemblait beaucoup à sa mère. *Mon petit-fils.* Elle se leva, fit quelques pas vers l'enfant, mais celui-ci, gêné, détourna la tête et se mit à pleurnicher. Sa mère le prit dans ses bras pour le consoler.

— Allons, allons… Dis bonjour à la gentille dame…

Elle leva les yeux vers Madeleine.

— Ne vous en faites pas, il est un peu timide.

Madeleine s'adressa à l'enfant.

— Quel âge as-tu ? demanda-t-elle d'une voix tremblante.

L'enfant la regarda avec ses grands yeux bleus et leva deux doigts.

— Deux ans, murmura-t-elle.

Puis, les joues encore mouillées de larmes, il lui décocha un sourire, ce qui la chavira.

Le canard se mit à siffler. Florence déposa le bambin par terre et retira la bouilloire du feu. Madeleine la regardait faire distraitement, paralysée qu'elle était par l'émotion. Elle pensa dire la vérité à la femme de son fils, mais en fut incapable. Florence versa de l'eau bouillante dans une théière.

— Vous resterez bien avec nous pour le dîner, proposa-t-elle gentiment. Guillaume ne devrait pas tarder.

« Si vous avez un tant soit peu d'affection pour Guillaume, épargnez-lui le rappel de ce douloureux passé. Ne laissez pas vos propres sentiments prendre le dessus sur son bonheur. » C'était ces paroles, plus que tout le reste, qui avaient bouleversé Madeleine au plus profond d'elle-même. Qu'avait-elle à apporter à son fils, sinon un lourd passé et un présent scandaleux ? Car il ne fallait pas se faire d'illusions. Bien qu'elle aimât Clara de tout son cœur, elle savait que cette relation était sévèrement condamnée par la société. Déjà, son fils l'avait regardée avec désapprobation lorsqu'elle avait fumé le cigare devant lui. Comment réagirait-il en apprenant que sa mère était amoureuse d'une autre femme ? Aurait-il honte d'elle ? La rejetterait-il ? Cette seule idée lui paraissait insupportable.

— Pardonnez-moi, mais je dois partir. Vous avez été bien aimable.

Madeleine sortit de la cuisine, faisant un effort pour tenir droit sur ses jambes. Ses yeux s'étant accoutumés à la clarté, elle dut s'appuyer sur un mur tellement le couloir était sombre. Elle parvint au hall d'entrée, priant pour que Guillaume n'arrive pas entre-temps. Une fois dehors, elle courut vers sa calèche. Le vent faisait tourbillonner quelques feuilles mortes. Le ciel s'était ennuagé. C'est alors qu'elle vit une grande silhouette marchant dans sa direction, les mains croisées dans le dos. *Guillaume.* Ce dernier semblait perdu dans ses pensées. Madeleine s'empara des guides et les secoua vigoureusement. Le cheval se cabra, puis la voiture se mit à rouler.

Guillaume leva les yeux et vit une calèche conduite par une femme. Pendant un instant, il crut reconnaître la conductrice, mais la voiture était déjà trop loin pour qu'il pût distinguer ses traits. Il revint à ses préoccupations. Il avait eu une matinée difficile à la banque. Un gros client lui avait fait toute une scène parce qu'il lui avait demandé de lui fournir un papier d'identité avant de procéder à un retrait important. Alerté par les cris, monsieur Gordon était sorti de son bureau et avait pris le parti du client, sans même s'informer de la situation. Guillaume avait ravalé sa frustration. À quoi bon se défendre ? Monsieur Gordon répétait à qui voulait l'entendre : *The customer is always right.* Le client a toujours raison. Il poussa un soupir et franchit les marches de l'escalier qui menait chez lui. Heureusement qu'il avait Florence et Tristan. Sans eux, il se sentirait comme une plume voguant dans l'océan, sans repères ni horizon.

L'odeur de pain frais et de ragoût le rasséréna. Il trouva Florence dans la cuisine, penchée au-dessus d'un chaudron. Elle lui sourit en l'apercevant.

— Une dame est passée te voir.

— Qui était-ce ? demanda-t-il, intrigué.

— Maintenant que j'y pense, elle ne m'a pas dit son nom. Elle était ton enseignante, à l'école primaire.

Guillaume fronça les sourcils. *Une enseignante ?* Il se rappelait quelques professeurs, mais n'avait pas gardé de souvenirs précis d'une institutrice.

— Peux-tu me la décrire ?

— Plutôt grande, mince, pour ne pas dire maigre, les cheveux poivre et sel, de beaux yeux noirs.

Madeleine Portelance. Il ne pouvait s'agir que d'elle.

— T'a-t-elle précisé la raison de sa visite ?

— Pas vraiment. Elle est partie en coup de vent, juste après que je lui ai présenté Tristan.

Guillaume prit place sur une chaise, en proie à des sentiments contradictoires. Il était touché par la visite de sa mère, mais blessé qu'elle se soit esquivée sans le voir. L'image de la conductrice dans la calèche lui revint à l'esprit. C'était sûrement elle. Tandis que Florence plaçait une assiette fumante devant lui, il songea qu'il ne lui avait pas encore confié les démarches qu'il avait effectuées pour retrouver sa mère biologique, préférant attendre d'en savoir plus long sur cette dernière avant d'en parler. Leur rencontre avait été bien éprouvante. Était-ce possible qu'elle ait tenté un rapprochement ? Mais alors pourquoi était-elle repartie, sans même prendre la peine de le saluer ?

— Qu'y a-t-il, Guillaume ?

Il fit un effort pour sourire.

— Un petit ennui au travail.

Il commença à manger. *Oublier*. Il fallait oublier cette femme, la mettre dans la colonne des passifs, comme il le faisait à la banque.

XIV

Les jours qui suivirent sa rencontre avec la femme de Guillaume et le petit Tristan furent pénibles pour Madeleine. Elle ne dormait plus, dévastée par le remords et le chagrin. Elle revoyait le visage empreint de bonté de Florence, le sourire dont son petit-fils l'avait gratifiée. La tentation était grande de retourner à ce logement modeste, qui respirait la douceur et la joie de vivre. Parfois, elle allait jusqu'à revêtir son manteau et son chapeau et demandait à Alcidor d'atteler, puis le courage lui manquait et elle renonçait à sortir. Ce n'était pas la promesse qu'elle avait faite au père adoptif de Guillaume qui la retenait, mais la crainte que Guillaume, une fois qu'il la connaîtrait davantage, ne voudrait plus d'elle.

Un matin, Clara, qui était passée la voir, remarqua son agitation et en devina aisément la cause.

— C'est ton fils ? lui demanda-t-elle gentiment.

Madeleine acquiesça sans répondre. Elle lui raconta sa démarche auprès du docteur Soulières afin d'obtenir l'adresse de Guillaume, sa visite impromptue chez ce dernier, l'accueil chaleureux de sa femme, sa rencontre bouleversante avec son petit-fils et sa fuite avant l'arrivée de Guillaume.

— Je ne te comprends pas, commenta Clara. Pourquoi renonces-tu à revoir ton fils, si tu tiens tant à lui ?

Madeleine s'affala dans un fauteuil. L'envie de fumer un cigare devint très forte, mais elle s'en abstint pour ne pas incommoder son amie.

— Guillaume travaille dans une banque et mène une vie très rangée.

— Et puis après ? Quel rapport cela a-t-il avec toi ?

— Il... il a une famille, une femme, un petit enfant de deux ans. Que ferait-il d'une mère bohème, qui fume le cigare en cachette, s'habille parfois en homme et est amoureuse d'une...

Elle s'interrompit. Clara termina sa phrase.

— ... d'une femme ? C'est à cause de cela que tu ne veux plus revoir ton fils ? Tu as honte de moi ? De notre amour ?

Madeleine quitta le fauteuil et rejoignit Clara, qu'elle étreignit de toutes ses forces.

— Honte de toi ? Toi qui es plus précieuse que la prunelle de mes yeux, que j'aime plus que moi-même ? Ne comprends-tu pas que c'est moi qui suis en cause ?

Clara secoua la tête.

— Je ne te comprends pas.

— J'ai peur, Clara ! Je suis morte de peur. J'ai été rejetée trop souvent dans ma vie. Très jeune, lorsque mon père a voulu me faire interner, puis quand je suis tombée éperdument amoureuse de cet avocat pour lequel je travaillais, qui m'a brutalement mise à la porte après m'avoir engrossée... Je ne pourrais pas supporter que mon propre fils ne veuille plus de moi en apprenant qui je suis.

Clara réfléchit aux aveux de sa compagne. L'homosexualité était sévèrement condamnée par l'Église. La société civile n'était pas en reste. Les personnes qui se rendaient coupables de cette « perversion » pouvaient être poursuivies pour grossière indécence et emprisonnées pour une période pouvant aller jusqu'à cinq ans. Son propre mari avait failli en faire les frais, quelques années auparavant, lorsqu'il avait été victime d'une dénonciation de la part d'un concurrent qui souhaitait le mettre en faillite. Peter avait dû user de l'aide d'amis influents dans la magistrature et dans la classe politique pour échapper à une poursuite criminelle. Madeleine et elle n'avaient jamais osé s'afficher publiquement et vivaient leurs amours en privé.

— Rien ne t'oblige à lui dire la vérité.

— Tu crois vraiment que j'accepterais de t'enfermer dans un placard, de te renier, comme si tu n'étais pas la personne la plus importante dans ma vie ?

Clara fut touchée par la profession de foi de sa compagne.

— Si ton fils a vraiment de l'affection pour toi, il t'acceptera telle que tu es.

Comme Madeleine aurait voulu la croire ! Mais un profond doute subsistait en elle. Il était difficile d'imaginer que Guillaume ferait preuve de plus d'ouverture d'esprit que le commun des mortels et qu'il ne la jugerait pas aussi sévèrement que le reste de la société.

— Laisse le temps faire son œuvre, conclut Clara.

La sonnette retentit. Madeleine se tamponna les yeux avec un mouchoir et alla répondre. Son fils était sur le seuil.

XV

La surprise avait cloué Madeleine au sol. Guillaume sourit timidement.

— Je vois bien que je vous dérange. Je reviendrai à un autre moment.

— Non, non ! Entrez, je vous prie.

Elle recula pour le laisser passer.

— Puis-je vous offrir du thé ?

— Non, merci. J'ai pris une pause à mon travail, je dois y retourner bientôt.

Madeleine conduisit Guillaume vers le salon. Clara se leva en les apercevant. Elle vint à leur rencontre dans un froufrou de jupe.

— Je suis Clara. Clara Bloomingdale.

— Clara est… est une amie, expliqua Madeleine, qui rougit jusqu'au front.

Guillaume tendit la main.

— Enchanté de faire votre connaissance, madame Bloomingdale. Je m'appelle Guillaume Soulières.

— Madeleine m'a beaucoup parlé de vous.

Les joues du jeune homme se colorèrent. Il fit bonne impression à Clara, qui aima tout de suite sa poignée de main franche, son visage anguleux, qui lui rappelait tant Madeleine.

— Je vous laisse, dit-elle. Je suis certaine que vous avez beaucoup de choses à vous dire.

— Reste, voyons ! s'écria Madeleine, soudain embarrassée à la perspective d'être seule avec son fils.

Clara l'embrassa sur une joue.

— Confiance, lui glissa-t-elle à l'oreille.

Après le départ de son amie, Madeleine désigna une causeuse.

— Assoyez-vous. Vous êtes certain que je ne puis vous offrir quelque chose ?

— Rien, merci.

Mère et fils gardèrent un silence embarrassé.

— Ma femme m'a dit que vous nous aviez rendu visite, il y a quelques jours.

— Oui, je… j'ai obtenu votre adresse par votre père adoptif.

— Vous êtes partie sans m'attendre. Sur le moment, je vous l'avoue, j'en ai été blessé. Je ne voulais plus vous revoir, mais je… je voudrais comprendre pourquoi vous… vous me rejetez ainsi.

Madeleine le regarda avec une émotion indicible. Ainsi, son fils craignait le rejet tout autant qu'elle, mais pour des raisons différentes.

— Je ne vous rejette pas.

— Alors pourquoi êtes-vous partie ?

Elle fut tentée de s'inventer des excuses, mais songea qu'il y avait eu trop de mensonges dans leur vie, trop de murs dressés entre eux.

— J'ai eu peur, déclara-t-elle.

— Peur ? Je ne comprends pas.

Elle leva les yeux vers le portrait que Clara avait peint d'elle, comme pour se donner le courage de poursuivre.

— Je ne voudrais pas être une nuisance pour vous et votre famille.

— Pourquoi le seriez-vous ?

— Lorsque j'ai rencontré votre père adoptif pour obtenir votre adresse, il a exigé en retour que je m'engage à couper les ponts après vous avoir revu, à ne pas chercher à m'immiscer dans votre vie.

— De quel droit ! s'exclama Guillaume, indigné.

— Il m'a dit que vous travaillez comme directeur adjoint d'une banque. D'après lui, si cela se savait que vous êtes né hors mariage, ce serait dévastateur pour votre carrière. Votre avenir et celui de votre famille seraient compromis.

Madeleine n'avait pas quitté son fils des yeux pendant qu'elle parlait, comme pour le mettre à l'épreuve. Guillaume soutint son regard.

— Mon père n'aurait jamais dû vous dire cela. Si j'ai voulu vous retrouver, c'était de mon propre chef. Peu m'importe ce que d'autres pourraient en penser.

La réponse de son fils toucha vivement Madeleine.

— Quand je suis devenue enceinte de toi, sur le moment, j'ai connu un grand bonheur.

Elle avait tutoyé son fils sans s'en rendre compte.

— Je me sentais comblée, comme si tout ce qui m'avait fait de la peine, tout ce qui m'avait blessée dans ma vie n'avait plus d'importance. Je portais la vie en moi. L'espoir. Mais l'homme que j'aimais m'a abandonnée. J'ai tout perdu, du jour au lendemain : l'amour, la joie de vivre, la foi en l'humanité. Je t'ai perdu, toi aussi, puisqu'on m'a fait croire que tu étais mort. Il m'a fallu beaucoup de temps pour m'en remettre. En fait, je ne m'en suis jamais vraiment remise.

Elle reprit son souffle. Le tic-tac de l'horloge marquait chaque seconde, comme la pulsation d'un cœur.

— Je n'ai jamais pu faire confiance à un homme depuis. Mais aucun être humain ne peut vivre sans amour, n'est-ce pas ? Alors… alors j'ai rencontré Clara.

Voilà, c'était dit. Madeleine ne pouvait plus s'arrêter en chemin.

— Cela te scandalisera sans doute, mais je suis tombée amoureuse d'elle.

Guillaume, qui avait gardé les yeux baissés tout au long des révélations de sa mère, comme s'il ne savait pas comment accueillir ses confidences, leva soudain la tête. Il semblait pétrifié. L'idée ne lui était jamais venue à l'esprit que deux personnes du même sexe puissent avoir des relations charnelles, au même titre qu'un homme et une femme. Cette notion dépassait son entendement. Madeleine perçut le malaise de son fils et se sentit mortifiée.

— Je m'attendais à cette réaction de ta part. C'est la raison pour laquelle je ne voulais plus te revoir. Je craignais ton jugement.

— Je ne vous juge pas, bredouilla le jeune homme. Seulement, je n'avais jamais pensé... Enfin, je ne croyais pas que... que deux femmes pouvaient s'aimer.

Guillaume sortit un mouchoir de sa redingote pour s'éponger le front, geste qui semblait lui être coutumier. Madeleine l'observait avec la lucidité que donne l'amour déçu. Le visage de son fils s'était assombri. Sa longue silhouette s'était recourbée, comme celle d'un héron. Mère et fils ressemblaient à de vieux oiseaux fatigués.

— Réponds-moi franchement, Guillaume. Que ferais-tu d'une mère comme moi ?

— Tout cela est si nouveau. Laissez-moi un peu de temps pour réfléchir.

Elle comprit qu'il était dépassé, peut-être même effrayé, par tout ce qu'il venait d'entendre. En même temps, elle se sentait profondément heurtée par son incapacité à l'accepter telle qu'elle était. *Puisque tu juges ta propre mère, eh bien, retourne à ta banque, avec les gens de ton espèce !*

— Votre père avait raison. Il vaut mieux couper définitivement les ponts, dit-elle sèchement.

Guillaume perdit contenance. Il aurait voulu répliquer, mais un nœud enserrait sa gorge. Il pensa à sa femme, à son fils, qu'il chérissait plus que tout au monde. Même si Florence était bonne comme du bon pain et ne jugeait jamais personne, pourrait-elle accepter que sa belle-mère eût des mœurs complètement réprouvées par la société ? Ne craindrait-elle pas que leur enfant fût en contact avec une telle personne ?

Madeleine se leva et appela sa bonne.

— Berthe !

La servante apparut.

— Reconduis monsieur à la porte.

Elle tourna à peine la tête vers son fils.

— Merci de votre visite. Adieu.

Elle l'avait de nouveau vouvoyé. Guillaume se leva, ses longues jambes un peu vacillantes, et partit. Madeleine entendit la porte se refermer, tel un glas sonnant la fin de leur relation.

XVI

Gérard Tourrais, debout sur une colline, s'appuyait sur une canne tout en observant ses plantations de canne à sucre, qui s'étendaient à perte de vue sous un soleil brûlant. Le mont Pelée, dont les cimes cendrées se confondaient avec les nuages, se dessinait en arrière-plan. La mer des Antilles cernait d'une bande émeraude les plages ocre. Ses longues heures passées à s'échiner au travail dans sa plantation lui avaient donné un teint basané et avaient creusé sur son visage des rides profondes, que cachaient en partie une longue barbe et des favoris poivre et sel, qui le vieillissaient au point de le rendre méconnaissable. Par contre, ses bras étaient devenus plus robustes, comme taillés dans du chêne.

Depuis son arrivée en Martinique, deux ans auparavant, après sa fuite de Paris, Auguste Lenoir vivait sous l'identité de Gérard Tourrais. Il avait sué sang et eau pour survivre dans la colonie française. Avec l'argent que lui avait remis le préfet de Paris, il avait fait l'acquisition d'une petite parcelle de terre située dans la jungle, qu'il avait défrichée lui-même, supportant une chaleur implacable, les piqûres des moustiques, le danger des vipères « fer de lance », très venimeuses, qui infestaient l'île. Il avait d'ailleurs failli mourir à la suite d'une morsure de l'un de ces serpents. Cela s'était produit alors qu'il récoltait des cannes à sucre à l'aide d'une machette. Il avait ressenti une douleur intense au tibia et aperçut brièvement une ondulation grise dans la futaie. Peu de temps après, il avait eu de violentes nausées suivies de vomissements. Une forte fièvre s'était déclarée, accompagnée d'étourdissements. L'un de ses ouvriers, un jeune nègre qu'il avait engagé après quelques mois de dur labeur, l'avait emmené chez un soigneur noir, qu'on appelait dans la région « panseur de serpents ». Ce dernier, un vieil homme édenté et sale, lui avait d'abord sucé la blessure, où apparaissaient clairement les deux ouvertures sanguinolentes laissées par les crocs du reptile. Il avait ensuite incisé la plaie, laissant couler le plus de sang possible. Puis il avait appliqué des compresses, composées de racines de trèfle, de poivre de Guinée et de sel, le tout infusé avec du tafia[1], tout en psalmodiant d'étranges incantations. Dans un français presque incompréhensible, il lui avait recommandé de prendre plusieurs jours de repos et de boire de la tisane faite de racine de citron et de persil, de verveine bleue et d'écorce de bois immortel.

De retour dans sa cabane fabriquée de tiges de canne à sucre et d'un toit de paille, Tourrais avait suivi à la lettre les conseils du vieux guérisseur. La fièvre avait persisté durant la première nuit, ponctuée par le coassement incessant des grenouilles et les stridulations étranges des cabrits-bois, sortes de sauterelles géantes dont le son ressemblait au béguètement d'une chèvre. Des cancrelats grouillaient dans la hutte.

Le jour suivant, la fièvre avait commencé à baisser. En changeant son pansement, Tourrais avait vu que l'enflure avait presque disparu. Une semaine plus tard, se croyant complètement sorti d'affaire, il avait repris le travail dans ses plantations, mais la fièvre était revenue de plus belle. En enlevant son bandage, il avait constaté avec terreur que son tibia était noirci par endroits. Il avait demandé à deux serviteurs de le transporter en charrette chez un médecin français qui habitait à Saint-Pierre. Ce dernier, un Parisien d'origine, s'était installé en Martinique pour échapper à des créanciers, à sa femme et à sa famille de six enfants. Le visage rougi par le soleil et le tafia, les cheveux blonds prématurément blanchis, le médecin reçut le malade avec irritation.

---

1. Eau-de-vie à base de canne à sucre.

— Vous êtes tous les mêmes, ronchonna-t-il. Vous vous obstinez à consulter des panseurs de serpents et vous venez me voir quand le mal est fait !

Il examina néanmoins le tibia.

— Il y a un début de nécrose. Il faut amputer.

Gérard Tourrais blêmit.

— Vous en êtes certain ?

— Si je n'agis pas rapidement, vous mourrez d'un empoisonnement du sang.

Le ton était sans réplique. Tourrais se résigna. Le médecin lui fit boire une bonne rasade de tafia, en but lui-même, puis ordonna aux serviteurs qui étaient restés en retrait de tenir leur maître fermement par les épaules. Il s'empara d'une scie, qu'il nettoya avec de l'alcool, puis procéda à l'amputation. La douleur fut si brutale que Tourrais s'évanouit. Lorsqu'il reprit connaissance, son premier geste fut de se pencher pour regarder sa jambe. Il n'y avait plus qu'un moignon, entouré d'un linge sanguinolent.

꒰ꈍ

Un colibri passa en vrombissant devant lui et alla butiner une fleur d'hibiscus à l'aide de son long bec recourbé. Gérard Tourrais l'observa distraitement, tout à ses pensées. À la suite de son amputation, il avait gardé une horreur maladive des serpents, qu'il combattait en abusant de tafia. À force de travail acharné, il avait réussi à amasser un pécule qui lui avait permis d'acheter un autre arpent de terre et d'engager davantage de nègres pour faire les récoltes.

Au bout de deux ans, Tourrais était devenu l'un des plus importants propriétaires de cannes à sucre de la région. Il s'était fait bâtir une maison de briques, avec un toit en ardoises, dans le beau quartier du Fort. Il avait à son emploi une demi-douzaine de serviteurs, dont une jolie négresse, Angélique Toussaint, originaire du village de Case-Pilote. Les parents d'Angélique avaient été affranchis en 1848, grâce à un décret mettant officiellement fin à l'esclavage, mais n'avaient cependant pas fait la demande d'un nom de famille officiel à l'administration. Angélique, âgée d'à peine douze ans, ayant appris à lire et à écrire grâce à un prêtre capucin, qui tenait école dans son église, après la messe dominicale avait déposé une demande à l'état civil. Pour elle, posséder un nom était un acte de liberté, presque plus important que l'affranchissement de ses parents. Mais son sentiment d'autonomie avait été de courte durée. À l'âge de treize ans, elle avait été forcée d'épouser un sorcier du village, ayant trois fois son âge. Son époux était mort de diphtérie, lui laissant six enfants à charge. Elle avait alors commencé à travailler comme ouvrière dans la plantation de Gérard Tourrais. Ce dernier l'avait aussitôt remarquée et en avait fait sa servante, puis sa maîtresse. Elle avait eu un enfant de lui, mort peu de temps après sa naissance. Parfois, Tourrais soupçonnait sa maîtresse de s'en être débarrassé pour ne pas ajouter à ses tâches déjà harassantes, mais il avait décidé de ne pas creuser cette hypothèse. Grâce à elle, il passait d'agréables moments, oubliant pour un temps sa jambe manquante, qui lui faisait toujours mal, bien qu'elle eût été coupée.

⁓

Le colibri s'envola à tire-d'aile. Tourrais le suivit des yeux jusqu'à ce qu'il disparût à l'horizon. Un jour, le temps viendrait pour lui de vendre son domaine et, fortune faite, de quitter la Martinique. Non pas qu'il n'en appréciât pas les avantages : ici, il était riche et respecté. Le corps doux aux courbes voluptueuses d'Angélique lui procurait des plaisirs sans attaches. Mais il avait de plus en plus de difficulté à supporter la chaleur accablante, l'humidité qui lui collait toujours à la peau, les maladies qui ravageaient régulièrement la colonie. Et puis il y avait autre chose. Une pensée qui ne le quittait jamais, qui lui avait donné le courage de se battre à mains nues pour faire sa place dans l'île et devenir un planteur important, malgré les nombreuses embûches : celle de la vengeance. Dans une autre vie, alors qu'il avait pour nom Auguste Lenoir, il avait été jeté en prison à cause du témoignage de Fanette Grandmont. Il n'avait qu'un souhait: qu'elle souffre comme il avait souffert. Que le bonheur lui soit arraché, comme elle lui avait ravi sa liberté.

Deuxième partie

Excommunication

XVII

Montréal, quelques semaines plus tard
Début de décembre 1866

Les dernières semaines avaient été particulièrement chargées pour Fanette. Le petit Hugo avait attrapé la varicelle et l'avait transmise à Isabelle. Heureusement, Marie-Rosalie, qui avait déjà contracté cette maladie infectieuse à l'âge de trois ans, avait été épargnée, mais par mesure de précaution Fanette avait tout de même décidé de l'envoyer chez sa grand-tante, Madeleine. Le docteur Brissette avait établi le diagnostic aussitôt qu'il avait aperçu les bambins alités et fiévreux. Fanette passait presque tout son temps au chevet des jumeaux, leur appliquant des compresses froides pour faire baisser la fièvre, soignant les éruptions cutanées qui n'avaient pas tardé à apparaître.

Un malheur n'arrivant jamais seul, Céleste s'était fait une grave entorse à la cheville et ne pouvait se déplacer. Par chance, Anne, la nounou, prenait grand soin de ses « bessons », comme elle les appelait avec affection, et acceptait sans rechigner de seconder sa maîtresse dans les tâches quotidiennes. Fanette avait abandonné toute velléité de se trouver du travail. Sa vie de famille était par trop accaparante. Peut-être plus tard, quand les enfants auraient recouvré la santé et que Céleste serait de nouveau capable de marcher, pourrait-elle recommencer à faire des recherches d'emploi, mais pour le moment, c'était hors de question.

Lorsque les jumeaux étaient tombés malades, Julien avait passé les premières nuits à leur chevet, les veillant avec un dévouement sans bornes, ne dormant que quelques heures alors qu'une journée harassante l'attendait le lendemain au bureau ou au palais de justice. Après une semaine, l'état des enfants n'inspirant plus d'inquiétude, il s'était replongé tête baissée dans le travail. Depuis qu'il s'était joint au cabinet d'avocats Hébert & Lalonde, quelques mois auparavant, il revenait rarement à la maison avant huit ou neuf heures du soir, parfois encore plus tard, rapportant des dossiers dans son bureau pour étudier de la jurisprudence ou relire des témoignages importants. Les enfants étaient déjà couchés lorsqu'il était de retour, de sorte qu'il ne les voyait presque jamais, sinon tôt le matin, au déjeuner. Fanette observait avec inquiétude ses yeux battus, les rides de contrariété qui s'étaient formées sur son front et autour de sa bouche. Elle commençait à regretter qu'il ait accepté ce poste, qui l'empêchait de jouer pleinement son rôle de père et, devait-elle s'avouer dans son for intérieur, celui d'époux. Bien que Julien fût toujours aussi passionné dans leurs moments d'intimité, ceux-ci se produisaient de moins en moins souvent. Parfois, il ne regagnait leur chambre qu'au milieu de la nuit et sombrait aussitôt dans le sommeil. Fanette l'avait même trouvé un matin endormi dans son bureau, la tête sur son pupitre. Elle commençait à se demander s'il ne cherchait pas à fuir quelque chose en se vouant ainsi corps et âme à la défense de ses clients, au détriment de sa famille. Elle avait tenté à plusieurs reprises d'aborder la question avec lui, mais il se dérobait ou s'emmurait dans le silence. Pourtant, ne lui avait-il pas fait promettre, avant de devenir l'associé de ce cabinet d'avocats, de ne pas hésiter à lui parler si elle avait le sentiment qu'il les négligeait, elle et les enfants ? Elle avait l'impression qu'il s'éloignait d'eux, en proie à un tourment dont elle ignorait la cause. *Votre mari n'est peut-être pas aussi loyal que vous le croyez.* Elle avait beau avoir détruit la lettre anonyme, chaque mot était resté frais à sa mémoire. Ses doutes revenaient la hanter. *Peut-être est-il vraiment amoureux d'une autre femme…* Pour conjurer sa peine, elle évoquait leur premier baiser, le son de la pluie qui crépitait sur l'auvent sous lequel ils s'étaient réfugiés, ses bras protecteurs autour de ses épaules, la douceur de ses lèvres sur les siennes. Était-il possible qu'il ne subsistât rien de cet amour, sinon une tendresse machinale liée à l'habitude ?

Dans ses lettres à Amanda et à sa mère, Fanette était parfois tentée de faire allusion à ses ennuis conjugaux, mais, ne voulant pas leur causer du souci, elle se confiait plutôt à son journal intime, qu'elle écrivait lorsque les enfants étaient au lit et que la maisonnée était calme.

∽

Après avoir soigné Hugo, qui se plaignait de ses éruptions cutanées, et lu à Isabelle *La Petite Sirène*, un conte d'Andersen que la fillette adorait, Fanette, bien qu'épuisée, s'attabla à son secrétaire. Une légère neige tombait. Le givre formait des dessins délicats sur la vitre, ressemblant à de la dentelle. Habituellement, ce spectacle la ravissait, mais ce soir, elle ne ressentait rien d'autre que de la tristesse.

Le 6 décembre 1866

Cher journal,

Enfin, un peu de répit. Les jumeaux sont au lit. Le pauvre Hugo est littéralement couvert de pustules, qui le font souffrir et l'empêchent de dormir. J'ai dû lui appliquer un onguent prescrit par le docteur Brissette et lui mettre des mitaines pour qu'il cesse de se gratter au sang. Quant à Isabelle, elle endure son « martyre » avec stoïcisme, sans verser une seule larme. Elle est tellement volontaire ! Heureusement, le calendrier de l'avent que je leur ai offert les console de bien des peines. Chaque soir, avant de se coucher, ils en ouvrent un volet et découvrent avec émerveillement une jolie image. Celle qu'ils ont dévoilée ce soir représentait un sapin saupoudré de neige. Avec quelle joie les enfants accueillent les plus petites choses de la vie ! Cette faculté, nous la perdons malheureusement en devenant adultes.

Avant que je quitte la chambre, Hugo m'a demandé où était son papa. J'ai dû lui expliquer que son père travaillait très fort, ce qui l'obligeait à rentrer tard, le soir. J'avoue qu'en voyant ses paupières

encore gonflées de larmes, son petit corps si vulnérable, j'ai éprouvé
de la colère. Comment Julien peut-il négliger ses enfants au profit
d'étrangers, qui n'ont parfois aucune reconnaissance pour tout ce qu'il
fait pour eux ? Puis la colère s'est transformée en chagrin. L'horloge
vient de sonner neuf heures et Julien n'est pas encore rentré. Certains
jours, j'ai le sentiment de ne plus savoir qui il est, comme s'il était
devenu un étranger. Et pourtant, j'aime encore tout de lui : sa fougue,
son dévouement pour les déshérités, son intelligence, ses doutes, qui le
rendent si attachant… Chaque être humain renferme un mystère,
qui restera à jamais insondable.

Elle entendit la porte qui s'ouvrait et se refermait et remit aussitôt sa plume sur son socle, puis sécha l'encre avec un buvard et ferma prestement son journal, qu'elle rangea dans un tiroir muni d'une clé. Elle se leva, mit de l'ordre dans les plis de sa robe et jeta un coup d'œil furtif à son reflet dans un miroir. Elle replaça une mèche, se pinça les joues pour leur donner un peu plus de couleur, puis alla vers l'entrée.

Julien portait encore son manteau et son chapeau, blanchis par la neige, et avait un gros cartable de cuir à la main. Dans un élan irrépressible, Fanette s'élança vers lui. Le bonheur de le voir avait dissipé sa peine et ses doutes.

— Julien !

Il se tourna vers elle. Ses traits étaient tirés, et son regard, voilé par la fatigue et les soucis.

— Tu n'es pas encore couchée ? murmura-t-il.

— Je t'attendais. Tu ne m'embrasses pas ?

Il l'embrassa du bout des lèvres, ayant l'esprit visiblement ailleurs. Fanette sentit des larmes lui brûler les yeux.

— Tu rentres bien tard, dit-elle en s'efforçant de raffermir sa voix.

— Un collègue est tombé malade, j'ai dû prendre ses dossiers.

Il déposa sa serviette sur une chaise, puis enleva son par-dessus et son haut-de-forme, qu'il suspendit à la patère.

— Comment vont les jumeaux ?

— Ils n'ont plus de fièvre, mais les éruptions les font souffrir, surtout Hugo.

— Pauvres petits.

— Hugo m'a demandé où tu étais. Tu leur manques.

Une vive culpabilité altéra le visage de Julien.

— Je vais leur souhaiter bonne nuit.

— Ce serait mieux de ne pas les réveiller. Ils ont mis du temps avant de s'endormir.

Le silence s'installa entre eux.

— Julien, nous devons parler.

Il eut l'air résigné, comme s'il appréhendait une explication qu'il savait pourtant inévitable.

— Je sais que je n'ai pas été très présent depuis quelque temps, mais…

Fanette le coupa.

— Pas très présent ? C'est à peine si on te voit ! Un peu plus, et j'aurais l'impression d'être mariée à un fantôme !

Elle jeta un regard inquiet en direction de la chambre des enfants, craignant que le son de sa voix ne les ait réveillés. Elle était surprise par son ton acerbe et la dureté de son jugement. C'était la première fois depuis leur mariage qu'elle s'emportait ainsi. Julien semblait désemparé.

— Pardonne-moi, Fanette. Crois-moi, ce n'est pas ce que je souhaite. Comme je suis le dernier arrivé dans le cabinet, on me donne les causes les plus difficiles. Et avec la maladie de mon collègue, les choses ne vont qu'empirer.

— Rien ne t'oblige à accepter cette façon de faire. Tes associés n'ont-ils pas une famille ? Ne comprennent-ils pas que tu as des responsabilités autres que le travail ?

— Tu as raison. Je leur en glisserai un mot. Je te le promets.

Fanette décela un malaise dans sa voix. Elle eut le sentiment qu'il tentait de la ménager ou d'acheter la paix tant il manquait de conviction. Le fossé qui se creusait entre eux depuis quelques mois semblait s'agrandir davantage. Sa gorge se noua.

— Julien, m'aimes-tu encore ?

La douleur dans le beau regard sombre de son mari était si intense que Fanette en fut bouleversée.

— Comment peux-tu en douter ? Ne sais-tu donc pas que je ne serais rien sans toi et les enfants ?

— Il n'y a pas si longtemps, tu me prenais dans tes bras, tu me couvrais de baisers, tu me murmurais des mots doux à l'oreille. Pas une nuit ne passait sans que nous nous aimions. Qu'est-il advenu de tout cela ? Pourquoi te laisses-tu accaparer par le travail à ce point ?

Elle songea à la lettre anonyme.

— Parfois, je me demande s'il n'y a pas une autre cause à tes absences.

— Que veux-tu dire ?

Elle hésita, puis poursuivit d'une voix altérée :

— Une autre femme, par exemple.

Julien la saisit par les épaules. Un éclair farouche faisait briller ses yeux.

— Il n'y a que toi. Je t'aime comme je n'ai jamais aimé personne. Tu es une lumière dans ma nuit, mon phare, mon guide, ma raison de vivre.

Il l'attira à lui. Fanette sentit sa joue fraîche et encore humide contre la sienne. Il la souleva dans ses bras et l'emmena vers un canapé dans le salon, où il la déposa doucement. Il l'embrassa sur le front, les yeux, le lobe des oreilles, les lèvres. Sans prendre le temps de dégrafer son corsage, il la prit avec une ardeur presque sauvage. Elle ferma les yeux, emportée par la passion. Ils finirent par s'endormir enlacés étroitement, épuisés et heureux, comme deux naufragés qui auraient enfin atteint le rivage.

XVIII

Les jours qui suivirent cette nuit d'amour furent imprégnés de félicité. Julien revenait à six heures tous les soirs. Il avait retrouvé sa gaieté, faisait la lecture aux jumeaux avant qu'ils se mettent au lit. Fanette observait le changement dans le comportement de son mari avec un soulagement heureux. Même les enfants y étaient sensibles. Ils se portaient beaucoup mieux ; les éruptions d'Hugo guérissaient à vue d'œil. Julien avait même apporté une épinette de Noël que les enfants s'amusèrent à décorer, sous la supervision d'Anne. Un parfum frais de résine embaumait le logement, annonciateur des fêtes qui arrivaient à grands pas.

La lune de miel fut toutefois de courte durée. Un soir, Julien rentra à la maison avec son visage des mauvais jours. Pendant le souper, il resta silencieux et mangea sans appétit. Ni les mots d'esprit de Fanette, qui avaient habituellement le don de le dérider, ni la mine espiègle d'Isabelle et les sourires d'Hugo ne le tirèrent de son mutisme. Fanette attribua l'humeur de son mari à un ennui au travail, mais au fond d'elle-même elle craignait qu'une autre raison, plus grave, n'en fût la source.

Aussitôt la table débarrassée et les enfants couchés, Julien regagna son bureau.

— Ne m'attends pas, ma chérie. J'en ai encore pour quelques heures.

Fanette sentit l'angoisse comprimer sa poitrine. Les mêmes appréhensions l'assaillirent, alors qu'elle avait encore le goût du bonheur dans la bouche. Pourquoi Julien lui échappait-il au moment où elle croyait l'avoir retrouvé ? Quel mal secret le rongeait ? Elle s'assit à son secrétaire et tâcha d'écrire dans son journal, mais les mots sortaient au compte-gouttes. Elle tenta de se plonger dans *Les Trois Mousquetaires*, d'Alexandre Dumas, mais, incapable de se concentrer, elle relisait sans cesse le même paragraphe.

L'horloge carillonna. Il était onze heures. N'y tenant plus, elle quitta le boudoir et s'approcha du bureau de son mari. La porte était close, mais un trait de lumière indiquait que Julien s'y trouvait toujours. Après une hésitation, elle frappa et entra. Julien, installé à son bureau, la tête penchée, écrivait. Une lampe au kérosène jetait un halo clair autour de lui. Elle fit un pas dans sa direction, faisant craquer le plancher. Il leva brusquement la tête. Fanette remarqua son front plissé par l'inquiétude, l'angoisse dans son regard. Il glissa furtivement une feuille sous un buvard.

— Je t'avais demandé de ne pas m'attendre, dit-il d'un ton un peu coupant.

Elle eut l'impression de recevoir une gifle.

— Je ne te dérangerai pas plus longtemps, répondit-elle d'une voix blanche.

Elle fit un mouvement pour sortir. Il se leva aussitôt et la rejoignit.

— Pardonne-moi. Je ne voulais pas te blesser.

Elle leva les yeux vers lui.

— Que se passe-t-il, Julien ? J'ai le sentiment que tu me caches quelque chose.

Le visage de son mari se ferma.

— Ne me fais-tu donc pas confiance ?

— Et toi, n'as-tu pas assez confiance en moi pour me révéler ce qui te tracasse depuis des mois ?

Les mots de Fanette atteignirent leur cible. Sentant qu'elle avait ébréché son armure, elle revint à la charge.

— Je ne suis pas seulement ta femme, je suis aussi ton amie. Nous avons tous en nous une part d'ombre. Parfois, le simple fait d'en parler peut nous soulager d'un lourd fardeau.

— Toi, une part d'ombre ? Tu es la personne la plus droite, la plus franche que j'aie jamais rencontrée. Tu es si parfaite que j'ai l'impression d'être un monstre d'égoïsme et de duplicité à côté de toi !

Il y avait une amertume dans sa voix qui n'échappa pas à Fanette.

— Je suis loin d'être parfaite. J'ai connu des moments de doute, de désespoir. Tu le sais mieux que personne.

— Je ne t'en aime que davantage.

Ils furent un moment sans parler. Julien fut le premier à rompre le silence.

— Si tu veux vraiment m'aider, alors cesse de t'inquiéter à mon sujet. Ta confiance me sera bien plus utile que tes doutes.

Fanette comprit que son mari ne lui dirait rien de plus. L'espoir fit place à une sourde déception.

— Comme tu veux. Bonne nuit.

❧

Fanette ne réussissait pas à fermer l'œil, ressassant des bribes de son échange avec Julien. Ce dernier vint la rejoindre au lit à deux heures du matin. Il s'endormit rapidement. Elle tourna la tête vers lui, contempla son beau profil vaguement éclairé par un rayon lunaire qui entrait par le mince interstice des rideaux. Il semblait si serein ! Elle n'arrivait pas à comprendre la faculté qu'ont les hommes de trouver le sommeil, même après une dispute ou un différend. Quel don bienheureux, que celui de pouvoir tout oublier dans les bras de Morphée ! « Ta confiance me sera bien plus utile que tes doutes. » Cette phrase surtout l'avait perturbée. C'était une façon pour Julien de mettre fin à toute discussion. Il y avait aussi un reproche implicite derrière ces mots, voulant dire : « Tu ne me fais pas confiance. » Elle avait remarqué le geste furtif de son mari, qui avait placé une lettre qu'il était en train d'écrire sous un buvard au moment où elle était entrée dans son bureau. Se pouvait-il qu'il eût des ennuis d'argent ? Des dettes de jeu, par exemple, dont il avait trop honte pour lui en faire l'aveu ? Son intuition lui disait que tel n'était pas le cas. L'hypothèse d'une liaison demeurait la plus plausible. Cette idée lui était insupportable, mais elle expliquait le comportement étrange de son époux, sa façon de se jeter dans le travail, ses longues absences, son repli sur soi, son refus de se confier. La souffrance lui fit fermer les yeux. Dormir, si seulement elle pouvait dormir, arrêter la ronde infernale des soupçons… Mais une fois que certaines impressions se matérialisent, il devient impossible de leur échapper.

Croyant entendre un geignement, elle se leva doucement pour ne pas réveiller Julien, enfila sa robe de chambre, alluma une chandelle et alla à la chambre des jumeaux. Elle se pencha au-dessus de leurs petits lits à ridelles, qui avaient été placés l'un à côté de l'autre. Heureusement, les deux enfants dormaient à poings fermés. Elle remonta délicatement leur couverture. Qu'ils étaient émouvants, dans leur abandon ! Jamais elle ne les avait autant aimés qu'à cet instant.

Elle quitta la chambre à pas de loup. En longeant le couloir, elle passa devant le bureau de Julien. Elle s'arrêta sur le seuil, retenant son souffle. La maison était plongée dans le silence. Elle éprouvait une étrange nervosité, comme si le simple fait d'être là, aux aguets, faisait d'elle une espionne. D'un mouvement furtif, elle tourna la poignée de la porte, qui s'ouvrit avec un léger grincement. Dans la lueur orangée de la chandelle, l'endroit si familier semblait soudain animé de formes bizarres et presque hostiles.

Fanette s'approcha du pupitre et jeta un coup d'œil à l'écritoire, où se trouvait toujours la feuille de buvard. Elle hésita, sentant la honte et le remords la gagner, mais la curiosité l'emporta. Elle souleva le feutre. Il n'y avait rien en dessous. Pourtant, elle n'avait pas imaginé le geste de Julien ! Elle déposa le bougeoir sur le bureau, dont elle scruta la surface. Elle y vit une pile de dossiers et de journaux, quelques comptes, mais aucune trace de lettre. Elle eut alors l'idée de fouiller dans la corbeille. La honte la submergea de nouveau, mais il lui fallait en avoir le cœur net. Les joues brûlantes, elle se pencha au-dessus du panier et regarda à l'intérieur. Elle n'y découvrit qu'une gazette et quelques enveloppes déchirées. Elle allait abandonner ses recherches lorsqu'elle sentit sous ses doigts une boule de papier. Elle la prit et la défroissa. Il s'agissait du brouillon d'une lettre, sans date, qu'elle lut à la clarté de la bougie.

Chère Olivia,
Dieu m'est témoin que j'ai tout tenté pour vous venir en aide,
et que je continue à le faire, au prix de…

La phrase était restée inachevée. *Qui est cette Olivia à qui Julien écrit ?* se demanda Fanette, tourmentée par la jalousie. L'image fugace de la femme vêtue de noir lui revint à la mémoire. Était-ce à elle que s'adressait cette lettre ? Elle la relut, faisant un effort pour prendre le dessus sur ses émotions. *Dieu m'est témoin que j'ai tout tenté pour vous venir en aide…* À qui Julien faisait-il allusion ? À cette cliente dont il lui avait parlé à l'époque, qui demandait le divorce ? Mais alors pourquoi aurait-il éprouvé le besoin de garder le secret sur une cause qu'il avait défendue deux ans auparavant ? Et quel était son lien avec cette Olivia ? L'esprit en ébullition, Fanette froissa la feuille et la replaça dans le panier. Puis elle reprit le bougeoir et sortit de la pièce à pas feutrés, prenant soin de refermer la porte derrière elle.

La poitrine serrée dans un étau, Fanette retourna dans sa chambre. Son ombre était projetée sur le mur, s'agitant au gré de la flamme de la bougie. Elle déposa le chandelier sur un guéridon, puis s'approcha du lit. Julien dormait toujours. Une vague d'amour et de confusion déferla en elle. *Chaque être humain renferme un mystère, qui restera à jamais insondable.* Julien remua légèrement dans son sommeil, puis ouvrit les yeux. Il aperçut la silhouette de Fanette près du lit.

— Que fais-tu debout, en pleine nuit ?

Elle s'assit près de lui. Le fait de devoir lui avouer qu'elle avait fouillé dans son bureau lui enlevait tout courage de parler. *Tu dois savoir*, se dit-elle.

— Qui est Olivia ?

Sa voix résonna dans le silence. Julien se redressa, rejetant la couverture d'un geste brusque.

— De quel droit fouilles-tu dans mes affaires ?

Fanette se rebiffa sous la remontrance.

— Tu ne m'as pas laissé le choix. Je ne te comprends plus, Julien. J'ai le sentiment que tu me caches une part importante de ta vie, que… tu aimes une autre femme.

— C'est toute la confiance que tu as en moi ?

— Je veux savoir la vérité, voilà tout.

Julien se tut un long moment, puis poussa un soupir empreint de lassitude.

— Je l'ai rencontrée lors d'un voyage en Italie, il y a longtemps de cela. Je me croyais amoureux, mais je me suis vite rendu compte que nous avions peu d'affinités. Je suis revenu. Elle m'a retrouvé. Elle prétend que j'ai gâché sa vie, que je n'ai pas tenu mes promesses de mariage. Sa situation financière est difficile. Je lui donne régulièrement de l'argent, mais je te jure sur la tête de mes parents que je n'ai aucun sentiment pour elle autre que de la compassion.

— Pourquoi ne m'as-tu rien dit ?

— J'avais honte. Je craignais de perdre ton estime.

— Toi non plus, tu n'avais pas confiance en moi.

Ils restèrent sans rien dire un long moment, comme si les mots échangés formaient une palissade infranchissable entre eux.

— Promets-moi de ne plus jamais me cacher quoi que ce soit. Je ne veux plus de mensonges entre nous.

— Je te le promets.

Fanette éteignit la chandelle, se glissa entre les draps et se blottit contre le corps chaud de Julien. Ce dernier la prit dans ses bras et la serra à l'étouffer, perclus de remords. Il lui avait révélé une partie de la vérité, mais lui avait dissimulé l'essentiel. Il se sentait de plus en plus prisonnier de ses mensonges, comme un insecte pris dans une toile d'araignée dont il ne pouvait se libérer.

XIX

Québec, le 9 décembre 1866

Oscar s'était levé tôt et s'affairait à préparer un déjeuner pour sa femme, qui dormait encore. Il tenait à lui donner un peu de répit, car le petit Nicolas s'était réveillé à plusieurs reprises durant la nuit et Joséphine lui avait donné le sein pour l'apaiser. Il trancha du pain, versa du café bouillant dans une tasse, mit le tout sur un plateau et revint vers le lit. Il contempla Jo avec un amour infini. Il avait remarqué qu'elle avait toujours un léger sourire en dormant, ce qui l'attendrissait. Des boucles noires auréolaient son visage fin. C'est à peine s'il vit les traces de petite vérole qui marquaient ses joues.

Jo se réveilla, les yeux encore embrumés de sommeil. En se redressant, elle aperçut le plateau.

— C'est pour moi ? dit-elle avec étonnement.

Lorsqu'elle était petite, elle était toujours la première à se lever, à rallumer le poêle, à préparer la soupane. Jamais personne ne lui avait apporté un déjeuner au lit.

— Pour qui d'autre veux-tu que ce soit ? répondit Oscar, gentiment moqueur.

Il déposa le plateau sur les genoux de son épouse.

— Je ne sais pas ce que j'ai fait pour mériter d'avoir un mari tel que toi.

— Je me répète la même chose chaque jour.

Ils s'étaient mariés un an et demi auparavant, à la petite église de Saint-Henri-des-Tanneries, et avaient ensuite emménagé à Québec, dans un logement modeste du quartier Saint-Roch.

Joséphine était devenue enceinte cinq mois après leur union. Le journaliste était passé par tous les tourments de l'enfer lorsqu'elle avait accouché et qu'il avait entendu ses cris de douleur. À plusieurs reprises, il avait tenté d'entrer dans la chambre de la parturiente, mais la sage-femme l'en avait empêché, affirmant de façon péremptoire : « C'est une affaire de femmes. » Oscar ne comprenait pas qu'il fût exclu d'un événement aussi important que la naissance de son enfant, mais il avait dû se résigner devant l'obstination de l'accoucheuse.

Depuis qu'elle était devenue mère, Joséphine avait trouvé une certaine sérénité. Les marques de vérole qui couvraient son visage et ses mains ne la dérangeaient plus autant qu'avant, comme si le fait d'avoir donné la vie lui conférait une force intérieure, une confiance qu'elle avait crue perdue à jamais. L'amour d'Oscar avait aussi guéri bien des blessures. Jamais elle n'avait décelé dans ses yeux le moindre malaise, la plus infime indication de regret ou, pire, de pitié, ce qu'elle n'aurait pas pu supporter. Il l'aimait sincèrement. Chaque jour, il le lui prouvait par ses gestes affectueux, son ardeur au lit, ses mille petites attentions. Elle ne s'était pas trompée sur ses qualités de cœur, lorsqu'elle l'avait invité la première fois à prendre le thé au Little Shop de Mrs. Boswell. Elle avait le sentiment d'être la femme la plus privilégiée du monde. Sa seule crainte était que ce bonheur finisse ; qu'un jour Oscar se lasse d'elle. Alors elle redoublait d'efforts pour le faire rire avec ses réparties spirituelles, lui préparait ses plats favoris et l'aimait avec passion lorsque la nuit était tombée et qu'ils regagnaient leur lit. Elle insistait toutefois pour éteindre la lampe, se sentant à l'abri dans la pénombre rassurante qui masquait son visage. Jamais elle ne sortait sans mettre une voilette, ce qui chagrinait Oscar. Bien qu'elle eût en partie recouvré sa confiance en elle, la jeune femme n'était pas encore prête à affronter le regard des gens. La seule dispute du couple avait eu lieu au moment de choisir un prénom pour le bébé. Jo souhaitait l'appeler Nicolas, prénom qu'elle trouvait au goût du jour, mais Oscar préférait Victor, en l'honneur de son oncle, qui avait tant fait pour lui.

— Victor, c'est vieux jeu ! arguait-elle. Notre fils aura l'air d'un notaire de province.

— C'est le prénom de mon oncle, je le trouve très bien, protestait Oscar.

Finalement, Joséphine avait eu gain de cause.

❧

Oscar embrassa sa femme tendrement.

— Tu pars déjà ? demanda-t-elle.

— Le patron m'a convoqué au journal pour huit heures.

Croyant entendre un gémissement, il fit quelques pas vers le berceau qui avait été placé non loin du lit. Joséphine l'avait entouré d'un voile de tulle afin de protéger le bébé des courants d'air. Oscar souleva le tissu et contempla le poupon. Celui-ci, portant un bonnet et une chemise de coton, dormait paisiblement. Ses menottes roses étaient repliées sous son menton.

— Bonne journée, mon petit cœur.

Après avoir déposé un baiser sur la joue de son fils, Oscar enfila son vieux manteau et mit sa sempiternelle casquette.

— N'oublie pas ton écharpe ! lui lança Jo, tout en trempant un morceau de pain dans son café.

Oscar hocha la tête. Elle le connaissait si bien ! Il repéra son foulard, qui était suspendu à un crochet, l'enroula autour de son cou et sortit.

❧

Des flocons duveteux tombaient doucement, couvrant les toits des maisons d'une mince couche blanche. L'air sentait le charbon et la gomme de pin. Le reporter se rendit à pied à la rédaction de *L'Aurore de Québec*, située rue Saint-Pierre, non loin du port. Dès l'arrivée d'Oscar, son patron, Ludovic Savard, le reçut dans son bureau. Il était d'humeur particulièrement joviale, ce qui ne se produisait pas souvent.

— Mon cher Oscar, j'ai une affaire juteuse à te confier. Un vol de cadavres.

Le reporter fit la grimace. Ayant été obligé de visiter quelques morgues dans le cadre de ses enquêtes, il avait acquis une profonde répugnance pour les morts, tout en étant conscient que cette répulsion n'était pas rationnelle. Il n'y avait rien de plus inoffensif qu'un cadavre ! Il avait appris par expérience que seuls les vivants pouvaient être dangereux.

Le rédacteur en chef poursuivit.

— D'après une source policière, il y a eu profanation de tombes au cimetière Belmont, sur le chemin Sainte-Foy, et à celui de Saint-Charles. Plusieurs cadavres ont disparu. Je veux que tu fasses enquête là-dessus : qui a volé ces corps, et pour quel motif. Compris ? Voilà trois piastres pour tes dépenses. Allez, au boulot !

Oscar soupira. *Trois dollars !* À peine de quoi couvrir les frais d'un fiacre pour se rendre au cimetière Belmont et en revenir… Il lui faudrait ensuite aller à pied à Saint-Charles. En plus, quelle affaire sordide ! Du genre que son patron adorait, parce que cela faisait vendre de la copie.

Une fois dans la rue, le reporter héla une voiture. Après une demi-heure de route, le conducteur s'arrêta en face des grilles du cimetière. Un vent aigre commença à souffler, faisant craquer des branches noires et tournoyer la neige dans le ciel gris. Remontant le col de son manteau, le journaliste s'engagea dans une allée bordée de tilleuls, dont les branches étaient saupoudrées de neige. L'endroit ressemblait davantage à un parc qu'à un cimetière. Oscar l'eût trouvé charmant s'il n'avait servi à enterrer les morts.

Son patron ne lui avait pas mentionné quelles tombes avaient été profanées ni le nombre de cadavres volés. Le journaliste dut arpenter une bonne partie du cimetière avant de trouver ce qu'il cherchait. Une croix de pierre gisait sur le sol enneigé. Un monument funéraire avait été renversé. En s'accroupissant, Oscar en déchiffra l'épitaphe :

Mrs. Catherine Tracey,
Beloved spouse of James Tracey
June 1824-November 1866

Le décès était donc récent. Il nota ce renseignement dans son carnet, tout en soufflant sur ses doigts engourdis par le froid. En observant le sol, il se rendit compte que la terre avait été remuée. Il n'y avait pas eu de gros gels jusqu'à présent ; il avait ainsi été possible aux profanateurs de creuser sans trop de difficultés. Quelqu'un avait recouvert la fosse, une fois le forfait accompli.

— Qu'est-ce que vous faites icitte ?

Oscar sursauta. Il se redressa et aperçut un homme sans âge, vêtu d'une pelisse, qui le braquait avec une carabine.

— Je suis journaliste, balbutia le jeune homme. *L'Aurore de Québec*. J'ai été chargé de faire enquête sur un vol de cadavres.

L'homme abaissa son arme, tout en la gardant près de lui.

— J'créyais que c'était les voleurs qui étaient revenus. Ça fait quinze ans que j'suis gardien icitte, j'ai jamais vu une affaire pareille. Le monde a ben changé, pis pas pour le mieux, c'est moé qui vous le dis !

Le reporter, soulagé d'apprendre que son interlocuteur était un employé du cimetière, respira plus à l'aise.

— Je viens de découvrir la tombe profanée d'une femme, Catherine Tracey, expliqua-t-il.

Le gardien hocha la tête.

— J'l'ai enterrée, avec mes deux fossoyeurs, pas plus tard que l'mois passé. Une belle femme, ben conservée. Son mari avait choisi le cercueil le plus dispendieux, en chêne, doublé de satin. Hier matin, quand j'suis arrivé au cimetière, j'ai vu une corneille en train de fouiller près de la tombe de la dame. J'me suis approché, j'ai vu le cercueil, y était déterré. J'l'ai ouvert. La pauvre dame était plus là. Si c'est pas une honte... J'ai remis la boîte dans le trou, pis j'ai pelleté par-dessus. C'tait ben le moins que j'pouvais faire.

Constatant que le gardien éprouvait le besoin de se confier, Oscar en profita pour lui soutirer davantage de renseignements.

— Ma source policière a mentionné que plusieurs corps avaient disparu. Savez-vous où sont les autres ?

Le fossoyeur jeta un regard méfiant au journaliste, puis haussa les épaules. Le jeune homme, avec son visage juvénile et ses taches de rousseur, ne semblait pas du tout menaçant. Sans dire un mot, il s'engagea dans une allée. Oscar le suivit, à la fois curieux et appréhensif. Qu'allait-il découvrir d'autre ?

Après avoir longé un chemin plus étroit, l'employé parvint à une section du cimetière qui était réservée aux orphelins. Les sépultures étaient marquées par de simples croix, sans inscription. Il désigna une fosse au fond de laquelle se trouvait un cercueil de pin, dont les planches avaient été si hâtivement assemblées qu'on pouvait voir au travers. Les voleurs n'avaient même pas pris la peine de reboucher le trou pour tenter de cacher leur méfait.

— Le p'tit Audet. Décédé y a trois semaines d'une mauvaise grippe. Y allait sur ses quatorze ans. Pauv'tit gars. Y a pas de justice dans la vie, pas plus que dans la mort.

Le cœur d'Oscar se serra devant le triste sort de l'orphelin, mort si jeune, et qui n'avait eu droit à la dignité d'une sépulture que durant quelques semaines, et encore, dans l'anonymat des déshérités. *Décédé il y a trois semaines...* Il s'agissait donc d'une mort récente, comme celle de Catherine Tracey. Ce fait le frappa. Il était convaincu que cela ne pouvait être le simple fruit du hasard. Cette réflexion le ramena à l'essentiel : pourquoi les voleurs avaient-ils pris la peine de déterrer ces cadavres et de les faire disparaître ? Que pouvaient-ils bien en faire ?

— Vous avez mentionné « des » voleurs. Les avez-vous aperçus ?

Le gardien secoua la tête et désigna une petite maison, au fond du cimetière.

— J'habite là, mais j'ai rien entendu.

— Dans ce cas, comment savez-vous qu'ils étaient plusieurs ?

— C'est impossible de déterrer deux corps pis de les transporter tout seul. Ça prend deux ou trois hommes, surtout que la terre est plus dure à c'temps-ci de l'année.

Oscar nota dans son carnet ce que l'homme venait de lui raconter. La répugnance qu'il éprouvait devant cette affaire avait fait place à une intense curiosité. Son instinct de reporter lui disait qu'il ferait d'autres découvertes intéressantes.

XX

Oscar eut toutes les misères du monde à trouver une voiture pour retourner à Québec. Par chance, il put attraper une diligence qui le mena non loin du cimetière Saint-Charles, situé près de la rivière du même nom. Il fit le reste du chemin en marchant. La légère neige du matin s'était transformée en une pluie brumeuse.

Une étrange émotion lui serra la gorge lorsqu'il vit les grilles de ce lieu de sépulture, qui avait été béni en 1855 par le cardinal Elzéar-Alexandre Taschereau, archevêque du diocèse de Québec. La date était incrustée dans sa mémoire, car les restes de ses parents, ainsi que ceux de ses frères et sœurs, enterrés au vieux cimetière de Saint-Sauveur après le terrible incendie qui leur avait coûté la vie, avaient été transportés et inhumés à Saint-Charles cette même année, auprès de ses grands-parents. Oscar, alors âgé de dix-huit ans, avait assisté à la cérémonie en compagnie de son oncle Victor et en avait gardé un souvenir pénible. C'était si étrange, de devoir enterrer son père et sa mère pour la deuxième fois ! Il n'était jamais retourné à Saint-Charles depuis. Les peupliers avaient grandi, entourant le cimetière comme des bras protecteurs.

Chassant sa tristesse, Oscar ouvrit la grille et s'avança dans une allée bordée de buis. À un tournant du sentier, il aperçut un petit attroupement. Deux fossoyeurs, armés chacun d'une bêche, prenaient des pelletées de terre et remplissaient une fosse sous l'œil vigilant d'un policier. Une femme en deuil, un mouchoir plaqué sur sa bouche, sanglotait près du trou. Deux jeunes hommes et une adolescente tentaient de la consoler. Un diacre marmonnait une prière.

Le reporter s'approcha de la scène. Il entendait maintenant distinctement la voix du clerc, qui récitait le *Notre Père*. Il supposa que la femme en noir était une veuve, et que les jeunes gens qui l'accompagnaient étaient ses enfants. Son hypothèse ne tarda pas à se confirmer lorsqu'il vit l'adolescente poser une main sur le bras de la dame en lui disant :

— Consolez-vous, maman, en vous disant que papa est au ciel, avec le Bon Dieu et les anges.

— Mais son pauvre corps ? Qui va me le ramener ? Qui ? s'écria la veuve, anéantie par le chagrin.

Le policier se tourna vers elle.

— Nous trouverons les auteurs de ce crime, madame. Vous pouvez en être certaine.

Les fossoyeurs, en sueur malgré le froid, achevaient leur pénible travail. Oscar attendit que la veuve et ses enfants, escortés par le diacre et le policier, s'éloignent avant de faire quelques pas vers la fosse. Il aborda les deux hommes qui s'apprêtaient à partir, leur pelle à l'épaule.

— Bonjour, messieurs. Je suppose qu'il s'agit là d'une des tombes profanées ?

— En quoi ça t'intéresse ? répondit l'un des ouvriers, dont le visage et les mains étaient tachés de terre.

Oscar leur expliqua la raison de sa présence. L'homme aux mains sales fouilla dans une poche de sa vareuse et en extirpa une pipe, qu'il alluma en utilisant la flamme d'un fanal.

— Le défunt s'appelait Roger Demers. Y tenait un magasin général dans le quartier de Saint-Sauveur.

— Quand est-il décédé ?

— Y a cinq jours.

Un autre décès récent, songea Oscar.

— Savez-vous de quoi il est mort ? reprit-il.

— Apoplexie.

— Avez-vous été témoin de quelque chose ou remarqué des personnes suspectes dans les environs ?

L'employé tira sur sa pipe.

— Rien pantoute.

Oscar observa le visage de l'homme et crut y déceler un malaise. Il fut sur le point de poser une autre question, mais les deux fossoyeurs lui tournèrent le dos et s'éloignèrent. Le reporter les suivit des yeux. Avait-il imaginé l'embarras de l'un des ouvriers ? Était-il possible que celui-ci ait été complice des profanateurs de tombes ? *Je finirai bien par le savoir*, se dit-il, déterminé à connaître le fin mot de cette histoire. Il revint vers la fosse et en scruta les alentours, dans l'espoir de trouver un indice, aussi minime soit-il. Après une demi-heure de vaines recherches, il fut sur le point d'abandonner lorsqu'un objet aux reflets métalliques à moitié enfoui dans la terre, à quelques pieds de la tombe, attira son attention. Il se pencha pour le ramasser. Il s'agissait d'un couteau muni d'une très fine lame. Heureusement, Oscar ne s'était pas coupé, car la lame semblait être très affilée. Il observa l'instrument de plus près. Une inscription était gravée sur le métal, près du manche : « Fabriqué en France, maison Charrière. » Sans trop savoir en quoi cette découverte lui serait utile, Oscar décida de garder le couteau, qu'il mit dans une poche de son manteau en prenant soin d'entourer la lame avec son mouchoir pour ne pas se blesser.

Le reporter se dirigea vers la sortie du cimetière, réfléchissant à ce qu'il avait appris. Au moment de franchir la grille, il s'immobilisa. Il lui fallait accomplir une chose importante avant de partir. Il repéra une allée qui menait vers des monuments modestes, qui se ressemblaient tous. Il s'arrêta devant une tombe, située près d'un lilas, qui avait été l'arbuste préféré de sa mère.

Famille Lemoyne

Les dates étaient à moitié effacées. C'était son oncle Victor qui avait payé pour la pierre tombale et l'épitaphe. Oscar tenta d'évoquer le visage de ses parents, mais ne vit que des traits flous. Il ne restait rien de tout ce qui avait constitué son enfance. Sa petite chambre, ses quelques jouets, le daguerréotype où il posait, le jour de sa première communion, avec un chapelet entre les mains, agenouillé sur un prie-Dieu de bois blanc, tout avait brûlé dans l'incendie qui avait coûté la vie à sa famille ; jusqu'aux souvenirs, que le temps s'était chargé de lui faire oublier... La pensée de Joséphine et du petit Nicolas le rasséréna. Il avait de nouveau une famille, la sienne. La vie continuait, belle et remplie de promesses.

XXI

Il était presque midi lorsque Oscar descendit de l'omnibus qui l'avait mené jusqu'à la basse ville. Il était légèrement essoufflé en entrant dans la salle de rédaction de *L'Aurore*. Les lampes suspendues au plafond projetaient un éclairage cru sur les pupitres, auxquels étaient attablés quelques journalistes. Oscar salua ses collègues et se rendit sans perdre de temps au bureau de son patron, à qui il fit un rapport détaillé de son enquête. Ludovic Savard l'écouta, puis fit la moue.

— C'est tout ? Je m'attendais à mieux.

— Mais patron, protesta Oscar, j'ai tout de même découvert qu'il manquait trois cadavres, sans compter ceci !

Il sortit le couteau de sa poche, prenant soin d'enlever le mouchoir, et tendit l'arme au rédacteur en chef.

— Je l'ai trouvé près de l'une des tombes profanées. Attention, il est très coupant.

Savard prit le couteau avec prudence et tourna le manche d'ivoire entre ses longs doigts tachés d'encre.

— Bon, écris-moi un papier. Et surtout, mets le paquet sur les cadavres volés, les tombes profanées, etc. Ça va donner des frissons aux lecteurs.

Déçu par le manque d'enthousiasme de son rédacteur en chef, Oscar reprit le couteau et se dirigea vers son pupitre. Il était convaincu de tenir une bonne histoire. Il commença à rédiger son article, sans grand entrain. Un coursier apporta quelques dépêches, qu'il regarda distraitement. L'une d'elles le mit toutefois sur le qui-vive.

« Montréal, le 9 décembre 1866. Ce matin, un employé du chemin de fer du Grand Tronc a fait une macabre découverte à la gare Bonaventure. Les restes de ce qui semble être des cadavres humains se trouvaient dans des caisses placées dans un convoi. C'est l'odeur nauséabonde qui a alarmé le cheminot. Ce dernier a aussitôt alerté la police, qui a amorcé une enquête sur ce sordide événement. »

Le reporter s'empara du télégramme, puis se leva d'un bond et se précipita vers le bureau de Savard.

— Patron, jetez un coup d'œil à ceci !

Le rédacteur en chef était sur le point d'enguirlander son employé pour être entré sans frapper, mais il remarqua son air d'excitation et parcourut la dépêche. Il fronça les sourcils.

— Rien ne prouve qu'il y a un lien entre les cadavres découverts dans ce convoi et ceux qui ont été volés à Québec.

— Des corps disparaissent mystérieusement de deux cimetières de Québec et, *comme par hasard*, un cheminot trouve des restes humains dans un train ! Je suis convaincu que les deux événements sont liés. Mais pour le prouver, je dois me rendre à Montréal.

Ludovic Savard réfléchit un moment, puis ouvrit un tiroir, en sortit quelques billets, qu'il remit au journaliste.

— Prends la diligence dès ce soir. Il y en a une qui part à minuit de l'auberge Giroux.

— La diligence met deux jours pour parvenir à Montréal. Tous les journaux de la ville seront déjà sur le coup. Je dois m'y rendre en train. Ce sera bien plus rapide.

— En train ! Mais ça va me coûter la peau des fesses !

— Voulez-vous une manchette, oui ou non ? Imaginez si on pouvait damer le pion aux journaux de Montréal !

Savard soupira et prit avec réticence des billets supplémentaires, qu'il tendit à son journaliste.

— Interroge le cheminot qui a trouvé les restes, renseigne-toi sur l'enquête de la police. Envoie-moi des nouvelles par télégramme dès que tu tiens quelque chose. S'il y a matière à nouvelle, je veux la sortir avant tout le monde, m'as-tu bien compris ?

ᴄᴏ

Oscar se rendit à la petite gare de Québec, un édifice étriqué en briques rouges, dont les citoyens réclamaient à cor et à cri la démolition afin qu'il fût remplacé par une gare digne de ce nom. Il consulta l'horaire des chemins de fer. Le prochain train pour Montréal était à deux heures de l'après-midi. Il se procura un billet aller-retour. Il avait tout juste le temps de rentrer chez lui, de boucler sa valise et de repartir pour la gare.

Il trouva Joséphine installée dans une chaise berçante, allaitant le petit Nicolas. Sous la robe de chambre en dentelle qu'elle portait se dessinaient ses seins, gonflés et doux. La clarté d'une lampe les auréolait. Oscar n'avait pas la foi, mais cette scène le fit penser aux images de la Sainte Vierge et de l'Enfant Jésus que les instituteurs distribuaient aux élèves à l'occasion de fêtes religieuses. Il les contempla, retenant son souffle pour ne pas troubler le tableau. Ce fut sa femme qui, sentant une présence, leva la tête et l'aperçut.

— Oscar ! J'avais si hâte de te voir. Imagine-toi que le petit m'a souri et a même prononcé la première syllabe de « maman ».

Le jeune homme s'étonna.

— À seulement quatre mois ?

— Je t'assure !

Oscar s'approcha de la mère et de l'enfant. Ce dernier tétait goulûment, les yeux fermés, ses petites mains agrippées au col de dentelle de Jo. Il lui caressa doucement la tête.

— Je dois partir pour Montréal, annonça-t-il.

— Que vas-tu y faire ?

Le journaliste eut soudain honte du côté sensationnaliste de l'affaire. Il haussa les épaules.

— Bof, une enquête.

— Une enquête ? À quel sujet ?

— Un vol de cadavres.

— Quelle histoire ! s'exclama Joséphine, plutôt amusée. Mais pourquoi dois-tu te rendre à Montréal ?

Tout en jetant pêle-mêle quelques vêtements et un nécessaire de toilette dans une petite valise de carton, Oscar fit un bref compte rendu de l'affaire à sa femme et lui exposa son hypothèse selon laquelle les cadavres disparus des cimetières de Québec étaient peut-être les mêmes que les restes trouvés dans le train du Grand Tronc. Joséphine déposa délicatement le bébé dans son berceau et l'emmitoufla dans une couverture.

— Je me demande bien qui a volé ces cadavres et pourquoi.

— C'est exactement la question que je me pose.

— Je suis certaine que vous découvrirez le pot aux roses, monsieur le limier ! lança-t-elle avec humour.

Il l'enlaça et enfouit sa tête dans son cou, respirant ses cheveux.

— Je t'aime tant…

— Quand reviendras-tu ?

— Dans quatre ou cinq jours, peut-être un peu plus, dépendant de ce que je glanerai là-bas.

Il l'embrassa avec tendresse.

— Vous me manquerez terriblement, tous les deux.

Joséphine ajusta l'écharpe de laine qu'il portait.

— Fais attention à toi, mon chéri.

Elle ajouta, un sourire taquin aux lèvres :

— Et reviens-nous en un seul morceau.

XXII

Montréal
Le même jour

La nuit était tombée depuis belle lurette lorsque le convoi entra dans la gare Bonaventure. Oscar avait été émerveillé tout le long du trajet, car c'était la première fois qu'il prenait le train. Tout l'avait enchanté : les banquettes en cuir, les murs lambrissés de bois, les lustres suspendus au plafond, les paysages enneigés qui défilaient à toute vitesse à travers les fenêtres garnies de rideaux de velours grenat. Le wagon qui servait de fumoir, composé d'un élégant bar, de fauteuils confortables et de petites tables sur lesquelles se trouvaient des rafraîchissements, l'avait particulièrement impressionné. Il lui semblait soudain être devenu un personnage important. Lui qui n'avait jamais fumé de sa vie n'avait pu résister à la tentation d'allumer un cigare que l'un des voyageurs lui avait offert. Il s'était étouffé avec la première bouffée, mais la nouveauté de l'aventure, l'exotisme du lieu lui avaient fait vite oublier sa gorge irritée.

Le train entra en gare avec un énorme bruit de ferraille suivi d'un épais nuage de fumée. Un préposé en uniforme apparut au fond du convoi.

— *Bonaventure Station, Montreal, last stop ! Everyone must get off. Montreal, last stop !* cria-t-il tout en parcourant l'allée. *Bonaventure Station !*

Oscar consulta sa montre de gousset. Il était un peu plus de sept heures du soir. Dire qu'avec la diligence il lui aurait fallu une journée et demie de plus pour parvenir à destination ! Le train était décidément une invention extraordinaire. Pressé par le départ, le journaliste n'avait pas eu le temps d'avertir son oncle Victor de sa venue, mais il était certain que ce dernier serait heureux de le recevoir, comme chaque fois qu'il était de passage à Montréal.

En descendant sur le quai, Oscar fut saisi par l'activité fébrile qui y régnait. Les voyageurs se bousculaient en direction de la sortie, interpellés par des porteurs en uniforme rouge galonné d'or qui poussaient un chariot devant eux. Des charretiers transportaient des marchandises vers des voitures garées le long d'une large plateforme. Des sifflets stridents indiquaient le départ ou l'arrivée d'un train.

Tout en marchant d'un pas leste, sa valise de carton à la main, Oscar songeait à l'enquête qui l'attendait. Il avait déjà une idée des démarches qu'il allait entreprendre. D'abord, il fallait retrouver le cheminot qui avait découvert les restes. Ce ne serait pas une mince affaire. Les employés de la gare étaient sûrement nombreux, et celui qu'il cherchait ne travaillait peut-être pas le soir. Le plus simple serait de parler au chef de gare.

En pénétrant dans la salle des pas perdus, Oscar fut ébloui par la beauté de l'endroit. Les fenêtres en forme d'ogive étaient ornées de vitraux moirés par la lumière des lustres, tachetant le plancher dallé de marbre de reflets chatoyants. Des banquettes en bois sculpté, éclairées par de grands candélabres en laiton, étaient occupées par quelques voyageurs qui lisaient leur journal avant leur départ. Au bout de la salle, Oscar distingua une porte de chêne massif menant à la *First class waiting room*, réservée aux passagers de première classe. C'est alors qu'il aperçut, près du comptoir de la billetterie, un homme trapu, au crâne dégarni et aux yeux verdâtres et globuleux, portant un manteau informe et escorté par trois policiers. Son instinct de reporter lui disait qu'il s'agissait d'un inspecteur. Quel citoyen ordinaire aurait pu être dans une gare, à plus de sept heures du soir, accompagné par trois gendarmes?

Les quatre hommes se dirigèrent vers les quais d'un pas décidé. Oscar les suivit, maintenant une certaine distance pour éviter de se faire remarquer.

Un train s'apprêtait à partir. Des contrôleurs en uniforme, portant un sifflet autour du cou, dirigeaient le flot des voyageurs vers leur wagon respectif. Oscar, un peu désorienté par le tumulte et le va-et-vient continuels, fut incapable de repérer les policiers, mais, après avoir fait le tour de la gare, il vit une rangée d'entrepôts érigés de l'autre côté des voies ferrées et éclairés par des becs de gaz. C'est alors qu'il aperçut la silhouette massive de celui qu'il prenait pour un inspecteur, flanqué des trois gendarmes. Sentant ses tempes battre, Oscar alla dans cette direction. La neige craquait sous ses pieds. Il sentit le froid s'insinuer dans ses bottes, qui se faisaient vieilles et avaient besoin d'être ressemelées. Sa femme avait beau le lui rappeler régulièrement, il oubliait chaque fois.

Lorsque le reporter fut à une quinzaine de pieds du groupe, il se cacha derrière la porte d'un hangar, que quelqu'un avait laissée entrouverte. De cet endroit, il pouvait observer la scène sans être vu. L'homme trapu parlait à un cheminot, qui gesticulait en désignant une caisse en bois de forme rectangulaire. Un des policiers se pencha au-dessus de celle-ci et, muni de gants, prit un objet enroulé dans un morceau de tissu et enleva l'étoffe avec précaution. Il poussa une exclamation de dégoût et laissa tomber ce qu'il tenait dans ses mains.

— Pouah !

L'objet atterrit dans la neige. Oscar distingua avec horreur les contours d'un bras humain, de forme fine, noirci par des traces de putréfaction. Une bague en or luisait sur l'annulaire. Le policier continua d'examiner le contenu de la caisse, tout en plaquant un mouchoir sur son nez.

— Inspecteur Samson, y a d'autres morceaux comme celui-là, enveloppés dans du jute.

Inspecteur Samson. L'intuition d'Oscar ne l'avait pas trompé. Ce nom lui était familier. Il se rappela que l'inspecteur Godefroy

Samson avait été chargé de l'enquête sur l'enlèvement de Marie-Rosalie Grandmont, la fille de la « jolie dame ». Il avait la réputation d'être un limier pugnace, qui traquait les criminels sans relâche.

L'inspecteur s'adressa au cheminot d'une voix empreinte d'autorité.

— Où avez-vous trouvé cette caisse ?

— Dans l'entrepôt, avec des cageots de patates, balbutia l'ouvrier. Ça sentait l'diable, c'est ça qui m'a mis la puce à l'oreille.

— Savez-vous qui devait prendre en charge la marchandise ?

— Y avait deux caisses consignées au nom d'un certain P. Guilbert, mais ce monsieur s'est pas présenté.

Oscar nota mentalement le nom : *P. Guilbert*.

— Emmenez-moi tout ça à la morgue ! ordonna l'inspecteur trapu à deux de ses hommes. Et vous, dit-il au troisième, faites-moi des recherches sur ce P. Guilbert. Je veux avoir un rapport complet sur cet individu à la première heure, demain.

— Bien, inspecteur Samson.

Le policier au mouchoir saisit le bras avec une répugnance marquée et le remit dans la caisse tandis qu'un autre gendarme, plus jeune, pris de nausées, s'était éloigné et vomissait près d'un remblai.

❧

Après avoir assisté à cette macabre découverte, Oscar observa les policiers, qui, avec l'aide du cheminot, placèrent deux caisses dans une brouette. Les restes humains furent transportés vers l'entrée de la gare, dont les toits à comble brisé de style géorgien, festonnés de clôtures de fer forgé, se dressaient dans le ciel sombre. Les hommes déposèrent les caisses à l'arrière d'une *sleigh* à raquettes de forme rectangulaire, munie de cloisons, qui pouvait asseoir cinq ou six hommes. La voiture, attelée à deux chevaux, se mit en route. Oscar chercha un fiacre des yeux et finit par en apercevoir un, en face du portail de la gare. Il s'élança vers le véhicule et y prit place, en indiquant au conducteur :

— Suivez la *sleigh* qui est juste devant nous !

❧

La voiture de la police s'immobilisa dans le préau de l'Hôtel-Dieu. Oscar, toujours à bord du fiacre, demanda au conducteur de s'arrêter à une bonne distance. Il paya la course tout en observant l'inspecteur et ses hommes, qui transportèrent les caisses vers une entrée discrète, située au fond de la cour. Le reporter savait que celle-ci menait à la morgue, qui se trouvait dans le sous-sol de l'hôpital, car il y était allé, quelques années auparavant, dans le cadre d'une enquête. Il attendit une dizaine de minutes, puis se dirigea à son tour vers la porte. Il reconnut non sans répugnance l'escalier de ciment, le long couloir humide aux murs verdâtres qu'il fallait traverser pour arriver à la morgue, et regretta soudain de s'être lancé dans cette aventure, alors qu'il aurait pu rester bien tranquillement à Québec, avec sa femme et son fils, dans la quiétude de son foyer.

Le reporter parvint à la lourde porte qui donnait sur la morgue et hésita avant de l'ouvrir. L'inspecteur Samson s'y trouvait sans doute en compagnie des policiers. Il réagirait fort mal en le voyant, lui ordonnerait peut-être de quitter les lieux. Oscar haussa les épaules. *Quand le vin est tiré, il faut le boire*, avait coutume de dire son oncle Victor. Il tourna la poignée avec précaution et entra dans la pièce.

Le froid qui y régnait lui glaça le sang. De gros blocs de glace avaient été empilés sur l'un des murs de briques. L'endroit n'avait pas changé. Une demi-douzaine de tables de marbre se succédaient jusqu'au fond de la salle, brillamment éclairée par des lampes qui pendaient du plafond. Sur une des tables, Oscar put entrevoir une forme humaine sur laquelle un drap blanc avait été placé. Réprimant un frisson, il s'avança dans la pièce et aperçut un homme de dos, portant une blouse blanche et des gants. Le médecin légiste examinait quelque chose. L'inspecteur Samson était debout à côté de lui, alors que deux gendarmes, le visage blême, se tenaient en retrait. Le journaliste se cacha derrière une colonne, d'où il pouvait observer la scène sans être vu.

— Il y a un début de putréfaction, dit le médecin. La mort semble remonter à plus de quarante-huit heures, peut-être davantage. Difficile à dire, car le corps a été en partie préservé par le froid.

Oscar reconnut la voix du docteur Morin, un médecin d'allure dandy qu'il avait rencontré lors de sa première visite à la morgue. Il s'avança un peu plus et faillit tourner de l'œil en découvrant ce qui reposait sur le lit de marbre. Les membres d'un cadavre avaient été rassemblés afin de reconstituer un corps complet. Le bras qu'Oscar avait entrevu près de l'entrepôt avait été déposé à la gauche du thorax. Pour une raison inconnue, la tête manquait.

— De toute évidence, ce corps démembré est celui d'une femme de race caucasienne, âgée entre trente-cinq et quarante-cinq ans. Il est assez bien conservé, poursuivit le docteur Morin.

Il observa le cadavre de plus près.

— Celui ou ceux qui ont démembré ce corps ont bien travaillé.

— Que voulez-vous dire par « bien travaillé » ? commenta sèchement l'inspecteur Samson.

— Eh bien, on dirait une besogne de professionnel, expliqua calmement le médecin. Voyez ?

Il désigna d'un doigt ganté la bordure d'une épaule, là où celle-ci avait été séparée du reste du corps.

— Les coupures sont très nettes. Un boucher expérimenté n'aurait pas fait mieux.

Un boucher expérimenté n'aurait pas fait mieux. Oscar eut alors une intuition de la vérité.

Le médecin s'attarda à la main gauche.

— Cette femme était mariée. En tout cas, elle porte une alliance.

— Je voudrais voir la bague, dit l'inspecteur.

Le médecin légiste prit délicatement la main de la morte et fit glisser doucement l'alliance en or qui brillait à l'annulaire. Godefroy Samson s'en empara et l'observa de ses yeux globuleux.

— Il y a une inscription gravée à l'intérieur, murmura-t-il.

Oscar tendit l'oreille. L'inspecteur lut à mi-voix :

— *To Catherine, with eternal love, James.*

Catherine. C'était le prénom de Catherine Tracey, un des cadavres qui avaient disparu du cimetière Belmont. Et James était le prénom de son mari.

XXIII

Toujours dissimulé derrière la colonne, Oscar, grisé par sa découverte, ne put s'empêcher de pousser une exclamation de triomphe. L'inspecteur Samson tourna brusquement la tête dans sa direction. Le journaliste se rencogna dans sa cachette en se maudissant de son imprudence. Il entendit un pas lourd s'approcher. Le policier apparut soudain devant lui, le dévisageant d'un regard peu amène.

— Qu'est-ce que vous faites ici ?

— Je… je suis reporter pour le journal *L'Aurore de Québec*.

Samson n'en fut pas étonné. Il avait tout de suite deviné, en observant le manteau élimé et la casquette du jeune homme, qu'il s'agissait d'un journaliste. Il avait le plus grand mépris pour ces « fouille-merdes », comme il se plaisait à les appeler, qui mettaient leur nez dans les investigations policières et nuisaient la plupart du temps à leur bon déroulement.

— Mes hommes ont autre chose à faire que de perdre leur temps avec des enquiquineurs de votre espèce, aboya-t-il.

Oscar faillit répliquer à l'insulte, mais il ne voulait pas se mettre à dos un homme aussi redoutable.

— J'enquête sur une affaire de vol de cadavres, se contenta-t-il de révéler.

— Vous m'en direz tant ! rétorqua Samson, d'un ton méprisant. Et qu'avez-vous découvert, monsieur le journaliste ?

Piqué par l'attitude arrogante de l'inspecteur, Oscar décida de garder pour lui la trouvaille qu'il venait de faire.

— Je croyais que vous n'aviez pas de temps à perdre avec un enquiquineur de mon espèce ?

Samson le fixa de son regard verdâtre.

— Ne jouez pas au plus fin avec moi, jeune homme. Si vous savez quelque chose, dites-le maintenant, ou bien je vous fais arrêter pour entrave au travail d'un policier.

Le reporter ne se démonta pas.

— Si vous ne me laissez pas poursuivre mon enquête, je ne pourrai pas vous tenir au courant de ses résultats.

L'inspecteur se rendit compte qu'il avait sous-estimé le journaliste, ce qui l'irrita.

— Quel est votre nom ?

— Oscar Lemoyne, pour vous servir.

— Monsieur Lemoyne, sachez que je vous tiens à l'œil. Si j'apprends que vous avez nui à la résolution de cette affaire, vous aurez de mes nouvelles.

Il fit signe à ses hommes de le suivre et quitta la morgue de sa démarche lourde. Oscar ne put s'empêcher de sourire. Il avait eu le dessus sur le redoutable inspecteur ! Il attendit que la porte se referme et s'approcha de la table de dissection où se trouvaient les restes de Catherine Tracey, qu'il évita de regarder.

— Docteur Morin !

Le médecin légiste, qui s'apprêtait à couvrir d'un drap les membres de la morte, suspendit son geste.

— J'ai entendu votre discussion avec l'inspecteur Samson. Je n'ai pas pour habitude de parler aux journalistes.

— Nous nous sommes déjà rencontrés.

Le docteur Morin lui jeta un regard sceptique. Une moustache élégante surmontait ses lèvres minces. Sous sa blouse blanche, il portait un pantalon à la dernière mode, avec des guêtres de cuir chamois et des bottes de bonne confection.

— Je n'en garde aucun souvenir.

— C'était au mois d'août 1860. Vous faisiez l'autopsie d'un mort par noyade, John Barry. Il avait une montre de gousset en or sur laquelle son nom avait été gravé.

Le pathologiste regarda Oscar de plus près.

— Ça fait déjà un bon bout de temps, mais ce cas me dit quelque chose.

Constatant qu'il avait réussi à gagner la confiance du médecin, Oscar poursuivit.

— Vous avez dit à l'inspecteur Samson, en parlant des restes de la défunte : « Les coupures sont très nettes. Un boucher expérimenté n'aurait pas fait mieux. »

— Et alors ?

— Vous avez ajouté : « On dirait une besogne de professionnel. » Que vouliez-vous dire par là ?

— Pourquoi vous répondrais-je ? rétorqua le médecin du tac au tac. Vous n'êtes pas policier, à ce que je sache.

Oscar sentit la moutarde lui monter au nez.

— Des voleurs de sépultures ont arraché des cadavres à leur tombe, les ont démembrés et empaquetés dans des caisses, au mépris de toute dignité humaine. Je veux rendre justice à ces morts et trouver les coupables.

Le docteur Morin accueillit la diatribe du journaliste avec une moue cynique.

— Justement, ils sont morts, qu'est-ce que ça change pour eux ?

Oscar frémit d'indignation.

— Si c'était le corps de votre propre mère qu'on avait outragé de la sorte ? Celui de votre femme ou de votre fiancée ? Feriez-vous preuve du même détachement, de la même indifférence ?

Cette fois, le docteur Morin détourna les yeux. Oscar renchérit :

— À votre avis, qui aurait pu accomplir ce démembrement de façon aussi « professionnelle » ?

Le médecin enleva ses gants et tortilla sa moustache.

— Des étudiants en médecine.

Oscar lui jeta un regard étonné.

— Ils sont toujours à la recherche de cadavres pour pouvoir effectuer leurs dissections. Moi-même lorsque j'étais étudiant ai participé à ce genre de vol.

— Pourquoi se donneraient-ils la peine d'aller jusqu'à Québec pour voler des cadavres, alors qu'il y en a à profusion ici même ?

— Justement, il n'y en a pas tant que ça. La loi actuelle interdit l'utilisation de corps humains, même dans le cadre de cours de dissection ou de recherche scientifique. Les apprentis médecins ont besoin de cadavres pour leur formation.

Oscar nota fébrilement les révélations du docteur Morin dans son carnet.

— Me permettez-vous de vous citer dans mon article ?

Le docteur Morin hésita, puis haussa les épaules.

— Si cela peut faire avancer un peu la science…

Oscar fit un mouvement pour partir, puis se ravisa. Il sortit le couteau de sa poche de manteau et le montra au médecin.

— J'ai trouvé ce couteau près d'une des tombes. En avez-vous déjà vu de semblables ?

Le docteur Morin prit l'objet et l'examina de plus près.

— C'est un scalpel. Fabriqué en France, comme le mien. Même manche en ivoire. Excellente qualité.

Oscar remit l'instrument dans sa poche, la tête en effervescence, comme chaque fois qu'il était sur une bonne piste.

∾

En sortant à l'air libre, le reporter respira à fond pour se débarrasser des miasmes de formol et de putréfaction qui lui collaient aux narines. Il consulta la vieille montre que son oncle lui avait offerte et se rendit compte qu'il était déjà près de dix heures du soir. Malgré la nausée qui l'avait tenaillé lors de sa visite à la morgue, il avait l'estomac dans les talons. Il décida de prendre un autre fiacre pour se rendre chez son oncle. Au diable la dépense ! Il lui fallait une bonne nuit de repos, car une grosse journée l'attendait… Qui était ce mystérieux P. Guilbert, qui devait prendre livraison des caisses ? Pourquoi ne s'était-il pas présenté à la gare pour les récupérer ? Et surtout, il lui fallait suivre la piste précieuse que le docteur Morin lui avait fournie…

XXIV

Quelques heures plus tôt, à Montréal

La grande salle de l'Institut canadien, qui servait également de bibliothèque pour ses membres, était remplie à craquer. Il avait fallu ajouter des chaises tellement il y avait du monde. Les conférences de Louis-Antoine Dessaulles, le neveu du célèbre Louis-Joseph Papineau et le président de l'Institut, étaient toujours très courues, car le journaliste et politicien n'hésitait pas à s'en prendre aux élites politiques et religieuses avec une audace et une éloquence qui ne laissaient personne indifférent.

Victor Lemoyne était arrivé plus tôt afin d'obtenir une meilleure place et s'était installé dans la première rangée. Le vieux journaliste ne voulait rien manquer du discours de Dessaulles, qui avait cette fois pour sujet l'Index promulgué par le Saint-Office de Rome, condamnant des centaines de milliers de livres et menaçant d'excommunication ceux qui les possédaient. Il souhaitait en faire un compte rendu dans son journal *Le Phare*. Bien que férocement anticlérical, Victor avait tout de même gardé sa foi en Dieu, qu'il distinguait de ce qu'il appelait « les pharisiens en robe noire ». Il se rappelait encore le moment où il avait compris que le message du Christ, empreint de charité et de bonté, était parfois interprété bien différemment par le clergé, qui prétendait pourtant en être le dépositaire. Il venait d'avoir dix ans et était devenu enfant de chœur du curé de sa paroisse. Un peu avant la messe, Polydore Hudon, un « guenillou » bien connu du quartier, qui ramassait de vieux vêtements et des haillons pour les revendre à des papeteries, s'était présenté au presbytère pour quêter un repas. Le curé avait enguirlandé le pauvre homme, le traitant de parasite, et l'avait exhorté à se trouver un travail digne de ce nom. Plus tard, durant son homélie, le prêtre avait évoqué le verset treize sur la charité selon les Corinthiens :

— « Et quand j'aurais le don de prophétie, la science de tous les mystères et toute la connaissance, quand j'aurais même toute la foi jusqu'à transporter des montagnes, si je n'ai pas la charité, je ne suis rien. »

Malgré son jeune âge, Victor avait été frappé par l'hypocrisie du curé, qui prêchait la charité sans la pratiquer. Il en avait tiré une grande leçon, qu'il avait tâché d'appliquer dans sa propre vie, du mieux qu'il le pouvait : se méfier des belles paroles et agir selon ses convictions. Il avait eu plusieurs occasions de mettre ce précepte en pratique, entre autres au moment des rébellions de 1837-1838, lorsque Louis-Joseph Papineau avait fui avant la bataille de Saint-Denis sous prétexte de se mettre à l'abri, afin de pouvoir agir comme négociateur dans l'éventualité d'une défaite. À l'époque, bon nombre de Patriotes avaient accusé Papineau d'avoir lâchement abandonné les combattants. Victor avait refusé de se joindre au concert de blâmes et soutenu son chef, mais il avait éprouvé une amère déception devant la fuite du leader et s'était juré de lutter jusqu'au bout aux côtés des siens, même si l'espoir d'une victoire s'amenuisait de jour en jour. Après l'échec des rébellions, il était demeuré un activiste irréductible et n'avait jamais renoncé à son rêve d'une assemblée responsable, au service de son peuple.

Victor jeta un coup d'œil à l'horloge placée sur le manteau d'un large foyer de chêne dans lequel brûlait un bon feu. Il était près de huit heures. Il admira les rangées de bibliothèques, dont les vitres reflétaient la lumière des lustres. Une bonne partie des connaissances humaines s'y trouvaient : Leibniz côtoyait Voltaire ; Socrate et Platon rivalisaient avec Pascal, Molière et Balzac. Tant de fois le vieux journaliste s'était assis à l'une de ces tables pour y consulter un livre ! Il ne comptait plus les jours où il en avait emprunté, revenant chez lui avec le sentiment d'être chargé d'un trésor.

Un remous se fit soudain dans la salle. Louis-Antoine Dessaulles venait de faire son entrée, suivi d'Arthur Buies, un jeune et brillant journaliste dont Victor avait entendu dire le plus grand bien. Julien Vanier, un avocat qui avait connu une certaine renommée après avoir gagné le procès d'une femme accusée d'avoir empoisonné son mari, les accompagnait.

Le bruit des conversations s'estompa tandis que le neveu de Papineau se dirigeait vers la tribune, tenant des feuillets à la main, qu'il déposa sur un lutrin. Âgé de quarante-huit ans, arborant une moustache qui soulignait le dessin ferme de sa bouche, le front droit, les yeux bruns pétillants d'intelligence, l'ancien seigneur de Saint-Hyacinthe, devenu polémiste et homme politique, plongea son regard dans l'assistance et se mit à parler d'une voix bien timbrée.

— Chers membres de l'Institut, chers amis, chers collègues, c'est un honneur pour moi de m'adresser à vous aujourd'hui.

L'attention de l'assemblée était telle qu'on aurait entendu une mouche voler.

— Comme je l'ai annoncé dans le journal *Le Pays*, j'aborderai le thème de l'Index ainsi que les positions du pape Pie IX dans son encyclique *Quanta cura*, publiée en 1864, qui condamne le naturalisme, le libéralisme, le communisme, la science, le progrès, la liberté d'opinion et de presse, que le pape appelle à tort « libertés de perdition ».

Des murmures et des regards entendus accueillirent son introduction. Décidément, avec Dessaulles, on n'allait pas s'ennuyer ! Victor écouta la conférence avec une attention quasi religieuse, tout en prenant beaucoup de notes. Il savait que le texte intégral serait publié dans l'annuaire de l'Institut canadien et dans *Le Pays*, mais il voulait faire paraître son article dans son journal dès le lendemain.

— Avec cette encyclique, poursuivit le conférencier, le pape s'oppose aveuglément à tout changement, repousse toute amélioration, veut enrayer tout progrès, anéantir toute découverte, comprimer toute intelligence, tuer toute liberté, détruire toute indépendance d'esprit, prohiber toute manifestation de raison et de génie, proscrire toute expression libre de la pensée humaine.

Quelques exclamations ponctuèrent ce discours. Même Victor hocha la tête. Le vieux journaliste avait beau être anticlérical, il était étonné par la charge virulente que menait le président de l'Institut contre le pape Pie IX, l'accusant ouvertement d'intolérance et d'ignorance.

Un homme se leva, le visage rouge d'indignation. Il s'agissait d'Hector Fabre, un membre prestigieux de l'Institut et un ardent catholique.

— C'est intolérable ! Vous êtes un radical, un rougiste[2] ! s'exclama-t-il.

Il quitta la salle, faisant claquer ses talons sur le plancher de bois afin que son départ ne passât pas inaperçu. Dessaulles ne se laissa pas distraire par cet incident. Il connaissait bien Fabre et, tout en respectant ses convictions religieuses, n'avait guère d'estime pour son esprit, qu'il jugeait timoré. Aussi continua-t-il son exposé d'une voix posée :

— On ne torture plus personne pour ses idées religieuses, mais tous les peuples civilisés ont reconnu que la conscience de l'homme est inviolable, et qu'il ne peut être appelé à rendre des comptes de ses actes extérieurs que lorsque ceux-ci sont nuisibles au bien-être de la société.

L'exposé se poursuivit pendant plus d'une heure sans qu'un autre incident se produise.

— Qu'ils soient rois ou papes, conclut l'orateur, ceux qui exercent le pouvoir absolu sur nos territoires ou sur nos âmes devront tôt ou tard disparaître pour laisser la place à une société démocratique, qui sera celle de citoyens libres de leurs actes et de leurs pensées.

Des applaudissements nourris accueillirent la fin de la conférence. Victor alla serrer la main de Dessaulles, le félicitant pour son éloquence et son courage.

---

2. Rouge ou rougiste désignait à l'époque un radical épousant des théories révolutionnaires.

— Courage ? dit ce dernier en souriant, je n'en sais trop rien. Éloquence, peut-être. En tout cas, je vous remercie du compliment.

Ému d'avoir pu s'entretenir avec le président de l'Institut canadien, Victor s'empressa de rentrer chez lui afin de rédiger son article à chaud. Il ne voulait rien perdre des propos iconoclastes tenus par cet homme remarquable. Sans prendre le temps de manger, il s'attabla à son pupitre et se mit à écrire.

Après une heure de labeur, le journaliste mettait la dernière main à son article lorsque la porte d'entrée s'ouvrit, faisant tinter une clochette. Il leva la tête, mécontent de se faire interrompre dans son travail, mais retrouva vite son sourire en reconnaissant son neveu.

— Mon petit Oscar ! Tu ne m'avais pas averti de ta visite ! Sois le bienvenu, mon garçon.

Il lui fit une accolade chaleureuse.

— Alors, quel bon vent t'amène à Montréal, à part venir embrasser ton vieil oncle ?

Oscar, conscient de l'aversion de son parent pour le journalisme à sensation, lui répondit vaguement :

— Oh, un reportage sur un sujet d'actualité.

Victor ne fut pas dupe.

— Ouais, connaissant ton patron, je ne serais pas étonné que tu travailles sur un fait divers scabreux !

La sagacité de son oncle fit sourire Oscar. Il remarqua les feuillets couverts de l'écriture presque illisible du vieux journaliste.

— Et vous, à quel politicien véreux vous attaquez-vous dans votre papier ?

Victor affecta un air mystérieux.

— Il ne s'agit pas d'un politicien, mais tu le sauras lorsque j'aurai terminé mon article. En attendant, installe tes pénates dans ta chambre. Après, nous mangerons un morceau. Tu as sûrement l'estomac dans les talons !

Ce que son parent appelait « chambre » n'était en fait qu'un réduit qui lui servait à ranger des seaux d'encre et des rames de papier. Il y avait installé un lit de camp et une petite commode pour recevoir son neveu lors de ses visites à Montréal. Bien qu'elle fût inconfortable, cette pièce plaisait à Oscar. L'odeur familière de l'encre et du papier le rassurait, lui rappelait son enfance, passée dans les différentes imprimeries de son oncle et bercée par le son animé des voix des journalistes qui s'y réunissaient parfois pour parler politique et refaire le monde.

Pendant le souper, qui consistait en un quignon de pain accompagné de jambon et de fromage, Victor demanda des nouvelles de son filleul et de sa belle-fille.

— Ils se portent comme un charme. Joséphine affirme que le petit a souri et a prononcé la première syllabe de « maman ».

Le vieux journaliste se racla la gorge pour ne pas montrer son émotion. Il adorait l'enfant, dont il retirait une immense fierté. Étant resté célibataire toute sa vie, il s'était résigné au fait qu'il mourrait sans descendance, mais, du jour au lendemain, il était devenu à la fois parrain et grand-oncle, et avait le sentiment qu'un peu de lui-même se prolongeait dans la vie de ce petit être. Lors du baptême de Nicolas, alors que les parents s'étaient réunis autour des fonts baptismaux, il avait pris le poupon dans ses bras avec précaution, tremblant légèrement dans sa crainte de le laisser choir. Les mains et les pieds minuscules s'agitaient doucement sous le châle de baptême finement brodé.

— Mon petit Nicolas, avait-il murmuré. Je te souhaite une longue et heureuse vie.

Victor termina sa tasse de thé et la déposa d'un geste ferme sur la table.

— Tu m'excuseras si je te fausse compagnie, mon cher neveu, mais je dois me lever avant l'aube pour imprimer mon article.

Oscar regagna sa chambre à son tour et s'endormit aussitôt qu'il posa sa tête sur l'oreiller.

౿

Victor fut debout dès quatre heures du matin. L'imprimerie était plongée dans l'obscurité. Il alluma plusieurs lampes et se mit au travail. Il trempa d'abord un rouleau dans un seau rempli d'une encre qu'il avait confectionnée lui-même, avec des pigments et de l'huile de lin, puis en enduisit la plaque qu'il avait composée. Il fixa ensuite une feuille sur le plateau supérieur de la presse à bras et abaissa le levier en appuyant fortement afin que l'impression fût la plus parfaite possible. L'odeur familière d'encre et de papier envahit l'atelier.

Après une heure de labeur, le vieux journaliste avait déjà imprimé une centaine de feuilles, qu'il faisait sécher au fur et à mesure sur une corde suspendue à travers l'atelier, mais il lui en restait tout de même deux cents à produire. Il avait l'habitude d'actionner la presse manuellement, mais il ressentait une fatigue qui ne lui était pas coutumière. *Je me fais vieux*, se dit-il en haussant les épaules. Tout à coup, une douleur fulgurante au bras gauche le fit grimacer. Il dut interrompre son travail et prendre place sur un tabouret tant la crampe était douloureuse.

— Qu'est-ce qui te prend, espèce de mauviette ! maugréa-t-il.

Sa respiration était devenue saccadée. Une sueur froide perlait sur son front. Il fit un effort pour se remettre debout, mais il ne tenait plus sur ses jambes et dut se rasseoir. Une sorte de vertige rendait sa tête plus lourde. Soudain, il eut l'impression qu'un voile noir couvrait ses yeux. Il perdit connaissance.

XXV

— Mon oncle !

Oscar contemplait le corps de son parent, écroulé sur le sol, près de la presse. Après une bonne nuit de sommeil, il s'était levé dès sept heures, avait déjeuné sur le pouce et s'était rendu au rez-de-chaussée. Intrigué par le silence inhabituel qui régnait dans la pièce, malgré le fait que quelques lampes étaient allumées et que des feuilles imprimées séchaient sur une corde, il avait soudain aperçu Victor étendu par terre et s'était précipité vers lui.

— Mon oncle, qu'avez-vous ?

Le visage du vieux journaliste était pâle comme de la cire. Il ne bougeait pas. Une pensée affreuse vint à l'esprit d'Oscar.

— Mon Dieu, il est mort, murmura-t-il.

Victor sentit une main le secouer. Une voix familière lui parvenait comme dans un brouillard. Il ouvrit les yeux. À sa grande surprise, il se rendit compte qu'il gisait près de la presse à bras. Son neveu était penché au-dessus de lui, le regard rempli d'inquiétude. Il se redressa péniblement sur un coude. Il se souvenait vaguement d'avoir imprimé des exemplaires de son journal, mais le reste était plongé dans un trou noir.

— Qu'est-ce que je fais ici ?

— Vous m'avez fait une de ces peurs ! s'écria Oscar, encore sous le choc. Je vous croyais…

Il s'interrompit à temps.

— Tu me croyais mort ? lança Victor, ironique. Je ne suis pas prêt à casser ma pipe, mon garçon.

Le vieil homme fit un mouvement pour se remettre debout. Son neveu voulut le soutenir, mais il protesta.

— Je n'ai pas besoin de ton aide.

Il dut tout de même s'appuyer sur le bras d'Oscar pour ne pas tomber. Son corps tremblait sous l'effort.

— Venez vous asseoir, proposa le jeune homme. Vous êtes bien faible.

— Je me porte comme un charme, maugréa l'imprimeur, qui accepta néanmoins de prendre place dans le fauteuil que son neveu avait rapproché.

Sa respiration restait saccadée, mais un peu de couleur lui était revenue aux joues. L'horloge grand-père, placée dans le fond de la pièce, sonna.

— Déjà sept heures et demie ! soupira Victor. Et mon journal qui n'est toujours pas prêt…

Il se remit debout avec difficulté.

— Il faut que je termine l'impression du *Phare*, si je veux pouvoir le livrer à temps à mes abonnés.

Il se dirigea d'un pas plus lent que d'habitude vers sa presse, qu'il actionna en y mettant toute la force dont il était capable. Oscar observait son oncle avec anxiété. Ce dernier suait à grosses gouttes et sortit un mouchoir de sa poche pour s'éponger le front.

— Laissez-moi vous donner un coup de main, proposa Oscar.

— J'ai imprimé des journaux toute ma vie, ce n'est pas demain la veille que j'aurai besoin de quelqu'un pour faire mon métier à ma place.

Victor fut alors saisi d'un autre vertige, qui l'obligea à s'agripper à sa presse pour garder l'équilibre. Sa respiration était redevenue haletante. Cette fois, Oscar s'interposa avec fermeté.

— Vous devez vous reposer ! J'imprimerai le reste des exemplaires moi-même. Mais avant, je vais chercher un médecin.

— Ce n'est pas nécessaire. Je ne suis pas malade ! Il s'agit d'un simple étourdissement.

— Allez au moins vous étendre !

— Je ne suis pas fatigué.

— Écoutez-moi, pour une fois ! s'exclama Oscar, à bout de patience.

— Tu n'es pas obligé de me crier par la tête, je ne suis pas sourd ! répliqua Victor avec dignité.

En voyant l'expression découragée de son neveu, il ajouta, un peu contrit :

— C'est bien parce que tu me le demandes.

Victor s'engagea dans l'escalier qui menait à sa chambre, s'appuyant lourdement à la rampe pour garder l'équilibre. Oscar fit un mouvement pour l'assister, mais y renonça, sachant à l'avance que son oncle l'enverrait promener. *Quelle sacrée tête de mule !* se dit-il. L'incident l'avait fortement ébranlé. Il aurait mis sa main au feu que Victor avait eu un malaise cardiaque. *Je ne quitterai pas Montréal avant qu'il ait vu un médecin*, décida-t-il. Il savait que son parent protesterait haut et fort, prétendant qu'il n'avait aucun besoin de gaspiller de l'argent pour une vétille, mais le reporter voulait s'assurer de son état de santé. Déjà, lors du baptême de son fils, il avait trouvé que son oncle avait pris un sérieux coup de vieux. Le fait qu'il vécût seul à Montréal, à deux jours de route de Québec, ajoutait à son inquiétude. Que lui serait-il advenu si Oscar n'avait pas été en visite chez lui ?

Le journaliste ne connaissait pas de médecins à Montréal, sauf le docteur Brissette, dont le brillant témoignage avait pesé lourd dans l'acquittement d'Aimée Durand[3]. Il trouva son adresse dans un vieux bottin Lovell qui traînait sous une pile de paperasse et la nota sur un bout de papier, qu'il enfouit dans une poche de son pantalon. Il continua à feuilleter le bottin jusqu'à la lettre G : Garand, Gibeault, Gilbert, Guibeault, Guilbert. *Le nom de la personne qui devait prendre les caisses en consigne à la gare Bonaventure.* Il y avait trois Guilbert : A. Guilbert, Guillaume Guilbert et Yvon Guilbert, mais aucun P. Guilbert. Peut-être que le mystérieux personnage n'habitait pas à Montréal. Oscar devrait pousser ses recherches plus loin. Mais avant tout, il

---

3. Voir le tome 6, *Du côté des dames*.

devait de toute urgence trouver le docteur Brissette afin qu'il examinât son oncle.

ு

Oscar revint une demi-heure plus tard, accompagné par un homme à la mine joviale, qui tenait une sacoche de médecine dans une main et un chapeau rond dans l'autre.

— Merci d'avoir accepté de voir mon oncle, docteur Brissette.

— C'est la moindre des choses. Son état semble vous causer beaucoup d'inquiétude.

— En effet. Sa chambre est à l'étage. Suivez-moi.

Au même moment, un bruit de pas se fit entendre dans l'escalier. C'était Victor. Il avait encore les traits tirés, mais avait repris du poil de la bête. Il toisa le nouveau venu avec méfiance. Celui-ci se présenta.

— Docteur Armand Brissette. Votre neveu m'a expliqué que vous avez été victime d'un malaise.

Victor se tourna vers Oscar, furieux.

— Je t'avais pourtant dit que je ne voulais pas voir de médecin !

Le docteur Brissette, dont les fossettes et les taches de rousseur accentuaient l'allure juvénile, s'avança vers le vieil homme et lui serra cordialement la main, comme si de rien n'était.

— Enchanté de faire votre connaissance, monsieur Lemoyne. Je dois avouer que je suis un lecteur assidu de votre gazette.

Cette entrée en matière désarma complètement l'imprimeur.

— Vraiment ?

— Vous avez une excellente plume. Sans compter que vous nommez un chat un chat et que vous n'êtes à la solde d'aucun politicien, deux qualités bien rares, de nos jours.

Flatté par les compliments du médecin, Victor, en marchant vers la cuisine, parla à bâtons rompus de la profession de journaliste, des difficultés de maintenir à flot un journal, surtout avec l'arrivée de gazettes à grand tirage comme *L'Époque*, journal populiste à souhait, qui menaçait d'écraser les publications artisanales comme la sienne. Après l'avoir écouté d'une oreille attentive, le médecin profita du fait qu'il avait mis son patient en confiance pour revenir à sa santé.

— Votre neveu m'a expliqué qu'il vous avait trouvé sans connaissance. Cela vous était-il déjà arrivé auparavant ?

— Jamais ! J'ai une santé de fer !

— Comment décririez-vous la douleur que vous avez ressentie, monsieur Lemoyne ?

— C'était une sorte de crampe, admit à contrecœur le vieux journaliste.

— À quel endroit ?

— Près de l'épaule gauche.

— Me permettez-vous de prendre votre pouls ? s'enquit poliment le médecin.

Victor haussa les épaules.

— Je n'y vois pas d'objection.

Le docteur Brissette saisit le poignet de son patient, puis nota les résultats dans un carnet. Il sortit ensuite un stéthoscope de son sac de médecine et le posa sur la poitrine du vieil homme, écoutant attentivement les battements de son cœur.

— Eh bien, docteur ? ne put s'empêcher de demander Victor, rendu anxieux par le temps que prenait le médecin pour l'examiner.

Le docteur Brissette se redressa et remit l'instrument dans son sac.

— J'ai décelé de l'arythmie. Autrement dit, les battements de votre cœur sont un peu irréguliers.

— Je sais ce que le mot « arythmie » veut dire, jeune homme, rétorqua Victor. Ce n'est pas cela qui me tuera !

Le médecin le regarda avec gravité.

— Vous devez prendre soin de vous, monsieur Lemoyne. Vous souffrez probablement d'angine de poitrine. Il vous faudra réduire considérablement vos activités, ne pas soulever de poids trop lourds et éviter les émotions fortes. Mais surtout, *surtout*, insista-t-il, vous devez prendre beaucoup de repos.

— Du repos ? On ne sort pas un journal en se croisant les bras et en se tournant les pouces !

Oscar intervint.

— Mon oncle, vous devez suivre les conseils du docteur Brissette.

Le médecin ouvrit de nouveau sa sacoche et en sortit une bouteille de couleur verte.

— Je vous prescris de l'arséniate d'antimoine, sous forme de granules à prendre deux fois par jour, après les repas, avec un verre d'eau. Cela vous aidera à régulariser votre rythme cardiaque.

Il salua son patient. Oscar le reconduisit jusqu'à la porte.

— Combien vous dois-je, docteur ?

Celui-ci jeta un coup d'œil au jeune homme, dont le veston élimé luisait aux coudes.

— Nous réglerons cela plus tard. Je reviendrai voir votre oncle demain matin, mais n'hésitez pas à faire appel à moi à tout moment si son état vous inquiète. N'oubliez pas de lui faire prendre son médicament.

— Sans faute.

Le médecin baissa la voix.

— Je compte sur vous pour veiller sur lui. Selon ce que j'ai pu constater, ce malaise cardiaque aurait pu lui être fatal.

Oscar soupira.

— Je ne suis qu'en visite. Mon oncle vit seul, j'habite à Québec avec ma femme et mon fils.

— N'a-t-il pas d'autre famille ou des amis à Montréal ?

Le reporter hocha la tête.

— Je suis sa seule famille, mais il a sans doute des amis.

— N'hésitez pas à les mettre à contribution.

Une fois le médecin parti, Oscar rejoignit Victor, qui assemblait des feuilles déjà imprimées pour en faire un journal complet.

— Avant toute chose, il vous faut prendre votre médicament, dit-il avec fermeté.

Victor protesta pour la forme, mais accepta le verre d'eau et quelques granules d'arséniate d'antimoine, ainsi que le lui avait recommandé le médecin. Il avala le médicament et but une gorgée d'eau.

— Ça goûte mauvais en diable ! dit-il en grimaçant.

— C'est le prix à payer si vous souhaitez guérir, répliqua Oscar.

Il désigna la presse.

— Je m'occupe de l'impression. Vous, vous ferez l'assemblage.

C'était davantage un ordre qu'une suggestion. Grâce à son oncle, Oscar avait appris, très jeune, les rudiments du métier de typographe et d'imprimeur, qui n'avaient plus de secrets pour lui. Certes, il perdait un temps précieux, car il devait poursuivre son enquête sur le vol de cadavres, pondre un papier et l'envoyer au plus vite à son patron, mais son devoir envers son parent était plus important que tout le reste. Quant à Victor, bien qu'il ne l'eût admis pour rien au monde, il était reconnaissant à son neveu de son soutien. Il n'aurait probablement pas réussi à terminer ce travail tout seul.

⁓

Les deux hommes réussirent à imprimer et assembler les exemplaires restants après deux heures de labeur. Le bras droit d'Oscar était endolori à force d'avoir manipulé la presse, au point qu'il se demanda comment son oncle avait encore l'énergie pour effectuer seul une tâche aussi exigeante.

— Allons porter tout cela à la poste au plus sacrant ! dit Victor. Je ne veux pas que la livraison tarde jusqu'à la semaine des quatre jeudis.

— Je m'en charge, mon oncle.

Victor voulut l'accompagner, mais Oscar insista pour y aller seul.

— Le docteur Brissette vous a recommandé de ne pas transporter de poids trop lourds.

Après avoir empilé les journaux dans une grosse caisse de bois munie de roulettes et de ridelles, Oscar livra son chargement au bureau de poste et revint chez son oncle avec le chariot vide.

— Je dois m'absenter pour quelques heures, lui annonça-t-il. Je serai de retour en fin d'après-midi. En attendant, promettez-moi de bien vous reposer.

— Où vas-tu ? demanda Victor.

Oscar perçut de l'anxiété dans le ton de son parent, ce qui le toucha.

— À l'École de médecine et de chirurgie de Montréal.

— Depuis quand veux-tu devenir médecin ? s'exclama le vieil imprimeur, estomaqué.

Oscar fit un sourire sibyllin et partit.

❧

Les voitures roulaient lentement. La neige tombée la veille avait été tassée de chaque côté des rues, formant des congères qui entravaient la circulation. Le reporter se rendit à pied à l'École de médecine, située au bas de la rue Saint-Urbain, près de la place d'Armes. Il arpenta de longs corridors, sans savoir par où commencer ses recherches. Après avoir fureté un peu partout, il croisa un professeur avec une canne à la main, vêtu d'une redingote et d'une lavallière sous sa blouse blanche. Ce dernier était accompagné par une vingtaine d'étudiants, qui se pressaient dans le couloir tout en bavardant, chacun portant un coffret de médecine sous le bras. Un des étudiants, un jeune homme de haute taille, arborant un collier de barbe et une moustache bien taillés, parlait à mi-voix à son camarade, plus petit, avec des bésicles au bout du nez.

— On opère ce soir, à minuit, lui glissa-t-il à l'oreille.

— Ça tombe bien, répondit l'autre, je serai de garde à la maison des morts, je vous y attendrai. Qui fera partie de l'expédition, à part toi ?

— Thibault et Carrière. Cette fois-ci, on ne manquera pas notre coup, je t'en passe un papier. En plus, le travail est bien payé.

Intrigué, Oscar les suivit. Le groupe s'arrêta devant une porte, sur laquelle un écriteau de cuivre avait été placardé.

Cours d'anatomie
Prof. Anatole Grenier, MD

Le professeur Grenier sortit un trousseau de clés de sa poche et ouvrit la porte. Les étudiants s'engouffrèrent dans une grande salle de classe. Dans l'entrebâillement, Oscar aperçut une chaire sur laquelle trônait un squelette humain. Celui-ci était suspendu par un câble rattaché au plafond. Un crâne et deux tibias avaient été disposés sur une petite table, à côté du squelette. Une table oblongue, sur laquelle se trouvait une forme couverte d'un drap, occupait le centre de la tribune. Les étudiants s'installèrent bruyamment à leurs pupitres tandis que l'enseignant montait les quelques marches qui menaient à l'estrade. Oscar hésita sur le seuil. Que faire, à présent ? L'échange entre les deux étudiants lui avait mis la puce à l'oreille. De quel genre d'expédition parlaient-ils ? Quelle était cette mystérieuse maison des morts à laquelle le jeune homme à bésicles avait fait allusion ? « Cette fois-ci, on ne manquera pas notre coup », avait dit le premier. *Cette fois-ci.* Cela signifiait qu'il y avait eu une première expédition qui avait été un échec. L'étudiant au collier de barbe avait également mentionné le fait que le « travail » serait bien payé. Quelqu'un d'autre avait donc planifié la mystérieuse équipée. De qui pouvait-il bien s'agir ? D'un membre du corps professoral ? D'un administrateur de l'université ? D'un étudiant ?

Se perdant en conjectures, Oscar, dans l'espoir d'en apprendre davantage, se glissa dans la salle en se faisant le plus discret possible. Il fut soulagé en constatant que les deux « conspirateurs » s'étaient assis au fond de la classe. Il les rejoignit, s'installant à un pupitre vide à côté d'eux, puis enleva discrètement son manteau, qu'il plaça sur le dossier de sa chaise. Le professeur Grenier frappa le plancher avec sa canne.

— Silence ! tonna-t-il.

Les conversations cessèrent brusquement. L'enseignant désigna la table sur l'estrade.

— Malheureusement, comme vous le savez, nous sommes à court de cadavres humains en ce moment. Nous effectuerons donc nos dissections sur un animal.

Il souleva le drap. Un chien était étendu sur la table. Oscar faillit s'évanouir en voyant le pauvre animal, aux yeux vitreux et fixes, dont la langue pâle pendait entre les canines jaunâtres.

— Nous procéderons comme pour une autopsie humaine.

Oscar ferma les yeux, tâchant de réprimer la bile qui montait dans sa gorge.

— Hé, vous !

Le reporter ouvrit les yeux. Anatole Grenier le toisait avec sévérité. Tous les regards se fixèrent sur lui.

— Comment se fait-il que vous n'ayez pas de blouse blanche ?

— Je… je l'ai oubliée, balbutia Oscar.

Des rires moqueurs accueillirent sa réponse.

— Et vos instruments de dissection ? Vous les avez également oubliés ? Se pourrait-il que vous ayez laissé votre tête chez vous, un coup parti ?

Le pauvre Oscar devint écarlate. L'étudiant barbu se tourna vers lui.

— Vous êtes nouveau ? Je ne vous ai jamais vu dans le cours.

— C'est ça, oui, balbutia Oscar, qui baissa les yeux pour éviter de se faire remarquer davantage.

La voix du professeur s'éleva de nouveau.

— Lortie, je vous charge d'effectuer la première section en T. L'étudiant acquiesça.

— Bien, docteur Grenier.

Il ouvrit un coffret de bois qu'il avait déposé sur son pupitre. À l'intérieur, un assortiment complet d'instruments de chirurgie était disposé sur du velours noir : une petite hache, une scie, plusieurs paires de ciseaux, une paire de pinces, des lancettes, des bistouris de différentes tailles au manche en ivoire. Une chose frappa alors Oscar. Un espace était vide, là où aurait dû être rangé un scalpel. Le journaliste tendit le cou et tenta de déchiffrer le nom de la compagnie qui avait fabriqué les instruments. Il l'aperçut, gravé sur une languette de cuivre, à l'intérieur de la boîte : « Fabriqué en France, maison Charrière. » Le même fabricant du scalpel qu'il avait trouvé dans le cimetière Saint-Charles…

XXVI

Sans perdre un instant, Oscar s'empara de son manteau et l'enfila tout en se dirigeant vers la sortie, sentant les regards du professeur et des étudiants dans son dos. Une fois la porte refermée, il se mit à courir, comme s'il avait le diable à ses trousses. Il ne s'arrêta que lorsqu'il fut loin de la salle de classe. Il regarda autour de lui pour s'assurer que personne ne l'observait, puis fouilla fébrilement dans la poche de son paletot et en extirpa le scalpel. Il relut l'inscription gravée près du manche en ivoire : « Fabriqué en France, maison Charrière. » *L'instrument qui manquait à la panoplie de l'étudiant Lortie*, raisonna Oscar. Ce n'était peut-être que le fruit du hasard, mais le reporter était persuadé du contraire.

Électrisé par sa découverte, il s'engagea d'un pas alerte dans l'escalier qui menait au hall. Il croisa un homme chaussant des lunettes cerclées d'or et vêtu de la même blouse blanche que portaient le professeur Grenier et ses élèves. De toute évidence, il faisait lui aussi partie du corps enseignant.

— Pardon, monsieur !

Ce dernier le regarda distraitement par-dessus ses lunettes.

— Savez-vous ce que c'est que la « maison des morts » ? demanda Oscar.

Le professeur parut surpris.

— Tout le monde sait cela, jeune homme. Dans le jargon des étudiants, il s'agit d'une morgue, où sont entreposés les corps qui serviront aux dissections.

Voilà qui renforçait son hypothèse…

— Savez-vous où elle se trouve ?

Son interlocuteur lui jeta un œil méfiant. Oscar prit l'air le plus innocent de son répertoire pour débiter son mensonge :

— Je suis un nouvel étudiant. Mon professeur d'anatomie, le docteur Anatole Grenier, m'a demandé d'être de garde ce soir à la maison des morts. Je souhaiterais me familiariser avec les lieux avant.

— Si les morts vous font peur à ce point, je ne vous prédis pas une grande carrière dans la profession.

Puis il haussa les épaules.

— C'est une ancienne maison de ferme, qui a été abandonnée il y a quelques années. Elle est située dans la Côte-des-Neiges, à côté de la ferme Boilard. La morgue est dans la cave.

Il ajouta, avec un sourire goguenard :

— Bon courage.

≈

Oscar fit le trajet en fiacre. Il repéra facilement la ferme Boilard, dont le nom avait été peint en lettres blanches sur une immense grange. À côté se trouvait une habitation en planches d'allure rustique, que jouxtaient un poulailler, une écurie et un enclos pour le bétail. À en juger par l'état des bâtiments, ils ne servaient plus depuis un bon moment. L'homme aux lunettes cerclées d'or l'avait bien renseigné.

Le journaliste franchit les marches branlantes du perron et jeta un coup d'œil aux fenêtres, tentant de voir à l'intérieur, mais des volets les obstruaient. Il tourna la poignée de la porte, qui résista. Il décida alors de faire le tour du pavillon. La neige n'avait pas été déblayée, de sorte qu'il put distinguer des traces de pas qui menaient à l'arrière. En les suivant, il parvint à une autre porte, à laquelle on pouvait accéder par un petit escalier fait de planches grossières, dont l'une était à moitié défoncée. Oscar le franchit avec précaution. Cette fois, la porte n'était pas verrouillée. Le cœur battant, Oscar pénétra dans la maison. Une odeur forte, ressemblant à un mélange de colle et d'alcool, le fit grimacer. Dans la demi-pénombre, que perçait à peine une clarté grisâtre, il distingua un évier de grès dans lequel se trouvait un seau rempli d'un liquide transparent. Il s'en approcha. L'odeur provenait de là. Oscar s'empressa de s'éloigner. Il longea un couloir et parvint à une salle à manger, vaguement éclairée par un fanal que quelqu'un avait laissé sur une table de réfectoire, autour de laquelle quelques chaises avaient été disposées. Des blouses blanches et des tabliers tachés de sang étaient suspendus à des crochets le long d'un mur. Le sol en planches de pin était recouvert de sciure de bois. Un léger parfum de café flottait dans l'air. *Quelqu'un doit sûrement être là*, pensa le reporter, dont le ventre se serra. Il remarqua alors une tasse à moitié bue, à côté de laquelle traînait un journal froissé. Curieux, il y jeta un coup d'œil. La gazette, datant du 6 décembre, était ouverte à la page des annonces et des avis de mariages, de naissances et de décès. Un cercle effectué à la plume entourait l'un des avis.

« Claveau, Pamphile, avocat, est décédé à Montréal le 3 décembre 1866, à l'âge de 47 ans. Il laisse dans le deuil sa veuve, Esther Duguay, née Giguère, ses deux enfants, Marie et Noémie, ainsi que ses frères et sœurs. La dépouille mortelle sera exposée dans la demeure des Claveau, boulevard Gouin. Les funérailles seront célébrées à l'église Sainte-Geneviève, le 7 décembre prochain, à onze heures, suivies par l'inhumation du défunt dans le caveau familial, au cimetière Notre-Dame-des-Neiges. Que Dieu veille au salut de son âme. »

Une date le frappa. *Le 7 décembre*. L'inhumation avait eu lieu seulement trois jours auparavant. Un peu plus bas, un autre avis de décès avait été encerclé, faisant mention d'une jeune fille, Rose Deslières, morte des suites d'une phtisie, qui serait enterrée elle aussi à Notre-Dame-des-Neiges, à la même date. *Décidément, on ne compte plus les morts dans cette histoire*, songea le journaliste. Il replia la gazette et l'enfouit dans son manteau. Il lui restait une dernière démarche à accomplir avant de retourner chez son oncle pour y rédiger son article.

En revenant sur ses pas, Oscar ne vit pas une trappe, dont le panneau avait été rabattu. Il faillit tomber dans le trou noir qui béait devant lui et n'eut que le temps de reculer en trébuchant contre un meuble. Il jura entre ses dents. Quel imbécile avait ainsi laissé une trappe à découvert ? *J'aurais pu me tuer*, se dit-il, en reprenant peu à peu son souffle. *La cave.* Le reporter comprit que c'était sans doute l'entrée du sous-sol, où se trouvait la morgue, selon le professeur à lunettes. Son hypothèse fut confirmée lorsqu'il entrevit une échelle se profilant dans la demi-obscurité. Il hésita pendant un moment, puis s'y engagea finalement. La curiosité était plus forte que la peur. Le relent qu'il avait décelé en entrant dans la maison devint presque insupportable.

Une fois qu'il eut franchi le dernier barreau, il se trouva dans une cave aux plafonds bas traversés par des poutres. Le sol était en terre battue. Une lampe au kérosène brûlait sur une table. Un bruissement attira son attention. Il tourna la tête et aperçut un gros rat qui le fixait de ses yeux noirs. Oscar poussa un cri de frayeur. L'animal s'enfuit en couinant. Plus mort que vif, il fit quelques pas. D'énormes cuves avaient été entreposées dans un coin. L'horrible remugle provenait de ces bassins. Oscar mit un mouchoir sur son nez et s'en approcha. Des fragments de corps humains flottaient dans un liquide noirâtre, dont une tête de femme. Le journaliste ne put réprimer un cri d'épouvante. Soudain, une voix s'éleva derrière lui.

— Hé ! Qu'est-ce que vous faites ici ?

Oscar sursauta violemment. Dans le clair-obscur, il distingua une silhouette mince. Il s'agissait d'un jeune homme, qui n'avait pas plus de dix-neuf ou vingt ans. *Sûrement un étudiant.* Sans demander son reste, le reporter s'élança vers l'échelle et y grimpa le plus rapidement possible, puis il courut vers l'entrée. Par chance, une clé se trouvait dans la serrure. Il la tourna

et ouvrit la porte, qu'il referma d'un coup de pied. Il dévala
l'escalier vermoulu et pataugea dans la neige jusqu'à ce qu'il
parvienne à la route. Ce n'est que lorsqu'il se fut éloigné d'un
bon mille qu'il prit le temps de s'arrêter, hors d'haleine. Malgré
sa fatigue, il exultait. Son article serait sensationnel.

XXVII

Le poste de police était relativement calme lorsque Oscar y entra. Une jeune femme, habillée trop légèrement pour la saison, pestait contre un policier qui voulait l'entraîner vers une cellule commune longeant un mur de briques, au fond de la grande salle. Un vagabond cuvait son vin dans un coin. Le journaliste demanda à voir l'inspecteur Samson, expliquant au gendarme à l'accueil qu'il avait du nouveau sur une affaire de vol de cadavres. Au début, le policier le prit pour un plaisantin et se fâcha, mais Oscar insista:

— C'est très sérieux. Je suis reporter pour le journal *L'Aurore de Québec*. Si vous ne me laissez pas m'entretenir avec l'inspecteur Samson, une autre profanation de tombes surviendra cette nuit.

Le jeune homme avait l'air si grave que l'agent finit par céder.

— Suivez-moi. Mais je vous avertis, le patron ne peut pas sentir les farceurs.

༄

Godefroy Samson écoutait avec attention le jeune journaliste tout en le fixant de ses étranges yeux verdâtres. Lorsque celui-ci eut terminé son récit, il s'appuya sur le dossier de sa chaise.

— C'est l'histoire la plus abracadabrante qu'il m'ait été donné d'entendre de toute ma carrière, dit-il d'un ton glacial. Et pourtant, j'en ai entendu des vertes et des pas mûres!

— C'est la stricte vérité! s'écria Oscar.

— Et il y a des habitants sur la Lune, commenta Samson avec ironie.

Le journaliste leva les yeux au ciel et sortit de sa poche le scalpel, déroula le mouchoir dont il était enveloppé et déposa l'instrument devant le policier.

— Je l'ai trouvé au cimetière de Saint-Charles, à côté de la tombe profanée d'un homme, Roger Demers, qui avait été enterré le 6 décembre dernier, et dont le cadavre a disparu depuis.

— Et alors ?

— Il manquait un bistouri dans le coffre d'instruments de chirurgie d'un étudiant de l'École de médecine de Montréal. Je suis convaincu qu'il s'agit du même.

— Comment pouvez-vous en être aussi certain ?

— L'instrument est fabriqué par la même compagnie, la maison Charrière. Le manche en ivoire est pareil, avec la même inscription gravée à l'intérieur.

— Ce n'est pas une preuve. Cette compagnie fabrique sans doute plein d'instruments semblables.

— Peut-être, admit Oscar. Mais le fait est que le corps démembré d'une femme, volé dans le cimetière Belmont, à Québec, a été retrouvé dans des caisses entreposées à la gare Bonaventure.

Godefroy Samson leva ses sourcils minces, qui accentuaient l'aspect lunaire de son visage.

— Comment le savez-vous ?

— J'étais sur place quand vous avez examiné les restes. Cette pauvre défunte s'appelait Catherine Tracey. Le pathologiste à qui vous avez apporté les caisses, le docteur Morin, croit que le démembrement a été effectué par des étudiants en médecine.

— Pourquoi auraient-ils fait une chose pareille ?

— Pour faciliter le transport.

L'inspecteur secoua la tête.

— Mais pourquoi voler des cadavres, nom de Dieu ?

— Les étudiants en médecine sont toujours à la recherche de cadavres qu'ils pourront disséquer. Du moins, c'est ce que le docteur Morin m'a révélé. Il m'a avoué que, lui-même, lorsqu'il était à l'université, a commis ce genre d'actes.

Pour la première fois, l'inspecteur sembla accorder du crédit au récit du reporter.

— Pourquoi des étudiants de Montréal se donneraient-ils la peine d'aller jusqu'à Québec pour voler des cadavres, alors qu'il y en a à profusion ici même ?

— Je me suis aussi posé la question, mais apparemment il n'y en a pas tant que ça. Ils les trouvent là où ils peuvent.

Samson saisit une pipe qu'il mâchouilla distraitement.

— D'où votre affirmation selon laquelle des étudiants en médecine s'apprêtent à profaner des tombes et à voler des cadavres cette nuit, au cimetière Notre-Dame-des-Neiges.

— Exactement !

Oscar fouilla de nouveau dans son manteau et déposa sur la table le journal qu'il avait trouvé dans l'ancienne maison de ferme.

— Jetez un œil aux notices nécrologiques encerclées.

L'inspecteur saisit la gazette et la scruta.

— Deux inhumations viennent d'avoir lieu, poursuivit-il. Je mettrais ma main au feu que des étudiants de l'École vont tenter de profaner ces tombes. Ils recherchent toujours des cadavres récents, qu'ils transportent ensuite dans la maison des morts.

— Maison des morts ? répéta Samson, la mine interrogative.

— Une morgue improvisée, où les corps sont entreposés. Les professeurs et les élèves s'en servent pour leurs dissections. Je l'ai visitée, ajouta-t-il avec un frisson de dégoût. J'y ai trouvé quelques restes humains conservés dans de l'alcool de bois, dont la tête d'une femme qui pourrait bien être celle de l'infortunée Catherine Tracey.

Samson déposa la gazette sur son pupitre et fut un long moment sans parler. Oscar observa son étrange visage, auquel les yeux saillants donnaient l'air d'un batracien. L'inspecteur appuya soudain sur un bouton de sonnette. Quelques instants plus tard, un policier apparut sur le seuil.

— Fortier, j'ai besoin de quatre hommes, dont toi, pour une opération qui aura lieu cette nuit, au cimetière Notre-Dame-des-Neiges.

Le policier jeta un regard interloqué à son supérieur.

— Allez ! ordonna le chef.

Le gendarme inclina la tête et s'éclipsa. Oscar fit un mouvement pour se lever, mais Samson l'interpella.

— Pas si vite !

Oscar se tourna vers l'inspecteur, appréhensif. Ce dernier parla avec sa pipe entre les dents.

— Vous n'êtes pas si bête, pour un journaliste.

Et vous, pas trop sot, pour un policier, faillit répliquer le reporter. Mais il ne voulait pas s'aliéner l'inspecteur. Sait-on jamais, il pourrait encore avoir affaire à lui plus tard.

XXVIII

Le soir était tombé quand Oscar retourna chez son oncle, appréhendant l'état dans lequel il le trouverait. Toutes ces péripéties lui avaient fait oublier l'heure et il craignait que Victor eût été victime d'un autre malaise. Aussi fut-il grandement soulagé lorsqu'il l'aperçut installé dans son fauteuil préféré en train de lire les *Essais*, de Montaigne, tout en sirotant un café.

— Mon oncle, vous avez bien meilleure mine !

Victor jeta un regard intrigué à son neveu. Celui-ci était en nage, et ses vêtements, froissés et en désordre.

— D'où viens-tu, mon garçon ? On dirait que tu t'es battu avec une armée de chats.

Oscar songea qu'il s'agissait plutôt d'un combat avec une armée de spectres, mais il préféra laisser son parent en dehors de tout cela. Rassuré sur l'état de santé de son oncle, le reporter gagna sa chambre et poursuivit la rédaction de son article, relatant en détail son incursion à l'École de médecine ainsi que sa visite à la sinistre maison des morts, n'hésitant pas à ajouter quelques descriptions macabres, dont les lecteurs du journal raffolaient. Il avait déjà rempli quatre feuillets lorsqu'il entendit son oncle l'appeler pour le souper.

Pendant le repas, composé d'une soupe dans laquelle trempaient des morceaux de bœuf, Oscar observa son oncle et fut heureux de le voir manger avec appétit. Il pensa néanmoins à la mise en garde du docteur Brissette : « Je compte sur vous pour veiller sur votre oncle. Selon ce que j'ai pu constater, ce malaise cardiaque aurait pu lui être fatal. » Il profita du fait que Victor s'était calé sur sa chaise et bourrait sa pipe pour aborder le sujet qui le préoccupait.

— Mon oncle, que diriez-vous si Joséphine et moi, on s'installait à Montréal avec le petit ?

Victor, qui s'apprêtait à frotter une lucifer[4], suspendit son geste.

— Tu crois vraiment que je suis trop vieux et malade pour me débrouiller tout seul ?

— Vous savez bien que ce n'est pas ce que je voulais dire ! objecta le reporter. Simplement, ça me rassurerait de me rapprocher de vous. Sans compter que je pourrais vous être utile pour la rédaction, l'impression, la livraison des journaux, les abonnements…

— Je n'ai pas les moyens de te payer un salaire décent. Comment subviendrais-tu aux besoins de ta famille ?

— Joséphine pourrait trouver un nouvel emploi à Montréal. Et rien ne m'empêcherait de collaborer à d'autres journaux pour arrondir les fins de mois.

Victor prit le temps d'allumer sa pipe, en tira une longue bouffée.

— Mon petit Oscar, fit-il, entouré d'une fumée bleuâtre, je te suis reconnaissant de ton offre, mais je suis habitué à la solitude. Je n'ai jamais compté sur qui que ce soit dans ma vie, et ce n'est pas aujourd'hui que je vais commencer.

Le ton de Victor était affable, mais ferme. Oscar comprit qu'il ne servait à rien d'insister, mais comme il prévoyait retourner à Québec le lendemain et ne pouvait se résoudre à abandonner son oncle à son sort, il fit une dernière tentative.

— Vous pourriez au moins engager un adjoint. Quelqu'un de fiable, qui vous seconderait à l'imprimerie et dans les tâches quotidiennes. Il vous suffirait de placer une annonce dans un journal et le tour serait joué !

---

4. Nom familier pour une allumette dépourvue de soufre.

— Je n'ai besoin de personne ! l'interrompit Victor avec impatience. Et je te saurais gré de ne plus revenir sur ce sujet.

Il ralluma sa pipe, qui s'était éteinte. Oscar renonça à poursuivre la discussion, non sans éprouver un cuisant sentiment d'échec. Après que son oncle se fut retiré dans la chambre, il monta dans la sienne et termina son article. Il était si épuisé qu'il s'étendit sur le lit sans se déshabiller et finit par sombrer dans un sommeil peuplé de spectres, de tombes et d'ossements.

XXIX

Dès huit heures, le lendemain, Oscar se présenta au bureau du télégraphe et envoya un message à Ludovic Savard.

Patron, tout va pour le mieux, je tiens un papier du tonnerre, reviens à Québec par le train de 10 heures. Votre dévoué, O. L.

De retour chez son oncle, il aperçut le docteur Brissette qui attendait devant la porte.

— Je venais m'enquérir de la santé de votre oncle avant de faire ma tournée de patients.

— C'est très gentil à vous, dit le reporter, reconnaissant.

Victor accueillit le médecin avec un sourire goguenard.

— Vous venez pour constater mon décès ? Comme vous voyez, je me porte à merveille !

Oscar et le docteur Brissette échangèrent un regard entendu.

— Si vous le permettez, je souhaiterais écouter votre cœur et prendre votre pouls, par simple mesure de précaution.

Victor leva les yeux au ciel, mais se laissa faire.

— Votre pouls est régulier. Votre cœur bat presque normalement, commenta le médecin.

Victor se tourna vers son neveu.

— Qu'est-ce que je te disais ! s'exclama-t-il, triomphant. Tu te faisais du mauvais sang pour rien.

— Je me réjouis que vous alliez mieux, monsieur Lemoyne, mais il vous faut néanmoins vous ménager et prendre vos médicaments.

Le docteur Brissette refusa le paiement que lui offrait Oscar pour ses services.

— Ce n'est rien. Bonne chance.

Il partit. Oscar rejoignit son oncle, qui était en train de bourrer sa pipe.

— Alors, Oscar, quand regagnes-tu Québec ?

— Aujourd'hui, par le train de dix heures, mais si vous préférez que je reste, je peux prolonger mon séjour.

Victor l'interrompit d'un mouvement insouciant de la main.

— Pars comme prévu, mon petit ! Je suis parfaitement remis. Allez, allez, ta femme et ton fils t'attendent !

Oscar boucla sa valise et fit ses adieux à son parent, non sans lui avoir fait mille recommandations. Après le départ de son neveu, le vieux journaliste fut soulagé de se retrouver enfin seul. Il avait la plus grande affection pour son cher Oscar, mais il chérissait, plus que tout, son indépendance. Il mangea un peu de soupe, dans laquelle il ajouta quelques gouttes d'arséniate d'antimoine, par acquit de conscience plus que par conviction, puis il reprit la lecture des *Essais* de Montaigne, son auteur de prédilection. Il les avait parcourus lorsqu'il étudiait au Collège de Montréal, mais aimait se replonger dans cet univers, appréciant la modernité de ce penseur du XVIe siècle, qui tentait de comprendre la condition humaine en la décrivant sous ses aspects les plus simples et les plus ordinaires, sans chercher à y plaquer un idéal inaccessible.

La nuit finit par tomber. L'imprimerie devint sombre. Victor dut tâtonner pour trouver une lampe et l'allumer. La grande pièce lui apparut soudain vide et sans vie. Une grosse fatigue semblait paralyser ses membres. Il franchit avec effort l'escalier qui menait à son logement. Même le simple fait de se déshabiller et de mettre sa tenue de nuit l'épuisa. Il découvrait avec étonnement les affres de la vieillesse. Il n'avait jamais réfléchi à son âge et avait toujours joui d'une bonne santé, du moins jusqu'à présent. Son sentiment de déréliction le déstabilisait, lui qui avait toujours été farouchement autonome. Il repensa à la suggestion de son neveu d'engager un adjoint. Peut-être n'était-ce pas une si mauvaise idée, après tout…

⁓

Il faisait encore jour lorsque le train arriva à la gare de Québec. Celle-ci étant à proximité du journal *L'Aurore*, Oscar s'y rendit à pied, portant sa valise de carton à la main. Quelques flocons scintillaient dans la lumière déclinante. Des lampes brillaient aux fenêtres des échoppes, dont les vitrines étaient joliment décorées de branches de houx et de sapin pour attirer la clientèle.

Les journalistes et les typographes étaient déjà à pied d'œuvre dans la salle de rédaction. Saluant brièvement ses collègues, le reporter s'empressa d'aller trouver son patron, qui l'accueillit avec froideur.

— Te voilà ! Tout le monde attendait après toi ! Alors, où est-il, cet « article du tonnerre » ?

Oscar ne se laissa pas démonter par l'attitude de Ludovic Savard, qui se montrait toujours irascible à l'heure de tombée du journal.

— Le voici, patron.

Il ouvrit sa valise et en sortit une enveloppe, qu'il déposa sur le pupitre. Savard en sortit huit feuillets, remplis d'une écriture serrée.

— Tu as écrit un roman, ou quoi ? commenta le rédacteur sèchement.

Il se mit à parcourir l'article, gardant un visage impénétrable. Oscar sentit la nervosité le gagner en attendant le verdict. Cette enquête lui avait coûté tant d'efforts ! Après quelques minutes, Savard leva la tête. Il y avait une étrange fixité dans ses prunelles. Sans prononcer un mot, et l'article à la main, il sortit du bureau, laissant la porte entrouverte. Oscar, craignant le pire, resta sur le qui-vive. Puis la voix métallique de Savard lui parvint.

— Je veux cet article en manchette ! Utilisez les plus gros caractères possible pour le titre !

— Mais, patron, on n'aura plus de place pour les autres papiers ! protesta un typographe.

— Tassez-les !

Oscar poussa un soupir de soulagement. Le mot magique « manchette » couronnait tout son labeur. Un jeune messager vint le retrouver.

— Monsieur Lemoyne, il y a un télégramme pour vous.

Intrigué, Oscar y jeta un coup d'œil.

À Oscar Lemoyne, reporter au journal *L'Aurore de Québec*. Vous aviez raison, trois étudiants de l'École de médecine et de chirurgie ont tenté de violer la sépulture de Pamphile Claveau, dans le caveau familial situé au cimetière Notre-Dame-des-Neiges. L'un d'eux, un nommé Lortie, a avoué que son professeur d'anatomie, Anatole Grenier, dirigeait l'opération de vols de cadavres. Il en avait besoin pour ses cours. Le professeur Grenier devait prendre le chargement à la gare Bonaventure sous le nom de P. Guilbert, mais il a eu un empêchement et ne s'est pas présenté. Nous renverrons les dépouilles à Québec, pour qu'elles retrouvent leur sépulture. Inspecteur Godefroy Samson.

Oscar sourit de toutes ses dents. Après tout, cet inspecteur n'était pas un si mauvais bougre… Il courut aussitôt porter le télégramme à son patron, afin de faire ajouter ces nouveaux éléments dans son article.

XXX

Montréal
Le lendemain

Prosper Laflèche s'était levé du mauvais pied. Une douloureuse sciatique l'avait tenu éveillé une partie de la nuit et un début de rhume le faisait éternuer, l'obligeant à se munir d'une bonne quantité de mouchoirs. Pour ajouter à son humeur massacrante, il lui avait fallu une heure pour se rendre au journal *L'Époque* à cause d'une tempête de neige qui s'était abattue sur la ville et avait considérablement ralenti la circulation. Aussi, lorsqu'il traversa la salle de rédaction, arborant une mine ombrageuse, les journalistes rentrèrent la tête dans les épaules, appréhendant un orage. Seul Lucien Latourelle lui sourit.

— Bonjour, monsieur Laflèche. Comment allez-vous ce matin ?

Les traits du rédacteur en chef s'adoucirent. Il avait engagé Lucien Latourelle quelque sept mois auparavant, à la suite de la parution de son recueil de poèmes, *Fleurs noires*, qui avait connu un beau succès. Pourtant, l'arrivée du jeune poète au journal n'avait pas rapporté les dividendes espérés : celui-ci remettait souvent ses articles en retard ou bien ne les remettait pas du tout. Sa désinvolture et son manque de ponctualité mettaient les typographes sur les dents, mais Laflèche s'était étrangement pris d'affection pour son nouvel employé et avait pour lui une indulgence qu'il n'avait pour personne d'autre.

Arsène Gagnon, qui travaillait comme un forçat sans jamais recevoir un seul compliment de la part de son patron, encore moins de l'avancement, avait pris Lucien Latourelle en grippe, au point où il en perdait l'appétit et le sommeil. Il ne manquait pas une occasion d'essayer de nuire à son rival, laissant tomber exprès une bouteille d'encre sur son article ou répandant des médisances sur son compte, mais ses tentatives glissaient sur le poète comme l'eau sur le dos d'un canard.

— Lucien, apporte-moi un café et mes journaux.

— Avec plaisir, monsieur Laflèche.

Lèche-botte, pensa Gagnon, la gorge nouée par le dépit.

೧

Le rédacteur en chef s'enferma dans son bureau. Quelques minutes plus tard, Lucien Latourelle lui apporta une cafetière fumante et une pile de gazettes, que Laflèche se faisait un devoir de parcourir chaque jour afin de bien connaître le contenu éditorial de ses concurrents. Après avoir feuilleté *Le Canadien* et *Le Pays* sans grand intérêt, il tomba sur la première page de *L'Aurore de Québec* et pâlit en lisant la manchette.

> Vol de cadavres à Québec : le mystère enfin élucidé !
> Par notre reporter spécial, Oscar Lemoyne

« D'entrée de jeu, une mise en garde s'impose : ce que vous vous apprêtez à lire risque d'affecter les âmes sensibles. Cette affaire aussi sinistre qu'étrange a commencé dans notre bonne ville de Québec. En effet, le 8 décembre dernier, les cimetières Belmont et Saint-Charles ont été l'objet d'une terrible profanation. Non seulement des tombes ont été violées, mais plusieurs corps ont mystérieusement disparu. Qui est à l'origine de ces horribles crimes ? Pour quelles raisons ont-ils été commis ? Ces deux questions étaient au cœur de notre enquête. »

Laflèche poursuivit la lecture de l'article, de plus en plus agité. Mais sa fureur fut à son comble lorsqu'il arriva à la découverte de restes humains par un cheminot travaillant pour la compagnie de chemin de fer du Grand Tronc. Cette affaire s'était déroulée en majeure partie à Montréal, presque sous ses yeux, et aucun de ses satanés journalistes n'avait été sur le coup ! Il frappa son pupitre du poing. La cafetière vacilla et s'écrasa sur le sol, éparpillant du café tout autour.

⤳

Lucien Latourelle était en train d'écrire sans enthousiasme le compte rendu d'un manuel d'étiquette et de politesse, qui avait été publié à New York et traduit en français : « La tenue d'un gentleman devrait être de telle sorte qu'elle n'attire pas indûment les regards, à moins que ce ne soit au sujet de sa propreté et de son à-propos. Un soin particulier doit y être apporté afin d'éviter le moindre soupçon d'un désir d'attirer l'attention. »

Lucien étouffait un bâillement d'ennui lorsque la porte du bureau de Prosper Laflèche claqua brusquement. Il leva la tête et vit son patron, rouge de colère, s'avancer vers les pupitres en brandissant une gazette. Tous les journalistes interrompirent leur travail, sur le qui-vive. Quelle brique allait encore leur tomber sur la tête ?

— Je me demande quel mal j'ai fait au Bon Dieu pour me retrouver avec une bande de fainéants et de sans-desseins comme vous autres ! tonna Laflèche.

Les reporters gardèrent un silence prudent. Personne ne voulait servir de paratonnerre aux colères du vieux tyran.

— Un vol de cadavres survient, une affaire mystérieuse, de celles qui font vendre de la copie, et c'est un obscur gratte-papier de Québec qui se rend à Montréal pour y faire son enquête, découvre le pot aux roses et écrit un article sensationnel pour une minable gazette lue par trois pelés et un tondu ! Où étiez-vous, pendant tout ce temps ? À écrire des articles insignifiants sur la politique municipale, les chiens écrasés ou la dernière mode parisienne !

Le rédacteur en chef s'était tourné vers Arsène Gagnon et Lucien Latourelle en prononçant sa dernière phrase. Gagnon serra les dents sans rien dire, n'osant pas critiquer ouvertement le patron de crainte d'être renvoyé. Quant à Lucien, il regarda calmement Laflèche de ses beaux yeux d'un bleu de Delphes.

— Je vous rappelle que c'est vous qui m'avez confié une rubrique insignifiante, *Du côté des dames*. Je ne demanderais pas mieux que de traiter de sujets plus intéressants.

Un silence lourd s'ensuivit. Le visage de Laflèche était devenu rouge comme la crête d'un coq. Arsène Gagnon observait la scène, le cœur rempli d'espoir. C'était peut-être la fin de son rival…

— Monsieur Latourelle, cracha le rédacteur en chef en utilisant le vouvoiement, ce qui était une marque de colère chez lui, si vous n'êtes pas satisfait de votre emploi, libre à vous de le quitter.

Un sourire de triomphe plissa les lèvres minces de Gagnon tandis que les autres journalistes se demandaient comment Latourelle réagirait. Ce dernier fut tenté de prendre ses affaires et de partir, mais ne le fit pas. Sa situation financière était désespérée. Depuis le succès de ses *Fleurs noires*, il avait accumulé dette sur dette chez son voiturier, son tailleur, son bottier, sans compter les notes de frais des traiteurs et des restaurants qu'il fréquentait assidûment. Ayant lu dans une gazette parisienne que certains dandys portaient toujours une fleur fraîche à la boutonnière, il avait décidé de les imiter et se faisait livrer chaque jour par un fleuriste des camélias ou des œillets, ce qui lui coûtait les yeux de la tête. À cela s'ajoutaient les dépenses que lui occasionnait la belle Mathilde, avec laquelle il avait renoué. La courtisane, après avoir ruiné le vieux marchand qui l'entretenait, avait rompu tout lien avec lui et supplié Lucien de revenir vivre auprès d'elle. Comment résister à l'amour d'une femme aussi charmante ? Il lui fallait cependant soutenir un gros train de vie. Son salaire de journaliste était loin d'être suffisant pour le maintenir, mais il ne pouvait se permettre de le perdre. Il avait même marché sur son orgueil et fait une demande d'argent à Rosalie, dont l'école fonctionnait à merveille, mais cette dernière avait refusé, lui disant qu'il avait les poches percées et qu'elle ne souhaitait pas l'encourager à jeter de l'argent par les fenêtres.

— Puis-je m'entretenir avec vous seul à seul, monsieur Laflèche ? demanda-t-il.

Le rédacteur en chef hésita, puis inclina brièvement la tête. Les deux hommes se retirèrent dans le bureau du patron, au grand dam d'Arsène Gagnon. Qu'est-ce que ce charmeur de serpents allait encore inventer pour tirer son épingle du jeu ?

⟨◦⟩

Lucien attendit que la porte fût refermée pour s'adresser à son patron, faisant semblant de ne pas remarquer la cafetière renversée et la nappe de liquide répandue sur le plancher.

— Vous savez bien à quel point je vous suis dévoué, monsieur Laflèche, commença-t-il de sa voix la plus suave. Bien que je reçoive de nombreuses offres, pour rien au monde je ne souhaiterais mettre ma plume au service d'un autre journal que le vôtre.

— Des offres ? Lesquelles ? demanda Laflèche, suspicieux.

Lucien fit un sourire entendu.

— C'est sans importance, puisque je les ai toutes refusées pour continuer à travailler pour vous.

En vérité, Lucien n'en avait reçu aucune, mais il excellait dans l'art de mousser sa propre valeur. Le rédacteur en chef se contenta de hausser les épaules. Sa colère s'était soudain dégonflée comme un ballon de baudruche. Il prit place à son pupitre.

— Tu voulais me parler ?

Le tutoiement était de bon augure. Sentant qu'il avait réussi à amadouer son interlocuteur, Lucien s'appuya sur le pupitre de ses deux mains.

— Patron, donnez-moi carte blanche, et je vous écrirai des articles qui feront doubler, voire tripler vos tirages !

C'était la première fois que Lucien l'appelait « patron ». Laflèche en fut si flatté qu'il ne songea pas à réprimander son employé, qui osait lui faire une proposition aussi audacieuse. Il était subjugué par ce jeune homme, dont le charisme lui faisait oublier sa paresse et sa désinvolture.

— Quel genre de papier ?

À vrai dire, Lucien n'en savait trop rien. Son seul objectif, en demandant une entrevue au rédacteur en chef, avait été de sauver sa peau. Il n'avait pas réfléchi plus avant sur la forme que pourrait prendre sa collaboration. Il pensa aux discussions à bâtons rompus qu'Arthur Buies et ses amis tenaient au cabaret du Chat noir, et à la passion avec laquelle ils abordaient les enjeux politiques et sociaux qui agitaient le monde contemporain.

— La presse est un miroir de notre société, dit-il en citant de mémoire des propos de Buies. Nous devons le tendre à nos lecteurs afin qu'ils s'y reconnaissent.

— Je ne comprends rien à ton charabia, maugréa le rédacteur.

— Les faits divers, les chiens écrasés, c'est bon pour une feuille de chou ! Mais vous, monsieur Laflèche, vous êtes le patron d'un grand journal, qui pourrait devenir une référence incontournable dans tous les milieux influents de notre société. Vous ne feriez pas seulement rapporter la nouvelle, vous en deviendriez le forgeron !

Lucien, grisé par sa propre rhétorique, était de plus en plus éloquent, mais son patron, qui ne comprenait pas grand-chose à ce qu'il racontait, secoua la tête.

— Du concret. Ça me prend du concret !

— Faites-moi confiance. Je trouverai un sujet d'envergure qui fera de vous un meneur d'opinions, un homme influent, respecté par tout ce que notre province compte d'hommes de valeur.

Étourdi par le flot de paroles de son employé, séduit par l'éclat de ses yeux et son sourire rempli d'assurance, le rédacteur en chef lui accorda tout ce qu'il voulait, y compris une augmentation de salaire, que celui-ci n'avait même pas demandée. Lorsque Lucien quitta son bureau, Laflèche resta pantois, presque accablé, avec le vague sentiment d'avoir été le dindon de la farce.

XXXI

Deux mois plus tard
Montréal, fin du mois de février 1867

Après s'être rendue au marché Bonsecours, Fanette revint chez elle, les joues rosies par le froid. Cette sortie l'avait revigorée. Même l'hiver, le marché regorgeait de vie. Des *sleighs* allaient et venaient dans un tintement de clochettes. Des traîneaux remplis de marchandises étaient garés le long des bancs de neige qui jalonnaient la rue des Commissaires. Le fleuve, cerné d'embâcles gris et blancs, semblait se fondre dans le ciel argenté.

Pendant que Céleste apportait les provisions dans la cuisine, Fanette alla voir les jumeaux dans leur chambre. Ils s'étaient enfin remis de leur varicelle et Marie-Rosalie, qui vivait chez sa grand-tante Madeleine durant leur maladie, était revenue à la maison.

Fanette songea avec tendresse à sa mère, qui leur avait rendu visite durant les fêtes, apportant une pléthore de cadeaux et sa bonne humeur inaltérable. Sa présence avait fait le plus grand bien à Fanette, qui avait retrouvé avec joie le visage rond et jovial de sa mère, ses yeux noirs et vifs et son sens commun, si rassurant. Emma avait décelé une légère tension entre sa fille et son gendre. Elle avait également remarqué les humeurs imprévisibles de Julien, la façon dont il se noyait dans le travail. Bien qu'elle ne comprît pas grand-chose aux affaires de cœur, elle soupçonnait qu'une autre femme était en cause. Un soir qu'elle s'était retrouvée seule avec sa fille, Emma avait abordé le sujet avec délicatesse.

— Est-ce que tout va bien entre toi et Julien ?

Fanette était devenue rouge.

— Pourquoi me demandez-vous cela ?

Emma avait rougi à son tour.

— Je n'en sais rien. Ses absences fréquentes, son humeur changeante…

Fanette avait hésité et avait fini par se confier.

— J'ai trouvé un brouillon de lettre que Julien écrivait à une certaine Olivia. Il m'a avoué avoir eu une liaison avec cette femme, avant notre mariage, lors d'un voyage en Italie, mais il a rompu avec elle.

Fanette n'eut pas le courage de révéler à sa mère que cette Olivia avait relancé son mari jusqu'au Québec et qu'il l'aidait financièrement.

— Crois-tu qu'il la revoit ?

— Il m'a juré qu'il n'a plus de sentiments pour elle. Je lui fais confiance.

Emma leva les yeux vers sa fille.

— Eh bien, c'est tout ce qui compte.

❧

Après avoir embrassé ses enfants, Fanette se rendit à la cuisine et aida la bonne à ranger les denrées périssables dans la glacière. C'est alors qu'elle trouva un vieil exemplaire du journal *Le Pays*, qui avait servi à Céleste pour contenir des épluchures de pommes de terre. Elle y jeta un coup d'œil. Une annonce attira son attention.

> « Le propriétaire d'une imprimerie et d'un journal cherche un adjoint pour l'assister dans diverses tâches : rédaction, correction d'épreuves, comptabilité, impression, etc. Trois jours par semaine. Salaire à discuter. Prière d'apporter votre dossier de candidature à l'adresse suivante : 443, rue Saint-Vincent, à Montréal. »

Ni le nom du propriétaire ni celui du journal n'étaient précisés. La rue Saint-Vincent, située à proximité du port, lui était familière ; elle se rappelait s'être rendue dans ce quartier lorsqu'elle avait fait enquête pour retrouver son amie Rosalie, qui s'était enfuie avec Lucien Latourelle, quelques années auparavant[5]. Comme tout cela lui semblait lointain ! Depuis ce temps, Rosalie avait accompli son rêve d'ouvrir une école et elle avait recouvré, sinon le bonheur, du moins une certaine sérénité.

Fanette se recoiffa puis revêtit un manteau chaud, muni d'un capuchon doublé de castor, et sortit. Une épaisse couche de neige couvrait la chaussée et les trottoirs. Elle se rendit à l'écurie, fit atteler sa voiture et se mit en route vers l'imprimerie, le cœur rempli d'espoir.

5. Voir le tome 4, *L'encre et le sang.*

XXXII

Le Phaéton circulait lentement dans la rue Notre-Dame. Plusieurs charrettes étaient immobilisées devant des entrepôts tandis que des hommes déchargeaient des marchandises. D'immenses congères formaient des murailles blanches le long du pavé. Des cochers impatients tentaient de se frayer un chemin dans la circulation dense, invectivant d'autres conducteurs. Fanette s'engagea dans la rue Saint-Vincent et arrêta sa voiture devant un immeuble en brique, surmonté de la même vieille enseigne « Victor Lemoyne, éditeur en chef ». Sa rencontre avec le vieux journaliste, plusieurs années auparavant, lui revint en mémoire. L'homme s'était montré plutôt rébarbatif au début, mais il avait fini par s'adoucir. Comment l'accueillerait-il cette fois ? La reconnaîtrait-il seulement ? Elle poussa résolument la porte de chêne.

L'imprimerie était dans un désordre encore plus effroyable que dans le souvenir qu'elle en avait gardé. Des rames de papier s'entassaient un peu partout. Des seaux d'encre traînaient çà et là. Une grosse caisse à ridelles bloquait presque le passage. Fanette s'avança dans la pièce, faisant attention de ne pas salir sa robe tant il y avait de poussière accumulée.

— Monsieur Lemoyne ?

Sa voix résonna dans la pièce, où il ne semblait y avoir personne. Elle vit soudain un vieil homme affalé dans un fauteuil, cognant des clous. Elle le reconnut sans peine.

— Monsieur Lemoyne !

L'imprimeur se réveilla en sursaut.

— Eh, quoi ?

Puis il aperçut Fanette, qu'il fixa de ses yeux encore ensommeillés.

— Qui êtes-vous ?

— Fanette Vanier. Je viens pour le poste.

— Le poste ?

Se rendant compte qu'il était resté assis devant une femme, ce qui était fort impoli, il s'empressa de se lever, non sans faire la grimace, à cause de son arthrite.

— Veuillez m'excuser, mademoiselle, je ne sais pas de quoi vous voulez parler.

— Vous avez placé une annonce dans *Le Pays* concernant un emploi d'adjoint dans votre imprimerie et votre journal, expliqua patiemment Fanette.

Elle lui tendit l'annonce, qu'elle avait pris soin d'apporter. Victor y jeta un coup d'œil.

— Ah oui ! se rappela-t-il. Je l'avais fait paraître il y a un certain temps. Quelques candidats se sont présentés, mais ils ne faisaient pas l'affaire.

— Je souhaite soumettre ma candidature.

Le vieux journaliste la dévisagea, interloqué.

— Mais ce n'est pas un travail pour une femme ! s'écria-t-il.

Fanette ne put s'empêcher de sourire.

— Si vous me permettez de m'asseoir, nous pourrions en discuter.

Confus, Victor désigna son fauteuil, dont le tissu était usé jusqu'à la trame. Tandis que la visiteuse prenait place, il regarda autour de lui, avisa une chaise sur laquelle se trouvait une pile de papiers et la débarrassa.

— Pardonnez le désordre, mademoiselle, je suis un vieux célibataire, je n'ai pas l'habitude de recevoir des femmes dans mon antre, dit-il en ne cachant pas une contrariété teintée d'embarras.

Il s'assit à son tour, faisant craquer la chaise sous son poids.

— Je suis pourtant déjà venue ici, une fois.

— Je ne me rappelle pas vous avoir rencontrée, fit Victor en fronçant les sourcils.

Il craignait d'être en train de perdre la mémoire, ce qui serait le restant des écus, après les ennuis de santé qu'il avait subis...

— Je vous avais rendu visite ici même pour me renseigner au sujet du recueil de poèmes d'un jeune poète, Lucien Latourelle, il y a cinq années de cela.

L'imprimeur la regarda avec attention.

— Mais oui, je me souviens, maintenant. Son recueil s'intitulait *Petite fleur*. Vous vouliez savoir si j'avais l'intention de publier son manuscrit.

Fanette acquiesça.

— Vous avez une excellente mémoire, monsieur Lemoyne.

Le vieux journaliste haussa les épaules, mais le compliment lui avait visiblement fait plaisir.

— Je l'avais refusé, à l'époque, mais depuis, ce jeune homme a considérablement remanié son texte, et j'ai accepté de le faire paraître avec un nouveau titre, *Fleurs noires*. Un succès inespéré ! Les recettes des ventes m'ont aidé à couvrir une partie des frais de mon journal.

Il se rendit compte qu'il n'avait rien offert à sa visiteuse.

— Puis-je vous servir une tasse de thé ?

Fanette refusa poliment. Il s'empara de sa pipe, s'apprêta à l'allumer et se ravisa, se rappelant qu'il était inconvenant de fumer en présence d'une femme.

— La fumée ne vous dérange pas ?

— S'il avait fallu qu'elle me dérange, j'aurais été incapable de supporter la salle de rédaction d'un journal, répliqua Fanette.

Victor fut impressionné malgré lui par l'aplomb de la candidate.

— En toute honnêteté, je vous avoue que je ne m'attendais pas à voir une femme se présenter pour ce poste.

— J'ai toute l'expérience requise pour remplir vos exigences. Vous vous rappelez peut-être que j'ai été la secrétaire particulière de Madeleine Portelance ?

— Ah, cette chère madame Portelance. Comment se porte-t-elle?

— Ma tante a eu un grave accident de voiture, dont elle s'est heureusement remise.

— Vous m'en voyez désolé pour elle. La vie ne tient qu'à un fil, ajouta-t-il en songeant au malaise qu'il avait éprouvé lors de la visite de son neveu. Avez-vous de l'expérience dans le monde de l'imprimerie ou du journalisme?

— J'ai été chroniqueur pour *L'Époque*.

Victor lui jeta un regard sceptique.

— La seule femme que Prosper Laflèche ait engagée dans sa vie était Madeleine Portelance, et encore, elle avait dû adopter un pseudonyme masculin!

— Je signais moi aussi mes articles sous un nom de plume masculin, Fernand Aubry.

— « Je signais »… Pourquoi en parlez-vous au passé?

— J'ai été congédiée, répondit la jeune femme avec franchise. Monsieur Laflèche s'est rendu compte que j'étais enceinte. Il ne pouvait supporter l'idée qu'une femme *en famille* travaille dans une salle de rédaction et m'a tout bonnement mise à la porte.

Il tira sur sa pipe éteinte avec un air dubitatif. Dans son for intérieur, il ne pouvait s'empêcher de donner raison au rédacteur en chef de *L'Époque*, au moins sur ce point, car pour le reste il n'avait que du mépris pour ce marchand de tapis, ce détrousseur de consciences qui ne songeait qu'à son profit.

— Sauf votre respect, le rôle d'une femme n'est-il pas de rester dans son foyer, auprès de son mari et de ses enfants?

Fanette s'était attendue à ce genre d'argument, mais ressentit tout de même une pointe d'irritation.

— Mon mari comprend mon désir de travailler, et même l'encourage. Ma fille aînée va maintenant à l'école et nous avons engagé une nounou pour prendre soin des jumeaux.

— Des jumeaux?

— Un garçon et une fille de deux ans.

Le vieux journaliste fut sur le point de faire un commentaire sur le fait que les enfants étaient bien jeunes pour être laissés aux soins d'une nounou, mais devant l'attitude décidée de la candidate il continua l'entrevue.

— Quel genre de papiers écriviez-vous ?

— Des chroniques sur des sujets féminins, dans une rubrique intitulée *Du côté des dames*.

Victor fit la moue. Fanette le remarqua et en fut piquée.

— Il faut bien commencer quelque part ! De toute manière, monsieur Laflèche refusait de me donner autre chose que des sujets dits « féminins ».

— Mon adjoint devra soulever des rames de papier, des gallons d'encre, manier la presse, distribuer des journaux, ce genre de tâches ne convient pas du tout à votre sexe.

— Ce *genre de tâches* ne me fait pas peur. En tant que mère de famille, je prends souvent mes enfants dans mes bras. Ils pèsent plus lourd qu'un gallon d'encre ou une rame de papier. Quant au maniement de la presse, je compte sur vous pour me l'apprendre.

Décidément, cette jeune femme a réponse à tout, pensa Victor, embêté. Il changea d'approche.

— Je n'ai pas les moyens de vous offrir un salaire décent.

— Le salaire m'importe peu. Ce que je souhaite, c'est retrouver l'atmosphère d'un journal.

Il observa Fanette, dont le sens de la répartie et l'assurance lui plaisaient. En même temps, il se résignait mal à engager une femme. Bien qu'il crût en principe à l'égalité entre les êtres humains, il vivait en célibataire endurci depuis trop longtemps pour se sentir à l'aise en compagnie d'une représentante de la gent féminine.

Sentant qu'elle avait tout de même réussi à susciter l'intérêt du vieux journaliste, Fanette revint à la charge.

— Vous n'avez qu'à me prendre à l'essai. Disons pour une période d'un mois, sans salaire. Si, après ce délai, vous n'êtes pas satisfait, vous me donnerez mon congé, sans que cela vous ait coûté un sou.

Constatant la détermination de la jeune femme, Victor rendit les armes, tout en continuant à douter qu'elle fît l'affaire. Mais comme elle avait suggéré elle-même un essai, cela lui laissait une porte de sortie, ce qui le rassurait.

— Présentez-vous ici demain matin, dès huit heures.

— Merci, monsieur Lemoyne ! Vous ne regretterez pas la confiance que vous me témoignez.

Fanette lui serra la main avec effusion, ce qui plongea l'imprimeur dans l'embarras. *Sapristi !* se dit-il. Il commençait déjà à remettre en question sa décision de prendre une femme pour le poste d'adjoint.

╾◦╼

Fanette flottait sur un nuage en sortant de l'imprimerie. *Enfin, je vais travailler !* se répétait-elle en pataugeant dans la neige qui s'était accumulée sur le trottoir. Sur un coup de tête, elle décida de se rendre au palais de justice, qui n'était qu'à quelques rues de l'imprimerie, afin d'annoncer la bonne nouvelle à Julien. Elle le trouva debout dans le prétoire, en train de plaider une cause. Sa belle voix résonnait dans la salle d'audience presque vide. Un homme aux traits durs et burinés par le soleil était assis dans le box des accusés. Un vieux juge dodelinait de la tête tandis qu'un greffier, penché sur son écritoire, prenait en note la plaidoirie.

— Dans le roman célèbre de Victor Hugo, *Les Misérables*, Jean Valjean est envoyé au bagne pour avoir volé un pain, déclara Julien.

Il regarda le jury.

— Vous me direz que ce n'est qu'un roman. Pourtant, cet homme...

Il désigna l'accusé d'un geste qui souleva un pan de sa toge.

— ... Cet homme, tout comme Jean Valjean, est accusé d'avoir volé un pain. Il risque vingt ans de prison pour avoir voulu nourrir sa famille de sept enfants. Vingt ans de réclusion pour un père désespéré, qui a perdu son emploi de débardeur à cause d'une blessure à la jambe et s'est vu forcé, faute de revenus, de recourir à un larcin pour nourrir les siens. Qu'auriez-vous fait à sa place, messieurs du jury ? Auriez-vous laissé votre famille crever de faim ? Tant que notre société ne viendra pas en aide aux nécessiteux, tant qu'elle ne tendra pas une main secourable à ceux qui souffrent, des hommes comme Sam Leary seront condamnés à commettre ce genre de petits crimes, qui ne méritent certainement pas la prison ni le déshonneur d'une condamnation.

Il se tourna de nouveau vers les onze jurés.

— Je fais donc appel à votre compassion, aux valeurs familiales qui vous sont chères. Je vous demande d'innocenter mon client et de le rendre à sa femme et à ses enfants, qui ont tant besoin de lui.

Fanette avait écouté la plaidoirie de son mari avec une émotion grandissante. C'était l'éloquence, la passion avec laquelle il défendait la cause des déshérités qui l'avaient tant séduite chez lui. Accaparée par la vie quotidienne, par la valse triste des doutes, elle avait presque oublié son grand talent de plaideur et son profond humanisme, qui le rendaient si attachant.

Le juge prit la cause en délibéré, tandis que l'accusé était escorté par deux gardiens. Julien rangea ses dossiers dans son cartable noir et s'apprêtait à quitter la salle lorsqu'il aperçut son épouse dans le balcon réservé aux dames. La surprise et la joie firent battre son cœur. Elle était si jolie, dans la lumière ambrée des lustres ! Fanette agita la main en lui souriant, puis lui fit signe qu'elle descendait. Il l'attendit devant les grandes portes de la salle d'audience, impatient de connaître la raison de sa visite. Elle vint vers lui, les yeux brillants, et lui saisit les mains.

— Ta plaidoirie était excellente.

— C'est pour me complimenter ainsi que tu es venue me rendre visite au palais ? dit-il avec une note d'amusement dans la voix.

Des avocats en toge déambulaient dans le corridor.

— Allons dans un endroit tranquille, proposa Fanette.

De plus en plus intrigué, Julien l'emmena au Little Shop, un salon de thé fréquenté surtout par des avocats et des employés du palais de justice. Ils furent accueillis avec jovialité par Mrs. Boswell, la propriétaire de l'endroit, qui les installa à une charmante table, près d'une fenêtre munie d'un rideau de dentelle.

— Alors ? Qu'avais-tu de si important à me dire ? demanda Julien.

— J'ai rencontré Victor Lemoyne, un imprimeur, qui publie également le journal *Le Phare*.

— Je le connais. Il est membre de l'Institut canadien. Un ancien patriote, un brave homme, qui n'a pas la langue dans sa poche et ne craint pas de s'en prendre aux mieux nantis. On l'a surnommé avec affection le « don Quichotte de l'Institut ». Il a fait paraître dans sa gazette le compte rendu d'une conférence de Louis-Antoine Dessaulles qui n'était pas piquée des vers. Mais qu'allais-tu faire chez lui ?

— Une entrevue.

Il lui jeta un regard étonné.

— Monsieur Lemoyne cherche un adjoint, expliqua Fanette. Il m'a engagée, à l'essai. Je travaillerai pour lui trois jours par semaine durant un mois. Si je fais l'affaire, il me gardera.

Julien se rembrunit. Fanette leva des yeux anxieux vers lui.

— Tu n'es pas d'accord ? Nous en avons pourtant déjà discuté.

— Ce n'est pas la question. Il me semble que tu aurais pu m'en parler avant de faire cette démarche.

— Tu as raison, admit Fanette. J'ai découvert l'annonce ce matin, par hasard. Elle datait de quelques semaines. Je craignais que quelqu'un d'autre ait eu le poste.

— Tu tiens à ce point à travailler ?

Les traits de Fanette s'animèrent.

— J'en rêve depuis des mois, Julien. C'est une chance unique de renouer avec le journalisme.

— Les jumeaux...

— Ils sont parfaitement rétablis. Et puis Anne est là tous les jours pour prendre soin d'eux.

Julien garda le silence. Sentant qu'il désapprouvait sa décision, Fanette se rebella.

— Je ne comprends pas tes réticences. Avant notre mariage, tu étais le premier à défendre le fait qu'une femme éduquée et intelligente ne se contente pas de jouer le rôle d'une épouse.

Julien ne saisissait pas lui-même son attitude rigide. De quel droit empêcherait-il sa femme de sortir de son foyer et d'avoir un emploi, si tel était son désir ? On aurait dit qu'il éprouvait le besoin de contrôler les faits et gestes de Fanette, de la garder prisonnière entre les quatre murs de leur maison, peut-être parce qu'une part importante de sa propre vie lui échappait.

— Je n'ai pas le droit de t'empêcher d'accomplir ton rêve le plus cher, finit-il par dire. Quand commences-tu ?

— Dès demain.

Encore une fois, Julien fut saisi par la précipitation avec laquelle sa femme avait agi, sans même lui en toucher un mot, mais il ne lui en fit pas le reproche. Comment pouvait-il la juger sur une action aussi bénigne, alors qu'il l'avait lui-même trahie de la pire façon qui se puisse concevoir ?

— Monsieur Lemoyne est un brave homme, reprit-il d'une voix altérée par l'émotion. Je suis certain qu'il fera un excellent patron.

Reconnaissante à son mari de l'ouverture d'esprit dont il faisait preuve, elle lui prit la main et la serra dans la sienne avec tendresse.

— Je t'aime, Julien.

Il la regarda avec un sourire teinté de mélancolie. La tentation de lui dire toute la vérité, de se débarrasser enfin du lourd secret qu'il gardait depuis si longtemps fut si forte qu'il sentit ses tempes battre. Mais il y renonça. Il n'avait pas le courage de subir son jugement, de perdre son estime, peut-être même son amour.

Fanette, décelant de la tristesse dans les yeux de Julien, s'en inquiéta.

— Tu m'en veux encore ?

— Ma chérie, je n'ai aucune raison de t'en vouloir. Aucune, m'entends-tu ? Je serai toujours à tes côtés, jusqu'à mon dernier souffle.

Jamais il ne l'avait autant aimée. Jamais il ne s'était senti aussi loin d'elle, emmuré qu'il était dans son secret.

XXXIII

L'Évêché de Montréal

L'horloge sonna cinq heures du matin. Levé depuis trois heures, monseigneur Bourget, sa belle tête auréolée de cheveux blancs penchée au-dessus de son écritoire, rédigeait une directive destinée à son clergé, l'obligeant à porter désormais le col romain au lieu du rabat français. Il était revenu de son troisième voyage à Rome dans un état d'exaltation proche de l'extase. Lors de son dernier séjour en Italie et en France, il avait étudié en profondeur la liturgie romaine et s'était inspiré de la pensée de Prosper Guéranger, un ultramontain[6] convaincu, pour imposer une réforme importante des pratiques ecclésiastiques dans son diocèse, au point de froisser parfois certains de ses subalternes. Cela le désolait : il professait la bonne entente et aimait toutes ses ouailles, qu'elles soient riches ou pauvres, éduquées ou ignorantes. Mais l'urgence de restaurer la religion et de rétablir les bonnes mœurs, qui allaient en se dégradant, transcendait toute autre considération.

Après avoir scellé sa lettre, le prélat agita une clochette qu'il gardait toujours à portée de la main sur son pupitre de chêne. Un homme de petite taille, à moitié endormi, sa barrette posée un peu de travers sur sa tête, entra dans la pièce et s'inclina avec cérémonie. Le chanoine Paré, qui était le secrétaire attitré de monseigneur Bourget, dormait dans une petite chambre

---

6. Partisan de l'extension des pouvoirs du pape et de la suprématie du clergé sur la société civile.

attenante au bureau de l'évêque afin d'être à sa disposition à tout moment. Il s'approcha du pupitre et s'inclina tout en étouffant un bâillement.

— Votre Excellence m'a appelé ?

— Monsieur Paré, veuillez faire parvenir cette directive au plus tôt à toutes les communautés religieuses de mon évêché.

— Bien, Votre Excellence.

Lorsque son secrétaire fut sorti, l'évêque contempla quelques esquisses de la construction d'une nouvelle cathédrale. Ce projet grandiose lui avait été inspiré lors de l'un de ses séjours à Rome. Il s'agissait de rebâtir la cathédrale Saint-Jacques, qui avait été entièrement détruite par un incendie en 1852, sur le modèle de la basilique Saint-Pierre de Rome. Il se rappela avec émotion son retour à Montréal, le 29 juillet 1856, après vingt et un mois d'absence. Une immense foule de fidèles s'était rendue au port afin de l'accueillir sous les vivats, tandis que les cloches de l'église Notre-Dame sonnaient à toute volée. Bien qu'un peu plus de dix années se soient écoulées, le prélat n'avait pas oublié la ferveur de ses ouailles ni abandonné son rêve de mener à bien ce projet grandiose. Il avait lui-même commencé à dessiner les plans de la cathédrale et sollicité bon nombre d'architectes, qui tous les jugeaient irréalisables, mais l'évêque y croyait dur comme fer. Il avait prévu des travaux de construction sur une période de dix ans, au coût de cinquante mille dollars par année, ce qui était une somme considérable, et avait lancé une souscription volontaire auprès de ses fidèles pour amasser les fonds. Jusqu'à présent, cette campagne n'avait pas connu le succès escompté, mais chaque jour, agenouillé à son prie-Dieu, il demandait à ses paroissiens le secours de leurs prières, et au Père céleste, les moyens d'accomplir Sa sainte volonté.

Après avoir rangé soigneusement les plans de la cathédrale, le prélat s'attaqua ensuite aux nombreuses lettres qui encombraient sa table. La correspondance lui enlevait du temps précieux pour ses autres tâches, mais il se faisait un devoir de répondre à chaque missive, qu'elle provienne de monseigneur

Nina, assesseur du Saint-Office de Rome, ou du plus humble de ses paroissiens. Une fois qu'il eut terminé ses réponses, il assista à la messe, se sustenta d'un bouillon et retourna à son bureau. C'était un travailleur acharné, infatigable, qui ne dormait que quatre ou cinq heures par nuit et se vouait corps et âme à son diocèse. Il devait rendre visite à la crèche de la communauté des sœurs de Miséricorde, fondée en 1848 par Rosalie Cadron-Jetté, à son instigation, afin de venir en aide aux femmes en difficulté. Il ferait ensuite une tournée des paroisses les plus démunies de son diocèse. Il avait d'ailleurs soutenu l'expansion de la Société de Saint-Vincent de Paul afin de procurer aux pauvres nourriture, vêtements et réconfort. L'alcoolisme étant un véritable fléau, il avait mis sur pied les Annales de la tempérance en 1853 afin d'encourager l'abandon de l'alcool, qui faisait tant de ravages dans les familles canadiennes-françaises. Pour assister les sourds-muets qui étaient fort nombreux à Montréal, il avait fait construire l'hospice du Saint-Enfant-Jésus dans la Côte-Saint-Louis. Lorsque la grande épidémie de typhus avait atteint Montréal en 1847, il avait dépêché plusieurs prêtres pour porter secours aux malades. Le prélat lui-même s'était mis à contribution et avait visité des familles touchées par le typhus, au risque d'attraper la terrible maladie. La liste de ses bonnes actions était fort longue, mais, loin de s'en contenter, l'évêque ne voyait que ce qu'il lui restait à réaliser.

Il avisa une pile de journaux qui s'étaient accumulés depuis quelques semaines et qu'il n'avait pas encore eu le temps de consulter. Malgré ses multiples occupations, le prélat se faisait un devoir de lire à peu près tout ce qui se publiait à Montréal et même en région, voulant prendre le pouls de ses ouailles et tout savoir sur son diocèse. Il parcourut distraitement les grands titres des gazettes, médusé comme chaque fois par la superficialité désolante de la plupart des articles, qui décrivaient de manière complaisante les comportements les plus abjects des hommes au lieu d'encourager la population à la piété et à l'amour de son prochain. Il s'attarda au journal *Le Phare*, un « brûlot » qui s'attaquait régulièrement à l'Église et dont le propriétaire, Victor Lemoyne, était un radical notoire. À l'époque des rébellions des Patriotes, alors qu'il n'était que coadjuteur de monseigneur Lartigue, monseigneur Bourget avait excommunié «quiconque enseigne qu'il est permis de se révolter contre le gouvernement et de violer les lois du pays». Lors d'une assemblée, les Patriotes s'étaient écriés: «L'évêque de Montréal, voilà l'ennemi!» Victor Lemoyne avait rapporté ces propos menaçants dans sa gazette, faisant l'apologie du mouvement patriote. Depuis lors, monseigneur Bourget tenait ce «rougiste» à l'œil. Le titre d'un article attira son attention.

Compte rendu d'une conférence de Louis-Antoine Dessaulles
à l'Institut canadien

L'Institut canadien... Ce seul nom mettait monseigneur Bourget hors de lui. Il ne comptait plus les fois où il avait eu maille à partir avec ce ramassis de libéraux et de mécréants, qui s'en prenaient aux valeurs chrétiennes et professaient des opinions sacrilèges sur à peu près tout. Outre sa haine du libéralisme, l'évêque croyait profondément que le pouvoir de l'Église devait être au-dessus de celui de l'État, et craignait comme la peste que l'Institut fonde une université à Montréal et prenne ainsi le contrôle de l'éducation supérieure par l'entremise d'une institution neutre, qui admettrait autant des protestants que des catholiques.

Monseigneur Bourget commença la lecture de l'article. Son visage s'empourpra dès les premières lignes. Bien qu'il fût d'un naturel affable, il avait un tempérament sanguin et pouvait facilement s'emporter lorsque quelque chose le contrariait. Son indignation fut à son comble lorsqu'il prit connaissance d'un passage fustigeant le pape Pie IX, auquel il vouait un véritable culte.

« Durant sa conférence, monsieur Dessaulles a dénoncé avec vigueur le contenu de l'encyclique *Quanta cura* ainsi que l'Index promulgué par le Saint-Office de Rome, interdisant des centaines de milliers de livres dans les bibliothèques. En voici un extrait particulièrement incisif : "Avec cette encyclique, le pape s'oppose aveuglément à tout changement, repousse toute amélioration, veut enrayer tout progrès, anéantir toute découverte, comprimer toute intelligence, tuer toute liberté, détruire toute indépendance d'esprit, prohiber toute manifestation de raison et de génie, proscrire toute expression libre de la pensée humaine." »

Le prélat rejeta le journal comme si les feuilles avaient été contaminées par un poison violent. Oser s'attaquer ainsi à Sa Sainteté et au clergé, de façon aussi méprisante et cavalière ! Cela lui faisait horreur. Il s'empara de sa plume, la trempa dans l'encrier et se mit à écrire rapidement, sans faire de ratures, fronçant les sourcils, ce qui donnait à son visage aux traits réguliers une certaine dureté. Lorsqu'il eut terminé, il agita sa clochette. Son secrétaire apparut quelques secondes plus tard.

— Oui, monseigneur ?

— Monsieur Paré, recopiez ce mandement au propre et allez le porter immédiatement chez notre imprimeur afin qu'il soit prêt pour le prône, ce dimanche. Et envoyez-le à la rédaction de notre gazette, *L'Universel*, pour une parution dans le prochain numéro.

Le chanoine plia un peu l'échine. Il avait à peine fermé l'œil la nuit précédente et aurait volontiers pris un peu de repos, mais avec son supérieur il n'avait pas un instant de répit.

— Bien, Votre Excellence.

Monseigneur Bourget attendit que son secrétaire eût refermé la porte pour donner libre cours à sa colère, qui se manifesta par un coup de poing asséné sur son bureau. Il s'agenouilla sur le prie-Dieu qu'il avait fait installer à droite de son pupitre et pria pour en demander pardon à Dieu. *Seigneur, ne voyez dans ce geste que l'expression d'une profonde douleur devant la méchanceté des hommes qui ne croient pas à votre parole.* Ses dévotions l'apaisèrent, comme elles le faisaient toujours. Sa pensée s'attarda à Victor Lemoyne, l'auteur de l'article infamant, et à Louis-Antoine Dessaulles, président de l'Institut canadien, qui avait prononcé cette odieuse conférence. Toutes ses tentatives pour ramener l'Institut et ses membres dans le droit chemin avaient échoué. *Si mon mandement n'a aucun effet sur ces mécréants, il faudra porter un grand coup,* songea-t-il.

La cloche de l'église se fit entendre. Le prélat se rendit compte avec effarement que plus de deux heures s'étaient écoulées. Il sonna à nouveau le chanoine et lui demanda de faire atteler sa voiture au plus vite : il ne voulait surtout pas être en retard à sa visite à la crèche. En passant devant un miroir qu'il avait fait poser près de la porte, il s'arrêta pour contempler son reflet. Son visage serein, au teint rose et aux yeux d'un bleu prussien que rehaussait la calotte violette, était débonnaire et souriant. Sa croix pectorale luisait dans la clarté douce de la pièce. Rassuré, il quitta son bureau du pas vif et un peu saccadé qui le caractérisait.

XXXIV

Fanette se présenta à l'imprimerie dès huit heures le lendemain matin, comme convenu. La ponctualité de sa nouvelle employée plut à Victor Lemoyne, mais il n'avait pas vraiment pensé à organiser sa journée de travail, de sorte qu'il ne savait pas par quel bout commencer. La jeune femme jeta un regard circonspect autour d'elle. Comme elle l'avait constaté la veille, le plus grand désordre régnait dans la salle d'imprimerie.

— Commençons par le commencement, décida-t-elle. Avez-vous un tablier, des gants, un balai ?

— Vous n'allez tout de même pas faire le ménage !

— Je ne suis pas née avec une cuillère d'argent dans la bouche, monsieur Lemoyne. Les travaux domestiques ne me font pas peur.

Tandis que Victor fouillait dans le fatras de l'atelier pour trouver ce que son adjoint lui demandait, Fanette s'approcha de la vieille presse à bras et l'examina avec curiosité.

— Depuis combien de temps possédez-vous cette presse ?

— Elle avait appartenu à mon père, qui était aussi imprimeur, répondit Victor, apportant un tablier et des gants de cuir tachés d'encre, ainsi qu'un balai dont les brins s'effilochaient.

— Combien d'exemplaires de votre journal pouvez-vous imprimer à l'heure ?

— Environ une quarantaine.

— La presse à cylindre du journal *L'Époque* peut tirer jusqu'à huit mille exemplaires à l'heure, commenta Fanette en enfilant le tablier et les gants.

Victor fit la grimace.

— Cette gazette populiste et racoleuse ! Quel gaspillage de papier !

Le visage de Fanette se rembrunit. L'imprimeur se rendit compte de son indélicatesse.

— Pardonnez-moi. Vous avez été à l'emploi de ce journal. Je suis certain que vous étiez l'exception qui confirme la règle.

Fanette esquissa un sourire devant les excuses maladroites de son nouveau patron. Elle le connaissait à peine, mais pressentait qu'il avait bon cœur, malgré son caractère irascible. Elle commença à passer le balai. Victor, ne voulant pas demeurer en reste, se mit à faire le tri de la paperasse accumulée.

— Dites-moi, combien d'abonnés avez-vous ? s'enquit Fanette tout en continuant à balayer.

— Environ deux cents, parfois un peu moins ou un peu plus, selon les sujets abordés.

— Avez-vous d'autres collaborateurs ?

Il secoua la tête.

— Je fais tout moi-même : rédaction, composition, tirage, distribution, sans compter le travail d'édition. C'est la raison pour laquelle j'ai dû me résoudre à vous engager.

Le mot « résoudre » lui avait échappé. Ses joues s'empourprèrent.

— Ce n'est pas ce que je voulais dire. Vous comprenez, je suis un vieux loup solitaire. Je n'ai pas l'habitude de travailler avec un collaborateur, encore moins avec…

Il s'interrompit. Sa rougeur s'accentua.

— J'espère que vous finirez par y trouver des avantages, commenta Fanette avec humour.

Après quelques heures de labeur, l'imprimerie avait déjà un aspect plus présentable. Fanette avait dégoté de vieux classeurs dans un coin de la pièce, dont elle se servit pour ranger les nombreux comptes, contrats, lettres et manuscrits qui traînaient un peu partout. Victor jeta un coup d'œil à la ronde.

— C'est à peine si je reconnais mon atelier, dit-il, à la fois satisfait et irrité devant ce bouleversement inhabituel.

Il insista pour que sa nouvelle employée prenne une pause et mange un morceau. Prévoyante, Fanette avait apporté du pain, du fromage et de la viande froide, qu'elle offrit de partager avec son employeur. Ce dernier lui en fut reconnaissant.

Pendant le repas, Fanette continua à se renseigner sur le journal.

— Combien vous coûte la production de chaque exemplaire du *Phare* ?

Victor jeta un regard étonné à sa collaboratrice, ne comprenant pas qu'une femme pût s'intéresser au financement d'une gazette.

— À peu près trois sous, mais ça peut être davantage, dépendant du prix du papier et du nombre de pages. C'est sans compter la main-d'œuvre, mais évidemment, je ne me paie pas de salaire.

— Et combien vendez-vous chaque exemplaire ?

— Trois sous.

Fanette haussa les sourcils.

— Cela signifie que vous ne faites aucun profit. Avez-vous songé à augmenter le prix de votre journal ?

— Jamais en cent ans ! Je suis un journaliste et un imprimeur, pas un marchand de chaussures.

— Il y aurait une autre façon de rentabiliser votre publication.

— Laquelle ? demanda Victor, intrigué.

— En plaçant des annonces.

— Des annonces ! s'exclama le vieil homme, indigné. Les poules auront des dents avant que j'accepte de céder mon âme aux vendeurs du temple ! J'imprime des prospectus et des bottins pour mettre un peu de beurre sur mon pain, cela me suffit amplement.

Fanette comprit qu'il lui faudrait user de beaucoup de persuasion pour convaincre son patron de changer ses façons de faire, mais elle était patiente et trouverait bien le moyen d'y parvenir. Grâce à son expérience à *L'Époque*, elle avait une vision de ce que pourrait devenir ce petit journal à l'avenir.

Soudain, des coups brusques furent frappés à la porte. Victor, qui n'attendait personne, alla répondre. Deux policiers en uniforme se dressaient sur le seuil. Le vieil homme les toisa. Il avait déjà eu maille à partir avec les forces de l'ordre et se méfiait d'elles comme de la peste.

— Que voulez-vous ? demanda-t-il avec froideur.

— Nous avons ordre de saisir votre presse et vos gazettes.

— De quel droit ?

Malgré son âge et sa santé fragile, l'imprimeur se plaça devant la porte pour empêcher les policiers d'entrer. L'un des agents lui tendit un mandat de perquisition.

— L'ordre est signé de la main du juge Philpot. Vous êtes accusé d'avoir rapporté des propos séditieux dans vos imprimés et d'avoir troublé l'ordre public.

— Vous m'en direz tant !

Fanette, qui avait écouté l'échange entre Victor et le gendarme avec une anxiété grandissante, comprit aussitôt la gravité de la situation. Elle se précipita vers une pile d'exemplaires du *Phare* qu'elle n'avait pas encore eu le temps de ranger dans le classeur et les jeta dans le vieux poêle qui se trouvait au fond de la pièce. Heureusement, il restait quelques braises. Les feuilles de papier se mirent à brûler en grésillant. Fanette referma vivement la porte du poêle.

Pendant ce temps, les deux policiers avaient forcé Victor à reculer. Ils firent quelques pas dans l'imprimerie, cherchant du regard la presse et les journaux visés par la perquisition. Fanette s'avança vers eux, tâchant de se composer un visage calme.

— Je suis l'adjointe de monsieur Lemoyne. Que puis-je faire pour vous aider ?

— Nous sommes ici pour prendre possession de la presse et des journaux de ce monsieur.

Elle leva des yeux innocents vers eux.

— Je ne comprends pas. Il n'y a rien à saisir ici.

— S'il vous plaît, mademoiselle, laissez-nous faire notre travail.

— *Madame* Vanier. Je vous assure, vous ne trouverez aucun journal séditieux ici. Mon patron n'imprime que des prospectus, des manuels scolaires et des bottins.

Déconcertés, les policiers se consultèrent du regard. Ils ne s'attendaient pas à faire affaire avec une jeune femme, jolie de surcroît, bien que le tablier taché d'encre qu'elle portait ne mît guère sa taille en valeur.

— Pourtant, notre mandat…

Elle les coupa en souriant.

— Vous pouvez vérifier par vous-mêmes, vous ne trouverez que de la paperasse sans importance.

— Comment ça, de la paperasse sans importance? protesta Victor.

Fanette lui fit un signe discret de se taire, puis prit un livre, qu'elle montra aux agents. Par chance, le fait d'avoir effectué du rangement lui avait permis d'en savoir davantage sur les publications de son employeur.

— Tenez, voici un catéchisme que monsieur Lemoyne a imprimé pour une école primaire. Auriez-vous l'intention de confisquer un livre voué à l'enseignement de la religion catholique?

L'un des policiers y jeta un coup d'œil, puis le donna à son confrère, qui hocha la tête, dubitatif. Fanette repéra un autre document.

— Et voilà un devis de la Montreal City Passenger Railway Company concernant l'ajout d'un parcours pour un nouvel omnibus. Comme vous pouvez le constater, il n'y a rien d'illégal dans cet imprimé.

Les hommes continuèrent à fureter et finirent par trouver un exemplaire du journal *L'Universel*.

— Et ça? s'exclama le plus petit des deux agents, la mine triomphante. C'est pas un journal *séditieux*, peut-être?

Fanette fut amusée en entendant l'agent prononcer ainsi le mot « séditieux ». Victor, qui avait compris le manège de son employée, prit la parole:

— Vous osez qualifier de séditieuse la gazette de monseigneur Bourget? Vous devriez avoir honte!

Cette fois, les policiers parurent vraiment décontenancés.

— Que va dire notre bien-aimé évêque lorsqu'il apprendra que vous avez saisi son propre journal ? renchérit l'imprimeur.

Fanette profita de la confusion des policiers pour leur donner l'estocade.

— Messieurs, il y a sans doute erreur sur la personne. Monsieur Lemoyne est un citoyen honnête et un bon catholique, qui n'imprime que des documents inoffensifs.

Le premier policier ôta son casque et se gratta le crâne.

— Tout de même, on a eu ordre de confisquer la presse.

— À votre place, je ne perdrais pas mon temps, rétorqua la jeune femme. Cette presse est aussi vieille que Mathusalem, sans compter qu'elle est lourde comme un éléphant. D'ailleurs, elle est inutilisable, à cause d'un bris mécanique qui s'est produit ce matin, mentit-elle. Mon patron devra s'en procurer une autre.

Il y eut un flottement. Les deux policiers se consultèrent du regard.

— C'est bon pour cette fois, décida le gendarme le plus âgé.

Il se tourna vers le vieux journaliste.

— On vous a à l'œil. Si vous faites quoi que ce soit pour troubler la paix publique, vous aurez affaire à nous.

Les agents de la paix sortirent. Victor attendit que la porte se soit refermée pour s'esclaffer.

— Ha ! Elle est bien bonne ! Vous les avez roulés dans la farine ! Le coup du catéchisme, c'était du grand art !

Il regarda Fanette avec une nuance d'admiration.

— Vous avez montré beaucoup de cran pour une…

Il faillit dire « femme » et reformula sa phrase.

— Vous avez montré beaucoup de cran, madame Vanier.

Le compliment alla droit au cœur de Fanette. Elle savait quels efforts l'imprimeur avait dû consentir pour engager une femme et lui en savait gré.

— Et votre allusion à monseigneur Bourget était des plus habiles.

— On a bien mérité une bonne tasse de thé ! conclut le vieux journaliste.

Tout en déposant un canard sur le poêle, Victor commenta la visite inopinée des policiers.

— Quelle histoire ! Je me demande qui est derrière cette perquisition. Je ne serais pas étonné que monseigneur Bourget lui-même ait usé de son influence. Tout le monde mange dans sa main.

Fanette réfléchit à ce que son patron venait de dire. Elle n'avait jamais rencontré l'évêque en personne, mais elle savait que c'était un personnage illustre et influent.

∾

L'horloge sonna la demie de quatre heures. Le journaliste, après avoir terminé sa tasse de thé, sortit un mouchoir et s'épongea le front.

— Nous avons eu une grosse journée. Vous pouvez partir. Revenez après-demain, à neuf heures.

— Très bien, monsieur Lemoyne.

— Quant à ma presse, elle n'est pas vieille comme Mathusalem. Et il est hors de question que j'en achète une autre. Me fais-je bien comprendre ?

Fanette sourit sous cape devant l'opiniâtreté de son patron. Ce dernier n'en avait pas moins démontré beaucoup de bravoure en tenant tête aux policiers, et son estime pour lui s'en trouvait grandie.

∾

— Les policiers avaient-ils un mandat, au moins ?

Assis à son pupitre, Julien avait écouté avec attention le récit que sa femme venait de lui faire de la tentative de perquisition dont Victor Lemoyne avait fait l'objet.

Fanette acquiesça.

— Ils prétendaient que le journal de monsieur Lemoyne tenait des propos séditieux, précisa-t-elle.

— Ce ne serait pas la première fois, fit remarquer l'avocat. Ce pauvre homme s'était fait saisir son journal et sa presse il y a quelques années, et a même tâté de la prison. Comment s'en est-il sorti, cette fois ?

Fanette raconta les circonstances de la visite policière. Julien fut impressionné par l'audace de sa femme et rit de bon cœur lorsqu'elle lui parla de la méprise concernant le journal de monseigneur Bourget, mais l'inquiétude reprit vite le dessus :

— Tu aurais pu te faire arrêter.

— Comme tu peux le constater, cela ne s'est pas produit.

— Tout de même… J'ai beaucoup d'estime pour Lemoyne, mais ne suis pas certain que ce soit sage de continuer à travailler pour lui. C'est un homme courageux, mais frondeur. Dieu sait ce qui arrivera la prochaine fois…

— Je ne crois pas que la police revienne de sitôt. De toute manière, je n'ai pas peur. Et puis monsieur Lemoyne a vraiment besoin de moi. Son imprimerie était un véritable fouillis lorsque j'y ai mis les pieds. Et j'ai de bonnes idées pour l'aider à rendre sa gazette plus rentable.

— Je te reconnais bien là. Ta générosité est toute à ton honneur.

Il ajouta, en mettant des gants blancs :

— Mais tu es aussi une mère de famille.

— Je ne l'oublie pas, rétorqua Fanette avec une certaine froideur.

Un malaise s'installa entre eux. Julien regrettait ses paroles. Il avait le sentiment que sa femme lui échappait de plus en plus, par sa propre faute, mais il était pris au filet de ses mensonges et ne trouvait pas d'issue.

XXXV

Le lendemain

Victor Lemoyne alla chercher son courrier au bureau de poste, situé dans la rue Notre-Dame, à quelques minutes de chez lui, comme il le faisait chaque jour. C'était un matin ensoleillé, mais froid. Une lumière vive faisait scintiller les bancs de neige. Le ciel, d'un bleu vif, se découpait entre les immeubles gris. Une horloge sonna huit coups, qui vibrèrent dans l'air cristallin. Un vent glacial montait du fleuve. De la buée sortait de la bouche des passants, qui marchaient rapidement sur le trottoir, comme pour fuir le froid.

Le bureau de poste était presque vide lorsque Victor y entra. Il était gelé jusqu'aux os. Par chance, un poêle en fonte prodiguait une bonne chaleur. Le vieux journaliste avait beau porter des mitaines, il ne sentait plus ses mains, qu'il frotta l'une contre l'autre pour les réchauffer tandis qu'il s'avançait vers un guichet libre. Le maître de poste, monsieur Beaupré, un petit homme affable, qui saluait toujours les clients d'un « bonjour » guilleret en leur demandant des nouvelles de leur famille et de leur santé, l'accueillit avec une réserve inhabituelle.

— Voici votre courrier et vos journaux, monsieur Lemoyne, dit-il d'un ton sec, en évitant de le regarder.

Surpris par l'attitude presque hostile du postier, Victor s'attarda.

— J'espère que tout va bien, monsieur Beaupré ?

— Très bien, je vous remercie.

Le maître de poste coupa court à la conversation en s'adressant à un client qui attendait derrière Victor.

— Monsieur Rivest ! Bien le bonjour. Comment va la petite famille ? Et votre femme ?

L'imprimeur, son courrier et ses journaux sous le bras, s'éloigna du guichet, troublé par la façon dont monsieur Beaupré l'avait traité. Puis il haussa les épaules. Le postier avait peut-être un début de rhume, ou bien s'était querellé avec sa femme. Souvent, les gens transportaient leurs ennuis au travail, il n'y avait pas de quoi fouetter un chat.

Parmi les nombreuses gazettes auxquelles Victor était abonné se trouvait *L'Universel*, l'organe de l'évêché. Tout en marchant, il y jeta un coup d'œil. Il découvrit en première page un mandement signé par monseigneur Bourget.

« Au mois de décembre dernier, monsieur Louis-Antoine Dessaulles, président de l'Institut canadien, a prononcé une conférence impie, dans laquelle il s'attaquait violemment à Sa Sainteté, le pape Pie IX, et à son encyclique *Quanta cura*. Comme si cela n'était pas suffisant, monsieur Dessaulles y dénonçait également l'Index, promulgué par le Saint-Office de Rome, qui bannit les mauvais livres des bibliothèques.

En piétinant ainsi nos institutions les plus sacrées, en faisant prévaloir la pauvre raison humaine sur la foi divine, le président de l'Institut canadien déshonore les siens et pèche autant par son esprit rebelle que par son grave manquement à la religion catholique, ce qui nous remplit d'horreur.

Il nous a fallu tout notre courage pour lire cet exposé dans une gazette libérale, *Le Phare*, sous la plume de Victor Lemoyne, un anticlérical et rougiste notoire, qui se plaît à noircir à grands traits le clergé et les sages préceptes que celui-ci défend avec tant de zèle et de piété. »

En lisant ces lignes, Victor poussa une exclamation indignée.

— Anticlérical, passe encore, mais rougiste ! Sapristi ! Pour voir si je suis un radical !

Il reprit sa lecture en hochant la tête, indifférent à la bise glaciale qui soufflait sur son visage.

« Il vous suffira de lire ce passage pour vous en convaincre : "Monsieur Dessaulles, avec son éloquence habituelle, a pourfendu l'encyclique *Quanta cura*, dénonçant à juste titre l'intolérance dont fait preuve le pontife et sa condamnation aveugle de la science, du progrès, de la liberté d'opinion et de conscience." Qu'est-ce que la liberté d'opinion, sinon une liberté de perdition, comme l'a si bien énoncé le pape ? J'ajouterai : la liberté de presse n'est rien d'autre que la liberté de l'erreur. »

— La liberté de l'erreur ! Quelle rhétorique détestable, grommela Victor.

Un passant lui jeta un regard apitoyé, croyant qu'il parlait tout seul, mais le vieux journaliste était si absorbé dans sa lecture qu'il ne s'en aperçut pas.

« Un autre passage tiré de ladite conférence ne pourra manquer de faire frémir tout bon catholique : "Malgré le progrès universel des idées démocratiques, le clergé presque en masse, de tous les pays, est stationnaire par instinct, immobile par calcul, rétrograde par nécessité, monarchiste par entêtement ou par intérêt." Il s'agit là d'un véritable réquisitoire contre la sainte Église et les ecclésiastiques, dont seul un homme sans foi ni loi peut se réclamer. Non content de s'en prendre aussi violemment à nos institutions religieuses, monsieur Dessaulles professe la séparation des pouvoirs entre l'Église et l'État, alors que l'État devrait, au contraire, être assujetti à l'autorité de Dieu, qui prime toute loi humaine. Quant aux attaques du président de l'Institut canadien contre l'Index, elles sont de nature à favoriser les pires désordres moraux, à laisser le vice se répandre comme un chancre dans les consciences.

Je demande en conséquence à tous les évêques et les prêtres de mon diocèse d'exercer la plus grande vigilance afin de démasquer les propagateurs de mauvais livres et de propos séditieux et de sévir contre leurs actions, qui gangrènent notre société et pervertissent la morale catholique. Lorsqu'il y a dans un certain institut littéraire des livres contre la foi ou les mœurs; qu'il s'y donne des lectures et des conférences contraires à la religion; qu'on y lit des journaux immoraux et irréligieux, on ne peut admettre aux sacrements ceux qui en font partie. »

Victor fut tellement saisi en lisant le dernier paragraphe qu'il s'arrêta au milieu du trottoir, bloquant le passage sans s'en rendre compte. Son cœur battait au point qu'il en sentait les palpitations jusque dans son crâne. *On ne peut admettre aux sacrements ceux qui en font partie.* Non seulement monseigneur Bourget faisait une allusion transparente à l'Institut canadien, mais il condamnait en outre ses membres à l'excommunication si ces derniers ne se pliaient pas à son mandement. Jamais le prélat n'était allé aussi loin dans ses menaces. Il concluait sa lettre pastorale par une référence aux décrets de l'Index :

« "Que si quelqu'un garde ou lit des livres des hérétiques ou les écrits d'un auteur quelconque, condamnés ou défendus à cause de quelque hérésie, ou même pour soupçon de quelque faux dogme, il encourra aussitôt la sentence d'excommunication." »

Victor comprenait mieux la raison pour laquelle le maître de poste l'avait si mal accueilli. Sans être une grenouille de bénitier, monsieur Beaupré allait à la messe tous les dimanches, faisait ses pâques et contribuait régulièrement aux bonnes œuvres de monseigneur Bourget. Nul doute qu'il avait été scandalisé par la charge en règle qu'avait menée le président de l'Institut canadien contre le pape et le clergé, mais la condamnation sévère de l'évêque de Montréal l'avait probablement effarouché encore davantage. Le prélat jouissait d'un grand prestige auprès de ses ouailles. Le seul mot « excommunication » provoquait une crainte profonde, même chez les paroissiens les moins pratiquants.

Plus perturbé qu'il ne voulait l'admettre, Victor s'approcha de son imprimerie sans apercevoir Louis-Antoine Dessaulles, qui faisait les cent pas devant l'immeuble.

— Ah, monsieur Lemoyne ! s'exclama Dessaulles. Je vous attendais depuis une bonne demi-heure. Avez-vous lu ceci ?

La mine anxieuse, il lui tendit un exemplaire de *L'Universel*.

— Je viens d'en prendre connaissance, répondit Victor en affectant un calme qu'il n'éprouvait pas.

Il inséra une clé dans la serrure et ouvrit la porte.

— Je vous en prie, entrez vite. Il fait un froid de canard.

— C'est grave, très grave, poursuivit Dessaulles en suivant Victor à l'intérieur. Monseigneur Bourget condamne purement et simplement à l'excommunication les paroissiens qui ne se conforment pas à l'Index. Or notre bibliothèque contient des centaines de livres interdits par ce décret !

— Bah ! Ce n'est pas la première fois que l'évêque de Montréal nous fait l'honneur d'un mandement. Assoyez-vous.

Victor désigna un fauteuil à son hôte, qui prit place en croisant nerveusement les jambes.

— Cette fois, Bourget vise directement notre Institut.

Il lut un passage à haute voix.

— « Lorsqu'il y a dans un certain institut littéraire des livres contre la foi ou les mœurs ; qu'il s'y donne des lectures et des conférences contraires à la religion ; qu'on y lit des journaux immoraux et irréligieux, on ne peut admettre aux sacrements ceux qui en font partie. »

Victor mit un canard sur son poêle pour faire du café.

— Monseigneur Bourget compte sur la crainte qu'il inspire pour ramener ses ouailles dans le droit chemin, dit-il. Or, non seulement je ne le crains pas, mais je me fais un devoir de lui tenir tête. Si personne ne le fait, nous continuerons à vivre sous la coupe de l'Église. Un jour, nous nous en affranchirons, mais pour cela, il faut des gens comme vous et moi pour se mettre au travers de sa route.

— Vous risquez d'être mis au ban de la société.

— À mon âge, être « mis au ban de la société » ne signifie plus grand-chose.

Dessaulles avait beaucoup d'admiration pour le vieux journaliste, mais ses inquiétudes n'en étaient pas moins réelles.

— Vous me connaissez suffisamment pour savoir que ni l'évêque ni l'Église ne me font peur. Ce que j'appréhende, c'est la réaction de nos membres. La très grande majorité d'entre eux est catholique. Ce mandement aura l'effet d'une bombe.

Se sentant soudain las, Victor s'affala dans un fauteuil, dont la bourrure s'échappait par la trame.

— Que faut-il faire, à votre avis ?

— Il faut faire la paix avec l'évêché.

— Par quel moyen ?

Louis-Antoine Dessaulles leva les deux bras, en un geste de découragement.

— Je n'en sais trop rien.

XXXVI

Début du mois de mars 1867

À la suite des menaces à peine voilées d'excommunication de monseigneur Bourget, Louis-Antoine Dessaulles prit l'initiative de réunir quelques membres de l'Institut en qui il avait confiance afin de trouver une solution à ce conflit avec l'évêque de Montréal, qui durait depuis trop longtemps et s'envenimait de plus en plus. Il convoqua donc Julien Vanier, Victor Lemoyne et Arthur Buies. Les quatre hommes se rencontrèrent à la bibliothèque de l'Institut, autour de la grande cheminée, dans laquelle un bon feu avait été allumé. Tout en fumant une pipe, Arthur Buies, indigné par le mandement de Bourget, préconisait une position ferme.

— Nous devons répondre à cette menace d'excommunication par une déclaration officielle de l'Institut, dans laquelle nous dénoncerons haut et fort ce mandement et défendrons une société civile et démocratique ! affirma le journaliste avec passion.

— Tout à fait d'accord ! s'exclama Victor. Monseigneur Bourget a outrepassé ses prérogatives. C'est un abus de pouvoir inacceptable !

Dessaulles réfléchit.

— En principe, je suis d'accord avec vous, mais avons-nous les moyens de nous en prendre directement à monseigneur Bourget ? L'évêque a beaucoup d'ascendant, y compris chez nos propres membres.

— Que proposez-vous ? demanda Julien.

— Une rencontre avec l'évêque afin de tenter de calmer le jeu et de mettre un peu d'eau dans notre vin.

— Je n'aime pas beaucoup le vin coupé d'eau, commenta Victor avec humour.

La boutade détendit l'atmosphère. Le président s'adressa à Julien.

— Et vous, maître Vanier, quelle est votre opinion ?

Le jeune avocat jeta un regard songeur aux flammes qui crépitaient dans le foyer.

— Je crois, tout comme vous, qu'il faudrait demander une audience à monseigneur Bourget.

— Pour lui dire quoi ? s'enquit Victor, visiblement en désaccord.

— Par exemple, expliqua l'avocat, nous pourrions lui soumettre une liste des livres que nous possédons et lui demander de nous indiquer ceux qu'il considère comme contraires à la morale chrétienne. Nous mettrions ces livres sous clé, « en enfer », comme on dit, avec un accès limité à nos membres. Ainsi, monseigneur Bourget ne pourrait plus prétendre que nous sommes des radicaux inflexibles.

Des fronts se plissèrent, des sourcils se froncèrent. Les hommes cogitaient. Arthur Buies fut le premier à parler.

— L'idée n'est pas bête, mais n'est-ce pas donner un énorme pouvoir à l'évêque ?

— Le connaissant, il serait capable de mettre *tous* nos livres à l'Index ! s'objecta Victor.

Dessaulles, qui prenait les notes de la réunion, tourna pensivement sa plume entre ses doigts.

— D'un autre côté, nous ferions preuve de bonne foi. S'il rejette notre proposition, il se placera lui-même dans une posture extrême. Je ne le connais pas personnellement, mais j'ai entendu dire qu'il accorde beaucoup d'importance à l'image qu'il projette dans le public.

Après une discussion intense, où chacun fit valoir ses arguments, les membres de l'Institut décidèrent à l'unanimité de tenter la réconciliation. Une lettre, signée par Louis-Antoine Dessaulles, serait envoyée au prélat, lui demandant une audience.

XXXVII

Quelques semaines plus tard, Louis-Antoine Dessaulles reçut une réponse de monseigneur Bourget, signée en son nom par le chanoine Paré. L'évêque de Montréal acceptait de rencontrer les représentants de l'Institut canadien. Dessaulles en avisa aussitôt Arthur Buies, Victor Lemoyne et Julien Vanier. Ils se donnèrent rendez-vous à l'archevêché, situé dans une modeste résidence jouxtant une petite église depuis l'incendie de 1852, qui avait ravagé le faubourg Saint-Laurent, réduisant en cendres la cathédrale Saint-Jacques ainsi qu'une vingtaine de pâtés de maisons en bois.

Le chanoine Paré les fit attendre dans une antichambre, longue pièce sombre meublée de chaises droites. Un peu de lumière filtrait par les fenêtres ogivales, jetant des lueurs dorées sur les portraits des évêques de Montréal, qui se succédaient sur un mur lambrissé de chêne. Celui de monseigneur Bourget, portant son habit épiscopal, avait été placé bien en évidence au-dessus d'une grande cheminée. Sa bonhomie apparente laissait entrevoir une détermination inébranlable, qu'exprimaient ses yeux bleus, allumés d'un éclat froid.

— Monseigneur Bourget, évêque du diocèse de Montréal, est disposé à vous recevoir, annonça le chanoine d'une voix onctueuse.

Les quatre représentants de l'Institut, précédés par le secrétaire de l'évêque, firent leur entrée dans une grande pièce, dominée par un bureau massif, que couvraient des piles de courrier et de documents. Une bibliothèque encastrée contenait des centaines de livres aux reliures de cuir rehaussées de lettres d'or. Arthur Buies les examina avec curiosité. La plupart des livres étaient des traités religieux, dont le *Catéchisme raisonné sur les fondements de la foi*, de messieurs Aimé et Fénelon, les *Méditations sur l'Évangile*, de Bossuet, ainsi qu'une édition de la bible datant de 1774, dont il admira la reliure plein-veau, au dos à nerfs et caissons ornés aux petits fers dorés. L'érudition religieuse de monseigneur Bourget l'impressionna malgré lui.

Le prélat était installé dans un fauteuil de bois sculpté, capitonné de cuir grenat. Il écrivait une lettre, couvrant la page d'une écriture nerveuse et serrée. Le chanoine se racla la gorge.

— Monseigneur, vos invités sont arrivés.

L'évêque leva la tête et accueillit les visiteurs avec un sourire bienveillant.

— Veuillez vous asseoir, messieurs.

Il désigna la pile de documents et de lettres qui s'amoncelait sur son bureau.

— Comme vous pouvez le constater, les devoirs liés à ma charge ne me laissent aucun répit.

Les quatre hommes prirent place dans des chaises inconfortables. *Le moins qu'on puisse dire, c'est que l'évêque de Montréal ne vit pas dans l'opulence*, songea Victor Lemoyne en observant la pièce, meublée avec la plus grande sobriété. La seule note de richesse était un prie-Dieu en ébène sculpté surmonté d'un magnifique retable représentant la Vierge Marie et l'Enfant Jésus.

— Je vous écoute, ajouta le prélat.

Louis-Antoine Dessaulles prit la parole au nom de ses camarades, exposant à l'évêque la proposition sur laquelle ils s'étaient mis d'accord. Monseigneur Bourget l'écouta avec attention, penchant légèrement sa belle tête blanche. Lorsque le président de l'Institut eut terminé, il croisa les doigts. Son anneau épiscopal luisait dans la clarté d'une lampe.

— Je crains que vos suggestions ne soient pas acceptables, dit-il d'une voix douce, mais ferme.

Les membres de l'Institut échangèrent un regard navré. Décidément, la réunion commençait mal.

— Puis-je vous en demander la raison ? s'enquit Dessaulles, tâchant de garder son calme.

— Votre Institut garde dans sa bibliothèque des milliers de mauvais livres, condamnés par la sainte Église. Croyez-vous qu'il suffira que vous en mettiez quelques-uns sous clé, « en enfer », selon votre propre expression, pour protéger mes ouailles contre leur influence néfaste ?

— Seuls les membres de l'Institut y auraient accès, moyennant une demande spéciale, argua Julien Vanier.

— Un seul livre à l'Index est déjà un livre de trop.

La tension s'éleva d'un cran. Victor Lemoyne rongeait visiblement son frein. Le président de l'Institut intervint.

— Toutes les bibliothèques des institutions catholiques procèdent de la même façon.

— D'ailleurs, la plupart des traités économiques qui sont étudiés dans les universités sont à l'Index, enchaîna Victor. En France, aucun évêque ne condamne ces établissements, ni les professeurs qui enseignent ces matières.

— Je défends tout ce que l'Église défend et je n'ai pas le pouvoir de faire autrement, répliqua monseigneur Bourget. Si l'Église interdit les ouvrages d'économistes, alors il faut se passer des économistes. Quant à moi, je dirige mon diocèse comme je l'entends.

« Si l'Église interdit les ouvrages d'économistes, alors il faut se passer des économistes. » Cette phrase à elle seule démontrait le peu d'importance que l'évêque, obnubilé par son sacerdoce, accordait au savoir. Julien, médusé par l'étroitesse d'esprit de l'ecclésiastique, fit néanmoins une dernière tentative de conciliation.

— Nous nous sommes pourtant engagés à vous soumettre notre catalogue, afin que vous puissiez vous-même désigner les livres que vous jugez contraires à la morale chrétienne.

La réplique de monseigneur Bourget ne se fit pas attendre.

— Je dois administrer soixante-dix-neuf paroisses, trente-quatre dessertes et quatre missions pour les Indiens. J'ai mis sur pied des dizaines d'institutions éducatives ou charitables, qu'il me faut superviser. Dieu m'a donné pour mission d'élever une cathédrale afin de rendre grâce à la Vierge Marie et faire honneur à l'évêché. Je suis sollicité de toutes parts par les exigences liées à mes fonctions. Croyez-vous que j'aie le temps de scruter à la loupe tous vos livres ?

— Que proposez-vous donc ? finit par lancer Dessaulles, de guerre lasse.

Une lueur de glace anima les yeux bleus de l'évêque.

— J'exige que l'Institut accorde le droit à l'évêché de purger *tous* les livres jugés contraires à la morale chrétienne. Les statuts et règles de votre association devront être soumis à l'approbation de l'Église. J'en ferai un mandement.

Les conditions que mettait monseigneur Bourget à une entente étaient si draconiennes que les membres de l'Institut en restèrent abasourdis.

— L'Institut canadien est une société civile, reconnue comme telle par le gouvernement canadien, rétorqua Dessaulles d'une voix blanche. Exiger que nous soumettions nos statuts et nos règles à l'approbation de l'Église compromet gravement notre autonomie.

— Votre foi ne vous dicte-t-elle pas cette soumission ? rétorqua l'évêque avec sévérité.

— Nous avons des membres qui sont protestants ! s'insurgea Victor Lemoyne. Nous ne pouvons tout de même pas les obliger à accepter la tutelle de l'Église catholique !

Monseigneur Bourget toisa le vieux journaliste.

— Monsieur Lemoyne, vous avez un caractère faux, sans compter que vous semblez prendre plaisir à falsifier les faits dans vos écrits. Dieu vous jugera.

L'imprimeur rougit sous l'insulte. Louis-Antoine Dessaulles lui posa une main sur le bras, comme pour l'apaiser. Victor s'épongea le front avec un mouchoir.

— Votre Excellence, se défendit-il, je ne partage pas vos opinions, cela ne fait pas de moi un menteur. J'ai toujours démontré la plus grande probité dans mes paroles, comme dans mes actions.

— Au lieu de justifier vos actes, vous devriez avoir l'humilité de vous en repentir.

Constatant que cette tentative de rapprochement était un échec sur toute la ligne, Dessaulles décida de mettre fin à la rencontre. Les quatre hommes sortirent de l'archevêché, la tête basse.

— Qu'allons-nous faire, maintenant ? soupira Dessaulles.

— Quand je vous disais que le vin coupé d'eau était imbuvable, maugréa Victor.

Ils marchèrent en silence pendant un moment. On n'entendait que le craquement de la neige sous leurs pas. Julien Vanier fut le premier à parler.

— Attendons de voir si monseigneur Bourget publiera son mandement. Il est possible qu'il ne l'ait brandi que pour nous faire reculer.

Dessaulles secoua la tête.

— Je crois qu'il ira de l'avant. « Le fanatisme est un monstre qui ose se dire fils de la religion », écrivait Voltaire.

Il donna un coup de pied sur une bouteille de bière Boswell qui traînait sur le trottoir, puis se tourna vers ses compagnons.

— Si monseigneur Bourget publie son mandement, il nous faudra convoquer une assemblée. À nos membres de décider s'ils acceptent ou non de s'y plier.

Victor Lemoyne approuva.

— Je suis d'accord. Ça passe ou ça casse ! lança-t-il avec une note de défi dans la voix.

L'impétueux imprimeur était loin de se douter que cette histoire allait bientôt devenir l'une des affaires les plus percutantes à survenir au Québec depuis le début du siècle.

XXXVIII

Début du mois d'avril 1867

Une tempête tardive s'était abattue sur Montréal. Les citoyens étaient littéralement ensevelis sous la neige, dont le niveau dépassait parfois les fenêtres des maisons. Des ouvriers s'affairaient à aplanir les bancs de neige à l'aide d'énormes rouleaux tirés par des chevaux. Bêtes et passants avaient de la difficulté à avancer à cause de la poudrerie, dont les tourbillons blancs les aveuglaient.

Victor Lemoyne brava le mauvais temps pour aller chercher ses journaux. Il revint à son atelier couvert de neige des pieds à la tête, les sourcils givrés et les joues rouges de froid. À sa grande surprise, il trouva Fanette faisant du café.

— Vous n'auriez pas dû venir travailler, avec un temps pareil, fit remarquer Victor.

— Ce ne sont pas quelques flocons qui vont m'effaroucher ! dit Fanette gaiement.

Il se sentit réconforté tout à coup. Le poêle ronflait, répandant une chaleur bienfaisante, et le café était bon. Il devait admettre que, en fin de compte, il avait pris une excellente décision en engageant la jeune femme. Dans sa dernière lettre à son neveu Oscar, il lui en avait fait part, le remerciant de l'avoir encouragé à trouver un adjoint.

Tout en fumant sa pipe, il feuilleta ses journaux tandis que la neige fouettait les carreaux des fenêtres. Il tomba sur *L'Universel*, qu'il scruta avec anxiété. Le mandement dont les avait menacés monseigneur Bourget apparaissait en première page.

Mandement de monseigneur Bourget à tous les évêques, aux prêtres et aux paroissiens de l'évêché de Montréal

« 1. Qu'il soit résolu que l'Institut canadien se plie entièrement aux décrets du Saint-Office et à l'encyclique *Quanta cura* de 1864 sous peine d'excommunication de tous ses membres, sans exception.

2. Qu'il soit résolu que l'Institut réprouve toute doctrine pernicieuse condamnée par l'Église et le Saint Pontife, notamment le Rationalisme modéré, l'Indifférentisme, le Progrès, le Libéralisme et la Civilisation moderne.

3. Qu'il soit résolu que l'Institut reconnaisse la juridiction entière de l'évêché et lui donne le droit de purger sa bibliothèque de tous ses livres prohibés par la morale naturelle.

4. Qu'il soit résolu que l'Institut soumette ses constitutions et règlements à l'évêque pour qu'il en fasse disparaître tout ce qu'ils pourraient renfermer de faux principes ou de dispositions de nature à favoriser la diffusion par l'Institut de doctrines pernicieuses et contraires aux décrets de la Sainte Inquisition. »

Victor fut assommé par sa lecture, comme si chaque phrase avait été un coup de marteau. Louis-Antoine Dessaulles avait raison. Rien ne semblait vouloir arrêter monseigneur Bourget. Fanette remarqua le visage sombre de son patron. Ce dernier lui tendit la publication de l'évêque.

— Jetez un coup d'œil à cela, dit-il, avec des éclairs de colère dans les yeux.

La jeune femme parcourut la gazette. Quelques jours auparavant, Julien lui avait raconté leur rencontre avec l'évêque de Montréal, qui s'était soldée par une brutale fin de non-recevoir. Ce mandement en était l'aboutissement prévisible, mais la dureté de la position de monseigneur Bourget et son intransigeance aveugle présageaient des jours funestes pour l'Institut et ses membres.

— Nous ne nous laisserons pas tondre la laine sur le dos ! déclara le vieux journaliste.

Il se leva, alla vers la patère située près de l'entrée et enfila un manteau et une toque de renard.

— Où allez-vous, monsieur Lemoyne ? demanda Fanette, inquiète.

— Je vais voir monsieur Dessaulles. Il nous faut organiser une assemblée au plus tôt !

— Je vous accompagne, décréta Fanette.

Elle avait remarqué la fragilité de l'imprimeur, le léger tremblement de ses mains, sa difficulté à marcher. Il n'était pas question de le laisser sortir seul en pleine tempête.

༄

Louis-Antoine Dessaulles dormait encore lorsqu'il entendit la sonnerie de la porte. Il avait passé une partie de la nuit à rédiger un argumentaire pour contrer la position intransigeante que monseigneur Bourget avait exprimée lors de leur rencontre tumultueuse, à l'évêché. Le prélat semblait vouloir ni plus ni moins la mort de l'Institut. L'ancien seigneur de Saint-Hyacinthe, qui occupait maintenant un emploi modeste en tant que greffier adjoint de la Cour des sessions de la paix du district judiciaire de Montréal, était prêt à se battre bec et ongles pour la survie de son association. Il était convaincu que, si celle-ci disparaissait, la liberté de pensée et de croyance disparaîtrait avec elle.

La sonnette retentit de nouveau. Replaçant ses cheveux en bataille, Dessaulles mit ensuite une robe de chambre et descendit au rez-de-chaussée. Lorsqu'il ouvrit la porte, une bourrasque de neige s'engouffra dans le vestibule. Victor Lemoyne et Fanette Vanier se tenaient sur le seuil, s'agrippant au chambranle pour ne pas être emportés par le vent. Il les fit entrer et s'empressa de refermer la porte. Sans préambule, le vieux journaliste lui tendit la gazette de l'évêché.

— La situation est grave. Il faut organiser une assemblée au plus vite.

XXXIX

Le mandement de monseigneur Bourget avait eu l'effet d'une bombe chez les membres de l'Institut canadien, dont faisait partie l'élite de la société canadienne-française : avocats, écrivains, journalistes, notaires, médecins et hommes politiques. Les spéculations allaient bon train. L'Institut allait-il plier devant l'intransigeance de monseigneur Bourget ou, au contraire, refuser de s'y conformer ? Le docteur Brissette, en rendant visite à Victor Lemoyne pour vérifier qu'il se portait bien, apprit par son patient l'excommunication dont l'évêque de Montréal menaçait cette association. Indigné, il décida d'en devenir membre sur-le-champ. Il avait horreur de l'injustice, mais surtout, il se sentait solidaire du vieux journaliste, qui avait consacré une bonne partie de sa vie à défendre la liberté de conscience et de parole.

Louis-Antoine Dessaulles, avec l'aide de Victor Lemoyne et d'Arthur Buies, commença à battre le rappel des troupes, afin de s'assurer qu'une majorité de membres soient présents à l'assemblée. Celle-ci fut convoquée une semaine après la publication du mandement pour laisser le temps aux organisateurs de rassembler assez de monde. Victor se montra particulièrement zélé, allant même jusqu'à faire du porte-à-porte pour rallier le plus de gens possible à leur cause. Fanette, craignant pour la santé du vieil homme, l'accompagna dans ses pérégrinations pour l'assister en cas de besoin, tout en pestant intérieurement contre le fait que les femmes ne pouvaient pas devenir membres de l'Institut. Elle eut une pensée pour sa mère, qui se battait depuis si longtemps pour que les femmes puissent obtenir le droit de posséder un compte en banque ou même de voter en tant que propriétaires. *Un jour viendra où ces droits seront reconnus.*

❧

La grande salle de l'Institut canadien était pleine à craquer. La fumée des pipes et des cigares formait une brume jaunâtre autour des lustres. Victor Lemoyne, Julien Vanier, Arthur Buies, l'avocat Gonzalve Doutre, Hector Fabre, le docteur Brissette et une centaine d'autres membres étaient présents. Une atmosphère fébrile régnait. Des discussions tendues s'étaient engagées tandis que Buies distribuait des copies du mandement de l'évêque de Montréal.

Louis-Antoine Dessaulles, installé à une tribune, annonça le début de l'assemblée. Les voix se turent graduellement.

— Mes chers membres, dit-il d'une voix claire, nous sommes réunis ce soir pour prendre une grave décision concernant le mandement que monseigneur Bourget vient de publier dans *L'Universel*, et que vous avez entre les mains. Pour ceux qui ne l'ont pas lu, je vous donne quelques minutes afin d'en prendre connaissance.

Des froissements de feuilles suivirent l'entrée en matière de Dessaulles. Ce dernier poursuivit.

— Avant toute chose, sachez que j'ai tenté récemment un rapprochement entre l'Institut et monseigneur Bourget en proposant à l'évêque de Montréal de lui soumettre une liste des livres que nous possédons afin qu'il puisse retirer ceux qu'il considérait comme contraires à la morale publique.

Il brandit le journal.

— Pour toute réponse, monseigneur Bourget nous intime de nous plier à toutes ses exigences. Il veut que nous renoncions à notre liberté d'action et de parole, sinon nous encourrons l'excommunication.

Cette annonce créa une onde de choc dans la salle.

— J'étais présent à l'assemblée de fondation de l'Institut, en 1844, continua Dessaulles d'une voix altérée par l'émotion. Nous étions un groupe de deux cents jeunes Canadiens français. Nous voulions offrir aux esprits avides de connaissances une bibliothèque digne de ce nom. Nous voulions accueillir des conférenciers qui traiteraient de sujets touchant la littérature, l'histoire et la science. Y a-t-il là motif à excommunication ?

Des applaudissements et des approbations se firent entendre.

— Deux choix s'offrent maintenant à nous, continua le président. Ou bien nous acceptons les conditions de monseigneur Bourget, ce qui équivaudrait pratiquement à dissoudre l'Institut, ou bien nous nous défendons et contestons ce mandement auprès du Saint-Siège, à Rome, afin de démontrer notre bonne foi.

Des murmures navrés accueillirent l'exposé de Dessaulles. Ce n'était pas la première fois que l'Institut subissait les foudres de l'évêque, mais cette fois il s'agissait d'une charge en règle qui menaçait la survie même de leur association.

— Avant que commence la discussion, je vous rappelle la devise de notre Institut : Justice pour nous, justice pour tous ; raison et liberté pour nous, raison et liberté pour tous !

Les membres se mirent à discuter avec âpreté. De toute évidence, ils étaient profondément divisés.

— Je vous en prie, restons calmes, intervint Dessaulles. Ce débat est douloureux, il vaut mieux l'entreprendre dans la sérénité et le respect.

Le calme se rétablit. Hector Fabre prit la parole.

— Monsieur le président, il est vrai que certains livres sont dangereux pour des esprits plus faibles ou influençables. Nous avons le devoir de les protéger contre des lectures qui risqueraient d'empoisonner leur conscience, commenta-t-il.

L'avocat Gonzalve Doutre intervint.

— Monseigneur Bourget va beaucoup plus loin que d'interdire quelques livres. Il veut les interdire tous !

Des applaudissements accueillirent sa tirade.

— Chacun doit pouvoir choisir ses lectures, affirma Arthur Buies avec le ton ironique qui lui était coutumier. Les cas d'empoisonnement seront amplement compensés par un bien supérieur : la liberté !

Des bravos et quelques huées s'ensuivirent.

— Admettez au moins que l'Institut ne devrait pas abriter de mauvais livres ! s'exclama Fabre.

— De « mauvais livres » ? répéta Victor Lemoyne. D'après vous, les écrits de Montaigne, Diderot, Rousseau, Balzac, Voltaire, Descartes, et je pourrais en citer des centaines d'autres que nous avons l'honneur d'abriter dans notre bibliothèque, y compris le dictionnaire de monsieur Larousse, sont de mauvais livres ?

Une discussion passionnée éclata.

— On ne peut prendre à la légère un mandement de monseigneur Bourget ! tonna l'un des membres, qui était reconnu pour être un ardent partisan de l'ultramontanisme[7]. Nous devons obéissance à notre évêque !

— Nous devons, au contraire, nous tenir debout ! répliqua Julien Vanier. Depuis quand acceptons-nous que l'Église intervienne dans nos affaires ? De quel droit monseigneur Bourget nous menace-t-il d'excommunication alors que nous ne faisons qu'exercer nos libertés les plus élémentaires ?

— Si nous reculons aujourd'hui, renchérit Buies, demain, l'évêque de Montréal demandera purement et simplement notre dissolution !

Hector Fabre se leva.

— Alors, que cela soit ! Nous devons d'abord et avant tout obéissance à notre évêque !

Victor Lemoyne se leva à son tour.

— Les poules auront des dents avant que je me prosterne devant une soutane ! s'écria-t-il, les joues empourprées par la colère.

---

7. Ensemble des doctrines favorables à l'autorité absolue du pape, c'est-à-dire à la suprématie du clergé sur la société civile.

Des protestations fusèrent. Victor fut pris d'une forte quinte de toux, qui l'obligea à sortir un mouchoir de sa poche. Hector Fabre, outré, se tourna vers le président.

— Je n'accepterai pas que l'un de nos membres traite l'évêque de Montréal avec autant d'insolence et d'irrespect. L'Institut canadien est devenu un véritable nid de rougistes ! Je donne ma démission sur-le-champ !

Plusieurs membres réagirent.

— Fabre a raison ! cria l'un d'eux.

— Nous ne nous reconnaissons plus dans cette institution ! Qu'attendons-nous pour en former une nouvelle ? proposa un autre.

— Excellente idée ! commenta Fabre. Je convie tous ceux qui sont en désaccord avec ces radicaux de se joindre à moi afin de fonder une nouvelle association !

Il jeta un regard à la ronde. Une quarantaine d'hommes se levèrent. Le groupe, mené par Hector Fabre, quitta la salle sous des huées et des applaudissements. Des insultes se firent entendre. Louis-Antoine Dessaulles tenta de rétablir le calme, mais il n'y parvint pas. Il échangea un regard impuissant avec Arthur Buies et Julien Vanier, qui assistaient à la débâcle avec un découragement croissant.

Soudain, Victor Lemoyne s'écroula, faisant tomber sa chaise en essayant de s'y agripper. Julien, qui était assis à côté de lui, se leva d'un bond et voulut l'aider à se remettre debout, mais le vieux journaliste était inconscient. Une écume blanche s'était formée aux coins de ses lèvres.

— Y a-t-il un médecin dans la salle ? s'écria Julien, alarmé.

Le docteur Brissette se précipita vers eux.

— Je suis médecin. Monsieur Lemoyne est mon patient.

Il se pencha au-dessus du pauvre homme et lui arracha son faux col afin qu'il puisse respirer plus à l'aise, puis il prit son poignet entre ses doigts.

— Son pouls est faible. Il faut le ramener de toute urgence chez lui.

Julien, qui avait une voiture, se porta volontaire. Louis-Antoine Dessaulles et Arthur Buies s'étaient approchés du groupe et offrirent leur aide.

— Faites attention de ne pas trop le secouer, conseilla le médecin. Couvrez-le chaudement avant de l'emmener.

Le corps inanimé de Victor fut délicatement soulevé par les trois hommes tandis que Gonzalve Doutre, qui était allé chercher son manteau, l'en recouvrit. Le triste cortège traversa la salle sous les regards consternés des membres présents.

XL

Pendant ce temps, à Québec

Un vent aigre soufflait dehors, faisant claquer un volet. La nuit avait été difficile. Le petit Nicolas, qui souffrait de coliques, avait beaucoup pleuré, obligeant Joséphine et Oscar à se lever à tour de rôle pour lui frotter le dos et le consoler. C'était au tour d'Oscar de tenir le poupon dans ses bras. Il lui chantonna une comptine pour tenter de l'endormir.

Doucement, doucement, s'en va le jour
Doucement, doucement, à pas de velours
La rainette dit
Sa chanson de nuit
Et le lièvre fuit
Sans un bruit

Le petit finit par s'assoupir. Oscar le déposa délicatement dans son berceau et le couvrit chaudement, puis rejoignit Joséphine dans le lit et s'endormit aussitôt. Il fut réveillé quelques heures plus tard par des coups frappés sur la porte. Encore abruti de fatigue, il se leva, enfila une vieille veste et alla répondre. Un jeune préposé des postes, dont le képi était saupoudré de neige, se tenait sur le seuil.

— J'ai un télégramme pour un monsieur Oscar Lemoyne, dit-il, les joues rougies par le froid.

— C'est moi.

Le garçon lui tendit une dépêche. Oscar la prit et s'empressa de refermer la porte, à cause d'un courant d'air glacial qui traversait le palier. Il ouvrit le télégramme.

Cher monsieur Lemoyne, j'ai bien peur d'avoir de mauvaises nouvelles. Votre oncle a eu un malaise durant une assemblée. Quelques personnes attentionnées l'ont ramené chez lui. Il a repris connaissance, mais son état m'inspire une vive inquiétude. Je vous en prie, venez rapidement. Votre dévoué, docteur Brissette.

Oscar pâlit. Toutes ses anxiétés au sujet de la santé de son oncle se voyaient confirmées de la pire façon. Le docteur Brissette n'était pas le genre de personne à sonner l'alarme pour rien. De toute évidence, son oncle était au plus mal. Joséphine, qui avait été réveillée par le bruit, mit sa robe de chambre et rejoignit son mari. Ce dernier, les yeux brouillés de larmes, lui tendit le message sans dire un mot. La jeune femme le lut.

— Mon Dieu…

— Je dois me rendre à Montréal au plus vite, dit Oscar, la voix étranglée par l'émotion.

Jo acquiesça, bouleversée. Tandis qu'Oscar s'habillait et jetait des vêtements à la hâte dans sa valise, elle ralluma le poêle et prépara un déjeuner.

— Je n'ai pas faim, murmura Oscar.

— Tu auras besoin de toutes tes forces.

Après avoir mangé sans appétit, Oscar mit son manteau et lança un dernier regard au berceau. Nicolas dormait paisiblement. Rassuré, il prit sa valise et se tourna vers sa femme.

— Je ne sais pas combien de temps je serai absent.

— Tout ce que je te demande, c'est de me donner des nouvelles dès que tu le pourras.

Ils s'enlacèrent longuement. Oscar puisait dans cette étreinte tout le courage qu'il lui fallait pour affronter les jours à venir.

XLI

Lorsque Oscar arriva à l'imprimerie à la tombée du jour, après un voyage en train qui ressemblait à un mauvais rêve, il aperçut avec soulagement une lumière à l'étage. *Je n'arrive pas trop tard*, pensa-t-il, rempli d'espoir et d'angoisse. La porte d'entrée n'était pas verrouillée. Sans prendre le temps d'enlever son manteau, il s'élança vers l'escalier qui menait au logement de son oncle. Ce dernier était étendu sur son lit, vaguement éclairé par une petite lampe déposée sur la table de chevet. En voyant le teint gris de Victor, ses yeux clos et cernés, ses traits creusés, Oscar crut qu'il était mort. Le docteur Brissette, qui se trouvait à son chevet, tourna la tête vers le jeune homme.

— Dieu merci, vous êtes là, murmura-t-il.

— Comment va-t-il?

Le médecin aurait voulu lui épargner la vérité, mais, tout comme son père avant lui, il préférait la franchise à l'illusion. Il lui répondit à voix très basse, pour que son patient ne l'entende pas.

— Je crois qu'il ne passera pas la nuit.

Oscar baissa la tête. Il s'était préparé à cette éventualité durant le trajet en train, mais la réalité l'assaillait maintenant dans toute sa cruauté. Il prit la main de son parent. Victor gémit, puis ouvrit les paupières. Ses pupilles étaient dilatées. Le blanc de ses yeux était strié de veinules rouges. Un râle sortait de sa gorge. Le regard qu'il posait sur son neveu ressemblait à celui d'un aveugle.

— Mon oncle, c'est moi, Oscar.

— Mais je te reconnais, voyons, dit Victor d'une voix faible.

Oscar sourit malgré sa peine. Même dans ses derniers moments, son oncle conservait toute sa tête.

Victor s'adressa au médecin. Sa respiration était saccadée.

— Est-ce la fin, docteur ?

Le médecin hésita à répondre.

— Je veux… la vérité.

Le docteur Brissette, ému par la bravoure du vieil homme, acquiesça.

— Je crains bien que oui.

Victor serra la main de son neveu avec un peu plus de force.

— Je voudrais voir un prêtre, dit-il. Au point où j'en suis, ça ne peut pas me faire de tort, ajouta-t-il avec une lueur malicieuse dans l'œil.

Le jeune journaliste fut pris de court par la demande de son parent, qui avait toujours manifesté de la répugnance pour les « robes noires », comme il les appelait. Il leva les yeux vers le docteur Brissette.

— Où puis-je trouver un prêtre ?

Le médecin réfléchit.

— Au séminaire Saint-Sulpice. C'est là où logent les frères sulpiciens, répondit le docteur Brissette à mi-voix. Je connais mal le quartier, mais lorsque j'étais apprenti dans le cabinet de mon père, je me souviens d'un soir où il avait été appelé au chevet d'un mourant. Il m'a demandé de me rendre à ce séminaire afin de ramener un prêtre pour administrer l'onction des malades.

— Où est-ce ?

— Tout près d'ici, rue Notre-Dame, à côté de la basilique. Allez-y, je continuerai à veiller sur votre oncle.

Oscar sortit en vitesse. Il faisait si froid que des particules blanches flottaient dans l'air glacial, nimbées par la lumière des becs de gaz. Après avoir marché pendant quelques minutes sur le trottoir désert, il aperçut les murs du séminaire à distance. L'édifice de pierre, dont le portail était surmonté d'un fronton triangulaire sur lequel figuraient les armoiries de la compagnie des prêtres de Saint-Sulpice, n'était éclairé que par une lampe torchère. Un campanile et des toits brisés à la Mansart se détachaient dans le ciel sombre. Oscar frappa à la porte à l'aide d'un heurtoir de bronze. Le son creux se répercuta dans le silence. Le journaliste dut cogner à plusieurs reprises avant qu'une voix se manifeste.

— Qui va là ?

— Mon oncle se meurt, expliqua Oscar, la voix tremblante à cause de l'émotion et du froid. Il a demandé à voir un prêtre.

Il entendit le grincement des gonds. La lourde porte s'ouvrit. Un jeune séminariste, une lanterne à la main, lui fit signe d'entrer, puis désigna un banc.

— Attendez ici, chuchota-t-il.

— Je vous en prie, ne tardez pas trop, le supplia Oscar.

Le séminariste s'éloigna. Oscar fut plongé dans une profonde obscurité. Il entendait les pulsations de son cœur, accentuées par le silence. Le temps semblait avoir suspendu son cours. Un sentiment d'irréalité habitait le journaliste, comme s'il avait été projeté hors de lui, en apesanteur, dans un monde étrange et hostile. Un bruit de pas se rapprocha. Le séminariste revint, accompagné d'un religieux âgé, vêtu d'une soutane couverte d'un manteau noir. Il portait un chapeau liturgique en forme de tricorne et avait un sac noir en bandoulière.

— Je suis le père Ouellette. On me dit que votre oncle est au plus mal ?

— Il faut faire vite, mon père. Je crains qu'il n'en ait plus pour longtemps.

⁓

Victor semblait dormir lorsque le prêtre, escorté par Oscar, entra dans la chambre. Le docteur Brissette, qui était toujours à son chevet, fut soulagé en les apercevant. Les deux hommes s'approchèrent du lit.

— Mon oncle, le père Ouellette est là pour vous.

Victor ouvrit les yeux. Une vivacité étonnante animait son visage.

— À la bonne heure, dit-il d'une voix claire.

Le prêtre enleva son manteau, qu'il mit sur le dossier d'un fauteuil, puis s'adressa à Oscar.

— Quel est le nom de votre oncle ?

— Victor Lemoyne.

Le père Ouellette fronça les sourcils. Ce nom lui était familier. Il l'avait entendu, assez récemment, mais il n'arrivait pas à se rappeler le contexte. Après avoir revêtu un surplis, il sortit de son sac la fiole renfermant l'huile consacrée ainsi qu'un missel et un coffret contenant une hostie bénite, puis vint vers le malade et déposa les objets du viatique sur la table de chevet. Le docteur Brissette lui céda sa chaise. Le père Ouellette y prit place et posa ses mains sur celles du malade tout en psalmodiant une prière. Puis il fit les onctions sur le front et les mains du mourant :

— Victor, par cette onction sainte, que le Seigneur en sa grande bonté…

Il s'interrompit soudain. Il se souvenait maintenant où il avait entendu le nom de Victor Lemoyne. C'était lors d'une messe célébrée par monseigneur Bourget. Ce dernier avait chapitré en chaire l'Institut canadien et ses membres, les exhortant à renoncer à tenir des livres impies dans leur bibliothèque, sous peine de subir l'excommunication. Le prélat avait également dénoncé l'imprimeur Victor Lemoyne pour des écrits sacrilèges publiés dans son journal. Il s'adressa à Oscar.

— Votre oncle est-il membre de l'Institut canadien ?

Le journaliste lui jeta un regard intrigué.

— Oui.

— Alors il m'est impossible de continuer à lui administrer l'extrême-onction.

— Je ne comprends pas, dit Oscar d'une voix blanche.

— Monseigneur Bourget a condamné l'Institut canadien et ses membres à l'excommunication. Je ne puis donner le sacrement à votre oncle à moins qu'il ne renonce à son appartenance à cette société.

— Mais c'est absurde ! protesta Oscar. Mon oncle est catholique, il a toujours été un bon pratiquant !

Le prêtre secoua la tête.

— Monseigneur Bourget a été des plus clairs à ce sujet.

Le docteur Brissette intervint.

— Je vous en prie, faites preuve d'un peu de charité chrétienne. Cet homme est à l'article de la mort.

C'est alors qu'une voix s'éleva.

— Jamais.

C'était Victor. Son regard s'était allumé d'une lueur farouche. Oscar se rapprocha de lui.

— Qu'avez-vous dit, mon oncle ?

— Jamais je ne quitterai l'Institut, dit-il d'une voix raffermie par une volonté intérieure.

De toute évidence, Victor avait entendu l'échange tendu entre son neveu et le sulpicien. Oscar se pencha vers lui.

— Vous en êtes bien certain ?

— Je me suis battu... toute ma vie... pour la liberté de conscience.

Il chercha son air. Sa voix devint sifflante.

— Crois-tu que j'y renoncerais maintenant ? Je ne me suis jamais mis à genoux... devant personne.

Le prêtre hocha la tête.

— Je ne peux plus rien pour lui.

Il rangea les objets liturgiques dans son sac noir et remit son manteau. Ni Oscar ni le docteur Brissette ne tentèrent de le retenir. Lorsqu'ils revinrent au chevet de Victor, ce dernier ne bougeait plus. Un demi-sourire éclairait son visage cireux. Le médecin souleva son poignet, puis le déposa doucement sur le drap.

— Il est mort.

Oscar posa sa tête sur l'épaule de son oncle et se mit à sangloter comme un enfant.

Troisième partie

L'affaire Lemoyne

XLII

Montréal

La nouvelle de la mort de Victor Lemoyne s'était répandue comme une traînée de poudre. Tous ses amis de l'Institut vinrent se recueillir devant sa dépouille, exposée dans l'imprimerie. Une voisine dévouée s'était occupée de la toilette du mort et l'avait habillé avec une vieille redingote et une lavallière démodées que Fanette avait trouvées dans la chambre de son ancien employeur. Des cierges et des fleurs avaient été disposés autour du lit, sous lequel des blocs de glace avaient été placés pour préserver le corps. Un crêpe noir de deuil avait été posé sur la porte.

Tandis que les gens défilaient afin de rendre un dernier hommage au bouillant journaliste, Oscar, les yeux rouges et gonflés de larmes, restait prostré dans un fauteuil, anéanti par le chagrin. Le docteur Brissette avait beau lui conseiller de prendre du repos, l'avertissant gentiment que des jours difficiles l'attendaient et qu'il lui fallait ménager ses forces, le reporter secouait la tête.

— Mon oncle a été là pour moi. C'est bien le moins que je reste auprès de lui, disait-il d'une voix brisée.

Même Fanette ne réussit pas à le convaincre d'aller dormir quelques heures.

Joséphine, prévenue de la triste nouvelle par un télégramme que Fanette lui avait envoyé, emmena le petit Nicolas chez sa mère, à Deschambault, et prit ensuite une diligence, car un déraillement s'était produit à la hauteur des Trois-Rivières, bloquant la voie ferrée et empêchant toute circulation. Lorsqu'elle parvint à Montréal, deux jours plus tard, elle trouva Oscar accablé. La vue de sa femme ramena un faible sourire sur son visage, mais il retomba vite dans une léthargie empreinte de désespoir.

Fanette éprouva une sympathie immédiate pour l'épouse d'Oscar, qui lui parut vive, enjouée et débrouillarde. Joséphine, d'abord intimidée par sa beauté, qui la rendait douloureusement consciente des marques sur son visage, fut rassurée par sa gentillesse et par la simplicité de ses manières. Elle persistait toutefois à porter une voilette lorsqu'elle sortait en public.

Les deux jeunes femmes convinrent d'organiser ensemble les funérailles. Il fallait avant tout faire une démarche auprès du révérend Victor Rousselot, le curé de la paroisse Notre-Dame, afin de prévoir une cérémonie à l'église et de procéder ensuite à l'inhumation.

Le curé Rousselot les reçut froidement.

— Je ne puis malheureusement accéder à vos demandes.

Joséphine le regarda avec stupéfaction.

— Que voulez-vous dire ?

— Votre oncle par alliance était membre de l'Institut canadien. C'était donc un mécréant et un pécheur public. Il n'a pas droit à une cérémonie religieuse, encore moins à une inhumation en terre catholique.

Les deux femmes restèrent muettes d'indignation. Fanette fut la première à parler.

— Tout être humain a droit à une sépulture décente, dit-elle d'une voix frémissante.

— La religion n'est pas un droit, madame, c'est un devoir. Monsieur Lemoyne s'est lui-même jeté hors du giron de l'Église par ses agissements impies.

Devant l'attitude inflexible du prêtre, Fanette et Joséphine se résignèrent à quitter le presbytère. Le temps s'était considérablement adouci. La neige fondait rapidement, créant des flaques boueuses sur les trottoirs et les pavés dans lesquelles s'engluaient passants et voitures.

— Qu'allons-nous faire ? demanda Jo, désespérée. Je n'ose même pas imaginer la réaction de mon pauvre Oscar. Il est déjà tellement affecté par la mort de son oncle !

— Je vous accompagne, proposa Fanette.

Joséphine accepta avec reconnaissance.

⌇

Joséphine mit des gants blancs pour annoncer la mauvaise nouvelle à Oscar, qui fit une colère suivie d'une crise de larmes.

— Pourquoi ? Pourquoi ? répétait-il, secoué de sanglots. Qu'a-t-il fait de mal ? Mon oncle était le meilleur homme du monde.

Fanette sentit l'émotion lui serrer la gorge.

— C'est une grave injustice. Votre oncle ne méritait pas un tel sort.

Oscar fit un geste d'impuissance.

— Que faire ?

— J'ai ma petite idée, dit Fanette, une étincelle dans l'œil.

⌇

Par chance, Fanette trouva son mari dans son bureau. Elle lui fit part du refus du curé Rousselot d'enterrer Victor Lemoyne en terre consacrée. Julien n'en revenait pas.

— Quel fanatique ! s'écria-t-il. On se croirait en pleine Inquisition…

— Son neveu a-t-il des recours ?

Julien réfléchit.

— Selon le Code civil, le cimetière et l'église sont la propriété des citoyens, représentés par des marguilliers. Une cour civile peut obliger un prêtre à baptiser un enfant ou à annuler un mariage. En toute logique, elle pourrait sûrement forcer un curé à procéder à l'inhumation d'un citoyen.

— De quelle façon ?

— J'enverrai une sommation au curé Rousselot et à ses marguilliers afin de les obliger à enterrer le pauvre Lemoyne. Si son neveu est d'accord, bien entendu.

Lorsque Julien Vanier, accompagné de Fanette, rendit visite à Oscar et lui suggéra un recours juridique obligeant les autorités ecclésiastiques à inhumer son parent en terre catholique, le reporter accepta sans hésiter.

— Jamais je ne pourrai vous remercier assez de ce que vous faites pour mon oncle.

La journée même, Julien rédigea un bref de mandamus, qu'il alla porter lui-même au curé Rousselot, en compagnie de Gonzalve Doutre, qui lui servait de témoin.

Par sommation, au nom du requérant, Oscar Lemoyne, neveu du défunt Victor Lemoyne, nous ordonnons à la Fabrique Notre-Dame et à ses représentants de donner, le 13 avril courant, la sépulture audit défunt, dans le cimetière Notre-Dame-des-Neiges, commun à tous les catholiques de la cité de Montréal et de la paroisse Notre-Dame, ou de recevoir audit cimetière les restes du défunt, en vue de son inhumation, le 13 avril courant, à onze heures du matin.

Le prêtre pâlit de fureur en prenant connaissance du document.

— Nous comptons recevoir de la part de la Fabrique Notre-Dame le permis d'inhumation requis au plus tard à la date et à l'heure précisées dans la sommation, ajouta Julien.

Les deux avocats saluèrent poliment le curé Rousselot et prirent congé. Une fois seul, le prêtre déchira la sommation et la jeta dans les flammes du poêle, comme s'il s'était agi d'un écrit sorti tout droit de l'enfer. Comment ces avocats osaient-ils s'en prendre à l'Église ? Il fallait au plus tôt mettre au courant monseigneur Bourget de cette infamie. Il s'attabla à son secrétaire et écrivit une lettre. Après l'avoir cachetée, il convoqua son bedeau.

— Monsieur Guénette, allez porter immédiatement cette missive à l'évêché. Remettez-la à monseigneur Bourget en mains propres.

⚓

Attablé à son bureau, monseigneur Bourget termina l'homélie qu'il livrerait lors de la célébration de la messe, qui se déroulerait à la basilique Notre-Dame, puis il entreprit la rédaction d'une directive à tous les évêques afin de les exhorter à trouver des sources de financement pour la construction de sa cathédrale. Le projet, si cher à son cœur, tardait à se réaliser, et cette situation le préoccupait au point où il en perdait quiétude et sommeil. Il songeait sérieusement à se rendre à Rome au cours du mois de mai afin de plaider sa cause auprès du pape Pie IX et avait envoyé une lettre à monseigneur Nina, assesseur du Saint-Office, en vue d'obtenir une audience avec Sa Sainteté.

Le prélat déposa sa plume et se délia les doigts. Il n'avait pas cessé d'écrire depuis l'aube et sa main était endolorie. Bien que le soleil brillât dehors, il faisait froid dans la pièce, car le poêle ne chauffait pas. Par mesure d'économie, l'évêque avait ordonné au chanoine Paré de ne faire allumer les poêles de l'évêché qu'en cas de stricte nécessité. L'arthrite le faisait souffrir depuis bon nombre d'années, mais il ne s'en plaignait jamais. Sa souffrance n'était rien en comparaison avec celle qu'avait endurée le Christ sur sa croix.

On frappa à la porte. Le chanoine Paré entra.

— Votre Grâce, une lettre pour vous. Elle vient d'être livrée par monsieur Guénette, le bedeau du curé Rousselot.

Intrigué, monseigneur Bourget déchira l'enveloppe avec le coupe-papier en ivoire que l'abbé Truteau lui avait offert pour le remercier de sa nomination comme grand vicaire et administrateur du diocèse.

Montréal, le 12 avril 1867

Votre Grandeur,

C'est avec la plus profonde indignation que je vous informe avoir reçu une sommation de la part d'Oscar Lemoyne, le

275

neveu du mécréant feu Victor Lemoyne, m'intimant de procéder à l'inhumation de celui-ci en terre catholique. Ce sont deux émissaires de l'Institut canadien qui m'ont signifié ce bref de mandamus, comme ces avocats nomment cette procédure dans leur langage barbare. Je demande à Votre Grâce d'intervenir de façon urgente afin d'empêcher ces impies de poursuivre leur action contre l'Église et son humble représentant.

Signé, votre tout dévoué,

Victor Rousselot, curé de la paroisse Notre-Dame

L'évêque replia la missive, la rage au cœur. Il savait les gens de l'Institut capables du pire, mais jamais il n'avait imaginé que ces suppôts de Satan iraient jusqu'à défier impunément l'Église en utilisant une arme juridique. Il était de première importance de mettre un terme à cette action qui s'attaquait à un ecclésiastique et, par lui, aux fondements mêmes de l'Église. Il reprit la plume et la trempa dans l'encrier. Il ne lui fallut que quelques minutes pour écrire une lettre adressée à son subordonné, le père Truteau. Jamais l'évêque de Montréal ne laisserait l'Institut canadien et ses propagateurs de mensonges bafouer ainsi son autorité.

XLIII

Le lendemain, 13 avril, à onze heures du matin

Plus d'une centaine de personnes s'étaient rassemblées au cimetière Notre-Dame-des-Neiges. Il faisait un temps radieux. La lumière rendait presque joyeux les monuments dont les croix et les anges se détachaient en taches pâles sur le ciel d'un bleu éclatant. L'Institut canadien avait organisé une collecte parmi ses membres et offert à Oscar de payer les frais funéraires, en hommage à un homme qui avait été un pilier de l'association et en avait défendu les idées avec courage et conviction. Oscar avait accepté avec gratitude. Le cercueil, la location d'un corbillard et l'inhumation coûtaient très cher. Victor avait laissé un testament olographe, désignant son neveu comme héritier de l'imprimerie, mais le peu d'économies qu'il lui restait n'aurait pas été suffisant pour organiser des funérailles dignes de ce nom.

Oscar marchait seul derrière le corbillard, car les femmes n'avaient pas le droit d'assister à des enterrements. Il avait les yeux secs. Les larmes avaient fait place à une douleur sourde et constante, qui pesait sur son cœur comme une enclume. Derrière lui se trouvaient Julien Vanier, Louis-Antoine Dessaulles, Gonzalve Doutre et Arthur Buies. Ce dernier aperçut Lucien Latourelle dans la foule. Il se rembrunit. Depuis le succès inespéré du recueil de poèmes *Fleurs noires*, qu'il avait contribué à rendre publiable, Arthur était sans nouvelles de son ancien ami, qui ne lui avait pas donné signe de vie et avait cessé de fréquenter le Chat noir, leur lieu habituel de rencontre. Il en était peiné, car il avait gardé un fond d'affection pour le jeune poète, un être rempli à la fois de charme et de vacuité. Depuis la parution de *Fleurs noires*, Arthur n'avait rien lu de la plume de Lucien, sinon des chroniques insignifiantes dans *L'Époque*, indignes de son talent.

Lucien Latourelle détourna les yeux lorsqu'il reconnut Arthur Buies. Il avait perçu de la déception dans le regard que son ancien camarade posait sur lui, et cela l'irritait et lui faisait honte en même temps. *Pourquoi accorderais-je de l'importance au jugement que cet homme hautain et prétentieux porte sur moi?* se dit-il, tout en sachant que le portrait qu'il traçait de Buies était le contraire de la vérité. Il reporta son attention sur le cortège. Lucien avait horreur de la mort. Il évitait autant que possible d'y penser et fuyait les cimetières comme la peste. Mais il avait fait un effort pour surmonter son dégoût par loyauté pour Victor Lemoyne, le seul éditeur qui avait cru en lui et avait accepté de le publier. Le vieil imprimeur s'était toujours montré affable à son égard, sans compter qu'il était honnête et se faisait un devoir de lui fournir régulièrement des rapports sur les ventes du recueil. *Un bien brave homme*, songea Lucien, qui ne pouvait pas en dire autant de lui-même et de bien des gens qu'il connaissait. Il chassa cette pensée désagréable et continua à marcher sur le chemin boueux, tâchant de ne pas trop salir ses magnifiques bottes en cuir fin d'Italie, qu'il s'était procurées à prix d'or chez le meilleur bottier de Montréal.

Le cortège s'immobilisa près d'un petit lot qui avait appartenu à la famille Lemoyne de père en fils. Une modeste pierre tombale en granit y était érigée. Seuls les mots « Famille Lemoyne » y étaient gravés. Oscar se recueillit pendant un moment, puis jeta un regard à la ronde, espérant apercevoir un représentant de la paroisse qui procéderait à l'inhumation, mais il ne vit personne. Inquiet, il se tourna vers Julien Vanier, qui fronça les sourcils.

— La sommation envoyée au curé Rousselot indiquait pourtant la date et l'heure de l'enterrement, expliqua l'avocat.

Une demi-heure s'écoula. Des gens, las d'attendre, étaient partis ; d'autres parlaient entre eux, commençant à trouver le temps long. Oscar sentait le désespoir le gagner lorsqu'il vit un homme portant un manteau et une toque de castor s'approcher d'eux. Il l'aborda.

— Êtes-vous le représentant de la paroisse ? lui demanda-t-il avec fébrilité.

— J'suis m'sieur Durocher, le gardien du cimetière, dit l'homme. Que c'est que vous faites icitte ?

— Nous sommes ici pour enterrer mon oncle.

— Ça me prend une permission de la Fabrique.

Julien prit la parole.

— Nous attendons justement un représentant de la Fabrique Notre-Dame pour procéder à l'inhumation.

Le gardien haussa les épaules.

— Moé, j'enterre personne sans un ordre de la paroisse.

— On ne peut tout de même pas laisser cet homme sans sépulture ! s'exclama Julien.

Visiblement embêté, monsieur Durocher enleva sa toque et se gratta la tête.

— Y a peut-être une chose que j'peux faire.

Oscar le regarda avec espoir.

— J'pourrais creuser un trou dans le charnier des inconnus. Ça vous coûterait juste une piastre.

— Que voulez-vous dire par « inconnus » ? demanda Arthur Buies avec ironie. Des hérétiques ? Des pendus ? Des criminels ?

— Des gens qui sont pas reconnus par l'Église, rétorqua le gardien. Ou ben des enfants morts sans baptême.

À ces mots, Lucien se rappela avec douleur le décès de son propre enfant, et les démarches qu'il avait dû effectuer pour parvenir à le faire enterrer en terre consacrée. Il intervint à son tour pour prendre la défense de son éditeur.

— Un peu de charité chrétienne, je vous en prie ! Vous voyez bien que la situation est inhumaine pour la famille et les amis de monsieur Lemoyne !

Des murmures d'approbation s'ensuivirent. Arthur Buies renchérit :

— Trouvez-vous honorable d'enterrer un homme dans une fosse commune, comme un chien ?

— Les ordres sont les ordres, s'obstina le gardien.

C'est à ce moment qu'une chose inimaginable se produisit. Le conducteur du corbillard, craignant que l'imbroglio ne lui causât des ennuis, descendit de sa voiture et, avec l'aide d'un apprenti, commença à en extirper le cercueil, qui atterrit un peu rudement sur le sol. Julien fut le premier à s'apercevoir de la manœuvre et courut vers les deux hommes.

— Pour l'amour de Dieu, que faites-vous là ? Êtes-vous devenus fous ?

Le conducteur, un gros homme au visage rougeaud de quelqu'un qui abusait d'alcool frelaté, cracha par terre.

— J'veux pas de mécréant dans mon corbillard. Arrangez-vous avec vos troubles !

— Mais nous avons payé pour vos services !

Le cocher reprit les rênes et fouetta son cheval. La voiture funéraire s'éloigna, laissant le cercueil au beau milieu du chemin. Oscar, alarmé par le brouhaha, se précipita vers Julien, qui lui expliqua la situation. L'affaire prenait la tournure d'une farce macabre. Sans perdre un instant, Julien alla trouver Gonzalve Doutre.

— Faites envoyer une seconde sommation au curé Rousselot. Pendant ce temps, je tenterai de dénicher une autre voiture pour transporter le cercueil.

Julien se démena comme un diable dans l'eau bénite pour chercher un véhicule, mais aucun de ceux qui étaient garés à l'entrée du cimetière n'était assez grand pour contenir une bière. Il était à bout de ressources lorsqu'il avisa un traîneau, qui était attaché à une clôture. La solution n'était pas très élégante, mais c'était mieux que rien. Avec l'aide d'Oscar, de Lucien, d'Arthur et de Louis-Antoine Dessaulles, il hissa le cercueil et le déposa sur la luge, qui fut attachée à l'arrière d'un landau que Lucien Latourelle avait mis à leur disposition.

Gonzalve Doutre revint une heure plus tard, arborant une mine sombre.

— J'ai rédigé une seconde sommation, que je suis allé porter moi-même au curé Rousselot. Il refuse d'obtempérer, prétendant qu'il n'obéit qu'à l'Église et à ses supérieurs.

Un silence accablé accueillit ces mots. Oscar ne se résignait pas à enterrer son oncle dans le charnier des inconnus. Julien proposa alors d'inhumer les restes au cimetière protestant Mont-Royal, en attendant que d'autres démarches soient entreprises pour obtenir un enterrement en terre consacrée.

— Par son refus obstiné d'accorder une sépulture catholique à votre oncle, plaida l'avocat, le curé Rousselot ne vous a pas laissé d'autre choix que de l'enterrer dans le cimetière protestant.

Le reporter finit par s'y résoudre, la mort dans l'âme.

Le cortège se rendit au cimetière Mont-Royal. Il ne restait plus qu'une quarantaine de personnes. Julien engagea deux fossoyeurs et le cercueil fut mis dans une fosse commune. Oscar ne put retenir ses larmes en jetant la première poignée de terre. Dessaulles rendit un hommage vibrant à Victor Lemoyne, «un grand patriote qui a toujours servi sa patrie avec un dévouement et une loyauté indéfectibles». L'assemblée se recueillit en silence. Oscar regarda la tombe une dernière fois. *Adieu, mon oncle. Pardonnez-moi de ne pas avoir réussi à défendre votre honneur.* Il ferma les yeux pour ne pas voir les pelletées de terre lancées sur le cercueil.

XLIV

Après la courte cérémonie, Julien insista pour raccompagner Oscar chez son oncle. Une dizaine de fidèles les suivirent. En arrivant à l'imprimerie, le reporter se jeta dans les bras de Joséphine et lui fit part en pleurant des incidents pénibles qui avaient marqué l'enterrement. Jo le consola du mieux qu'elle put. Avec l'aide de Fanette, elle avait préparé des hors-d'œuvre et des boissons chaudes. Les invités, réconfortés par la chaleur qui régnait dans l'atelier et par l'accueil des deux jeunes femmes, se sustentèrent tout en racontant des anecdotes au sujet du vieux journaliste, qui n'avait pas la langue dans sa poche et ne craignait pas de braver les autorités, quelles qu'elles soient.

— Vous rappelez-vous la fois que la police avait fait une perquisition dans son imprimerie et qu'il avait été jeté en prison? s'écria Gonzalve Doutre. Il paraît qu'il aurait dit à l'un des gendarmes, au moment où on lui passait les menottes : « Le plus libre de tous les hommes est celui qui peut être libre dans l'esclavage même. »

Des sourires émus accueillirent le témoignage. D'autres anecdotes fusèrent. On aurait dit que les amis de Victor, éprouvés par les derniers événements, ressentaient le besoin de se tenir les coudes en évoquant les bons souvenirs de leur compagnon. Puis les conversations s'étiolèrent. Les invités partirent l'un après l'autre, non sans avoir de nouveau exprimé leurs condoléances à Oscar et à sa femme. Fanette et Julien furent les derniers à partir. Celui-ci s'adressa au reporter.

— Si jamais vous décidez de porter une action en cour pour obliger l'Église à inhumer votre oncle en terre catholique, vous pouvez compter sur moi. Voici ma carte.

Oscar la prit, songeur. Une fois qu'ils furent seuls, Joséphine dit à son mari :

— Il faut te battre pour que ton oncle ait une sépulture décente.

— À quoi bon ? soupira Oscar. Le curé Rousselot ne veut rien entendre.

— Je puis te donner une excellente raison.

Il la regarda sans comprendre.

— J'attends un enfant.

Oscar resta muet. La nouvelle était si inattendue qu'il avait du mal à croire en sa réalité.

— Je ne voulais pas t'en parler avant d'en être tout à fait certaine, continua Joséphine.

Elle toucha son ventre du plat de sa main.

— Mais elle est bien accrochée.

— « Elle ? »

— Je suis certaine que c'est une fille. C'est pour elle que tu te battras. Pour qu'elle sache que son grand-oncle Victor Lemoyne était un homme bien et qu'il ne méritait pas d'être jeté dans une fosse anonyme.

Oscar regarda sa femme sans mot dire, émerveillé par le miracle de la vie que Joséphine portait en elle. La mort lui avait ravi son oncle, mais un enfant viendrait au monde, lui redonnant un peu d'espoir.

❧

Installé à son pupitre à *L'Époque*, Lucien écrivait fiévreusement, sans déposer sa plume, tellement il était emporté par son sujet. La scène dont il avait été témoin au cimetière Notre-Dame-des-Neiges l'avait complètement bouleversé. Il avait les larmes aux yeux en terminant son article. Jamais il n'avait éprouvé autant de satisfaction. Il avait le sentiment d'avoir pris parti pour une cause qui en valait la peine, et cela le rehaussait dans sa propre estime.

C'est avec un enthousiasme débordant qu'il alla porter son papier à Prosper Laflèche.

— Patron, j'ai un article à vous soumettre.

— Tant mieux ! Pour l'instant, je n'ai rien à me mettre sous la dent, répondit Laflèche. De quoi s'agit-il ?

— L'enterrement de Victor Lemoyne.

Le rédacteur fit la moue.

— Je ne vois pas l'intérêt d'un tel sujet. Lemoyne n'était qu'un obscur imprimeur, inconnu du grand public.

— Lisez plutôt, vous comprendrez.

Le rédacteur en chef chaussa ses bésicles et se plongea dans la lecture. Lucien avait beau scruter son visage, celui-ci resta impassible.

« Chers lecteurs, j'ai été témoin aujourd'hui d'une grave injustice. Un honnête citoyen, Victor Lemoyne, s'est vu refuser une sépulture catholique par la Fabrique Notre-Dame, comme le dernier des mécréants. Sa famille a été forcée d'inhumer sa dépouille dans une fosse commune, au cimetière protestant. Et savez-vous la cause d'un tel déshonneur ? Tout simplement parce que monsieur Lemoyne appartenait à l'Institut canadien, composé de médecins, d'avocats et de savants parmi les plus éminents de notre société. Sommes-nous revenus à la sombre époque de l'Inquisition, où l'on excommuniait et brûlait tout un chacun pour un oui ou un non ? Monsieur Lemoyne non seulement ne mérite pas un tel sort, mais il devrait recevoir tous les honneurs dus à un patriote, qui a défendu toute sa vie deux valeurs essentielles : le progrès et la liberté. »

Laflèche enleva ses lunettes et les déposa sur son bureau.

— Eh bien, patron ? demanda Lucien, suspendu à ses lèvres.

— C'est un excellent papier. Le meilleur que tu as écrit jusqu'à présent.

— Vous m'en voyez des plus heureux. J'y ai mis tout mon cœur, si vous saviez !

— Mais je ne peux pas le publier.

La phrase tomba comme un couperet.

— Je ne comprends pas, protesta Lucien. Vous venez de dire...

— ... que c'est un excellent papier, et j'en pense chaque mot. Mais il ne paraîtra pas dans ma gazette.

— Puis-je au moins en connaître la raison ?

— Personnellement, je n'approuve pas la décision de la Fabrique. Je trouve cette histoire d'excommunication ridicule, mais il est de la plus grande imprudence d'en fustiger publiquement les responsables.

— Je n'ai nommé personne ! argua Lucien.

— Tu dénonces en toutes lettres la Fabrique Notre-Dame, autrement dit l'Église, et à travers elle monseigneur Bourget.

— Mais...

— Il n'y a pas de mais qui tienne ! éclata le rédacteur. L'évêque de Montréal détient un énorme pouvoir. Il s'en est fallu de peu pour qu'il interdise mon journal, à cause d'un feuilleton inoffensif dont il déplorait la mauvaise influence sur ses ouailles. Je te laisse imaginer ce qui se produirait si cet article était publié. Nous aurions des scellés à nos portes le lendemain. Ce serait la fin de ma gazette, à laquelle j'ai consacré toute mon existence !

— Dans ce cas, j'irai ailleurs, répliqua Lucien avec froideur. Mon ami, Arthur Buies, est un collaborateur du journal *Le Pays*. Je suis certain que la rédaction acceptera de publier mon article.

Il fit quelques pas vers la porte. Laflèche l'interpella.

— Si tu fais cela, tu ne remettras plus jamais les pieds à *L'Époque*.

— Je me trouverai un emploi ailleurs. Au *Pays*, tenez...

— Ils n'ont pas les moyens de te payer un salaire décent. Sans compter que monseigneur Bourget a le bras long. Tu deviendras *persona non grata*. Pire, tu risques d'être excommunié, comme ce pauvre Lemoyne. Tu pourras dire adieu à ta belle carrière.

Le journaliste, qui avait posé une main sur la poignée de la porte, resta immobile. Son patron se leva et vint vers lui.

— Lucien, tu as du talent, beaucoup de talent. Veux-tu vraiment compromettre ton avenir pour prendre la défense d'un mort, à qui ton courage ne sert plus à rien ?

— C'est une question de principe, murmura Lucien.

— Ce ne sont pas les principes qui vont mettre du beurre sur ton pain !

Le jeune journaliste devint silencieux. Il sentait confusément qu'il était à la croisée des chemins et que la décision qu'il prendrait à cet instant précis, dans ce bureau, aurait des répercussions sur le reste de sa vie. Après un long silence, il baissa la tête, comme vaincu.

— Que voulez-vous que j'écrive, à la place ?

Prosper Laflèche donna une tape paternelle sur le dos de son employé.

— À la bonne heure ! Tu iras loin, mon cher Lucien. Très loin !

Le compliment de son patron, qui aurait dû le flatter, avait un goût de fiel.

XLV

Le lendemain

Oscar ouvrit les yeux. Une faible lumière pénétrait à travers les vieux rideaux de cretonne dans la chambre de son oncle, où sa femme et lui s'étaient installés. Comme c'était étrange de dormir dans le lit de son parent ! Bien qu'il eût à peine fermé l'œil, il avait les idées plus claires que la veille. Il attendit le réveil de Joséphine pour lui faire part d'une décision importante.

— Tu as raison. Il faut poursuivre le curé Rousselot pour l'obliger à enterrer mon oncle en terre catholique.

— Tu prends la bonne décision.

— Il nous faudra envisager de rester à Montréal pendant quelques semaines, peut-être même plus longtemps. On pourrait vivre ici, chez mon oncle. Ce n'est pas fait pour une famille, mais au moins on aurait un toit sur la tête.

— Et ton emploi à *L'Aurore* ?

— J'enverrai des articles par télégraphe. Au pire, je trouverai un nouveau travail à Montréal.

Joséphine se rendit compte que son mari avait pensé à toutes les éventualités, sauf une.

— Et Nicolas ?

Oscar accusa le coup. Sa femme s'empressa de le rassurer.

— On trouvera bien une solution. Pour le moment, il est en sécurité chez ma mère.

Ils se regardèrent en silence. La mort de Victor avait complètement bouleversé leur existence. Dieu sait ce que l'avenir leur réservait !

ℂ

— Lis cela ! s'écria Fanette, indignée.

Installée à la table de la salle à manger, elle tendit le journal *L'Époque* à son mari. Dans un article, Lucien Latourelle s'en prenait férocement à l'Institut canadien.

« Dans une attitude d'une rare arrogance, l'Institut canadien a défié les autorités épiscopales en envoyant au curé Rousselot une sommation l'obligeant à enterrer les restes de Victor Lemoyne, un athée et un radical notoire, en terre catholique. Ce geste doit être condamné avec la plus grande sévérité, car il remet en question les fondements mêmes de l'Église. »

— Quel hypocrite ! s'exclama Julien, révolté par la volte-face du poète. Il avait pourtant démontré de l'empathie pour monsieur Lemoyne et sa famille. Il a même pris leur défense lorsque le fossoyeur a refusé d'enterrer le pauvre imprimeur.

— Ce n'est que le début, commenta Fanette, le visage sombre. Attends que *L'Universel* de monseigneur Bourget et tous les bulletins paroissiaux se mettent de la partie !

On sonna sur ces entrefaites. Comme c'était le jour de congé de Céleste, Fanette alla répondre. Oscar et Joséphine se tenaient timidement sur le seuil. Cette dernière portait une voilette, qu'elle souleva seulement lorsque la porte fut refermée. Le reporter rougit en voyant la « jolie dame » en robe de chambre. Il enleva sa casquette.

— Je suis désolé de vous déranger. Nous pouvons revenir à un autre moment.

— Je vous en prie, entrez.

— C'est au sujet de mon oncle.

ℂ

Julien reçut Oscar et sa femme dans son bureau. Fanette les fit asseoir sur une causeuse et leur servit du thé. Le jeune couple, impressionné par le confort bourgeois de la pièce, avec ses murs tapissés de bibliothèques, ses meubles d'acajou et ses draperies de velours, ressemblait à une paire d'oiseaux perchés sur une branche en plein hiver.

— Vous êtes les bienvenus chez nous, dit Fanette pour les mettre à l'aise.

— C'est gentil, répondit Joséphine. Nous vous remercions d'avoir bien voulu nous rencontrer.

Oscar expliqua son intention de poursuivre le curé Rousselot. Julien sourit en désignant des livres et des papiers qui s'empilaient sur sa table.

— Je vous avoue que j'espérais votre visite. J'ai passé une partie de la nuit à consulter les lois du Code civil et la jurisprudence sur les rapports régissant les citoyens et les autorités ecclésiastiques. Le cimetière et l'église sont la propriété des citoyens, qui peuvent exercer un recours contre l'Église s'ils croient avoir été victimes d'un abus. Il y a même eu des cas où la Cour civile a pu obliger un prêtre à baptiser un enfant ou à annuler un mariage.

— Si je comprends bien, on pourrait traîner le curé Rousselot en justice pour l'obliger à enterrer mon oncle en terre catholique ? demanda Oscar, les yeux brillants.

— Pas seulement le curé Rousselot, mais le grand vicaire, l'abbé Truteau, ainsi que monseigneur Bourget, qui a décrété l'excommunication dont votre oncle a été la victime.

Le grand vicaire, monseigneur Bourget... Les ombres noires des représentants les plus puissants du diocèse de Montréal planèrent dans la pièce. Julien, constatant l'effet qu'avaient eu ses paroles, renchérit :

— Je me dois d'être franc avec vous : la bataille risque d'être longue et périlleuse. S'en prendre à l'Église, c'est un peu le combat de David contre Goliath. Peut-être souhaitez-vous y réfléchir encore quelque temps.

Oscar et Joséphine se consultèrent du regard.

— C'est tout réfléchi, déclara le reporter. Nous irons de l'avant.

— Il n'y a qu'un problème, enchaîna Joséphine, mal à l'aise. Nous avons peu de moyens, et…

— Si vous voulez parler de mes honoraires, rassurez-vous. Je m'engage à défendre votre cause *pro bono*.

— C'est trop généreux de votre part, dit Oscar, profondément ému.

— Votre cause me tient à cœur. Je ne serais pas digne d'exercer ma profession si j'en faisais une simple question d'honoraires. Quant aux frais de cour, je parlerai à Louis-Antoine Dessaulles afin qu'ils soient couverts par l'Institut canadien.

Après le départ de leurs invités, Julien embrassa sa femme.

— Je vais de ce pas au palais de justice pour y déposer une poursuite en bonne et due forme.

Bien que Fanette sût que son mari s'engageait dans un combat inégal et semé d'embûches, elle approuvait entièrement sa décision. Julien avait retrouvé sa fougue et sa passion d'antan, ce qui la comblait. Les jours sombres et tourmentés qui avaient pesé sur leur couple pendant des mois semblaient être chose du passé.

❧

Lorsqu'ils furent de retour à l'imprimerie, Joséphine expliqua à son mari qu'elle souhaitait se rendre à Québec pour annoncer leur départ à la logeuse, acquitter le dernier loyer et organiser le déménagement. Ensuite, elle irait à Deschambault afin d'y prendre le petit Nicolas.

— Je le ramènerai avec moi à Montréal. Je ne peux pas supporter l'idée d'être séparée trop longtemps de lui.

— Il n'est pas question que tu fasses toutes ces démarches seule. Je pars avec toi.

— Ne t'inquiète pas, je me débrouillerai très bien.

Après avoir bouclé sa valise, elle embrassa Oscar, qui la serra très fort dans ses bras. Leurs yeux s'embrumèrent.

— Je reviendrai bientôt, dit Joséphine. Prends soin de toi. N'oublie pas de mettre ton écharpe. Essaie de manger convenablement.

Il insista pour l'accompagner jusqu'à la gare Bonaventure. Il souleva sa voilette pour l'embrasser devant les grilles qui menaient aux quais, puis la regarda s'éloigner, ne la quittant pas des yeux tant qu'il pouvait encore apercevoir sa silhouette. Il regretta soudain de l'avoir laissée partir seule. Comment survivrait-il sans elle ?

༄

Julien rentra à la maison plus tôt que de coutume. Fanette en fut agréablement surprise, mais s'inquiéta en remarquant la mine préoccupée de son mari.

— Que se passe-t-il ?

— J'ai mis ma firme au courant de mon intention de défendre la cause de Victor Lemoyne.

Il se servit un verre de scotch. Fanette attendit qu'il poursuive, se doutant de la suite.

— Mes associés voient d'un très mauvais œil que je traîne les autorités de l'Église en justice. Ils m'ont lancé un ultimatum : ou bien je refuse cette cause, ou bien je quitte la firme.

— Que vas-tu faire ?

Il but une gorgée et déposa le verre sur une crédence.

— J'ai l'intention de quitter la firme, mais je voulais te consulter avant de leur en faire part.

— Je t'appuie entièrement.

Julien enlaça sa femme.

— Les temps à venir risquent d'être difficiles, Fanette. Cette cause me mettra à dos beaucoup de gens. Les clients se feront plus rares. Nous devrons réduire notre train de vie, peut-être même changer de logement.

— Eh bien, si cela doit arriver, je serai à tes côtés. Je te soutiendrai.

— Et les enfants ?

— Rosalie et ma tante Madeleine seront là pour nous donner un coup de main, en cas de besoin. Ne laisse rien ni personne t'empêcher d'aller jusqu'au bout.

⁓

Après avoir donné un bain aux jumeaux, Fanette les mit au lit et les borda avec tendresse, puis elle alla retrouver Marie-Rosalie dans sa chambre. La fillette, en robe de nuit, était attablée à son petit pupitre et faisait un devoir de français. Fanette remarqua que sa fille formait bien ses lettres et avait déjà une belle main d'écriture.

— Il est bientôt temps de dormir, ma chouette.

Marie-Rosalie leva des yeux graves vers sa mère.

— Maman, serons-nous obligés de partir d'ici ?

Fanette comprit que l'enfant avait entendu l'échange entre elle et son mari.

— J'espère que non, mais c'est une possibilité.

— Et mon piano ?

Le cœur de Fanette se serra.

— Nous ferons tout pour que tu le gardes, quoi qu'il arrive. Je te le promets.

Une fois Marie-Rosalie couchée, Fanette éteignit la lampe et referma doucement la porte. Elle s'installa à son secrétaire et sortit son cahier. Tant d'événements s'étaient produits ces derniers temps qu'elle n'avait pas eu un instant à consacrer à son journal intime. Tout en écrivant, Fanette songea qu'elle n'avait pas encore parlé à Oscar Lemoyne de son avenir au *Phare*, par respect pour la perte qu'il venait de subir. Elle n'avait été l'employée de son oncle que peu de temps, mais elle voyait déjà tout le potentiel qu'avait sa gazette. Quel outil précieux pour combattre la propagande de l'Église et de ses porte-voix serviles, tel Lucien Latourelle ! Elle délaissa son journal personnel et prit une feuille de papier, qu'elle commença à remplir de son écriture ferme. Les mots lui venaient facilement. Une phrase de George Sand, qui était l'idole de sa tante Madeleine, lui vint à l'esprit : « Je ne suis pas de ces âmes patientes qui accueillent l'injustice avec un visage serein. » Elle continua d'écrire avec une énergie renouvelée tandis que les derniers rayons du soleil illuminaient les arbres.

XLVI

Oscar tournait en rond depuis le départ de sa femme. Il se sentait seul et désœuvré. L'atelier était en désordre : des tasses et des assiettes sales traînaient sur le coin d'une table. C'est à peine s'il mangeait une bouchée. Il tenta de se secouer les puces et de faire le ménage dans les affaires de son oncle afin de les donner à un organisme de charité, mais en tenant dans ses mains le vieux chandail que Victor avait si souvent porté qu'il en était usé aux coudes, il éclata en sanglots. Le deuil était trop récent. Oscar n'avait pas le courage de se départir de tout ce qui avait appartenu à son parent. Il valait mieux attendre le retour de Joséphine. L'évocation de son épouse accentua son désarroi. Elle n'était partie que la veille, et pourtant elle lui manquait comme si elle s'était absentée tout un mois.

La clochette de l'entrée tinta. Oscar s'essuya les yeux avec sa manche et alla répondre. Il fut surpris de voir Fanette Vanier sur le seuil, un cartable en cuir à la main. Elle portait une cape de velours d'un bleu outremer et une robe de la même couleur. Ses joues étaient rosies en raison de la fraîcheur printanière. Elle remarqua les yeux battus du reporter et en fut chagrinée pour lui. Elle savait ce que c'était que de perdre un être aimé. Il fallait beaucoup de temps pour se remettre d'un deuil, et même le passage des années ne réussissait pas à l'effacer complètement.

— Préférez-vous que je revienne plus tard ?

— Entrez, dit Oscar. Excusez le désordre, ajouta-t-il, embarrassé. Joséphine est partie chercher notre fils, je n'ai pas vraiment le cœur à ranger. Puis-je vous offrir quelque chose ?

— Du thé ne serait pas de refus, mais laissez, je m'en occupe.

Elle se dirigea vers le poêle, constata qu'il était presque éteint et y jeta une bûche. Des flammes crépitèrent. Elle mit un canard à chauffer. Oscar la regardait faire, frappé par l'aisance avec laquelle elle accomplissait ces gestes.

— J'imagine que vous étiez au courant que votre oncle m'avait engagée à titre d'adjoint? dit Fanette. Il avait placé une annonce dans un journal, et je me suis présentée pour le poste.

Oscar acquiesça.

— Il m'en avait fait part dans une lettre. Sa dernière, ajouta-t-il, le cœur gros. C'est moi qui lui en avais fait la suggestion, car je m'inquiétais grandement pour sa santé. J'avoue que j'ai été surpris.

— Qu'il ait placé une annonce?

Oscar eut un sourire timide.

— Qu'il ait engagé une femme.

Fanette sourit à son tour. Une connivence s'établit entre eux.

— Je dois reconnaître que monsieur Lemoyne ne s'attendait pas du tout à me voir. Il m'a fallu être bien persuasive pour le convaincre de me prendre à l'essai.

Le canard que Fanette avait mis sur le feu siffla. Elle fit le thé et en versa dans deux tasses. Elle en tendit une à Oscar.

— Dans les circonstances, vous n'êtes peut-être pas en état de parler affaires, fit-elle remarquer.

Le reporter la regarda, pris de court.

— Parler affaires?

— Je souhaiterais rester à l'emploi de l'imprimerie et du journal.

Oscar prit une gorgée de thé pour se donner le temps de réfléchir.

— Je suis certain que mon oncle avait une entière confiance en vous. Malheureusement, il ne m'a laissé que l'imprimerie et le journal. Je n'ai pas les moyens de vous payer un salaire.

— Qui vous parle de salaire? dit Fanette posément.

— Je ne suis pas sûr de bien vous suivre.

Fanette prit place dans le vieux fauteuil élimé que Victor Lemoyne avait occupé si souvent et s'expliqua.

— Vous n'aurez les moyens de me payer un salaire que lorsque le journal et l'imprimerie deviendront rentables.

— Ce n'est pas demain la veille, commenta le reporter avec tristesse. Mon pauvre oncle a perdu beaucoup d'abonnés lorsqu'il a été excommunié. Déjà qu'il n'y en avait pas un grand nombre. Quant à la presse, elle peut à peine imprimer deux cents exemplaires.

— Nous pourrions en acheter une nouvelle, beaucoup plus performante.

— Avec quel argent ?

— Il vous suffirait de demander une hypothèque sur le commerce de votre oncle.

Oscar leva un regard admiratif vers la jeune femme, dont le sens des affaires le prenait au dépourvu.

— J'ai vu dans une annonce que l'imprimerie Lovell voulait se défaire d'une presse de marque Stanhope pour en acheter une neuve, continua-t-elle. C'est une machine entièrement en métal, qui peut imprimer jusqu'à deux cent cinquante exemplaires à l'heure. Elle est loin d'être aussi performante qu'une rotative à cylindre, comme en possède *L'Époque*, mais elle est beaucoup plus productive que la vieille presse à levier qu'avait votre oncle.

Constatant que le reporter semblait dépassé par les événements, elle se fit rassurante.

— Pour le moment, la priorité, c'est de relancer le journal auquel votre oncle tenait tant. Mais pour cela, nous devrons nous retrousser les manches.

Elle se leva et alla chercher son cartable, qu'elle avait laissé sur une table. Elle en sortit un exemplaire de *L'Époque*, plié en deux, qu'elle remit à Oscar.

— Avez-vous lu l'article de Lucien Latourelle au sujet de votre oncle ?

Il secoua la tête.

— Je vous conseille d'en prendre connaissance. Je vous avertis, cela ne vous laissera pas indifférent.

Le journaliste commença à lire. L'indignation empourpra bientôt son visage.

— Le salaud ! éclata-t-il. Mon oncle, un athée et un radical notoire… C'est un tissu de mensonges !

— Nous devons répliquer à ces propos diffamatoires.

— Comment ?

— J'ai écrit un article, hier soir. Puis-je vous le montrer ?

Il la regarda, médusé. L'esprit d'initiative de la jeune femme, bien qu'il l'impressionnât, le rendait un peu nerveux.

— Bien sûr.

Fanette fouilla de nouveau dans son sac et en extirpa quelques feuillets. Oscar les prit et les parcourut.

« Nous dénonçons avec force le refus de l'Église et de ses représentants d'accorder une sépulture catholique à Victor Lemoyne, dont le seul tort a été de demeurer fidèle à ses principes. Qui est le véritable responsable de cette action impitoyable et dénuée de toute charité chrétienne ? Nul autre que monseigneur Bourget. En excommuniant monsieur Lemoyne pour cause d'appartenance à l'Institut canadien, l'évêque de Montréal a démontré l'ampleur de son intolérance et son mépris absolu pour la liberté de conscience, qui est pourtant le fondement de notre société. »

L'article poursuivait sur un ton pamphlétaire, s'attaquant aux mandements de monseigneur Bourget, qui s'en prenait ainsi à l'Institut canadien et à ses membres dans le seul but de détruire toute vie intellectuelle à Montréal.

— Vous n'y allez pas avec le dos de la cuillère, balbutia Oscar.

— Votre oncle n'aurait-il pas été d'accord avec de tels propos ?

— Il l'aurait été, j'en suis certain. Cependant, vous risquez de nous attirer de gros ennuis.

Fanette réfléchit à ce qu'il venait de dire. Elle n'avait pas oublié la visite des policiers et leur tentative de perquisition, du vivant de Victor Lemoyne.

— Vous avez tout à fait raison. Nous pourrions publier l'article sous un pseudonyme. Pourquoi pas Fernand Aubry ? C'était mon nom de plume lorsque j'écrivais pour *L'Époque*.

Oscar secoua la tête.

— Votre ancien patron saura tout de suite qu'il s'agit de vous. Il faudrait un nom simple, avec lequel il soit impossible de faire un lien avec votre personne ou la mienne. Par exemple la Sentinelle, ou bien Thémis.

— Que diriez-vous du « Justicier » ?

Le reporter trouva l'idée excellente.

— Va pour le Justicier.

Le lendemain matin, pendant le déjeuner, Julien montra à sa femme l'article qu'un certain Justicier avait publié dans le journal *Le Phare*. Il était enthousiaste.

— Ce Justicier me fait penser à Arthur Buies. La même plume incisive, la même audace ! Je ne serais pas surpris que ce soit lui. Monseigneur Bourget et sa clique en feront une crise d'urticaire…

Fanette sourit sous cape, se sentant incroyablement flattée par le compliment de son mari, qui la comparait sans le savoir à un journaliste et essayiste de renom. La tentation était grande de lui dire la vérité, mais elle avait l'intuition qu'il valait mieux rester discrète. Si jamais l'identité du Justicier finissait par se savoir, Julien pourrait affirmer, sans avoir à mentir, qu'il ignorait que sa propre femme se cachait derrière ce pseudonyme.

XLVII

Rome
Deux semaines plus tard
Au début du mois de mai

Depuis son arrivée à Rome, monseigneur Bourget avait fait antichambre pour être reçu par tout ce que le Saint-Siège comptait de personnages importants afin de trouver du financement pour la construction de sa cathédrale. Il profitait de ses temps libres – et il en avait fort peu – pour contempler le dôme de la basilique Saint-Pierre, qui s'élevait avec majesté dans le ciel céruléen. L'évêque avait étudié, à la magnifique bibliothèque vaticane, les plans originaux conçus par l'architecte Bramante, examinant à la loupe les dessins de la coupole, inspirée du Panthéon, afin que sa cathédrale en reproduise les splendeurs dans le moindre détail.

Jusqu'à présent, le prélat avait reçu une écoute polie, mais réservée, de la part du cardinal Barnabo, préfet de la propagande, et de monseigneur Nina, assesseur du Saint-Office. Tous deux avaient assuré monseigneur Bourget de leur grand intérêt pour son projet grandiose, sans toutefois se commettre lorsqu'il était question de financement, prétendant que les coûts engendrés par l'administration du Saint-Siège et les nombreuses charges qui leur incombaient leur laissaient peu de marge de manœuvre.

L'évêque de Montréal ne se laissait pas décourager, se répétant que Rome ne s'était pas bâtie en un jour, et qu'il en irait de même de sa cathédrale. Un jour, ce monument à la foi et à la Sainte Vierge s'élèverait au cœur de Montréal, appelant les fidèles à se recueillir et à chanter les louanges éternels du Père tout-puissant.

Son espoir était d'autant plus grand qu'il avait appris, par la bouche même de monseigneur Nina, que le pape Pie IX souhaitait lui accorder une audience privée. L'évêque de Montréal avait rencontré le souverain pontife à plusieurs reprises, mais il avait été particulièrement marqué par son deuxième voyage à Rome, en 1846, pendant lequel il avait été témoin de l'immense popularité du pape, que la foule adulait. Il en avait retenu une leçon importante pour son propre sacerdoce. Depuis, il avait correspondu à de nombreuses reprises avec le Saint-Père, dont il partageait les idées ultramontaines sur l'infaillibilité du pape et la suprématie du clergé sur la société civile. Lors de la guerre entre l'Autriche et le royaume du Piémont, l'évêque de Montréal avait pris le parti de la papauté, dont les États étaient menacés par la volonté d'unification de l'Italie, préconisée par les seigneurs piémontais. Ce soutien avait consolidé les liens de confiance qui existaient déjà entre les deux hommes. Pie IX avait même confié au fondateur des Oblats, monseigneur de Mazenod, que l'évêque de Montréal était l'« âme de l'épiscopat canadien ». Immensément flatté par ce compliment, monseigneur Bourget en avait conçu une admiration sans bornes pour le pape, qu'il considérait comme le plus grand pontife de tous les temps.

༄

Levé dès matines, monseigneur Bourget, après de longues dévotions, déjeuna d'un morceau de pain trempé dans du lait, puis revêtit son habit sacerdotal et se rendit à la magnifique chapelle Sixtine pour y assister à la messe. L'audience avec le pape était prévue au début de l'après-midi.

Lorsque le prélat quitta la chapelle, un jeune prêtre vint à sa rencontre.

— Votre Grandeur, dit-il en français avec un accent italien prononcé. Il y a une lettre pour vous provenant du Canada.

Monseigneur Bourget en prit connaissance. Il s'agissait d'une missive de l'administrateur de son diocèse, monsieur Truteau.

Diocèse de Montréal, le 16 avril 1867

Votre Grandeur,

Je crains d'avoir une bien mauvaise nouvelle à vous apprendre. Non content d'avoir fait parvenir une sommation au curé Rousselot pour l'obliger à fournir une sépulture catholique au pécheur Victor Lemoyne, le neveu dudit pécheur, Oscar Lemoyne, est revenu à la charge et a intenté une poursuite en justice contre la Fabrique Notre-Dame, le curé Rousselot et jusqu'à l'évêché de Montréal, afin de les forcer à enterrer Victor Lemoyne au cimetière catholique de Notre-Dame-des-Neiges. Jamais, au grand jamais, une telle attaque contre l'Église n'avait été perpétrée dans le passé. Il s'agit là d'une action extrêmement grave, qui s'en prend au fondement même du clergé et de la religion.

Vous ne serez pas surpris d'apprendre que l'Institut canadien est derrière cette infamie. C'est un membre notoire de l'Institut, maître Julien Vanier, qui a déposé la poursuite. En attendant le retour de Votre Grandeur à Montréal, que nous espérons tous vivement, je me suis permis de retenir les services de maître Maurice Loiselle, dont vous connaissez la profonde loyauté, afin de défendre notre Église menacée par ces athées.

Votre tout dévoué,

Chanoine Truteau

Grand vicaire et administrateur du diocèse de Montréal

P.-S. Je joins également à la présente un article détestable paru dans la gazette *Le Phare* sous le pseudonyme du Justicier, qui ne fera que vous confirmer l'urgence d'agir.

Monseigneur Bourget fut saisi d'une vive colère. Cette fois, l'Institut canadien avait dépassé les bornes. Ce procès était un affront direct au pouvoir épiscopal. Il fallait réagir promptement et écraser une fois pour toutes cette institution diabolique.

Sinon tout cela risquait d'aboutir à une révolution, à l'instar des rébellions des Patriotes, qui avaient entraîné les catholiques dans une lutte dangereuse contre le pouvoir établi. Sa plus grande crainte était qu'un jour, à cause du fanatisme de ces libéraux, les assises mêmes de l'Église fussent ébranlées. Il retourna à son appartement épiscopal pour prier. Il lui fallait retrouver toute sa sérénité avant son audience avec le pape, qui deviendrait une carte maîtresse dans son combat contre les forces du mal.

⁓

Monseigneur Bourget, escorté par deux gardes suisses pontificaux, vêtus d'uniformes aux rayures noires et orangées et portant un casque surmonté d'un panache d'un rouge flamboyant, s'engagea dans l'immense escalier qui menait à l'appartement des audiences du pape, situé au deuxième étage du palais épiscopal.

Après avoir parcouru un long couloir dallé de marbre gris et noir, aux myriades de colonnes couvertes de fresques illustrant des scènes bibliques, le prélat traversa une enfilade de salles d'apparat toutes plus belles les unes que les autres, remplies de tapisseries anciennes, de tableaux de maîtres italiens, de marqueterie de marbre et de pierres semi-précieuses, qui témoignaient de la richesse et de la puissance du Saint-Siège. Il fut conduit dans une antichambre, attenante à la bibliothèque privée du pape, où ce dernier recevait généralement ses invités de marque. Du fauteuil où il était assis, monseigneur Bourget admira un magnifique retable, représentant la Vierge et l'Enfant. Cette vision le rasséréna. Il vouait un véritable culte à Marie et avait été aux anges lorsque le pape avait prononcé le dogme de l'Immaculée Conception, en 1854. Sa volonté d'élever une cathédrale pour honorer la mère du Christ en avait été fortifiée.

Deux grandes portes de chêne sculpté s'ouvrirent. Le secrétaire d'État, le cardinal Giacomo Antonelli, invita monseigneur Bourget à le suivre. Ce dernier, pourtant habitué à la magnificence du palais, ne put s'empêcher de s'extasier devant la beauté de la pièce, au plafond en caissons de bois peint, aux étagères de chêne regorgeant de livres dont les tranches dorées luisaient dans la lumière d'un lustre en cristal de Bohême. Une atmosphère de recueillement y régnait. De larges fenêtres, masquées en partie par de lourdes draperies en soie damassée, donnaient sur la place Saint-Pierre.

Le pape, tout de blanc vêtu, attendait le prélat, assis à son bureau d'ébène incrusté d'ivoire rose sur lequel trônait un candélabre en argent. C'était un homme au visage rond et débonnaire, dont le teint fleuri et le ventre proéminent, sous son ample tunique, trahissaient l'amour du bon vin et de la bonne chère.

— Soyez le bienvenu au Saint-Siège, monseigneur Bourget, dit-il avec un fort accent italien.

Il tendit la main. Monseigneur Bourget baisa avec déférence l'anneau pontifical tandis que le cardinal Antonelli assistait discrètement à la scène, à quelques pieds du pape.

— Je vous suis reconnaissant de bien vouloir me recevoir, Votre Sainteté.

Le pontife désigna un siège devant lui.

— Monseigneur Nina m'a parlé de votre projet de cathédrale. C'est une bien noble entreprise.

Il y avait une légère ironie dans la façon dont le pape avait prononcé le mot « noble » que monseigneur Bourget ne perçut pas tellement il était investi de l'importance de sa mission.

— Comme vous le savez, Votre Sainteté, j'y travaille depuis de nombreuses années, avec un zèle qui ne m'empêche pas de me consacrer à mes nombreuses œuvres de charité et d'éducation.

— Croyez bien que vous avez toute ma gratitude pour votre dévouement à vos fidèles et votre défense inlassable de la primauté de l'Église sur l'État.

Encouragé par les bonnes paroles du pontife, l'évêque poursuivit.

— Aussi, j'espère pouvoir compter sur le soutien de Votre Sainteté pour la construction de notre nouvelle cathédrale.

Comme vous le savez, l'évêché loge à l'étroit depuis bon nombre d'années. Vous me connaissez suffisamment pour savoir que je ne cherche pas la grandeur pour moi-même, mais pour l'Église.

— Que Dieu, notre Seigneur, bénisse toutes vos entreprises.

La phrase était assez ambiguë pour que le prélat l'interprétât comme un appui, sans qu'elle fût toutefois un engagement concret. L'évêque se recueillit un instant avant de reprendre la parole.

— Il y a un autre sujet délicat dont je souhaiterais vous entretenir, Votre Sainteté.

— Je vous écoute.

— Il s'agit de l'Institut canadien.

Le pape contint un soupir. Le contentieux entre cette association laïque et l'évêque de Montréal n'avait cessé de s'aggraver depuis leurs premières prises de bec, plus d'une dizaine d'années auparavant. Une abondante correspondance entre lui et l'évêque en témoignait.

— J'ai appris que vous aviez publié récemment un mandement dans le but d'excommunier les membres de l'Institut, commenta-t-il d'une voix onctueuse. Je ne suis pas certain qu'une telle condamnation constitue la meilleure façon de ramener vos ouailles dans le giron de l'Église.

Le visage harmonieux de monseigneur Bourget s'assombrit.

— J'ai tout tenté pour convaincre ces impies de revenir dans le droit chemin, Votre Sainteté. J'ai même accepté de rencontrer des représentants de l'Institut dans l'espoir de leur faire entendre raison, mais ces athées n'ont qu'un désir : détruire l'Église et tout ce qui est sacré.

Le pape observa son vis-à-vis avec une curiosité teintée de lassitude. Il lui sembla que l'acharnement de monseigneur Bourget à poursuivre de son ire les membres de l'Institut canadien dénotait autant de fanatisme, sinon davantage, que celui qu'il leur reprochait. Au début de son pontificat, il avait lui-même procédé à des réformes importantes de ses États. Il avait restitué la liberté de presse, créé un *consulta* composé de laïcs afin de prendre le pouls de la population, sans compter des commissions auxquelles siégeaient des membres du clergé et des séculiers afin d'établir les lois du royaume. Il tenta d'adoucir les vues de son interlocuteur.

— Vous savez, la bibliothèque du Vatican contient des livres que vous auriez sans doute condamnés.

— Il ne s'agit pas seulement de la question des livres à l'Index, Votre Sainteté. L'Institut canadien a poussé l'outrecuidance jusqu'à traîner l'Église en cour de justice.

Monseigneur Bourget lui montra la lettre que lui avait fait parvenir l'administrateur du diocèse. Le pontife la lut avec attention. Cette fois, il fut frappé par la gravité des enjeux.

— Quelles sont vos intentions ? demanda-t-il.

— Défendre l'Église de toutes mes forces ! s'exclama l'évêque.

Le pape garda un silence pensif avant de répondre.

— Je crains que cette affaire ne fasse beaucoup de bruit et contribue à diviser vos fidèles, au lieu de les unir. Ne croyez-vous pas qu'il serait préférable de régler ce contentieux à l'amiable ?

— Régler à l'amiable, avec ces mécréants, ces impies ? Jamais je ne m'y résignerai. Ce serait leur donner raison.

Le pape comprit qu'il ne réussirait pas à faire fléchir l'évêque de Montréal, dont la rigidité, qui était si utile à l'Église, pouvait parfois lui être nuisible. Se rendant compte de l'hésitation du souverain pontife, monseigneur Bourget revint à la charge avec toute la force de conviction dont il était capable.

— Votre Sainteté, si l'Institut gagne ce procès, je vous laisse imaginer le tort immense que cela causerait à l'Église et à ses représentants. Ce serait la victoire de la société civile sur la religion. La primauté de l'Église sur l'État, que vous avez contribué à construire durant votre pontificat, subirait un revers qui pourrait lui être fatal à l'avenir.

Le pape pesa les paroles de l'évêque, auxquelles il n'était pas insensible. Il est vrai qu'il avait été un pilier de l'ultramontisme, pour des raisons qui relevaient davantage de la politique que d'une conviction religieuse.

— Qu'attendez-vous de moi ? dit-il de sa voix suave.

Les prunelles bleues de l'évêque s'allumèrent.

— Que vous condamniez à l'excommunication, par décret, l'Institut canadien et ses membres.

Quelques secondes s'écoulèrent. Des hirondelles battirent des ailes devant l'une des croisées, faisant un arc gracieux dans le ciel. Pie IX suivit leur trajectoire, fasciné par la beauté du monde.

— Comme vous le savez, Rome est menacée par les risques d'annexion au royaume de la Sardaigne, finit-il par dire. Jusqu'à présent, les États pontificaux ont pu compter sur l'aide de la France, de la Belgique et des Pays-Bas pour lever des troupes. Même le Québec a contribué à cet effort en envoyant des zouaves pontificaux, mais il nous faudrait beaucoup plus de volontaires pour sauvegarder l'indépendance de la papauté.

Monseigneur Bourget inclina la tête. Il avait compris que le pape marchandait son appui.

— Vous savez bien que ma loyauté et celle de mon diocèse vous sont à jamais acquises.

Le pape acquiesça.

— Je n'en attendais pas moins de votre part.

Il se leva, faisant bruisser son manteau blanc.

— Vous aurez votre décret.

Monseigneur Bourget, pour toute réponse, se jeta aux pieds du souverain pontife.

XLVIII

Montréal

Un rayon de lune entrait par la fenêtre aux rideaux entrouverts, jetant une lueur bleuâtre sur le lit. Madeleine, incapable de trouver le sommeil, regardait Clara dormir. Les cheveux de sa compagne formaient un éventail cuivré sur l'oreiller. Jamais elle ne l'avait autant aimée qu'en cet instant. Sa dernière rencontre avec Guillaume l'avait laissée meurtrie, comme si son fils lui avait été arraché une deuxième fois. Pourtant, c'était elle qui avait coupé les ponts avec lui, lors de sa visite inattendue chez elle. Elle se rappelait ce moment avec un mélange de tendresse et de colère, qui lui faisait encore mal. Sa crainte d'être rejetée s'était confirmée. Elle revoyait le visage pétrifié de Guillaume, ses yeux baissés, comme s'il avait honte d'avoir une mère comme elle. Sentant qu'il était incapable d'accepter cette réalité, elle lui avait demandé de s'en aller. Il était parti et n'était jamais revenu. Elle avait la certitude qu'elle ne le reverrait jamais plus, qu'elle ne reverrait plus son petit-fils, ce joli enfant aux yeux vifs, qui lui avait décoché un sourire si charmant lorsqu'elle l'avait vu pour la première fois.

Un regret poignant la saisit, accompagné de remords. Au fond, n'avait-elle pas pris prétexte de la réaction de son fils au sujet de son homosexualité pour échapper à ses responsabilités de mère ? Une voix intérieure lui soufflait qu'elle avait bien facilement accepté le mensonge des bonnes sœurs, qui lui avaient fait croire que son fils était mort-né. N'aurait-elle pas pu retourner au refuge, après son accouchement, pour en avoir le cœur net ? N'y avait-il pas en elle du soulagement de ne pas avoir eu à s'occuper d'un nouveau-né et de pouvoir continuer à mener sa vie comme elle l'entendait ? Parfois, c'était le souvenir du père naturel de Guillaume qui revenait la hanter, cet homme qu'elle avait aimé avec tant de passion, et dont elle n'arrivait même plus à se rappeler le visage. *Le présent, c'est tout ce qui importe*, se disait-elle pour tenter d'oublier ces tristes réminiscences.

Madeleine ne vivait plus que pour Clara. Cette dernière était devenue sa raison d'être. Pas une journée ne s'écoulait sans qu'elles se rencontrent ou s'écrivent. Ces derniers temps, Madeleine avait toutefois décelé une certaine froideur chez son amie ou, à tout le moins, une distance. Clara s'enfermait de longues heures dans son atelier pour peindre et venait la voir moins fréquemment. Lorsque Madeleine lui en avait fait la remarque, Clara lui avait expliqué qu'elle était dans une période de grande inspiration et qu'elle voulait profiter de cet « état de grâce », comme elle l'appelait, qui arrivait trop peu souvent dans la vie d'un artiste. Tout en comprenant ses sentiments, Madeleine en souffrait. Si on lui avait laissé le choix entre l'écriture et Clara, elle aurait choisi Clara sans l'ombre d'une hésitation. Elle avait commencé un roman, qui n'avançait guère. Peut-être avait-elle perdu le feu sacré ? Clara lui reprochait gentiment de ne pas assez travailler.

— La persévérance, lui disait-elle avec son charmant accent anglais. Il n'y a que cela qui compte !

Madeleine avait l'impression que la passion de sa compagne pour la peinture l'emportait sur son amour pour elle. Parfois, lorsqu'elle s'en ouvrait à Clara, celle-ci levait les yeux au ciel.

— Tu es trop romantique, ma pauvre chérie.

— M'aimes-tu encore ?

— Mais oui, je t'aime, Maddie, combien de fois devrai-je te le répéter ?

Madeleine percevait un certain agacement dans la réaction de son amie et se promettait de ne plus l'embêter avec ses doutes, mais ceux-ci revenaient la tourmenter. Sans se l'expliquer, elle détectait une lassitude chez Clara. Étaient-ce les premiers signes de la fin d'un amour qu'elle croyait pouvoir durer jusqu'à leur dernier souffle ? Cette simple idée la jetait dans un désespoir sans nom.

☙

Les premières lueurs de l'aube s'infiltrèrent dans la chambre. Madeleine tourna la tête vers sa compagne, qui dormait toujours. Elle l'embrassa doucement sur une tempe, pour ne pas la réveiller, revêtit sa vieille robe de chambre et descendit à la cuisine. Berthe avait déjà allumé un feu dans le poêle et préparé du café.

— Ma bonne vieille Berthe, que deviendrais-je sans toi ?

La servante lui versa une tasse.

— Vous seriez ben mal en point.

Madeleine sourit sous cape et se rendit à son bureau octogonal. Elle s'installa à son pupitre et alluma un cigare. Comme Clara supportait difficilement l'odeur du tabac et réprouvait cette manie, qu'elle trouvait trop masculine, Madeleine s'efforçait de ne jamais fumer devant elle, ni devant Berthe d'ailleurs, qui se plaignait d'être obligée de ramasser les mégots et la cendre que sa maîtresse laissait traîner un peu partout. Elle contempla la fumée qui montait en volutes jusqu'au plafond, évitant de regarder la page blanche devant elle, qui lui donnait le vertige. La veille, elle avait à peine réussi à écrire un paragraphe, qu'elle avait aussitôt raturé. La voix de Clara la sortit de sa rêverie maussade.

— Oh Maddie, pas encore ce méchant cigare…

— L'illustre George Sand fume le cigare, elle aussi, se défendit Madeleine.

Elle remarqua que sa compagne était déjà habillée pour sortir. Un joli chapeau orné d'un ruban couvrait ses cheveux cuivrés.

— Tu pars déjà ?

— Je dois terminer un tableau. Peter l'attend pour organiser une exposition.

Madeleine se rembrunit. C'était plus fort qu'elle : chaque fois qu'elle entendait le prénom du mari de Clara, elle sentait l'aiguillon de la jalousie lui transpercer le cœur. Ils avaient fait la paix lors de leur rencontre inopinée, à Florence, dans la pension italienne située près des jardins de Boboli, où Clara et elle avaient logé lors de leur voyage en Italie. Madeleine avait éprouvé de l'estime pour cet homme cultivé et sensible, et accueilli avec soulagement ses confidences sur son homosexualité ; le fait qu'il entretenait une relation plus amicale qu'amoureuse avec sa femme l'avait rassurée. Malgré tout, elle acceptait mal que son amie soit toujours mariée avec Peter et, surtout, qu'ils aient encore des rapports charnels. Si Clara l'aimait aussi sincèrement qu'elle l'affirmait, comment pouvait-elle partager son amour entre deux personnes ?

Clara s'approcha de sa compagne, tout en repoussant la fumée d'un geste agacé.

— Parlant de l'exposition, je dois me rendre bientôt à Londres. Il faut que je sois là-bas pour veiller à l'installation des tableaux.

Madeleine déposa son cigare dans un cendrier, tâchant de réprimer le tremblement de sa main.

— Quand partiras-tu ?

— Dans trois jours.

— Trois jours ? Pourquoi ne pas m'en avoir parlé avant ?

— Veux-tu la vérité ou un mensonge blanc ?

— La vérité, murmura Madeleine d'une voix vacillante.

— Je t'avoue que je craignais ta réaction.

Les soupçons qui avaient turlupiné Madeleine depuis un certain temps refirent surface.

— Ton… mari sera avec toi ?

— Bien sûr que oui ! C'est grâce à lui que j'ai obtenu cette exposition. Peter a travaillé d'arrache-pied pendant des mois pour convaincre la galerie de me donner ma chance. C'est l'une des plus prestigieuses de la City. Ils ont lancé des peintres qui sont devenus célèbres.

Madeleine aurait voulu se réjouir de la nouvelle, mais la jalousie l'en empêchait.

— Pendant combien de temps serez-vous absents ? demanda-t-elle, la gorge nouée.

— Un mois. Peut-être deux.

Un mois. Peut-être deux... Aussi bien dire une éternité !

Clara prit place sur un ottoman, aux pieds de sa compagne.

— Combien de fois devrai-je te rappeler que Peter et moi sommes des amis ? J'ai beau essayer de te rassurer, tu es incapable de te raisonner.

— Il vous arrive tout de même d'avoir des rapports charnels. C'est ton mari qui me l'a dit.

— Cela ne change strictement rien à mes sentiments pour toi. Pourquoi ne me fais-tu pas confiance ? Ta jalousie m'étouffe, à la fin !

Clara avait raison, mais Madeleine était trop orgueilleuse pour l'admettre.

— Je ne suis pas jalouse.

— Maddie, si tu n'es pas honnête avec toi-même, sois-le avec moi !

— Je serais plus heureuse si tu n'étais pas mariée, reconnut l'écrivain, mais cela ne justifie pas que tu me caches un événement aussi important.

Un silence pénible s'installa entre elles. Clara se leva et éteignit le cigare d'un geste impatient.

— D'accord, j'aurais dû t'en parler. Voilà, c'est fait. Tu es satisfaite ?

Le ton froid de Clara bouleversa Madeleine.

— Tu ne m'aimes plus, sinon tu ne me parlerais pas aussi sèchement.

— Tu dis n'importe quoi, ma pauvre Maddie ! Un jour, tu es heureuse, l'autre jour, tu es triste... Je t'apprends une bonne nouvelle, qui devrait te réjouir, et tu me fais une scène ! Je ne sais plus par quel bout te prendre !

— Pardonne-moi. J'ai du mal à me suivre moi-même...

Madeleine rejoignit sa compagne et l'enlaça. Elle replaça tendrement une mèche rebelle sous son chapeau.

— Laisse-moi t'accompagner là-bas, la supplia-t-elle.

Clara se dégagea. Elle était visiblement mal à l'aise.

— J'aurais souhaité que tu viennes, mais j'ai bien peur que ce ne soit pas possible.

— Pourquoi ? Nous avions été tellement heureuses lors de notre voyage en Europe. Cela nous ferait du bien de nous retrouver, toi et moi, loin de notre vie quotidienne. Et puis j'aimerais tant partager ce moment important avec toi !

Clara hésita.

— Peter tient à ce qu'on fasse ce voyage seuls.

Les mots atteignirent Madeleine au cœur.

— C'est pour cette raison que tu as gardé le secret. Peter et toi, en couple, sans moi. Comme un deuxième voyage de noces !

— Essaie d'être raisonnable, pour une fois ! Peter aurait pu nous rendre la vie infernale. Il s'est montré au contraire très compréhensif, d'une grande ouverture d'esprit. Tu pourrais au moins le reconnaître !

— Et toi, tu devrais reconnaître que je souffre de te voir partir un mois avec ton mari !

— Tu es impossible, à la fin !

Clara tourna les talons et sortit. Madeleine tressaillit en entendant la porte claquer.

Elle s'affala dans son fauteuil, habitée par une immense détresse. Sa vie lui apparaissait soudain comme un amas de ruines. Berthe, munie d'un plateau, entra dans la pièce. Elle avait été témoin du départ précipité de Clara Bloomingdale et se doutait de la cause de l'émoi de sa maîtresse.

— J'ai réussi à tout gâcher, murmura Madeleine, des larmes de désespoir aux yeux.

— Y faut pas vous mettre dans des états pareils, ma pauvre Madelinette.

C'est ainsi que Berthe appelait sa maîtresse, lorsqu'elle était au service de la seigneurie de Portelance et que Madeleine était encore une petite fille. Cette dernière éclata en sanglots et se réfugia dans les bras de son ancienne nourrice.

XLIX

Montréal, mi-mai, la veille du procès

Joséphine, juchée sur un escabeau, termina d'installer les nouveaux rideaux de chintz à motifs floraux qu'elle avait confectionnés pour l'ancienne chambre de Victor, avec un couvre-lit assorti. Les murs sombres avaient été repeints d'un jaune clair et la vieille commode remplacée par une belle armoire de pin à deux vantaux qu'elle avait trouvée dans un marché aux puces. Oscar avait acheté un berceau pour l'enfant à naître, que le couple avait installé près du lit. Quant au petit Nicolas, sa chambre avait été aménagée dans la pièce dans laquelle Oscar dormait lorsqu'il rendait visite à son oncle. Joséphine avait choisi un joli papier peint représentant des bateaux afin de l'égayer. Les seaux d'encre et les rames de papier avaient disparu, faisant place à une étagère et à un coffre pour ranger les vêtements et les langes du bébé. Oscar avait tenté à quelques reprises de modérer l'enthousiasme de sa femme, car elle était enceinte de quatre mois et demi et il craignait que ses efforts soient nuisibles à sa santé et à celle du bébé qu'elle portait, mais Jo balayait ses inquiétudes du revers de la main.

— Je me porte parfaitement bien ! disait-elle en souriant.

Même la petite cuisine n'avait pas échappé à sa fièvre de rénovation. Elle avait fait remplacer la vieille cuve par un évier en grès, assorti d'un nouveau comptoir en céramique. Le logement de Victor était presque méconnaissable.

La jeune femme descendit de l'escabeau avec précaution et jeta un coup d'œil satisfait à la chambre, qui avait maintenant l'air pimpante et confortable. Un bruit assourdissant retentit soudain, ressemblant à une explosion. Cela provenait du rez-de-chaussée. Le cœur battant, Joséphine sortit de la pièce et s'engagea dans l'escalier. Lorsqu'elle parvint à l'imprimerie, elle vit trois hommes en bleu de travail qui s'essuyaient le front avec un mouchoir, visiblement épuisés par l'effort qu'ils venaient de faire. Une grosse masse sombre gisait sur le plancher. C'était une presse Stanhope. Oscar la contemplait avec admiration tandis que Fanette, portant un vieux tablier d'imprimeur, lui en expliquait le fonctionnement.

— La presse est équipée d'une grande vis dont le déplacement est assuré par ces leviers. Elle imprime deux pages au lieu d'une en une seule pression. Vous voyez la platine ? Elle remonte plus aisément, de sorte que l'impression est plus précise et plus rapide. Cette machine peut produire deux cent cinquante pages à l'heure, soit quinze fois plus que la presse traditionnelle en bois.

Oscar leva la tête et aperçut sa femme. Il lui sourit et lui fit signe de les rejoindre.

— Jo, viens voir ! C'est notre nouvelle presse !

Elle sourit à son tour, mais la présence des trois ouvriers et de Fanette l'intimida. Elle couvrit son visage d'une main et remonta l'escalier. Oscar se renfrogna. Fanette, qui avait remarqué le manège de la femme, comprit qu'elle ne voulait pas se montrer à cause des marques de petite vérole sur ses joues, mais ne fit aucun commentaire, respectant l'intimité du couple.

Les ouvriers partirent. Fanette enleva son tablier.

— Le procès commence demain, dit-elle.

Oscar acquiesça, visiblement nerveux.

— J'en ai l'estomac complètement à l'envers, avoua-t-il.

— Je souhaiterais couvrir le procès comme journaliste.

Il ne s'était pas attendu à une telle demande et en resta coi. Fanette remarqua son embarras et renchérit.

— J'ai de l'expérience, vous savez. J'écrivais des chroniques pour *L'Époque*.

— Je vous fais confiance, la question n'est pas là. Votre mari est mon avocat. Il me semble qu'il y a là conflit d'intérêts. Cela risque de nuire à sa crédibilité et à la vôtre.

— Je pourrais continuer d'utiliser le nom de plume du Justicier.

Le reporter hésita.

— Est-ce que votre mari est au courant ?

— Pas encore.

— Je crois que ce serait préférable de lui en faire part. Le fait que sa propre femme écrive des articles sur une cause qu'il défend le concerne au premier chef.

Fanette se rembrunit, mais elle devait reconnaître que le reporter avait raison.

❦

Fanette revint chez elle et trouva son mari dans leur chambre en train de nouer une lavallière devant un miroir. Il s'apprêtait à se rendre à une réunion de l'Institut canadien. L'association avait perdu plus de la moitié de ses membres, à la suite de la défection d'Hector Fabre, mais elle n'en continuait pas moins à tenir des activités, contre vents et marées. L'écrivain et journaliste Arthur Buies présentait une conférence sur le thème du progrès, dans laquelle il faisait l'apologie de la science et de la raison.

— Julien, je dois te parler de quelque chose d'important.

Il jeta un regard inquiet à sa femme. *Mon Dieu, se pourrait-il qu'elle soit au courant de…*

— Tu n'as rien, j'espère.

— Tu sais, celui qu'on appelle le Justicier, dont tu avais beaucoup aimé une chronique ?

Julien comprit la vérité.

— C'était toi, dit-il d'une voix blanche.

Elle acquiesça.

— Te rends-tu compte du tort que cette histoire pourrait me causer, si elle tombait entre de mauvaises mains ?

La gorge de Fanette se noua.

— Je ne voulais pas te nuire, bien au contraire ! C'est la raison pour laquelle j'ai pris un pseudonyme.

— Qui est au courant ?

— Oscar Lemoyne.

— Personne d'autre ?

— Personne.

Il s'affala dans un fauteuil.

— Si cela se savait, nos ennemis en feraient leurs choux gras.

— Il n'y a aucune raison pour que cela se sache, se défendit Fanette. Oscar Lemoyne est la discrétion même.

Julien leva les yeux vers elle.

— Tu dois cesser d'écrire ces articles, Fanette. Pour le bien de la cause de Victor Lemoyne.

La jeune femme ne répondit pas tout de suite, en proie à un débat intérieur.

— Tu ne dis rien ?

— Je comprends tes craintes, mais je t'assure que je serai prudente.

Julien se leva.

— Si jamais l'identité du Justicier devient publique, tu devras prendre la responsabilité des pots cassés.

Il sortit en claquant la porte.

L

Le jour du procès

La poursuite intentée par Oscar Lemoyne contre le curé Rousselot, la Fabrique Notre-Dame et l'évêché avait déjà fait couler beaucoup d'encre. Ce qu'on appelait désormais « l'affaire Lemoyne » avait eu énormément de retentissement dans la presse et dans les coulisses du pouvoir ecclésiastique et civil, de sorte que la salle d'audience dans laquelle devait se dérouler le procès était remplie à craquer. Des gens de tous les horizons et de toutes les classes sociales s'entassaient sur les bancs inconfortables : jésuites et sulpiciens en soutane, notables, membres de l'Institut canadien, journalistes, simples ouvriers. On aurait dit que Montréal s'était donné rendez-vous dans la cour de justice pour être aux premières loges de l'événement de l'heure, opposant un obscur reporter au flamboyant monseigneur Bourget. Le décret du pape Pie IX, condamnant l'Institut canadien et ses membres à l'excommunication, avait paru dans tous les bulletins paroissiaux et dans *L'Universel*, l'organe de l'évêque, contribuant ainsi à jeter le discrédit sur les partisans de Victor Lemoyne.

Assis sur le banc du demandeur, Oscar croisait et décroisait nerveusement ses bras. Il chercha Joséphine des yeux. Cette dernière, installée au balcon, lui fit un signe de la tête pour le rassurer. Bien qu'Oscar eût tenté bon nombre de fois de convaincre sa femme d'enlever sa voilette, elle continuait à la porter, craignant encore le regard cruel des gens. Elle avait fait garder Nicolas par une voisine pour pouvoir assister à l'audience.

Louis-Antoine Dessaulles et Arthur Buies firent une entrée remarquée dans la salle. Des gens se levaient pour les saluer, d'autres les ignoraient comme s'ils avaient eu la lèpre. Au passage, Arthur aperçut Lucien Latourelle, qui détourna aussitôt la tête pour éviter de regarder son ancien ami. Il alla vers lui.

— Toutes mes félicitations, commença-t-il sèchement.

— De quoi veux-tu parler ? répondit Lucien, tout en sachant à quoi Arthur faisait allusion.

— De ton article dans *L'Époque*, qui prend aveuglément le parti de monseigneur Bourget contre le pauvre Lemoyne… Jamais je ne t'aurais cru capable d'un tel opportunisme.

— Ma première version était entièrement différente, répliqua Lucien. J'y prenais la défense de Victor Lemoyne, si tu veux savoir.

— Dans ce cas, pourquoi diable ne l'as-tu pas publiée ?

— Mon patron l'a refusée.

— Tu aurais pu faire paraître ton papier ailleurs. À mon journal, *Le Pays*, par exemple. Je me serais empressé de le publier.

Lucien se fâcha.

— De quel droit me juges-tu ? Je n'avais pas le choix. Je suis endetté jusqu'au cou, il faut bien que je mette un peu de beurre sur mon pain !

Lucien se rendit compte qu'il avait utilisé l'expression de son patron et en éprouva de la honte.

— Tout le monde doit mettre du beurre sur son pain, rétorqua Arthur. Seulement, il y en a qui ont le courage de leurs opinions, d'autres pas.

Arthur lui tourna le dos et s'éloigna. Lucien le suivit des yeux, se sentant mortifié. Il était de ces personnes qui sont à ce point subjuguées par leur intérêt qu'elles ne supportent pas d'être mises en face de leurs actions, même les plus répréhensibles.

Juste avant que le procès commence, Fanette prit place au balcon réservé aux femmes et aperçut Julien, qui s'était assis à côté du demandeur. Sa poitrine se serra au souvenir de leur dispute de la veille. Elle comprenait le point de vue de son mari, mais ne regrettait pas de lui avoir tenu tête.

Le crieur fit une annonce.

— Sa Seigneurie, le juge Mondelet, préside ! Tout le monde debout !

L'assistance se leva tandis que le magistrat s'installait à sa tribune. Oscar fit de même, tenant à peine sur ses jambes. Julien lui mit une main rassurante sur le bras.

— Restez calme, monsieur Lemoyne. Tout se passera pour le mieux. La justice est de votre côté.

Le premier témoin fut appelé par le greffier. On entendait seulement quelques toussotements et le froissement de feuilles de papier.

— Monsieur Zénon Durocher est appelé à la barre !

Le gardien du cimetière Notre-Dame-des-Neiges se leva et, après avoir prêté serment, se rendit au box des témoins. Il s'était endimanché pour l'occasion. Son col de chemise lui enserrait le cou et sa redingote luisait aux coudes. Il jeta un regard anxieux à la foule. De toute évidence, il n'avait pas l'habitude de se retrouver devant autant de gens, dans un endroit aussi solennel.

Julien commença l'interrogatoire.

— Monsieur Durocher, vous étiez présent lorsque le neveu de feu Victor Lemoyne s'est présenté au cimetière Notre-Dame-des-Neiges afin de faire enterrer son parent, n'est-ce pas ?

— Oui, m'sieur.

— Est-il exact que vous vous êtes opposé à ce que le demandeur, Oscar Lemoyne, ici présent, puisse inhumer les restes de son oncle dans la partie du cimetière réservée aux catholiques ?

Le gardien acquiesça. Le juge intervint.

— Il faut répondre par oui ou non, monsieur Durocher.

— Oui, m'sieur.

— Pour quelle raison avez-vous refusé cette sépulture ?

— J'avais pas le droit d'enterrer le corps.

— Que voulez-vous dire par là ?

— Pour enterrer un mort en terre catholique, y m'faut la permission écrite de la Fabrique Notre-Dame.

Il désigna Oscar.

— Le p'tit m'sieur l'avait pas. Ça fait que j'pouvais pas faire ce qu'y me demandait.

Oscar serra les poings en s'entendant appeler « p'tit m'sieur ». Il aurait volontiers étripé ce rustre, même s'il savait qu'au fond celui-ci n'avait fait qu'obéir aux directives de l'Église.

— Avez-vous reçu un ordre spécifique de ne pas procéder à cette inhumation ?

— C'est l'bon curé Rousselot qui m'a demandé de pas enterrer l'défunt.

Des murmures s'élevèrent. Des têtes se tournèrent vers le prêtre, qui était assis dans la première rangée, arborant un air gourmé.

— En quels termes le curé Rousselot a-t-il formulé sa demande ?

— « M'sieur Durocher », qu'y m'a dit, « vous d'vez pas enterrer m'sieur Lemoyne en terre catholique sans un ordre de la Fabrique ».

— Que s'est-il passé ensuite ?

— Ben, vu qu'la famille insistait pour enterrer le défunt, j'ai proposé de l'mettre dans le charnier des inconnus.

— Pouvez-vous expliquer à la Cour ce que vous entendez par « charnier des inconnus » ?

— C'est là qu'on jette les criminels, les mécriants, les enfants sans baptême.

— Vous voulez sans doute parler des « mécréants » ?

— C'est en plein c'que j'ai dit ! protesta le gardien.

Des rires se firent entendre.

— Silence ! décréta le juge. Cette cause concerne le droit d'un défunt d'obtenir une sépulture en terre consacrée. Je ne tolérerai aucune marque d'irrespect dans cette cour.

Le calme se rétablit.

— Je n'ai plus de questions, Votre Seigneurie, déclara Julien.

Maître Loiselle, l'avocat de l'évêché, un homme d'environ cinquante ans, avec des cheveux fournis et encore très noirs, se leva. Julien et Louis-Antoine Dessaulles l'avaient surnommé ironiquement « l'ultramontain ultramonté », car il avait la réputation d'être plus catholique que le pape et un partisan fanatique de monseigneur Bourget.

— Monsieur Durocher, dit l'avocat du défendeur d'un ton onctueux, en tant que gardien du cimetière Notre-Dame-des-Neiges, à qui devez-vous obéissance ?

— À la sainte Église pis à ses représentants.

— Merci. Je n'ai plus d'autres questions.

Le prochain témoin était le curé Rousselot, qui affichait une mine solennelle. Julien s'approcha de lui.

— Révérend Rousselot, avez-vous donné l'ordre à monsieur Durocher de ne pas procéder à l'enterrement de feu Victor Lemoyne en terre catholique ?

— Je n'ai fait qu'obéir aux règles de l'Église.

— Vous n'avez pas répondu à ma question : avez-vous, oui ou non, interdit au gardien du cimetière de procéder à l'inhumation de Victor Lemoyne dans un terrain catholique ?

— Oui, c'est exact. Mais encore une fois, je n'ai fait qu'obéir aux règles de la sainte Église.

— De quelles règles voulez-vous parler, révérend Rousselot ?

— Du mandement de monseigneur Bourget.

Au nom du puissant évêque, il y eut des murmures. Oscar se rembrunit. La seule évocation de ce nom le remplissait de colère.

— Vous faites allusion au mandement qui décrète, et je cite : « Lorsqu'il y a dans un certain institut littéraire des livres contre la foi ou les mœurs ; qu'il s'y donne des lectures et des conférences contraires à la religion ; qu'on y lit des journaux immoraux et irréligieux, on ne peut admettre aux sacrements ceux qui en font partie. » C'est bien cela ?

— Exactement.

— D'après vous, quel institut littéraire était visé par le mandement de monseigneur Bourget ?

— Objection ! lança maître Loiselle. Les ecclésiastiques n'ont pas à répondre aux questions d'une instance civile. Ils ne répondent qu'à Dieu et à ses représentants.

— Ah bon ? s'exclama Julien avec ironie. Alors que fait ce témoin dans cette cour ?

— Bien dit ! s'écria Louis-Antoine Dessaulles.

Des applaudissements saluèrent son intervention. Le juge rétablit l'ordre à l'aide de son maillet, puis s'adressa au témoin.

— Révérend Rousselot, vous devez répondre à toutes les questions que les avocats jugeront bon de vous poser.

Le prêtre pinça les lèvres. Julien revint à la charge.

— Je répète : quel institut littéraire était visé par le mandement de monseigneur Bourget ?

— Eh bien, je n'ai aucun doute sur le fait que Sa Grandeur faisait référence à l'Institut canadien.

Dessaulles échangea un regard d'intelligence avec Arthur Buies, qui se pencha vers lui.

— Vanier a marqué un point, chuchota-t-il à son collègue, qui approuva du chef.

Julien s'avança vers le prêtre.

— Révérend Rousselot, est-ce de votre propre chef que vous avez ordonné à monsieur Durocher de ne pas procéder à l'enterrement de l'oncle du demandeur ?

— Je ne comprends pas votre question.

— Laissez-moi la formuler autrement. Quelqu'un du diocèse vous a-t-il ordonné de faire cette démarche ?

Le curé se racla la gorge et jeta un regard embarrassé dans la salle d'audience, comme s'il cherchait à repérer une personne.

— Répondez, père Rousselot, le somma le juge.

— Eh bien... Le grand vicaire, l'abbé Truteau, m'a écrit afin de me donner instruction de ne pas permettre l'inhumation de ce pécheur public en terre consacrée.

Oscar serra les poings en entendant ces mots. Il aurait voulu crier : « Mon oncle n'était pas un pécheur ! » Mais un regard de son avocat le retint.

— Une dernière question, révérend Rousselot, reprit Julien.

L'avocat regarda le prêtre dans les yeux.

— Pourquoi n'avez-vous jamais rendu visite à la famille en deuil ? N'avez-vous pas trouvé dans votre cœur la moindre compassion pour ces gens, qui avaient perdu un être cher ? La charité n'est-elle pas la vertu catholique par excellence ?

— Ce n'est pas une question, c'est un procès d'intention ! lança maître Loiselle, outré.

Le juge se tourna vers Julien.

— Je me vois obligé de refuser cette question, maître. Elle n'apparaîtra pas aux minutes de ce procès.

Julien retourna à sa place, satisfait. Bien que le juge n'eût pas retenu sa dernière question, il savait qu'il lui avait fait bonne impression durant l'interrogatoire, et c'était ce qui lui importait. L'avocat du défenseur se leva à son tour.

— Je n'ai pas de questions, Votre Seigneurie.

Julien regarda le pauvre Oscar, qui n'en menait pas large.

— Tout se passe pour le mieux, dit-il à mi-voix. Le procès est bien engagé.

Oscar acquiesça sans répondre. La lourdeur du processus judiciaire l'étouffait. Pourtant, il avait assisté à de nombreux procès, mais celui-ci était différent : c'était lui, Oscar, qui était sur la sellette et affrontait l'Église catholique et ses puissants dirigeants. L'expression que son avocat avait employée en lui présentant la cause lui revint. David se battant contre Goliath…

— Le grand vicaire et administrateur du diocèse de Montréal, l'abbé Truteau, est appelé à la barre !

Le religieux prêta serment et prit place dans le box des témoins. Julien se leva et fit quelques pas vers lui.

— Père Truteau, est-il exact que vous avez donné l'ordre écrit au révérend Rousselot de ne pas procéder à l'inhumation de Victor Lemoyne en terre catholique ?

— Oui, c'est tout à fait exact.

— Pour quelle raison avez-vous refusé cette sépulture ?

— Je n'ai fait qu'obéir aux règles de la sainte Église catholique, qui a toujours eu droit au libre exercice de ses cérémonies religieuses au Canada.

Toujours les mêmes réponses, songea Oscar, révolté. *Le gardien, le curé, le grand vicaire, tous n'ont fait qu'obéir aux ordres, aux règles…*

— Sur quelle règle en particulier vous fondez-vous pour déterminer le cas où une sépulture ecclésiastique est accordée ?

— Sur le rituel romain et sur ordre de mon évêque.

Sur ordre de mon évêque. Il y eut un remous dans la salle. Julien poursuivit son interrogatoire.

— Si je comprends bien, père Truteau, c'est *monseigneur Bourget* lui-même qui vous a ordonné de refuser une sépulture catholique à monsieur Lemoyne ?

— En effet. Sa Grandeur souhaitait faire un exemple.

— Que voulez-vous dire par « faire un exemple » ?

Le vicaire fixa Louis-Antoine Dessaulles d'un regard froid.

— Depuis bon nombre d'années, un groupe d'anticléricaux notoires contestent ouvertement le pouvoir de l'Église et propagent de mauvais livres. Ils vont même jusqu'à s'en prendre au Saint-Siège. Il fallait mettre un terme à ce dangereux libéralisme.

— Pourtant, n'est-il pas vrai que cette même Église a accordé récemment une sépulture catholique à un « rouge » notoire, Jean-Baptiste Dorion, un des membres fondateurs et ancien président de l'Institut canadien, et rédacteur en chef de *L'Avenir*, journal réputé libéral et radical ?

Pour la première fois, l'administrateur du diocèse sembla se troubler.

— Je n'en garde aucun souvenir.

— Permettez-moi de vous rafraîchir la mémoire, père Truteau. Les funérailles de monsieur Dorion ont été célébrées le 5 novembre 1866. Son propre frère, le curé de Yamachiche, officiait à l'autel.

Maître Loiselle intervint.

— Je m'oppose fermement aux procédés de mon collègue ! Il n'y a aucun rapport entre les deux enterrements. Il s'agit d'une affaire privée !

Julien se tourna vers le juge.

— Messieurs Lemoyne et Dorion étaient tous deux membres de l'Institut canadien. Ils n'ont jamais renoncé à leur appartenance à cette association, malgré la menace d'excommunication qui pesait sur elle. Pourtant, le premier a été jeté dans un charnier protestant, et le second a eu droit à des funérailles opulentes et à une inhumation en terre catholique !

— Monsieur Dorion était natif de Sainte-Anne-de-la-Pérade, en Mauricie, rétorqua le grand vicaire. Son enterrement n'était donc pas sous la juridiction de l'évêché de Montréal.

— Mais l'Église n'est-elle pas universelle et ses décisions, applicables à tous ses fidèles ?

Le juge Mondelet prit la parole.

— Messieurs, à l'ordre ! Je vous rappelle que nous sommes dans une cour de justice et non dans un concours d'éloquence. Venez-en au fait, maître Vanier.

Julien s'adressa de nouveau au témoin.

— Lorsque je vous ai demandé si c'était monseigneur Bourget qui vous avait ordonné de refuser une sépulture catholique à monsieur Lemoyne, vous avez répondu, et je cite : « En effet. Sa Grandeur souhaitait faire un exemple. »

— C'est bien cela.

— Étant donné que cette décision relevait de l'évêque de Montréal, ce dernier n'avait-il pas le pouvoir d'accorder sa grâce à monsieur Lemoyne et de lui permettre une inhumation catholique ?

— Je l'ignore.

— Vous voulez dire que monseigneur Bourget n'a pas ce pouvoir ?

— Je n'ai pas dit cela ! Sa Grandeur est maîtresse de ses décisions.

Julien ne lâcha pas prise.

— Donc, monseigneur Bourget aurait pu permettre au révérend Rousselot de procéder à l'inhumation catholique ?

— En théorie, peut-être, mais…

— … mais monseigneur Bourget a décidé de se servir de Victor Lemoyne comme d'une victime expiatoire pour « faire exemple », comme vous l'avez dit vous-même, et a laissé les restes de ce pauvre homme pourrir dans un charnier protestant, dans le déshonneur et l'indifférence ! tonna Julien.

Des applaudissements nourris suivirent la diatribe de l'avocat. Quelques prêtres se levèrent et sortirent de la salle d'audience en guise de protestation. Deux hommes commencèrent à s'invectiver et faillirent en venir aux poings. Le juge Mondelet, incapable de rétablir le calme, ajourna la séance dans un brouhaha indescriptible.

LI

Après l'ajournement du procès, Fanette et Julien rentrèrent chez eux. Marie-Rosalie répétait une leçon de musique au piano tandis que les jumeaux jouaient dans leur chambre avec leur nounou. Une odeur appétissante de pot-au-feu sortait de la cuisine, où s'activait Céleste. Une atmosphère paisible et heureuse régnait dans la maison. Julien prit la main de Fanette.

— Qu'as-tu pensé du procès ?

— Tu as été remarquable.

Un sourire illumina le visage de Julien. L'harmonie semblait être revenue entre eux. Il embrassa tendrement sa femme.

— Je dois préparer les interrogatoires pour demain.

Tandis que Julien se dirigeait vers son bureau, Fanette alla voir ses enfants, puis s'installa à son secrétaire et commença à rédiger son papier sur le procès, tâchant de décrire avec minutie les moments clés des interrogatoires, en y mettant de l'émotion, comme sa tante le lui aurait conseillé. Elle ressentit un peu de culpabilité en évoquant Madeleine. Ses nombreuses occupations l'avaient tellement accaparée qu'elle avait négligé sa parente. *Il faudrait bien que je lui rende visite*, se dit-elle. Elle continua d'écrire. L'objectivité dont elle avait tenté de faire preuve céda peu à peu le pas à un ton plus incisif.

Après avoir terminé son article, Fanette le relut, le corrigea et le recopia au propre. L'horloge sonna cinq heures. Elle avait tout juste le temps de porter son papier au journal avant que Céleste ne serve le souper. Elle s'empressa de rassembler ses feuillets, mit son chapeau et ses gants et sortit.

❦

Oscar était en train de placer une rame de papier sur le plateau de la nouvelle Stanhope lorsqu'il entendit la sonnette carillonner. Fanette entra dans l'atelier et lui tendit cinq feuillets.

— Voilà mon article ! s'écria-t-elle joyeusement.

Il prit les feuillets et les parcourut. Il hocha la tête.

— Ce n'est pas un article, c'est un réquisitoire.

Fanette se rembrunit.

— C'est excellent, poursuivit-il, ému. J'ai l'impression de retrouver la plume de mon oncle. Il aurait été fier de vous.

❦

Fanette conduisit son Phaéton à l'écurie et revint à pied chez elle. Elle aperçut le docteur Brissette qui marchait, tête baissée, sur le trottoir de bois. Il faillit buter contre elle.

— Oh, pardonnez-moi ! s'exclama-t-il. Je ne vous avais pas vue. Votre mari est-il là ? Je dois absolument lui parler.

Fanette remarqua sa mine atterrée.

— Il travaille dans son bureau. Venez.

Elle le précéda dans l'escalier qui menait chez elle, tout en se demandant la raison pour laquelle le docteur Brissette voulait voir Julien.

❦

Le médecin, que Fanette avait introduit dans le bureau de Julien, remit un document à l'avocat.

— Je viens de recevoir un bref de *subpoena* de la part de la Fabrique Notre-Dame, qui m'a assigné comme témoin. Que dois-je faire ?

Julien examina le document timbré.

— Vous n'avez pas le choix. Vous devez vous présenter devant la Cour. Mais pourquoi cela vous rend-il aussi anxieux ?

— Avant de mourir, monsieur Lemoyne a fait des déclarations… qui pourraient être jugées offensantes pour l'Église. Je ne voudrais pas ternir encore davantage la mémoire du pauvre homme.

Julien ne laissa rien paraître, mais cette convocation n'augurait en effet rien de bon.

LII

Depuis le départ de Clara pour Londres, Madeleine se traînait comme une âme en peine. Elle mangeait peu et négligeait de faire sa toilette, restant parfois au lit jusque tard dans l'après-midi, se levant la nuit pour errer dans le logement silencieux. Berthe admonestait sa maîtresse pour lui faire avaler une bouchée ou se peigner les cheveux. Elle ne savait plus à quel saint se vouer.

— Y faut vous secouer ! Si ç'a du bon sens de vous laisser aller comme une chiffe molle !

Madeleine ne répondait même plus aux reproches inquiets de sa servante. L'existence avait cessé de l'intéresser. La seule odeur de la nourriture lui donnait la nausée. Elle ne voyait plus les formes et les couleurs que comme un magma grisâtre ; la beauté du printemps naissant, l'éclosion des lilas, qui l'émouvaient tant d'habitude, la laissaient indifférente. Berthe s'entêtait à lui apporter son courrier, qui s'empilait sur son pupitre sans que sa maîtresse l'ouvre. La lettre que Clara lui avait envoyée de Londres était restée cachetée. L'absence de sa compagne l'avait replongée dans une solitude indicible. Elle avait même abandonné la correction d'épreuves, n'ayant plus le courage de s'astreindre à la monotonie de ce travail répétitif.

❧

Le jour était levé depuis belle lurette lorsque la servante frappa à la porte de sa maîtresse et entra sans attendre de réponse.

Madeleine, affalée dans son lit, portait encore ses vêtements de la veille et contemplait le plafond. Berthe alla vers la fenêtre et tira les rideaux d'un geste décidé. Une lumière éclatante inonda la chambre.

— Referme les rideaux, protesta faiblement Madeleine. Le soleil me fait mal aux yeux.

Loin de l'écouter, Berthe ouvrit la croisée, laissant une brise fraîche, chargée des parfums printaniers, s'engouffrer dans la pièce.

— Y faut vous reprendre en main, sinon je m'en allions chercher le docteur Brissette.

— Me reprendre en main pourquoi, pour qui, veux-tu bien me le dire, ma pauvre Berthe ?

— Pour moi, si vous voulez savoir ! Pensez-vous que j'trouvions ça drôle de vous voir vous languir comme un fantôme tous les jours que le Bon Dieu amène ?

Après une longue discussion, la servante parvint à convaincre Madeleine de prendre un bain et de mettre des vêtements propres, puis de manger un peu de pain trempé dans du café, ce qui était déjà presque miraculeux.

Tout en s'efforçant d'avaler une bouchée, Madeleine jeta un coup d'œil distrait aux journaux, que Berthe avait laissés sur le coin de la table. L'ancienne journaliste était restée abonnée à quelques gazettes. Nostalgie ? Besoin viscéral de continuer d'être liée, même de façon indirecte, au métier ? Elle n'en savait rien. Chose certaine, elle ne lisait plus depuis le départ de Clara. « Y faut vous reprendre en main », lui avait dit sa servante. Elle poussa un soupir et déplia un exemplaire du *Phare*. Un article, signé par un certain Justicier, faisait la manchette.

Nous demandons justice pour Victor Lemoyne !

« Le procès intenté par Oscar Lemoyne, le neveu de feu Victor Lemoyne, afin d'obliger l'Église à donner une sépulture catholique à son oncle a commencé hier matin au palais de justice de Montréal. Dans un rare étalage d'arrogance, le curé Rousselot et le grand vicaire Truteau, interrogés par l'avocat du demandeur, maître Julien Vanier, ont répété *ad nauseam* les mêmes arguments, affirmant qu'ils n'avaient fait qu'obéir aux règles de l'Église. En réalité, ils ont obéi aux ordres de monseigneur Bourget, qui a poursuivi de sa hargne l'Institut canadien et ses membres sous prétexte de rétablir les bonnes mœurs dans notre province. »

Madeleine fut médusée par le ton audacieux de l'article. Elle savait que le pauvre Lemoyne était mort mais ignorait tout du scandale provoqué par le refus de l'Église de l'enterrer en terre catholique. Elle reprit sa lecture avec intérêt, oubliant momentanément son chagrin.

Son cœur faillit s'arrêter de battre lorsqu'elle reconnut le nom de l'un des avocats impliqués dans la cause. Elle laissa tomber sa tasse de café, qui se brisa en mille miettes, répandant le liquide sur le tapis.

Berthe accourut. Elle fut alarmée par le visage hâve de sa maîtresse, qui semblait sur le point de s'évanouir.

— Mon doux ! Vous êtes pâle comme un drap !

Madeleine prit sa serviette de table et s'épongea le front.

— Ce n'est rien, Berthe. Un simple malaise.

La servante ramassa les dégâts, se demandant avec inquiétude ce qui avait pu la mettre dans un tel état. Madeleine se leva, sentant ses jambes flageolantes.

— Je dois sortir.

En temps normal, Berthe se serait réjouie de la voir se décider enfin à mettre le nez dehors, après avoir passé des jours vautrée dans son lit à se languir, mais son teint plombé ne lui disait rien qui vaille.

— J'm'en allions demander à monsieur Alcidor d'atteler.

— Non, laisse. J'ai besoin de marcher.

Madeleine se dirigea vers le hall d'un pas incertain, prenant appui sur le mur pour maintenir son équilibre. Elle mit machinalement un chapeau et enfila des gants, sans même prendre le temps d'examiner son reflet dans la petite glace qui surmontait une crédence, dans le vestibule. La servante la talonnait, espérant apprendre ce qui avait pu bouleverser la pauvre femme à ce point, et surtout où elle avait l'intention d'aller. Elle fut tentée de demander à Alcidor de la suivre, mais y renonça. Elle pria pour qu'un nouveau malheur ne leur tombe pas sur la tête.

⁓

Madeleine marchait sur le trottoir de bois comme un automate. Une pulsion plus forte qu'elle semblait la pousser dans le dos, bien qu'une voix intérieure la suppliât de revenir chez elle. *N'y va pas. À quoi bon remuer les cendres du passé ?* Son angoisse était telle qu'elle ne sentait pas la caresse du zéphyr sur son visage ni la douce chaleur du soleil, qui était déjà haut dans le ciel. Elle regardait sans les voir les voitures et les passants, qui allaient et venaient comme des ombres sans substance.

Lorsqu'elle parvint au palais de justice, Madeleine fut saisie en découvrant la foule qui se pressait devant les portes. Elle resta longtemps debout sur le parvis, puis poussa la lourde porte et franchit le monumental escalier qui menait à la salle de délibérations. Elle réussit à trouver une place d'où elle avait une bonne vue sur le prétoire, qu'elle scruta avec une anxiété grandissante. Un juge s'était installé sur sa tribune. C'est alors qu'elle aperçut deux avocats vêtus de leur toge noire et portant un jabot blanc. L'un d'eux était Julien Vanier, le mari de Fanette. L'autre était maître Maurice Loiselle, le père naturel de Guillaume.

LIII

Madeleine fixait l'avocat sans pouvoir détacher ses yeux de lui. Il n'avait pas beaucoup changé. Ses traits s'étaient un peu empâtés, mais il avait gardé une taille mince, des cheveux fournis et encore très noirs, et ce nez légèrement busqué qui l'avait tant séduite lorsqu'elle s'était présentée la première fois à son bureau pour le poste de secrétaire. Comment avait-elle pu oublier ce visage, qui lui avait été si cher, si précieux ? Elle s'était sans doute protégée des ravages qu'il avait faits dans son cœur et l'avait relégué aux oubliettes de sa mémoire pour ne pas trop souffrir. En même temps, elle en voulait à son ancien amant d'avoir si peu changé, comme si ses torts envers elle auraient dû se refléter sur son visage et l'enlaidir.

Le docteur Brissette était assis dans la salle d'audience et attendait d'être appelé pour témoigner. Sa nervosité était telle qu'il avait du mal à avaler sa salive. Pendant ce temps, des journalistes se passaient de main en main un exemplaire du *Phare*, dont l'article, signé par le mystérieux Justicier, faisait grand bruit. C'était étonnant, car il s'agissait d'une gazette obscure, ayant peu d'abonnés, mais le ton pamphlétaire du papier suscitait l'enthousiasme ou l'indignation, selon le point de vue des gens qui le lisaient, ce qui était un gage de succès. Lucien s'empara du journal à son tour et le parcourut. Une vive jalousie le saisit. La plume du Justicier était incisive, mais juste. Il avait le sentiment que l'auteur lui avait volé ses propres mots. Dire qu'il avait écrit un papier aussi bon que celui-là, que Prosper Laflèche avait refusé ! *Tu as vendu ton âme au diable*. Il s'empressa de chasser cette pensée désagréable. Arsène Gagnon lui arracha grossièrement le journal. Une rumeur courait selon laquelle Oscar Lemoyne, le neveu de feu Victor Lemoyne, était l'auteur derrière le Justicier. Gagnon aurait tout donné pour connaître sa véritable identité. Quelle manchette cela ferait ! *Je finirai bien par le savoir…*

— Le docteur Armand Brissette est appelé à la barre !

Après avoir prêté serment, le médecin s'avança vers le box des témoins, plus mort que vif. Il essuya ses mains moites sur son pantalon, tâchant de ne pas regarder la foule nombreuse qui le fixait. C'était sa deuxième expérience comme témoin à la Cour, mais celle-ci était bien différente de la première, pendant laquelle il s'était appuyé sur des documents, des faits concrets et sa propre expertise afin de démontrer que l'arsenic n'était peut-être pas responsable du décès du mari d'Aimée Durand. Tandis que, maintenant, il ne savait pas à quoi s'en tenir et craignait que son témoignage ne nuise à la cause de l'infortuné Victor Lemoyne, dont le seul tort avait été de ne pas renier son appartenance à l'Institut canadien. Il tourna la tête vers Oscar Lemoyne, dont les yeux étaient rouges et battus. Cette vue lui serra le cœur. *Pauvre garçon !*

Maître Loiselle, les deux pouces engoncés dans les poches de sa veste, s'avança d'un pas martial vers le médecin.

— Docteur Brissette, vous étiez au chevet de monsieur Lemoyne lorsque celui-ci a été ramené chez lui après avoir éprouvé un malaise.

— En effet.

— Étiez-vous toujours présent lorsque le père Ouellette a administré les derniers sacrements audit Lemoyne ?

— Oui, répondit laconiquement le médecin. Je l'ai assisté dans ses derniers moments.

— Est-il vrai que monsieur Lemoyne n'a pas renoncé à être membre de l'Institut canadien, comme le prêtre le lui demandait, peu avant de rendre son dernier soupir ?

Julien Vanier se leva.

— Objection, Votre Seigneurie ! Il s'agit là d'ouï-dire.

— Accordée, trancha le juge.

L'avocat du défendeur haussa les épaules.

— Je formulerai donc la question autrement.

Il s'adressa de nouveau au témoin.

— Docteur Brissette, quelles ont été les paroles exactes de Victor Lemoyne, lorsque le père Ouellette lui a demandé de renoncer à son appartenance à l'Institut canadien ?

Le médecin jeta un coup d'œil anxieux à Julien, qui lui fit signe de répondre.

— Il a dit… « Jamais je ne quitterai l'Institut. »

— C'est tout ? N'a-t-il rien ajouté d'autre ?

Le docteur Brissette fut tenté de mentir, mais il en était incapable. L'air malheureux, il regarda du côté d'Oscar.

— Il a dit quelque chose comme : « Je me suis battu toute ma vie pour la liberté de conscience. Je ne me mettrai pas à genoux. »

— N'a-t-il pas ajouté « devant l'Église » ?

Le docteur Brissette resta interdit.

— Je ne crois pas. Si mon souvenir est bon, il a plutôt dit : « Je ne me mettrai à genoux *devant personne.* »

— À qui faisait-il allusion ?

— Je n'en ai pas la moindre idée. Monsieur Lemoyne a emporté son secret dans sa tombe.

Il y avait une note de sarcasme dans le ton du médecin qui n'échappa pas au redoutable avocat.

— Docteur, n'oubliez pas que vous êtes sous serment. Vous devez dire toute la vérité devant cette Cour.

— Dieu m'est témoin que c'est exactement ce que je fais.

Maître Loiselle le toisa un instant, puis se tourna vers le juge.

— Je n'ai plus de questions, Votre Seigneurie.

Ce fut au tour de Julien d'interroger le témoin.

— Docteur Brissette, dans quelles circonstances avez-vous fait la connaissance de Victor Lemoyne ?

— Son neveu est venu me chercher pour soigner son oncle, qui avait eu un malaise.

— Quelle était votre opinion de lui ?

— Cette question est parfaitement inutile ! s'exclama maître Loiselle. La Cour n'a nul besoin de savoir ce que le témoin pense de feu Victor Lemoyne.

— Le défendeur prétend que Victor Lemoyne était un pécheur public, argua Julien. Il est légitime que je fasse une démonstration du caractère du défunt.

Le juge acquiesça.

— Répondez à la question, docteur Brissette.

— Monsieur Lemoyne avait un caractère vif, mais c'était un homme courageux et intègre. J'avais beaucoup d'admiration pour lui.

— Vous étiez à ses côtés lorsqu'il a demandé l'assistance d'un prêtre ?

— Oui, en effet.

— Et vous l'avez accompagné jusqu'à son dernier souffle ?

L'émotion étreignit le médecin.

— Oui.

— Racontez à la Cour ce qui s'est produit, au meilleur de votre souvenir.

— Eh bien, le père Ouellette a sorti le viatique et un missel de son sac. Il s'est assis au chevet de monsieur Lemoyne, lui a saisi les mains et a commencé à réciter des prières. Puis tout à coup il a cessé le rituel.

— A-t-il expliqué pourquoi ?

— Il prétendait que monseigneur Bourget avait condamné l'Institut canadien et ses membres à l'excommunication et qu'il ne pouvait administrer le sacrement à monsieur Lemoyne à moins que celui-ci ne renonce à son appartenance à cette société.

Il y eut des chuchotements, des hochements de tête. Encore une fois, l'évocation de l'évêque de Montréal avait fait son effet dans l'assemblée.

— Quelle a été votre réaction ?

— Je vous avoue que j'étais indigné. Il ne restait que peu de temps à vivre à mon patient. J'ai demandé au père Ouellette de faire preuve d'un peu de charité chrétienne.

— Qu'est-il arrivé ensuite ?

— Le père Ouellette a répondu qu'il ne pouvait rien faire pour le mourant et est reparti sans lui donner l'extrême-onction.

— Merci, docteur Brissette. Je n'ai plus de questions.

Oscar avait écouté l'interrogatoire, revivant avec acuité les derniers moments de son oncle, de sorte qu'il n'entendit pas le crieur.

— Le demandeur est appelé à la barre !

Julien lui mit gentiment une main sur le bras.

— Monsieur Lemoyne, c'est à votre tour de témoigner.

Le reporter sentit sa poitrine se contracter.

— Mon Dieu, je ne pourrai jamais, murmura-t-il, terrifié.

— Parlez en votre âme et conscience.

Il fallut que Julien soutienne Oscar pour l'aider à se mettre debout. Le journaliste marcha vers le box des témoins avec l'impression qu'il avait du ciment dans ses chaussures. Le fait d'être le point de mire de tous les regards accentuait son sentiment de panique. C'est alors qu'il tourna la tête vers Joséphine. Celle-ci était assise dans le premier rang du balcon. Elle fit un geste dont Oscar se souviendrait jusqu'à son dernier souffle : elle souleva lentement sa voilette et découvrit complètement son visage. Elle esquissa un sourire timide. Oscar savait tout ce qu'il avait fallu de courage à sa femme pour dévoiler en public ses traits marqués par la petite vérole. Il comprit que c'était sa façon à elle de lui en insuffler.

Ragaillardi par le geste de Joséphine, Oscar prit place sur le banc des témoins et recouvra peu à peu son calme. « Parlez en votre âme et conscience », lui avait conseillé son avocat. *C'est ce que je ferai*, se dit-il.

Julien commença l'interrogatoire.

— Quel était votre lien avec feu Victor Lemoyne ?

— C'était mon oncle. Mais il était comme un père pour moi.

— Que voulez-vous dire ?

— Il m'a recueilli à la mort de ma grand-mère, chez qui j'ai vécu quelques années après le décès de mes parents, qui ont péri dans l'incendie de notre maison. C'est mon oncle qui m'a nourri, logé, et a pourvu à mon éducation. Sans lui, je ne sais pas ce que je serais devenu.

— Vous étiez présent à ses côtés, tout comme le docteur Brissette, juste avant sa mort ?

— Oui.

La voix d'Oscar s'était étranglée dans sa gorge tellement il était ému.

— Pouvez-vous corroborer les affirmations du docteur Brissette, selon lesquelles le père Ouellette a refusé les derniers sacrements à votre oncle parce que celui-ci tenait à rester membre de l'Institut canadien ?

— Oui. Tout ce que le docteur Brissette a dit est vrai.

— Est-ce la raison pour laquelle vous avez décidé de poursuivre la Fabrique Notre-Dame et les représentants de la sainte Église ?

— Je ne voyais pas d'autre façon de donner une sépulture digne à mon oncle.

— Pourtant, l'Église l'accuse d'être un pécheur public.

— Un pécheur public ! s'exclama Oscar. C'est le meilleur homme que j'aie connu dans toute ma vie !

— Merci de votre témoignage, monsieur Lemoyne, conclut Julien.

Maître Loiselle s'avança vers Oscar, l'air d'un corbeau avec sa toge noire.

— Votre oncle vous a-t-il donné une éducation religieuse ?

Oscar fut pris de court par la question.

— J'étais jeune lorsqu'il m'a accueilli chez lui, mais je me rappelle qu'il m'a envoyé dans une école catholique.

— Mais vous a-t-il élevé dans la doctrine catholique par ses faits et gestes ? Par exemple, assistait-il à la messe tous les dimanches ?

— Tous les dimanches, je ne sais pas, mais il y allait quand il le pouvait.

— *Quand il le pouvait.* Quoi donc de si important l'empêchait d'aller à la messe ?

— Il était imprimeur et avait parfois des délais très serrés pour produire son journal et satisfaire aux demandes de ses clients.

— Vous voulez dire qu'il lui arrivait de travailler le dimanche ? s'écria l'avocat de l'évêché, affichant un air scandalisé.

Oscar sentit son visage se colorer. Julien se leva.

— Mon collègue fait le procès d'un mort et tente de salir sa mémoire !

Le juge Mondelet hocha la tête.

— Vous avez vous-même introduit la défense du caractère du défunt, maître Vanier. Le défendeur est en droit de faire de même.

Julien, contrarié, reprit sa place.

Madeleine avait écouté le contre-interrogatoire dans un état second, mais elle avait compris que Maurice Loiselle défendait l'Église et les valeurs catholiques, alors qu'il les avait lui-même bafouées en la séduisant, puis en l'abandonnant après l'avoir engrossée. Elle aurait voulu se lever, crier la vérité devant le juge et tous les assistants, mais elle en était incapable, comme si son corps avait été cloué sur le banc.

— Poursuivez, maître Loiselle, dit le juge.

Ce dernier fixa le témoin d'un air dur.

— Votre oncle allait-il à confesse ?

— Je ne me rappelle pas. Tout cela est loin...

— Vous encourageait-il à faire vos prières le soir, avant de dormir ?

— J'imagine que oui.

— Vous *imaginez que oui* ?

— Je n'en garde aucun souvenir.

— Vous aidait-il dans votre apprentissage du catéchisme ?

Oscar se rappelait qu'à l'école il devait apprendre le petit catéchisme par cœur, sous peine de punitions sévères. Son oncle était très critique de certains passages de ce recueil, en particulier la notion de péché mortel, l'existence des anges et de l'enfer. « L'enfer est sur la Terre », disait-il parfois. Le jeune homme décida de répondre par un mensonge blanc.

— Il m'aidait parfois, à sa façon.

— J'en ai terminé avec le témoin, décréta l'avocat de l'évêque.

Sans en comprendre la raison, Oscar eut l'impression que la partie était perdue, que l'évêque et l'Église auraient le dessus et que les restes de son oncle continueraient à pourrir dans le cimetière protestant, sans dignité, sans même une pierre tombale pour inscrire son passage sur la terre. Il leva les yeux vers le balcon. Joséphine avait remis sa voilette. C'était comme si une lourde porte se refermait soudain sur lui, le plongeant dans l'ombre la plus complète. Il entendit à peine le juge, qui ajourna le procès pour une semaine afin que les avocats préparent leur plaidoirie.

Les gens commencèrent à quitter la salle. Madeleine se leva avec effort. C'est à peine si elle était capable de marcher tellement l'émotion paralysait ses gestes. Une résolution s'était formée dans sa tête. Il fallait qu'elle eût le courage d'aborder Maurice, de lui dire ses quatre vérités. C'était une question de fierté.

LIV

Madeleine se laissa entraîner par la foule, avec comme seule pensée *maître* Maurice Loiselle. Elle n'avait qu'une envie, lui arracher son masque, le révéler au monde tel qu'il était : un pharisien, un hypocrite qui prêchait la vertu d'un côté et agissait comme un pécheur de l'autre. Lorsqu'elle fut devant l'escalier qui menait au grand hall, elle le chercha des yeux, mais ne le vit pas. Le désespoir commença à l'envahir. Elle ne parviendrait pas à le retrouver. Il y avait trop de monde. Sans doute avait-il déjà gagné la sortie. C'est alors qu'elle l'aperçut. Il marchait à longues enjambées dans un corridor menant à des bureaux. Les pans de sa toge se soulevaient dans le mouvement. Elle joua des coudes pour s'extirper de la foule et courut dans sa direction. Elle arriva à sa hauteur et le saisit par le bras avec une telle force que l'avocat perdit l'équilibre et laissa tomber son volumineux sac de cuir noir. Des myriades de dossiers et de feuilles se répandirent sur le plancher de marbre. Furieux, maître Loiselle se tourna vers la femme qui l'avait ainsi bousculé.

— Qu'est-ce qui vous prend ? Vous ne pourriez pas regarder où vous mettez les pieds ?

Madeleine le fixa sans répondre, sa main encore crispée sur le bras de l'avocat. Elle avait l'impression de s'être transformée en statue de sel. Pas un mot ne sortait de sa bouche. Elle observait le visage de son ancien amant, ses prunelles qui avaient la couleur de l'acier, sa bouche, autrefois si douce, devenue un trait exprimant la colère et la morgue. Soudain, elle perçut une lueur dans son regard, comme s'il la reconnaissait.

— Maurice, réussit-elle à murmurer.

Il fronça les sourcils, cherchant dans ses souvenirs où il avait bien pu rencontrer cette femme. Cette voix, ce visage, ces yeux noirs… Se pouvait-il… Il se dégagea d'un geste brusque.

— La prochaine fois, soyez moins maladroite.

Malgré tout, il y avait une étrange douceur dans sa voix. Madeleine voulut parler mais encore une fois en fut incapable. Elle tourna les talons et s'éloigna le plus rapidement possible. Elle se retourna une fois et vit Maurice en train de ramasser ses papiers, comme si de rien n'était. L'avait-il seulement reconnue ?

❧

Madeleine avait marché longtemps, sans savoir où ses pas la mèneraient. Elle avait pris la direction du journal *L'Époque* sans s'en rendre compte, comme un cheval qui revient tout naturellement à l'écurie. C'est alors qu'elle entendit des cris, qui la sortirent de sa torpeur.

— À bas l'exploitation des typographes et des pressiers !

— Un salaire décent, du pain pour nos familles !

Elle aperçut une trentaine de gens regroupés devant l'immeuble de *L'Époque*, brandissant des pancartes, et reconnut monsieur Hébert, un sympathique typographe qu'elle avait côtoyé régulièrement lorsqu'elle collaborait au journal. Elle s'approcha de lui.

— Monsieur Hébert ! Que se passe-t-il donc ?

— On a décidé de faire la grève, répondit-il d'une voix forte afin de couvrir le bruit ambiant. On est payés des salaires de misère. Monsieur Laflèche refuse de nous augmenter d'un sou noir ! On lui a pourtant fait une offre raisonnable.

Madeleine remarqua un garçon, qui n'avait pas plus de douze ou treize ans. C'était Clément, qu'on surnommait Cloclo, un jeune vendeur à la criée. Il tenait également une pancarte et hurlait des slogans avec les autres. Un bandage entourait sa main droite.

— Que lui est-il arrivé ?

— Cloclo ? Il avait commencé à travailler comme *press feeder*[8] depuis quelques semaines. Malheureusement, sa main s'est coincée dans l'engrenage de la presse. Il a perdu deux doigts. Monsieur Laflèche refuse d'indemniser sa famille.

L'indignation gagna Madeleine.

— Quel méchant homme !

Toute sa frustration s'était exprimée dans ce cri du cœur. Au souvenir cuisant de son renvoi par son ancien patron s'ajoutait la terrible dépression qui s'était abattue sur elle après le départ de Clara et sa rencontre éprouvante avec Maurice Loiselle. Elle avisa une pancarte qui gisait par terre et la ramassa. Les mots « Prosper Laflèche, exploiteur des ouvriers ! » y avaient été inscrits en grosses lettres noires. Le nom du rédacteur en chef était surmonté d'un dessin représentant une grosse moustache, qui ressemblait à celle qu'arborait Laflèche. Madeleine, la pancarte à la main, se joignit au groupe de protestataires et se mit à crier de concert avec eux.

— Des conditions décentes pour les typographes et les pressiers ! Sus à l'exploitation des ouvriers ! À bas l'exploitation des enfants ! Pour une journée de travail de dix heures !

Monsieur Hébert jeta un regard éberlué à l'ancienne journaliste. Il n'avait jamais vu une femme prendre part à une manifestation, encore moins tenir une pancarte et scander ainsi des slogans.

---

8. Quelqu'un dont le travail consiste à placer du papier dans une presse pour l'impression d'un journal.

LV

Prosper Laflèche ne décolérait pas depuis le matin. C'était la première fois depuis qu'il était à la barre de *L'Époque* que ses ouvriers faisaient la grève et se rebellaient contre son autorité. Il avait même recommencé à fumer la pipe, malgré les promesses faites à sa défunte femme. Il se planta devant la fenêtre de son bureau, d'où il pouvait voir les protestataires, qui défilaient devant l'immeuble. Il tira nerveusement sur sa pipe.

— Bande de traîtres ! maugréa-t-il.

Lucien Latourelle entra dans le bureau, un article à la main.

— Tenez, patron, mon papier sur le procès Lemoyne.

Laflèche, entouré d'un nuage de fumée grise, s'adressa à son employé d'un ton rogue.

— Que veux-tu que je fasse de ton article ? Je n'ai plus un maudit typographe pour le composer ni un maudit presseur pour l'imprimer !

Laflèche poussa un énorme soupir et s'affala sur sa chaise. Il ressemblait plus que jamais à un vieux bouledogue fatigué. Lucien ressentit de la pitié pour lui, ce qui le surprit lui-même.

— Comment ont-ils pu me faire un coup pareil ? gémit Laflèche. Je les ai toujours bien traités.

— Pourtant, vos ouvriers ne demandent qu'une augmentation de un dollar par semaine et une journée de dix heures au lieu des douze heures actuelles. Cela me semble raisonnable, argua Lucien.

— Raisonnable ! Je les paie déjà treize dollars par semaine. Je ne suis pas riche comme Crésus, moi ! Quant à la journée de dix heures, ça me mènerait à la ruine !

Il saisit un exemplaire de son journal et le brandit :

— Je tiens cette maudite gazette à bout de bras depuis plus de trente ans. J'ai investi mon propre salaire pour faire vivre mon entreprise, j'ai hypothéqué ma maison à plusieurs reprises, et voilà comment ils me remercient !

— Saviez-vous que le journal *Le Pays*, qui est beaucoup plus petit que le vôtre, paie ses typographes seize dollars par semaine ?

Le rédacteur en chef éclata.

— *Le Pays* ! Un nid de rougistes et d'athées qui piétinent la religion et la morale à qui mieux mieux !

Il s'étouffa, au point qu'il eût du mal à reprendre son souffle. Lucien s'avança vers lui pour lui tapoter le dos.

— Voyons, patron, ça ne sert à rien de vous mettre dans des états pareils…

— C'est de te voir prendre le parti de ces radicaux qui m'enrage !

— Vous n'êtes peut-être pas d'accord avec leurs idées, mais ils rémunèrent décemment leurs employés, ce qui n'est pas votre cas. Vous n'avez même pas voulu dédommager la famille du pauvre Cloclo après qu'il a perdu deux doigts.

Laflèche devint rouge, autant de colère que de honte.

— Je n'ai de leçon à recevoir de personne, m'entends-tu ? J'ai toujours traité mon personnel avec compassion ! Est-ce ma faute si le petit idiot a fait preuve d'imprudence ?

Lucien, qui n'avait jamais été particulièrement sensible à la cause des ouvriers, avait toutefois été bouleversé par l'accident du *press feeder*, dont il avait été témoin. Ce terrible événement lui avait ouvert les yeux sur les dures conditions de travail des jeunes apprentis, qui s'échinaient au journal jusqu'à douze heures par jour pour des salaires de misère. Il avait alors commencé à s'intéresser au sort des autres travailleurs. Après tout, c'était grâce aux typographes et aux pressiers que ses articles prenaient vie et pouvaient être lus par tous les abonnés de *L'Époque*.

— Le « petit idiot », comme vous dites, avait travaillé plus de douze heures quand l'accident est survenu. Il était mort de fatigue !

— Depuis quand prends-tu la défense de la veuve et de l'orphelin ? Je pensais qu'il n'y avait que les femmes, les belles voitures et les habits à la dernière mode qui t'intéressaient ?

Ce fut au tour du jeune journaliste de s'emporter.

— J'avais les plus grandes aspirations lorsque je suis arrivé ici. Vous m'avez d'abord confiné à une chronique indigne de mon talent. Ensuite, j'ai dû renoncer à mes idéaux les plus chers parce que vous m'avez forcé à prendre le parti de monseigneur Bourget contre l'Institut canadien.

— Rien ne t'obligeait à accepter mes conditions !

— Vous savez fort bien que je n'avais pas le choix !

Laflèche voulut parler, mais son employé poursuivit. Ses beaux yeux bleus brillaient d'indignation.

— Je croyais en vous, monsieur Laflèche. Je croyais en votre probité, en votre passion pour le journalisme. Je me suis trompé.

Lucien déchira son article et lança les bouts de papier en l'air. Ceux-ci voletèrent dans la pièce comme des ailes d'oiseau. Le rédacteur en chef comprit qu'il était allé trop loin.

— Voyons, mon cher Lucien, nous n'allons pas nous brouiller pour si peu ?

— Pour si peu ? Vous êtes décidément sourd et aveugle !

Lucien sortit en claquant la porte. Laflèche resta figé, puis il contempla les morceaux de papier qui jonchaient maintenant le sol. Sa colère fit place à un profond désarroi. Au fil des jours, il s'était attaché au jeune homme, qui était devenu presque un fils pour lui, alors que lui-même était sans enfants. Et voilà qu'il l'avait perdu, par sa faute. *Il reviendra*, se dit-il, bien qu'une voix intérieure lui chuchotât le contraire.

Prosper Laflèche se leva et retourna à la fenêtre, ruminant des pensées amères. Il ouvrit la croisée d'un mouvement impulsif. Sa fureur revint au galop en voyant ses ouvriers en grève, qui continuaient à déambuler devant l'édifice du journal.

— Bande de traîtres ! leur cria-t-il. Je vous ai fait vivre, vous et vos familles, pendant toutes ces années, et pour toute reconnaissance vous allez dans la rue et vous m'humiliez publiquement !

Quelques têtes se levèrent dans sa direction. Soudain, le rédacteur en chef distingua la silhouette d'une femme, qui brandissait une pancarte et répétait des phrases à l'unisson avec les autres travailleurs. Il la reconnut. *Madeleine Portelance.* C'était comme s'il avait vu le diable en personne.

LVI

Lucien Latourelle était en train de ranger ses affaires dans une boîte, sous le regard moqueur d'Arsène Gagnon.

— Alors, le chouchou du patron s'est fait montrer la porte ?

— Ta gueule, Gagnon, rétorqua Lucien, de mauvaise humeur.

La porte du bureau de Laflèche s'ouvrit avec fracas. Le rédacteur en chef, pâle de rage, s'adressa aux journalistes qui se trouvaient dans la salle.

— Je cherche un volontaire pour aller tout de suite au poste de police, rue des Commissaires, afin de parler à l'inspecteur Godefroy Samson, qui est un ami. Demandez-lui d'envoyer des forces pour disperser les grévistes. Je ne tolérerai pas de voir mes ouvriers se moquer de mon autorité.

Un silence de plomb accueillit sa demande. Personne n'osa se manifester. Il y avait une solidarité implicite chez les employés. Les briseurs de grève étaient mal vus. Lucien prit la parole.

— Monsieur Laflèche, vous ne gagnerez rien en jetant de l'huile sur le feu. Essayez de parlementer avec vos hommes avant qu'il soit trop tard. Ils vous font confiance. Je suis certain que vous pourrez leur faire entendre raison.

— Toi, je ne t'ai pas demandé ton opinion. De toute manière, tu ne fais plus partie de l'équipe.

Lucien hocha la tête avec réprobation et, sa boîte sous le bras, quitta le journal. Son ancien patron le suivit des yeux, la rage et le chagrin se disputant son cœur. Puis son regard charbonneux se fixa sur ses autres employés. Un malaise palpable régnait dans la salle de rédaction, où se trouvaient encore une quinzaine de journalistes. C'était la première fois qu'une telle situation se produisait à *L'Époque*. Personne ne savait quel parti prendre. Certains jugeaient les demandes des typographes et des pressiers raisonnables et croyaient que le patron devrait mettre de l'eau dans son vin. D'autres, comme Arsène Gagnon, craignant de perdre leur emploi, s'étaient carrément rangés derrière le rédacteur en chef. Gagnon fit un pas en avant.

— Je me porte volontaire, déclara-t-il.

— À la bonne heure. Pour te remercier de ta fidélité, tu remplaceras Lucien Latourelle pour couvrir le procès Lemoyne.

Un jeune reporter au visage poupin, Hypolite Leclerc, qui était employé au journal depuis quelques années, éleva timidement la voix. On entendait les cris de ralliement des grévistes par une fenêtre ouverte.

— Monsieur Latourelle n'a pas tort. Ces hommes sont d'honnêtes travailleurs.

— Leclerc, est-ce que je t'ai demandé l'heure ?

Des rires gênés suivirent sa répartie. Le reporter rougit jusqu'aux yeux, mais il répliqua, la voix tremblante.

— Ce sont des pères de famille. Ils ont des bouches à nourrir.

— Si tu es d'accord avec eux, qu'est-ce que tu attends pour aller les rejoindre ?

Le jeune homme hésita. Il avait deux enfants à charge, et sa femme en attendait un troisième. Les clameurs des manifestants se poursuivaient : « Des salaires décents pour faire vivre nos familles ! » « Dignité et justice pour les typographes et les presseurs ! » Il prit son chapeau et sortit. Laflèche foudroya Arsène Gagnon du regard.

— Qu'est-ce que tu attends pour aller chercher la police ?

— Tout de suite, patron !

Le reporter détala comme un lapin, sentant le regard hostile de ses collègues dans son dos.

Lucien Latourelle et Hypolite Leclerc s'étaient joints aux grévistes et les avaient avertis que Laflèche avait fait appel aux forces de l'ordre afin de les disperser. Monsieur Hébert avait refusé de les croire.

— Le patron a ses défauts, mais il ne ferait jamais une chose pareille.

Le ciel s'était couvert et le temps avait fraîchi. Pour donner du courage aux hommes, monsieur Hébert sortit une flasque de scotch, qui passa de main en main. Madeleine s'en empara et but quelques gorgées, sous l'œil médusé des ouvriers. Décidément, cette femme ne faisait rien comme les autres…

Une violente averse se mit soudain à tomber. Lucien, qui ne voulait pas mouiller son bel habit, fait sur mesure chez un tailleur renommé de Montréal, courut se réfugier sous un porche en attendant que la pluie cesse. Quelques ouvriers utilisèrent leurs pancartes en guise de parapluie. Monsieur Hébert enleva son paletot et le plaça au-dessus de sa tête et de celle de Madeleine afin de les protéger de l'averse. Une étrange émotion s'empara de cette dernière lorsqu'elle sentit la chaleur d'un corps masculin contre le sien. Elle eut le sentiment de revivre en quelque sorte ses jeunes années, avec ses espoirs et ses rêves un peu fous, avant que la vie les ternisse ou les éteigne les uns après les autres. Elle avait momentanément oublié sa peine d'amour et vivait intensément l'instant présent.

Une vingtaine de minutes s'écoulèrent. Un martèlement de sabots se fit soudain entendre. Lucien, toujours à l'abri sous le porche, fut le premier à apercevoir des cavaliers qui galopaient en direction du journal. Les sabots des chevaux piétinaient les flaques, faisant jaillir des gerbes d'eau. À travers le rideau de pluie, Lucien distingua les casques et les uniformes noirs de policiers. Deux fourgons couverts les suivaient. Le cœur battant la chamade, il se plaqua contre le mur. Les cavaliers et les voitures filèrent en trombe à quelques pouces de lui, l'éclaboussant au passage, et foncèrent vers les manifestants, qui faisaient toujours le pied de grue devant l'immeuble de *L'Époque*.

Madeleine vit avec stupéfaction quatre policiers montés galopant dans leur direction. Les travailleurs resserrèrent instinctivement les rangs. Monsieur Hébert se plaça devant Madeleine pour la protéger, mais celle-ci l'écarta d'un geste impatient.

— Cessez de me traiter comme une femmelette !

Les cavaliers s'approchaient rapidement. Un travailleur hurla :

— Ils viennent droit sur nous ! Dispersez-vous !

Ce fut la débandade. Madeleine fut entraînée dans le mouvement des ouvriers qui tentaient de fuir. Elle trébucha et tomba sur le pavé mouillé. Elle sentit des pieds qui lui piétinaient les jambes. La peur au ventre, elle fit des efforts désespérés pour se relever, mais la pluie l'aveuglait et elle avait du mal à respirer. Une main saisit tout à coup la sienne. Elle entrevit le visage affable de monsieur Hébert. Celui-ci l'aida à se remettre debout.

— Venez, il nous faut trouver un abri.

Il voulut la mener vers l'entrée de *L'Époque*, mais un cavalier leur bloqua soudain le passage. Madeleine perçut le souffle chaud du cheval dans son cou.

— Ne bougez pas ! ordonna une voix. Restez où vous êtes !

Madeleine tenta de maîtriser la panique qui paralysait ses membres.

— Nous n'avons rien fait de mal ! protesta-t-elle.

Pour toute réponse, une cravache siffla dans l'air, tout près de son visage. Monsieur Hébert vit rouge et fit un pas vers le gendarme à cheval.

— Vous n'avez pas le droit de traiter une femme ainsi !

Il reçut un coup de cravache sur une épaule.

— Bande de lâches ! cria Madeleine, hors d'elle.

Pendant ce temps, six policiers, matraques à la ceinture, étaient sortis des fourgons et s'étaient élancés vers les manifestants. Le jeune Cloclo fut le premier à être arrêté. Il s'agita avec fougue lorsque deux gendarmes le saisirent par les épaules et l'emportèrent vers l'une des voitures. Un autre policier appréhenda Hypolite Leclerc, qui se laissa conduire vers un fourgon sans opposer de résistance. Un gendarme agrippa Madeleine par un bras. Elle se débattit furieusement.

— Bas les pattes, espèce de malotru !

Le brave typographe tenta de lui prêter main-forte, mais il reçut un coup de matraque sur la tête et s'effondra. Malgré ses protestations véhémentes, Madeleine fut emmenée par le gendarme vers le premier fourgon, qui avait été garé au milieu de la rue. Elle perdit son chapeau en chemin. Elle voulut retourner sur ses pas pour le reprendre, mais le policier la tenait fermement. Il l'entraîna de force vers la voiture, dont les portières étaient ouvertes, et la jeta à l'intérieur sans ménagement. Elle atterrit rudement sur un banc de bois qui longeait la paroi du fourgon. Une demi-douzaine de grévistes s'entassaient déjà à l'intérieur, dont Hypolite Leclerc, le pressier Fabien Pronovost et Cloclo, qui n'en menait pas large. Madeleine se demanda avec angoisse ce qu'il était advenu du pauvre monsieur Hébert.

Les portières se refermèrent brusquement. Il fit soudain un noir d'encre dans la voiture. Le convoi s'ébranla.

LVII

Lucien était resté tapi sous le porche pendant tout ce temps et avait observé l'intervention des forces de l'ordre avec une horreur grandissante. Lorsque monsieur Hébert avait reçu un coup de matraque, il s'était élancé pour lui prêter assistance, mais une rafale de pluie lui avait fouetté le visage et il avait reculé. *Cela ne servirait à rien*, s'était-il raisonné. *Les policiers sont trop nombreux. Je serai plus utile à ces gens en liberté qu'en prison !* En réalité, il avait une peur bleue d'être arrêté et mis sous les verrous. Il avait lu des récits terrifiants sur la vie misérable des détenus. La simple idée de passer une nuit derrière les barreaux en compagnie de pauvres hères ou de bandits, dans une promiscuité et une saleté dégradantes, le remplissait de terreur et de dégoût.

Il attendit que les manifestants aient été entièrement dispersés et que les autorités aient quitté les lieux avant de sortir de sa cachette. L'averse avait cessé, faisant place à un crachin grisâtre. Encore sonné par les événements, il marcha d'un pas incertain dans la rue déserte, tâchant de rassembler ses idées. En voyant son reflet dans la vitrine d'un magasin, il remarqua avec consternation que son chapeau et son habit avaient été ruinés par la pluie.

૯౿

Après un trajet qui lui parut interminable, Madeleine se rendit compte que le véhicule s'immobilisait. Les portières s'ouvrirent. Une voix autoritaire s'éleva.

— Allez, tout le monde descend !

Elle fut de nouveau empoignée sans ménagement. Dans la clarté brumeuse, elle entrevit un édifice gris et massif. C'était le poste de police, rue des Commissaires.

⁓

Fanette était installée à son secrétaire et écrivait dans son journal intime. Julien avait profité de l'ajournement du procès pour rendre visite à des clients de Québec. Depuis qu'il avait quitté le cabinet d'avocats, l'argent se faisait plus rare, et il lui fallait cultiver sa clientèle là où elle se trouvait. Fanette aurait souhaité que Julien passe plus de temps en famille, mais elle comprenait la situation et appréciait le dévouement de son mari. Les nuages qui avaient obscurci leur relation s'étaient peu à peu dissipés. On aurait dit que leur ferveur commune pour la cause de Victor Lemoyne avait resserré leurs liens. Marie-Rosalie entra dans le salon en courant.

— Maman, viens voir le spectacle ! s'écria la fillette en la prenant par la main.

Amusée, Fanette se laissa conduire vers la salle de jeux des enfants. Elle sourit en apercevant un castelet, admirant l'ingéniosité de sa fille, qui l'avait construit en se servant de deux chaises qu'elle avait placées à l'envers, côte à côte, suspendant ensuite un linge à vaisselle en guise de rideau de scène, qu'elle avait attaché aux barreaux de chaise avec de la ficelle. Hugo et Isabelle, assis sur des coussins, attendaient avec impatience que le spectacle commence. Les jumeaux étaient en adoration devant leur demi-sœur, qui participait volontiers à leurs jeux et les conviait aux siens, pour leur plus grande joie. Elle s'était attachée à ses « bouts de chou », comme elle les appelait, se montrant d'une patience infinie avec eux. Fanette se réjouissait du fait que son aînée n'ait pas pris ombrage de l'arrivée d'enfants nés de son union avec Julien et de l'affection véritable qu'elle leur portait. Marie-Rosalie faisait preuve d'une maturité bien au-dessus de son âge. Était-ce parce qu'elle avait perdu son père très tôt, ou bien s'agissait-il d'une disposition naturelle de son caractère ? Difficile à dire, mais Fanette retrouvait dans la personnalité de sa fille l'enfant qu'elle avait elle-même été. Son attachement pour elle n'en était que plus profond.

Le rideau s'ouvrit. Marie-Rosalie, debout derrière le castelet, manipulait les marionnettes. Arlequin fit son entrée en scène.

— Mon maître, le vilain monsieur Pantalon, est en voyage. Le chat parti, les souris dansent !

Arlequin fit des cabrioles. Fanette et les jumeaux rirent de bon cœur.

Monsieur Pantalon fit son apparition. Marie-Rosalie changea sa voix, qui devint plus basse et rauque.

— Ah ha ! Coquin, c'est ainsi que tu parles de ton maître ! Je vais te donner une fessée dont tu te souviendras longtemps !

Monsieur Pantalon s'approcha d'Arlequin et voulut lui donner un coup de pied au derrière, mais le valet s'esquiva habilement, et monsieur Pantalon, emporté par son élan, tomba sur le nez. Fanette et les jumeaux applaudirent avec enthousiasme. La jeune femme était si absorbée par la prestation de son aînée qu'elle n'entendit pas la voix de Céleste.

— Madame !

La bonne, qui était sur le pas de la porte, dut répéter :

— Madame, il y a quelqu'un pour vous.

Fanette se tourna vers la servante.

— De qui s'agit-il ?

— Le jeune monsieur n'a pas voulu donner son nom. Il a seulement dit que c'était urgent.

Intriguée, Fanette interrompit à regret la représentation et alla à la porte. Lucien Latourelle se tenait sur le seuil. Ses vêtements étaient complètement trempés. Il enleva son chapeau humide.

— Je suis désolé de vous déranger, madame Vanier. J'ai une mauvaise nouvelle à vous apprendre. Votre tante, Madeleine Portelance, a été arrêtée par la police.

La surprise de Fanette était totale.

— Arrêtée ? Pour quelle raison ?

— Elle a pris part à une manifestation de typographes et de pressiers en grève, devant l'immeuble de *L'Époque*.

— Où l'a-t-on emmenée ?

— Au poste de police, rue des Commissaires.

— Comment l'avez-vous appris ?

Lucien cacha son embarras. Ne voulant pas passer pour un lâche, il mentit sans vergogne.

— J'étais sur place. J'ai tenté de venir en aide à votre tante, mais les policiers m'ont repoussé brutalement. Je n'ai rien pu faire.

Fanette l'observa avec méfiance, mais les yeux bleus du jeune homme semblaient parfaitement candides.

— Merci de m'avoir avertie.

— C'est la moindre des choses.

Il s'attarda.

— Vous ne me tenez pas en haute estime, mais sachez que j'ai essayé de convaincre monsieur Laflèche de négocier avec ses ouvriers, au lieu de leur envoyer la police. J'ai même perdu mon emploi à cause de cela.

Cette fois, il était sincère.

— J'en suis désolée pour vous.

Il avait fallu un véritable effort à Fanette pour prononcer cette phrase, car elle n'avait pas encore digéré le fait que le poète l'ait remplacée au journal. Elle referma la porte, préoccupée. Elle devait se rendre sans tarder au poste de police afin de tenter de sortir sa tante de ce pétrin. *Si seulement Julien était là !*

LVIII

Dès leur arrivée au poste de police, Madeleine et les employés du journal avaient dû faire une déposition, après qu'on leur eut confisqué leurs objets personnels. Pour sa part, Madeleine avait été longuement interrogée par l'inspecteur Godefroy Samson, dont les yeux verdâtres et globuleux lui inspiraient une vague répugnance.

— Que faisiez-vous avec ces manifestants, madame Porte-lance ? lui avait-il demandé.

— Je tenais compagnie à ces braves gens.

— Ignorez-vous que les grèves sont interdites au Canada ?

— Ah bon ? Moi qui croyais que nous vivions dans un pays libre…

L'inspecteur avait constaté tout de suite qu'il avait affaire à une forte tête. Il avait en horreur les femmes qui adoptaient des comportements masculins. Leur place était au foyer, à s'occuper de leur famille. « Chacun son métier et les vaches seront bien gar-dées », comme le disait son père. La pensée de sa propre femme, qui l'avait abandonné dix ans auparavant pour s'enfuir avec un maître de poste, décupla son ressentiment.

— Toute atteinte à la liberté de commerce est condamnée en vertu du *Combination Act* et de la *Common Law* britannique, avait-il débité d'un ton sec.

— Je ne vois pas en quoi j'ai pu nuire à la liberté de commerce.

— Laissez-moi vous l'expliquer, chère madame. En cessant leur travail et en bloquant l'accès à l'immeuble de leur journal, les grévistes pourraient être accusés de conspiration criminelle, qui est passible de plusieurs années de prison. Suis-je plus clair ?

La légère répugnance que Madeleine avait éprouvée à l'égard de l'inspecteur s'était transformée en dégoût.

— Je ne suis pas l'employée de ce journal. Je n'ai donc enfreint aucune loi.

— Mais vous avez troublé la paix publique.

— Ces pauvres travailleurs gagnent leur pain à la sueur de leur front ! Tout ce qu'ils veulent, ce sont des conditions de travail décentes.

— Si je comprends bien, vous êtes une radicale. Vous défendez l'anarchie contre la loi et l'ordre.

— Si défendre les droits d'honnêtes ouvriers signifie être radicale, alors oui, je le suis.

Godefroy Samson l'avait dévisagée de ses yeux globuleux, puis avait interpellé l'un de ses hommes.

— Reconduisez cette femme dans la prison commune.

Madeleine avait protesté.

— Je ne suis accusée de rien, que je sache ! J'exige un avocat !

— Comme vous venez de le dire, vous n'êtes accusée de rien *pour le moment*, mais puisque vous avez troublé la paix publique, nous vous gardons sous surveillance.

Madeleine avait compris qu'elle ne pouvait rien contre l'arbitraire de l'inspecteur, mais elle ne s'était pas résignée à son sort pour autant.

— J'exige qu'on avertisse ma nièce, Fanette Vanier, que je suis ici.

— En temps et lieu, chère madame. En temps et lieu.

Malgré ses récriminations, Madeleine avait été enfermée dans la prison commune du poste de police avec Hypolite Leclerc, Fabien Pronovost et le jeune Cloclo, ainsi que quelques mendiants et des prostituées, qui s'entassaient sur un banc étroit. Elle était épuisée et avait faim et soif. Bien qu'elle eût fait de nombreuses demandes, personne ne leur avait apporté à boire ou à manger.

Il faisait froid dans la cellule ; elle grelottait dans ses vêtements encore humides et déchirés par endroits. *Dans quel bourbier me suis-je encore enfoncée ?* songea-t-elle avec découragement.

⤫

Prosper Laflèche, de sa fenêtre, contemplait avec consternation la rue maintenant déserte, où ne restaient que des débris de pancartes gisant sur le sol, tels des oiseaux blessés, qu'éclairaient à peine quelques réverbères. Il avait tout vu de la croisée : l'arrivée des gendarmes ainsi que la dispersion et l'arrestation des grévistes. Au début, il avait ressenti une vive satisfaction à voir les forces policières déferler dans la rue Saint-Jacques et foncer sur les manifestants. Mais lorsqu'il avait été témoin du matraquage de monsieur Hébert par un policier monté, il avait complètement déchanté. Il n'avait jamais pensé que les autorités s'attaqueraient à l'un de ses employés les plus fidèles et les plus dévoués, de surcroît bon père de famille. Ensuite, tout avait été de mal en pis. Le jeune Cloclo et d'autres ouvriers avaient été rudement empoignés par les gendarmes et jetés dans les voitures comme du bétail. Même l'arrestation de Madeleine Portelance ne lui avait apporté aucun plaisir, bien qu'il détestât cette femme à s'en confesser. Son intention avait été de donner une leçon à ses travailleurs, et non de les voir se faire frapper et traiter comme des criminels. Jamais il ne s'était douté que l'intervention policière se solderait par une telle pagaille.

Il referma la fenêtre et retourna lentement vers son pupitre, se sentant accablé par le remords. Il avait beau s'inventer toutes les excuses du monde, c'était lui qui avait ordonné à Arsène Gagnon de se rendre au poste et de réclamer l'aide de la police. *Tout est ma faute.* Il songea aux sages avertissements de Lucien, qui lui avait conseillé de mettre de l'eau dans son vin et de tenter de trouver un terrain d'entente avec ses ouvriers. Pourquoi ne l'avait-il pas écouté ? Au fond, il avait péché par orgueil. Il avait oublié qu'un bon journal ne peut prospérer qu'avec la complicité de tous les employés. Il eut une pensée pour le jeune Cloclo. Comment avait-il pu faire preuve d'un tel manque de cœur ? Sa défunte femme aurait eu honte de lui.

On frappa à la porte. Arsène Gagnon entra dans le bureau, la mine triomphante.

— Voilà, patron. J'ai fait ce que vous m'avez demandé. Vous avez vu ? Les policiers ont foncé dans le tas !

Le rédacteur en chef devint cramoisi.

— Crétin ! Imbécile !

Le reporter resta cloué sur place.

— Je n'ai fait qu'obéir à vos ordres, patron !

C'est alors que Laflèche fut pris d'une douleur intense à la poitrine. Il s'appuya sur son pupitre en grimaçant.

— Patron !

Inquiet, Arsène Gagnon s'approcha de son chef, dont le teint avait pris une teinte cireuse.

— Patron, qu'est-ce que vous avez ?

Le rédacteur s'affaissa sur le sol sous les yeux effarés de son employé.

LIX

À bout de forces, Madeleine s'était assoupie quelques instants, mais un des mendiants se mit à ronfler comme une forge et elle se réveilla en sursaut. Tous ses membres étaient engourdis à cause du froid et de l'immobilité. Elle avait complètement perdu la notion du temps, car sa montre de gousset avait été confisquée. Aucune lumière n'entrait par la fenêtre étroite de la cellule. La nuit semblait être tombée. Elle songea à Clara, si loin d'elle, et l'imagina heureuse, dans les bras de son mari, tandis qu'elle moisissait en prison. Cette pensée la jeta dans un désarroi sans nom. *Clara, où es-tu, pendant que j'ai tant besoin de toi ?* L'exaltation qu'elle avait éprouvée en participant à la manifestation s'était complètement dissipée. Elle jeta un coup d'œil à Cloclo. Heureusement, l'adolescent dormait, la tête sur l'épaule du journaliste Hypolite Leclerc. Quant à Fabien Pronovost, il cognait des clous.

Un policier s'approcha de la cellule.

— Madeleine Portelance ? Vous avez de la visite.

Le gendarme laissa s'avancer une jeune femme. Madeleine reconnut sa nièce avec un soulagement indicible.

— Fanette ! Dieu merci, tu es là… Cela fait je ne sais combien de temps que je croupis ici !

Fanette remarqua les traits tirés de sa tante, ses cheveux en désordre, ses vêtements froissés et sales.

— Mon Dieu, dans quel état on vous a mise !

Elle glissa ses mains entre les barreaux et prit celles de sa tante dans les siennes.

— Vos mains sont gelées comme des glaçons ! Avez-vous mangé, au moins ?

— Pas une bouchée depuis qu'on m'a arrêtée. Je t'en prie, fais-moi sortir d'ici ! Un inspecteur aux yeux de crapaud m'accuse d'avoir troublé la paix publique et d'avoir participé à quelque conspiration criminelle… Je risque la prison ! dit-elle à mi-voix.

Elle désigna ses autres compagnons.

— Mes camarades sont dans la même situation. Tout ça parce qu'ils voulaient obtenir de meilleures conditions de travail…

Fanette reconnut le pressier et Cloclo. Bouleversée par l'état misérable de sa tante et les accusations graves qui pesaient contre elle et les employés de *L'Époque*, Fanette se tourna vers le policier, qui montait la garde devant la cellule.

— Je veux voir l'inspecteur.

Le gendarme lui lança un regard goguenard.

— À cette heure-ci, ma p'tite dame, monsieur Samson est sans doute retourné chez lui.

— Alors laissez-moi parler à une personne en autorité, exigea-t-elle.

Le policier, surpris par la fermeté de son interlocutrice, haussa les épaules.

— Suivez-moi.

⁓

L'inspecteur Samson avait son pardessus sur le dos et était en train de mettre son vieux chapeau déformé par l'usage lorsqu'on frappa à la porte de son bureau. Il soupira d'impatience. La soirée avait été longue, et il lui tardait de rentrer enfin chez lui, même si aucune présence féminine ne l'attendait pour lui servir à manger ou réchauffer son lit. Il ouvrit brusquement la porte.

— Quoi, encore ? maugréa-t-il, de mauvaise humeur.

— Une dame veut vous voir, inspecteur.

Samson aperçut la silhouette gracieuse d'une jolie femme, habillée avec une élégance qui contrastait avec le genre de racaille qui fréquentait habituellement les lieux. Il enleva son chapeau et inclina poliment la tête en grimaçant un sourire qu'il tenta de rendre charmant.

— Je vous en prie, entrez.

Fanette reconnut l'inspecteur Godefroy Samson. Ce dernier fit signe au policier de les laisser seuls et referma la porte, puis désigna une chaise à son invitée tout en retournant derrière son pupitre.

— Que puis-je faire pour vous aider, mademoiselle ?

— Madame Vanier. Nous nous sommes déjà rencontrés. C'est vous qui aviez mené l'enquête lors de l'enlèvement de ma fille.

Il la regarda attentivement, puis acquiesça.

— Je me rappelle fort bien cette affaire. Si ma mémoire est bonne, le coupable a été arrêté, puis déporté en France.

L'horrible souvenir fit frissonner Fanette.

— C'est exact.

— Est-ce à ce sujet que vous vouliez me voir ?

Fanette fit non de la tête.

— Ma tante, Madeleine Portelance, est détenue ici. Je souhaite la faire libérer.

Les yeux verdâtres de l'homme se durcirent.

— Votre tante est dans de beaux draps, dit-il. Elle risque la prison, vous savez.

— Elle n'a rien à se reprocher, sinon de s'être trouvée au mauvais endroit au mauvais moment.

— Pourtant, elle m'a affirmé avoir participé de plein gré à cette manifestation illégale.

Fanette se rembrunit. Sa tante était une rebelle dans l'âme. Il n'était pas étonnant qu'elle ait tenu tête à l'inspecteur.

— Ma tante a eu un grave accident. Sa santé est fragile. Je vous en prie, faites preuve de compréhension.

L'inspecteur fixa la jeune femme. Au lieu de l'adoucir, la supplique l'irrita encore davantage. *Ces bourgeoises, toujours en train d'exiger des passe-droits !*

Il fit craquer ses doigts sans quitter Fanette des yeux. Le son désagréable la fit frémir.

— Je pourrais peut-être libérer votre tante, mais pour cela il faudrait payer une caution, poursuivit-il.

— Combien ?

— Mille dollars.

Normalement, il aurait fallu que l'inspecteur obtienne un mandat judiciaire pour exiger une caution, mais cette femme ne connaissait rien au droit. Il éprouvait un plaisir mesquin à exercer son pouvoir sur une bourgeoise bien nantie, comme si cela le vengeait de l'humiliation que lui avait fait subir son ancienne épouse.

Découragée, Fanette secoua la tête.

— Il est huit heures du soir. Toutes les banques sont fermées. De toute manière, je ne dispose pas d'une somme pareille.

— Dans ce cas, je ne peux rien faire.

— Mon mari est avocat. Il portera plainte contre vous.

L'inspecteur serra les dents.

— Vous ne semblez pas comprendre la situation, madame Vanier. La justice ne lésine pas sur le respect de la loi et l'ordre. Il se pourrait que votre parente soit incarcérée pour de longues années. Je suis certain que ce n'est pas le sort que vous souhaitez pour elle.

Ils se mesurèrent du regard. Fanette sentit qu'elle avait perdu la partie. Elle regretta amèrement que Julien ne revienne que dans quelques jours. En tant qu'avocat, il aurait trouvé une façon de faire libérer Madeleine. Mais elle était ignare en ce domaine et ne pouvait rien contre le pouvoir abusif de cet homme. Son impuissance la remplit de colère.

— Donnez au moins à boire et à manger, ainsi qu'une couverture et un oreiller à ma tante et aux employés du journal.

— Ce sera fait, concéda-t-il.

༄

Madeleine surveillait anxieusement les allées et venues dans la salle de police entre les barreaux de la cellule. Elle fut soulagée en apercevant Fanette, escortée par un policier, qui se dirigeait vers elle.

— Suis-je libérée ? s'écria Madeleine, les yeux remplis d'espoir.

— Je n'ai rien pu faire. L'inspecteur Samson refuse de vous laisser sortir.

— Mais pourquoi ? Je n'ai rien fait de mal !

L'agent ouvrit la grille et déposa des couvertures, quelques quignons de pain et une cruche d'eau sur le banc, à côté de la prisonnière, puis referma la grille.

— C'pas juste ! s'exclama une jeune fille d'environ dix-sept ans, dont le visage couvert de poudre et les lèvres carmin trahissaient la profession. J'veux une couverte pis du pain moé itou !

— Ferme ta grande trappe, Josette ! répliqua le policier. Compte-toi chanceuse de passer la nuit ici, au lieu de faire le trottoir !

La prostituée fit la moue et se rencogna sur le banc. Des larmes roulèrent sur les joues de Madeleine.

— Combien de temps devrons-nous rester ici ?

Fanette, le cœur serré, tendit son mouchoir à sa tante.

— Je ne sais pas, avoua-t-elle. Julien est en voyage. Je lui enverrai un télégramme à la première heure demain matin pour qu'il revienne à Montréal de toute urgence. Je suis certaine qu'il trouvera le moyen de vous faire libérer dès que possible.

Madeleine ravala bravement ses larmes.

— Mon séjour dans cet endroit me donnera peut-être de l'inspiration pour écrire un nouveau roman, qui sait ?

Le cran dont faisait preuve sa tante toucha Fanette.

— Je reviendrai vous voir dès que j'aurai des nouvelles de Julien. Tenez bon.

— Tâche d'avertir Berthe que je ne rentrerai pas cette nuit. Ne lui dis surtout pas où je suis, elle se ferait du sang de punaise.

— Vous pouvez compter sur moi, ma tante. Je lui expliquerai que vous avez passé la nuit chez moi.

Fanette s'éloigna à pas rapides pour ne pas s'épancher devant sa tante. Au moment où elle s'apprêtait à quitter le poste de police, la porte s'ouvrit brusquement. Un adolescent, qu'empoignaient fermement deux policiers, fut entraîné à l'intérieur. Il se débattait comme un forcené, agonissant les gendarmes d'injures.

— Lâchez-moé, espèces de faces de porc frais ! J'ai rien faite !

— Essayer de détrousser un bourgeois, t'appelles ça rien faire, Antoine ?

— J'avais faim, ciboire !

— Tu vas finir en gibier de potence, mon p'tit gars.

Antoine. Fanette avait déjà entendu ce prénom. Elle se tourna vers le garçon. Ses vêtements étaient sales et déchirés ; ses cheveux embroussaillés entouraient un visage dur, mais adouci par ses joues rousselées. Ce visage lui était familier.

Antoine avait les yeux rivés sur la « jolie dame », comme la nommait Oscar. Car c'était bien elle. Il aurait reconnu entre tous ce visage à la peau d'ivoire, aux yeux d'un bleu outremer. Cette femme lui avait servi de la soupe à plusieurs reprises au refuge du Bon-Pasteur, du temps qu'il vivait à Québec. Il n'y allait pas juste pour manger, mais pour la voir, elle, pour respirer son parfum lorsqu'elle lui tendait une écuelle, et pour admirer ses mains fines. Il aurait voulu lui parler, mais la honte et la colère l'en empêchaient. Il n'était rien pour elle, juste un crotté, un bon à rien, comme son soûlon de père le lui criait par la tête à cœur de jour, entre deux taloches, quand il était enfant.

Fanette allait s'adresser au garçon, mais les deux policiers, qui le tenaient toujours solidement par les épaules, le poussèrent vers la cellule.

— Lâchez-moé, ciboire !

— Tiens-toi tranquille, Antoine, sinon tu vas finir dans une vraie prison, lança un des policiers.

— Tu m'turlupines tout le temps avec ça ! J'serais ben mieux en prison que d'être obligé d'endurer ta maudite face de bœuf !

Lorsque Fanette sortit du poste, elle se retrouva sous une pluie battante. Elle courut jusqu'à son Phaéton et se hissa sur la banquette, la mort dans l'âme. L'état pitoyable de sa tante et son impuissance à la faire libérer l'accablaient. Sa rencontre fortuite avec le jeune Antoine avait ajouté à sa détresse. Elle aurait tout donné pour que Julien soit de retour.

LX

Lorsque monsieur Hébert reprit connaissance, il entrevit des formes vagues autour de lui, comme s'il était à moitié aveugle. Peu à peu, sa vue se précisa. Il se rendit compte qu'il était allongé dans un lit étroit, entouré d'une courtine blanche. Une douleur fulgurante lui traversa le crâne. Il tenta de soulever une main pour toucher son front, mais en fut incapable. Une religieuse, portant un long voile noir, se pencha vers lui.

— Comment vous sentez-vous, monsieur Hébert ?

— Mal à la tête, murmura-t-il.

— Pas étonnant, après le coup que vous avez reçu.

Le typographe s'efforça de se rappeler les derniers événements, mais n'en gardait qu'un souvenir confus.

— Un médecin vous a examiné, poursuivit la sœur hospitalière. Vous avez eu une commotion cérébrale.

Il leva des yeux inquiets vers la religieuse, mais celle-ci s'empressa de le rassurer.

— Rien de trop grave. Par contre, vous aurez sans doute des troubles de mémoire, qui devraient s'atténuer avec le temps.

Soudain, monsieur Hébert entendit un brouhaha dans l'allée centrale qui séparait les deux rangées de lits. Deux médecins, assistés par des religieuses, poussaient une civière munie de roulettes. Un homme corpulent y était étendu, recouvert jusqu'au cou d'un drap blanc. La civière s'arrêta à quelques pieds du typographe, qui tourna lentement la tête dans cette direction. Il reconnut Prosper Laflèche, dont le visage était d'une grande pâleur. Ses joues pendaient comme des outres vides. Cette vision lui donna un choc.

— Mon Dieu, que lui est-il arrivé ?

L'hospitalière hocha la tête.

— Il a eu une crise d'apoplexie. Nous avons tenté de le ranimer, mais il n'a pas encore repris connaissance.

Monsieur Hébert ressentit un profond désarroi en apprenant cette nouvelle. Il aurait voulu en savoir plus, mais la sœur s'était déjà éloignée. Il regarda de nouveau vers la civière. Les médecins avaient soulevé le corps inerte de monsieur Laflèche et le déposèrent avec précaution sur un lit à proximité du sien. L'un d'eux prit son pouls. Quelques images surgirent dans l'esprit du typographe : les pancartes brandies, les cris des manifestants, l'arrivée de la police… *La grève.* C'était cela, les ouvriers du journal s'étaient mis en grève. Le patron avait fait appel aux forces de l'ordre. Des policiers montés avaient foncé sur eux, et après, c'était comme un grand trou noir. Au lieu d'être au travail et de composer le journal, il se trouvait dans un lit d'hôpital, à deux pas de son rédacteur en chef, dont l'état semblait être bien grave. Comment les choses avaient-elles pu si mal tourner ? *Quel gâchis…*

⁓

Un jour pâle filtrait à travers l'étroite fenêtre grillagée. Madeleine se réveilla. Elle fit un mouvement pour s'étirer, mais ses membres étaient endoloris après une nuit des plus inconfortables passée sur le banc dur de la geôle. Seule la visite de Fanette avait mis un peu de baume sur ses plaies, bien que sa nièce n'eût pu la faire sortir de cet endroit sordide. Elle tourna la tête. Ses compagnons d'infortune, Fabien Pronovost, Hypolite Leclerc et Cloclo, dormaient. La jeune prostituée, qu'un des policiers avait appelée Josette, était recroquevillée sur la banquette et fixait le vide devant elle. Des traces de maquillage marquaient ses joues, qui avaient gardé un peu de la rondeur de l'enfance. Un adolescent de dix-sept ou dix-huit ans s'était assoupi, la bouche légèrement entrouverte. Ses cheveux emmêlés couvraient ses yeux. Madeleine leur jeta un regard empreint de compassion. La misère et le dénuement avaient déjà fait leurs ravages sur ces jeunes gens. Le corps gracile de la fille portait les marques de son triste commerce. L'injustice du sort de ces prostituées mettait Madeleine hors d'elle. La loi punissait sévèrement les « femmes de mauvaise vie », alors que les hommes, qui profitaient de leurs services, n'étaient jamais incommodés. Elle enleva la couverture de ses épaules et en couvrit Josette et le garçon.

Elle entendit un cliquetis de clés. Un policier ouvrait la grille tandis qu'un autre l'escortait. Il s'adressa aux employés du journal.

— Allez, debout !

Ils se frottèrent les yeux, encore ensommeillés.

— Que se passe-t-il ? demanda Hypolite Leclerc, les cheveux en broussaille et les vêtements en désordre.

— Vous êtes libérés, mais vous devez vous engager à garder la paix et vous tenir à la disposition de la justice.

— Et moi ? s'exclama Madeleine.

— J'ai l'ordre de vous maintenir en détention.

— Mais c'est insensé ! J'exige d'avoir un avocat !

Hypolite Leclerc s'adressa au gendarme.

— Cette femme a raison. Vous ne pouvez la détenir sans raison valable.

— J'obéis aux ordres.

Les employés de *L'Époque* furent reconduits sous escorte policière vers un comptoir, où un agent leur rendit leurs effets personnels, puis ils furent remis en liberté. Madeleine les suivit du regard, puis resta prostrée sur le banc de la cellule. Jamais elle ne s'était sentie aussi seule. Elle n'avait même plus la force de pleurer.

⚬⚬

Une heure s'écoula au compte-gouttes. Soudain, une voix s'éleva.

— Madeleine Portelance, vous avez un visiteur.

Un visiteur ? Se pourrait-il que le mari de Fanette soit déjà revenu de voyage pour la faire libérer ? Revigorée par l'espoir, elle suivit le gendarme, qui la mena vers une petite pièce meublée simplement d'une table et de deux chaises. Elle étouffa une exclamation en apercevant une longue silhouette, légèrement recourbée. C'était son fils, Guillaume Soulières.

LXI

Guillaume fit un signe de tête poli, mais distant, à sa mère.

— Bonjour, madame Portelance.

Le policier les fit asseoir et se posta près de la porte afin de les surveiller. Un silence embarrassé régna entre mère et fils. Madeleine avait gardé un souvenir pénible de leur dernière rencontre. Pourtant, tout avait si bien commencé ! Elle le voyait encore, debout sur le seuil de sa porte, l'air intimidé. Il avait sans doute fallu du courage à Guillaume pour revenir lui rendre visite, bien qu'elle se fût si mal comportée à son endroit. Elle avait alors caressé l'espoir qu'ils puissent entretenir une relation cordiale, voire affectueuse. Mais il avait suffi qu'elle lui dise la vérité au sujet de sa relation avec Clara pour que le château de cartes s'écroule.

— Comment avez-vous su que j'étais ici ? demanda Madeleine, partagée entre étonnement et malaise.

— La nouvelle de votre arrestation était dans plusieurs gazettes ce matin.

Madeleine sentit ses joues brûler. La honte la submergea. Elle eut un geste pour mettre un peu d'ordre dans sa coiffure et lisser sa jupe, se doutant qu'elle devait avoir l'air pitoyable, après cette interminable nuit passée en cellule.

— Je n'ai rien fait de mal, vous savez. L'inspecteur Samson a beau prétendre que les grèves sont illégales au Canada, je n'ai fait qu'appuyer d'honnêtes travailleurs.

— Je ne vous juge aucunement. De quel droit le ferais-je ?

Le ton calme du jeune homme et son attitude respectueuse rassurèrent Madeleine.

— J'aurais préféré vous revoir dans d'autres circonstances.

Ils échangèrent leur premier sourire.

— Puis-je vous demander… la raison de votre visite ? dit Madeleine.

— Vous faire libérer. Quelles que soient les raisons pour lesquelles on a procédé à votre arrestation, je trouve inacceptable que ma mère soit derrière des barreaux. J'en ai parlé avec ma femme. Elle approuve entièrement mon geste.

— Je ne sais pas comment vous vous y prendrez pour me faire sortir d'ici. L'inspecteur Samson prétend que j'ai troublé la paix publique et veut me garder sous surveillance, expliqua-t-elle.

— La police ne peut vous détenir plus de vingt-quatre heures sans obtenir le mandat d'un juge.

Madeleine lui jeta un regard surpris. Comment son fils, qui travaillait pour une banque, était-il au courant de ces modalités juridiques ? La porte s'ouvrit avec fracas avant qu'elle puisse lui poser la question. L'inspecteur Samson apparut sur le seuil. Il s'adressa au policier d'une voix coupante.

— Qui t'a donné la permission de faire entrer un visiteur ?

— Mais je croyais que les visites étaient permises, bredouilla le gendarme.

— Laisse-nous seuls !

L'agent partit, mortifié. Samson se tourna vers Guillaume.

— Qui êtes-vous ? demanda-t-il d'un ton brusque.

— Je suis Guillaume Soulières. Madame Portelance est ma mère.

L'inspecteur les examina longuement, comparant les deux physionomies afin de vérifier l'affirmation du jeune homme. La ressemblance était effectivement frappante.

— *Votre mère* a commis des infractions graves, qui lui vaudront fort probablement la prison.

Guillaume resta imperturbable.

— C'est possible, mais aucune accusation n'a encore été portée contre elle. Vous n'avez donc pas le droit de la détenir à moins d'avoir le mandat d'un juge en bonne et due forme.

Samson dévisagea son interlocuteur avec hostilité, présumant que celui-ci était avocat. Et il détestait les avocats presque autant que les journalistes.

— J'en obtiendrai un.

— En attendant, j'exige que vous lui rendiez la liberté.

Madeleine resta bouche bée devant l'aplomb et l'autorité de son fils. Elle l'avait jugé pusillanime, plutôt gauche, et voilà qu'il tenait tête à un représentant de l'ordre avec une présence d'esprit et une fermeté remarquables. L'inspecteur Samson fusilla le jeune homme du regard. Il avait horreur de perdre la face, surtout devant une femme. Cela décupla sa vindicte concernant la détenue.

— Je ne laisserai pas madame Portelance partir sans qu'elle ait signé une promesse de comparaître en cour, assortie de l'interdiction de participer à des manifestations publiques et de quitter la ville de Montréal jusqu'à nouvel ordre.

Samson tourna les talons et sortit en claquant la porte. Madeleine contempla son fils avec un étonnement indicible.

— Comment saviez-vous tout cela, au sujet de la durée de détention et du mandat d'un juge ? Avez-vous reçu une formation d'avocat ?

— Mon père en aurait été heureux, mais je suis trop timide pour être un bon plaideur et je n'ai pas une très bonne mémoire, répondit Guillaume avec une note d'humour. L'un de nos meilleurs clients à la banque est juge. Avant de venir ici, je me suis permis de lui rendre visite, à son bureau du palais de justice, pour me renseigner au sujet des droits des détenus.

Madeleine admira la débrouillardise de son fils. Peut-être tenait-il plus d'elle qu'elle l'avait cru au départ…

෴

Une heure plus tard, l'inspecteur Samson revint avec un document, qu'il déposa sur la table, devant Madeleine.

— Voici la promesse de comparaître. Signez en bas, ordonna-t-il.

Guillaume tint à l'examiner, afin de s'assurer que le mandat était véritablement paraphé par un juge.

— Vous pouvez signer, mère.

C'était la première fois qu'il nommait Madeleine « mère », au lieu de « madame ». Elle en éprouva une joie profonde, comme elle n'en avait jamais ressenti auparavant. L'inspecteur s'impatienta.

— Qu'attendez-vous ? Je n'ai pas toute la journée !

Elle prit la plume que lui tendait Samson. En apposant sa signature, elle comprit qu'elle était loin d'être sortie d'affaires. Le tempérament vindicatif de l'inspecteur lui faisait craindre le pire. Il ferait tout en son pouvoir pour qu'elle soit poursuivie en cour, ne serait-ce que pour lui donner une leçon.

Guillaume, qui avait tenu à rester avec sa mère pendant tout ce temps, lui proposa d'aller la conduire en fiacre à son domicile.

— Vous devez être épuisée après cette nuit éprouvante.

— Mais… votre travail ?

— J'ai pris congé aujourd'hui.

Madeleine accepta l'offre de son fils avec gratitude. Il la prit par le bras et l'escorta jusqu'à l'extérieur. Ce n'est qu'une fois dehors, en respirant l'air printanier, qu'elle eut le sentiment d'être vraiment libre.

LXII

Tout en astiquant l'argenterie, Berthe attendait Madeleine avec une anxiété grandissante. La veille, elle avait reçu la visite de Fanette, qui lui avait expliqué que sa tante passerait la nuit chez elle, mais la servante était sans nouvelles depuis. Aussi fut-elle soulagée lorsqu'elle entendit la porte s'ouvrir. La chienne George, qui dormait dans un coin de la cuisine, se réveilla en sursaut et se mit à aboyer. La servante se précipita vers l'entrée, tenant toujours une assiette en argent à la main, le basset sur ses talons, et resta muette de stupéfaction en apercevant sa maîtresse, les cheveux défaits et emmêlés, les vêtements sales et déchirés, au bras de Guillaume Soulières. La chienne se jeta sur Madeleine avec des jappements joyeux.

— Du calme, George, tu vas ameuter le quartier ! s'écria Madeleine.

Le basset s'assit, ses yeux doux rivés sur sa maîtresse, qui lui caressa la tête.

— Seigneur, que vous est-il arrivé ? s'exclama Berthe. J'croyons pourtant que vous étiez chez madame Fanette !

— Je t'expliquerai. Guillaume a eu la gentillesse de me conduire à la maison. Prépare-nous un bon thé chaud, avec quelque chose à nous mettre sous la dent. Et puis demande à Alcidor de se rendre chez Fanette *dès maintenant* pour l'avertir que je suis revenue à la maison, saine et sauve. Tu m'as bien comprise ?

385

Berthe avait mille questions à poser, mais le regard impérieux de Madeleine l'en empêcha. Elle fila vers la cuisine tandis que Madeleine s'adressait à son fils :

— Vous resterez bien un petit moment ?

— Volontiers, répondit Guillaume.

— Donnez-moi quelques minutes pour me changer. En attendant, je vous en prie, faites comme chez vous.

Madeleine s'engagea dans l'escalier menant à sa chambre, suivie par la chienne, qui ne voulait pas la quitter d'un pouce.

— Je vois que tu t'es ennuyée de moi, ma pauvre George, mais sois polie et tiens compagnie à notre invité.

Le basset baissa les oreilles, mais obéit et rejoignit Guillaume, qui lui flatta l'encolure.

Une horloge sonna dix heures. En attendant le retour de sa mère, Guillaume fit quelques pas dans le salon. Son regard fut attiré par une toile où l'on voyait une femme encore jeune posant en cavalière. Il reconnut Madeleine. Son regard était franc et son sourire, lumineux. Ce portrait l'émut, lui donnant le sentiment de la connaître un peu mieux. Il remarqua la signature au bas du tableau. *Clara Bloomingdale*. Il rougit. C'était le nom de la femme qu'il avait croisée, lors de sa dernière visite à sa mère. Il ignorait alors que les deux femmes avaient une relation intime. Cette révélation l'avait profondément choqué. Malgré tous ses efforts, il n'avait pas réussi à se réconcilier avec l'idée que sa mère puisse entretenir une liaison avec une autre femme. Cela dépassait son entendement, encore aujourd'hui. Il s'approcha d'une pièce de forme hexagonale, entourée de fenêtres d'où l'on pouvait voir un joli jardin bordé d'une haie de thuyas. Un lilas était en train de fleurir, jetant des taches mauves dans le vert tendre du feuillage. Le pupitre était encombré de livres et de paperasse. Plusieurs volumes de *Histoire de ma vie*, de George Sand, dans l'édition Michel Lévy, y formaient une pile. Il feuilleta l'un d'eux. Il avait entendu parler de l'écrivain, mais n'avait jamais lu ses œuvres. Une voix le fit tressaillir.

— J'ai eu la chance de la rencontrer, à son domaine de Nohant. Une femme extraordinaire. Sereine et bienveillante, bien qu'elle ait été la proie de bien des préjugés.

Guillaume se tourna vers sa mère, qui avait revêtu une robe propre et s'était recoiffée. Il fut frappé par le contraste entre cette femme bien habillée, aux cheveux lissés en chignon et au col amidonné, et celle qu'il avait ramenée de prison.

— Vous semblez vous porter beaucoup mieux.

— Rien de tel que de rentrer chez soi pour reprendre du poil de la bête.

Elle lui indiqua un fauteuil.

— Assoyez-vous.

Il attendit que Madeleine fût elle-même installée sur un canapé avant de s'asseoir à son tour. Elle fut touchée par cette marque de politesse. La fidèle George se coucha à ses pieds.

Berthe entra, portant un plateau chargé d'un ensemble à thé et de scones encore fumants.

— J'venions de les faire, ils sont encore chauds. Et pis j'ai parlé à monsieur Alcidor, comme vous me l'avions demandé.

La servante déposa le plateau sur une crédence et versa le thé dans les tasses. Elle s'attarda, se mourant d'envie d'en savoir plus sur ce qui était arrivé à sa maîtresse et la raison pour laquelle son fils l'avait raccompagnée.

— Tu peux disposer, Berthe, nous nous servirons nous-mêmes.

Berthe s'éclipsa à regret. Une fois seuls, Madeleine et Guillaume restèrent cois. Après les émotions intenses vécues au poste de police, le retour à la normalité les ramenait au fait qu'ils étaient deux étrangers l'un pour l'autre, malgré leurs liens du sang. Ils burent une gorgée de thé pour se donner une contenance. Le tintement des tasses ponctuait le silence.

— Je vous remercie encore une fois de votre aide, finit par dire Madeleine. Sans vous, je ne sais pas ce que je serais devenue.

— C'était la moindre des choses.

Ils étaient revenus à une civilité neutre, comme s'ils craignaient de briser leur nouvelle complicité en abordant des sujets trop compromettants.

— Je me demandais…, commença Madeleine.

Elle avala une autre gorgée de thé pour se donner le courage de poursuivre.

— Je me demande pourquoi vous êtes venu à mon secours. Rien ne vous y obligeait.

— Vous êtes ma mère. C'était mon devoir.

— Pourtant, nous nous étions quittés en mauvais termes, lors de votre deuxième visite chez moi. Mon mode de vie semblait vous avoir scandalisé.

Elle avait prononcé cette phrase en retenant son souffle, sachant qu'elle venait d'ouvrir une boîte de Pandore. Guillaume déposa sa tasse sur la soucoupe. Ses mains étaient agitées d'un léger tremblement.

— J'ai été élevé dans une famille très stricte. Mes parents m'ont inculqué tout jeune l'importance de la religion et de la morale. Il n'est pas aisé pour moi de sortir de ce sentier, que j'ai suivi toute ma vie. J'aurai besoin d'un peu de temps pour m'ouvrir à… à d'autres réalités.

La sincérité avec laquelle son fils lui avait parlé de son éducation remua profondément Madeleine. Elle tenta d'imaginer quelle sorte de jeune homme il serait devenu s'il avait vécu avec elle, qui avait toujours mené une vie de bohème, sans souci du lendemain, emportée dans des tourbillons de passion et des vertiges de solitude. Serait-il aussi droit, loyal, honnête ? Serait-il un père de famille aimant et responsable ? Peut-être que la cruauté des religieuses, qui lui avaient arraché son enfant, avait été en fin de compte une bénédiction pour Guillaume. Ce dernier observa sa mère, dont le front et le regard semblaient obscurcis par des pensées sombres.

— J'espère que je ne vous ai pas blessée, dit-il.

— Oh non, au contraire. Vos paroles me permettent de mieux vous comprendre, de réfléchir à mon passé, au vôtre. Je regrette seulement de vous avoir connu si tard.

C'était le plus loin que Madeleine était allée dans l'expression de ses sentiments pour son fils.

— Moi aussi.

Une nouvelle complicité était en train de naître, encore fragile, mais tangible.

— Parlant du passé, il y a une chose que je souhaiterais savoir, reprit Guillaume. C'est très important pour moi.

Madeleine devina ce à quoi il faisait allusion.

— Tu veux savoir qui est ton vrai père.

Elle était revenue au tutoiement sans s'en rendre compte. Il acquiesça.

— Je sais que cette question vous replonge dans des souvenirs pénibles, et je m'en excuse à l'avance. Mais je ressens le besoin de savoir d'où je viens, quel genre d'homme était mon père et aussi… pourquoi il n'a pas voulu de moi.

Il avait eu de la difficulté à prononcer les derniers mots.

— Ton vrai père, c'est celui qui a pris soin de toi, t'a éduqué et a fait de toi l'homme que tu es devenu. C'est tout ce qui compte.

— Je ne comprends pas vraiment moi-même pourquoi cela revêt tant d'importance à mes yeux. Il me semble que, si je pouvais connaître son nom, voir le visage de celui qui m'a engendré, je pourrais faire la paix avec mon passé.

— Cela risque de te faire plus de mal que de bien, l'avertit Madeleine, évoquant le pénible souvenir de sa rencontre avec Maurice Loiselle. Peut-être seras-tu amèrement déçu.

— Je suis prêt à prendre ce risque.

Madeleine hésita longuement. Lorsqu'elle avait, par hasard, retrouvé la trace du père de Guillaume et qu'elle l'avait revu, elle n'avait éprouvé aucun sentiment de paix, bien au contraire. Sa rancœur envers l'homme qui l'avait mise enceinte et qui l'avait ensuite lâchement abandonnée avait ressurgi de plus belle.

— Si je te dis qui il est, promets-moi une chose.

Il leva ses grands yeux sombres vers elle. *Mon Dieu, qu'il me ressemble !* songea Madeleine, troublée au plus profond d'elle-même.

— Je vous le promets.

— Ne lui demande pas ce qu'il ne peut pas te donner.

Guillaume regarda sa mère sans comprendre.

— N'attends rien de lui. Cela te causerait trop de chagrin. Et ce qui m'importe le plus au monde, c'est que tu sois heureux.

Les yeux de Guillaume s'embrouillèrent. Madeleine se rendit compte qu'il était au bord des larmes. Elle en fut si bouleversée qu'elle chercha fébrilement un mouchoir dans sa manche et le tendit à son fils, qui le prit avec un sourire confus.

— Pardonnez-moi. Je suis vraiment désolé. C'est l'émotion…

— Ne t'excuse jamais d'éprouver des sentiments, dit Madeleine. Tu n'as aucune raison d'en avoir honte.

— Quand j'étais enfant, mon père me disait souvent qu'un homme ne pleurait jamais.

— Mon père, lui, s'inquiétait lorsque je passais mes journées à marcher dans la nature et que je revenais, ma robe et mes chaussures tachées de boue. Il me traitait de sauvageonne et craignait que je ne trouve pas de « bon parti ».

— Et votre mère ?

— Je n'ai pas eu la chance de la connaître. Elle est morte lorsque j'étais enfant.

— J'en suis navré.

Peu à peu, au fil des silences et des mots, mère et fils refaisaient les ponts du passé au présent. Puis Madeleine revint au sujet délicat que son fils avait abordé avec elle.

— Tu es vraiment certain de vouloir savoir qui est ton père ?

Il fit oui de la tête. Madeleine se leva et se dirigea vers son bureau. Elle revint quelques instants plus tard, une feuille pliée en deux à la main.

— Voici son nom.

— Savez-vous où je peux le trouver ?

— Je ne connais pas son adresse, mais il est avocat et plaide en ce moment une cause au palais de justice, celle d'Oscar Lemoyne contre la Fabrique Notre-Dame. Si je ne me trompe pas, les plaidoiries commenceront dans quelques jours.

Ils terminèrent leur thé sans parler davantage, puis Guillaume se leva pour prendre congé. Madeleine reconduisit son fils à la porte.

— J'espère que tu n'auras aucune raison de regretter ta démarche.

— Si c'est le cas, jamais je ne vous en tiendrai responsable.

Sans que Madeleine s'y attende, il déposa un baiser maladroit sur sa joue.

— Au revoir, mère.

Il ouvrit la porte et sortit. Elle le suivit des yeux jusqu'à ce qu'il ne soit plus visible. Elle sut à cet instant ce que signifiaient les mots « amour maternel », qui jusque-là avaient été pour elle une notion abstraite, un désir inassouvi. Maintenant, ces mots étaient incarnés dans un être en chair et en os, si différent d'elle, et en même temps si semblable. Elle eut une pensée pour Clara, et se rendit compte que l'évocation de sa compagne ne lui causait plus autant de chagrin, comme si ses sentiments pour son fils, sans remplacer son amour pour Clara, avaient adouci sa blessure amoureuse.

LXIII

Après le départ de son fils, Madeleine, rompue par la fatigue et l'émotion, monta à sa chambre pour s'étendre, sans prendre le temps de se déshabiller. Elle sombra rapidement dans un sommeil de plomb. À son réveil, elle ressentit une plénitude profonde, qu'elle n'avait pas éprouvée depuis longtemps. Son court séjour en prison n'avait pas laissé de traces, sinon un ardent désir de rattraper le temps perdu avec Guillaume, d'apprendre à mieux le connaître, ainsi que sa belle-fille et son petit-fils. Elle venait tout juste de se lever lorsqu'elle entendit la clochette annonçant le dîner. Elle se rendit compte qu'elle avait une faim de loup.

❦

Lorsque Berthe servit le repas, Madeleine mangea avec un appétit qui fit plaisir à la servante. Celle-ci avait vu trop souvent sa maîtresse se traîner comme une âme en peine, mangeant comme un oiseau. Elle ne savait pas à quoi attribuer cette transformation, mais se doutait que le grand jeune homme maigre comme un échalas y était pour quelque chose. *Il faudrait bien le remplumer, celui-là*, se dit-elle.

Après s'être servi une troisième tasse de café, Madeleine s'installa à son bureau, avec sa chienne George collée à ses jupes. Contre toute attente, la vue de la page blanche ne lui causa pas d'angoisse. Elle laissa libre cours à ses pensées, puis saisit sa plume et se mit à écrire. Les mots se traçaient aisément sur le papier, sans effort.

On sonna à la porte. C'était Fanette, qui venait prendre des nouvelles de sa tante.

— Vous avez bien meilleure mine ! s'exclama-t-elle. J'étais tellement soulagée lorsque Alcidor m'a appris que vous étiez revenue chez vous ! Ainsi, on vous a finalement laissée sortir ?

Madeleine lui fit signe de parler plus bas, de crainte que Berthe n'entende.

— Quelqu'un m'a fait libérer, dit-elle à mi-voix.

Fanette lui jeta un regard étonné.

— Quelqu'un ?

Madeleine sourit. Des couleurs lui étaient venues aux joues, au point que Fanette pensa un instant que ce « quelqu'un » était peut-être un soupirant de sa tante. Cette dernière entraîna sa nièce vers un divan.

— Tant d'événements se sont produits, ma chère Fanette, je n'ai pas eu le temps de reprendre mes esprits.

Elle toussota pour se donner une contenance.

— La personne qui m'a libérée s'appelle Guillaume Soulières. Il s'agit de… de mon fils.

Fanette garda un silence stupéfait.

— Je le croyais mort à la naissance, continua Madeleine, mais c'était un mensonge inventé par les religieuses pour protéger l'identité du couple qui l'avait recueilli. Sa mère adoptive lui a appris mon existence avant de mourir, et il m'a retrouvée.

Un sourire heureux éclairait son visage. Fanette fut très touchée par ce bonheur qui transfigurait les traits anguleux de sa tante. Jamais elle n'avait vu tant de lumière dans son regard.

— J'espère que j'aurai la chance de faire sa connaissance.

— Tu verras, c'est un garçon un peu timide de prime abord, mais très attachant. Il est marié à une femme charmante et a un enfant de deux ans, Tristan, qui a le plus beau sourire du monde. C'est fou, n'est-ce pas ? Je m'étais résignée au fait de ne pas avoir d'enfants, et maintenant j'ai un fils et un petit-fils, sans compter une gentille bru.

— Me permettez-vous d'en faire part à Julien, lorsqu'il sera de retour de Québec ?

— Bien sûr, répondit Madeleine, les yeux brillants. Tu peux le dire à la terre entière, si tu veux ! Guillaume est peut-être un enfant illégitime aux yeux de la société, mais aux miens il est *mon fils*.

ഐ

Dès que Julien avait reçu le télégramme de Fanette, lui annonçant que sa tante avait été arrêtée par la police et lui demandant de revenir au plus tôt, il avait décidé de laisser sa calèche à l'auberge Giroux et de prendre le train pour Montréal afin d'arriver plus rapidement. Il reviendrait chercher sa voiture lors d'un prochain voyage. Durant le trajet, il s'était abîmé dans des pensées sombres, revivant les heures tragiques passées à Québec. Le mensonge qu'il avait servi à Fanette pour justifier son absence lui faisait horreur, mais c'était à ce prix qu'il avait pu sauvegarder son mariage jusqu'à présent. Sa plus grande angoisse était que Fanette découvre son secret. Alors son monde s'écroulerait, il ne resterait qu'un amas de ruines.

À son arrivée à la gare Bonaventure, à la fin de l'après-midi, Julien héla un fiacre pour se rendre chez lui. La vue de la maison, dont les fenêtres étaient éclairées, le rassura. Fanette, qui surveillait la rue d'une croisée, courut lui ouvrir et s'élança dans ses bras.

— Julien, enfin, te voilà !

Il y avait tant d'amour dans les yeux améthyste de sa femme que Julien sentit ses craintes disparaître. Il était chez lui, dans son foyer, avec sa Fanette adorée, ses enfants, tout ce qui faisait sa joie. Malgré sa précarité, ce bonheur existait toujours. Personne n'avait réussi à le lui arracher.

— As-tu des nouvelles de ta tante ?

Fanette fit part à son mari de sa visite à Madeleine et des retrouvailles de celle-ci avec son fils. Julien en fut ému.

— Tant d'enfants sont arrachés ainsi à leur mère ! J'espère qu'un jour nous vivrons dans une société plus juste, plus tolérante.

Il ne pouvait s'empêcher de penser à sa propre situation en disant cela.

LXIV

Il était plus de midi. Lucien dormait dans les bras de Mathilde. Le couple s'était couché à l'aube, après une soirée au théâtre suivie d'un souper fin que la jeune femme avait donné chez elle et qui s'était poursuivi jusqu'au petit matin. Les plats les plus raffinés, commandés à l'Hôtel de France, une table réputée de Montréal, s'étaient succédé pour le plus grand plaisir des convives : huîtres fraîches, potage à la tortue, poissons fins, homards à la sauce hollandaise, perdrix au chou, gigot de mouton, *roast-beef* au jus, ainsi que des fromages à profusion, accompagnés de fruits et de pâtisseries françaises, le tout arrosé des meilleurs vins de Champagne. L'addition avait été astronomique, mais Lucien l'avait portée à son compte déjà bien chargé, remettant à plus tard l'obligation d'acquitter les coûts de ce festin mémorable. Le couple vivait bien au-dessus de ses moyens, sans se soucier du lendemain, telle la cigale de la fable. Même le fait que sa magnifique voiture eût été saisie par un huissier pour non-paiement n'avait pas indisposé Lucien outre mesure. Il finirait bien par s'en procurer une autre.

La sonnette de l'entrée carillonna. Lucien dormait si profondément qu'il ne l'entendit pas. Ce n'est qu'à la troisième sonnerie qu'il se réveilla. Il contempla le joli profil de Mathilde, ses beaux cheveux répandus sur l'oreiller. *Ce qu'elle est charmante*, se dit-il en caressant ses boucles blondes. Depuis qu'elle avait accepté de rompre avec son « papa gâteux », comme Lucien l'avait surnommé, il n'était plus tourmenté par les démons de la jalousie. Cette rupture avait toutefois failli avoir des conséquences financières désastreuses.

Le vieux marchand avait voulu chasser son ancienne maîtresse du logement qu'il avait acheté expressément pour elle, mais Mathilde, malgré son apparente insouciance, avait fait preuve de prévoyance en le convainquant, au début de leur liaison, de mettre le logis à son nom, de sorte qu'il n'avait pu le reprendre.

La jeune femme se réveilla à son tour et s'étira avec volupté.

— Ne réponds pas, mon chéri. Nous sommes si bien au lit…

La sonnette résonna de nouveau. Lucien s'arracha à regret aux beaux bras ronds et blancs de son amie, enfila rapidement sa chemise et son pantalon froissés, passa une main dans ses cheveux pour les lisser tant bien que mal et alla répondre sans penser à mettre des chaussettes. Monsieur Hébert était sur le seuil, tenant timidement sa casquette dans ses mains. Il portait un bandage autour du front. Le typographe jeta un coup d'œil embarrassé au jeune homme, dont les yeux et le teint brouillés, les cheveux en bataille, les vêtements défraîchis et les pieds nus trahissaient une nuit passée « sur la corde à linge ».

— Monsieur Latourelle, je suis désolé de vous déranger.

Lucien, étonné de la visite du typographe, le laissa entrer. L'artisan fit quelques pas dans la pièce, où traînaient encore des assiettes et des verres sales. L'air était imprégné de l'odeur âcre du tabac refroidi. Des restes de nourriture avaient été laissés sur la table de la salle à manger, dégageant un relent aigrelet.

— J'ai bien peur d'avoir une mauvaise nouvelle à vous apprendre.

Lucien le regarda avec inquiétude. La première hypothèse qui lui vint à l'esprit fut que son ancien patron, sur un coup de tête, avait décidé de congédier tous ses autres employés. *Il en serait bien capable*, songea-t-il.

— De quoi s'agit-il ?

— C'est monsieur Laflèche. Il a été victime d'une apoplexie et a été hospitalisé à l'Hôtel-Dieu. Nous étions voisins de lit.

Le journaliste accusa le coup. Bien que le rédacteur en chef se fût montré intraitable lors de leur discussion sur les grévistes, Lucien avait gardé une affection sincère pour lui.

— Une apoplexie ? Est-ce grave ?

Le typographe hocha la tête.

— Je ne suis pas médecin, mais il m'a semblé être en bien piètre état.

Il se racla la gorge.

— Il a demandé à vous voir.

Une émotion singulière serra la gorge de Lucien.

— Merci, monsieur Hébert.

Il remarqua son bandage.

— Et vous, comment vous portez-vous ?

L'ouvrier eut un sourire timide.

— Ne vous en faites pas pour moi. J'ai la tête dure.

಄

Lucien retourna dans la chambre et s'aspergea abondamment le visage avec l'eau qui se trouvait dans une bassine, sur la table de toilette.

— Reviens te coucher, mon chéri. J'ai froid sans toi ! le pria langoureusement Mathilde.

— Je dois aller à l'hôpital. Je ne sais pas quand je serai de retour.

La jeune femme s'assit dans le lit, inquiète.

— À l'hôpital ? Tu es malade ?

— Pas moi. Je t'expliquerai.

Il termina sa toilette en vitesse, embrassa sa maîtresse sur les lèvres et partit.

಄

Lucien se rendit à l'Hôtel-Dieu à pied. Il faisait un temps splendide. Le feuillage des arbres et l'herbe encore tendre déployaient toutes les nuances de vert. Lorsqu'il arriva devant l'édifice gris, il s'arrêta. Tout comme les cimetières, les hôpitaux, avec leurs miasmes de maladie et de mort, lui faisaient horreur. Il prit sur lui et franchit la porte. Après s'être renseigné auprès d'une religieuse, il se rendit dans la salle commune des patients masculins. Tâchant de juguler son dégoût devant tant de corps difformes ou souffrants, retenant son souffle pour ne pas respirer les remugles de la maladie, Lucien s'avança dans l'allée centrale, à la recherche de son ancien patron. Il finit par le trouver, étendu sur un lit tel un gisant de la basilique Saint-Denis. Il faillit ne pas le reconnaître. Le dragon, qui terrorisait ses journalistes et menait sa gazette comme un général dirige son armée, était l'ombre de lui-même. Ses joues s'étaient affaissées, ses traits s'étaient creusés. La moitié de son visage était paralysée, de sorte que sa bouche semblait se tordre dans un étrange rictus. Lucien sentit ses jambes faiblir devant un aussi désolant spectacle. Le courage lui manqua. Il fut sur le point de repartir lorsqu'une main de Laflèche s'agita sur le drap. Le rédacteur en chef ouvrit un œil; l'autre était resté à moitié clos.

— Lucien, c'est toi?

Il avait du mal à articuler, comme s'il avait eu des pierres dans la bouche. Il saisit le poignet de Lucien et tenta de lui dire quelque chose, mais les mots étaient incompréhensibles. Des larmes d'impuissance roulèrent sur ses joues flasques. Il fit signe à une augustine qui passait près de lui. Elle se pencha au-dessus de lui. Il essaya à nouveau de parler. Elle leva la tête vers Lucien.

— Il veut du papier et de quoi écrire. Je vais aller en chercher.

La religieuse revint quelques instants plus tard, munie d'une feuille et d'un crayon, qu'elle déposa sur un plateau, devant le patient. Ce dernier s'empara du crayon de sa main valide et traça des lettres maladroites sur la feuille, ahanant sous l'effort. Ce fut long. Lucien attendait, se mordant les lèvres d'impatience. Après une quinzaine de minutes de labeur, Laflèche laissa tomber le crayon, qui roula par terre, et ferma les yeux, anéanti par l'épuisement. Lucien ramassa le crayon et, en se relevant, avisa la feuille, où quelques mots déformés avaient été écrits. Il la prit et y jeta un coup d'œil.

Lucien tu es comme mon fils. Tu as toute ma confiance.
Si je meurs L'Époque est à toi. Les employés, fais en sorte
qu'ils n'aient pas d'ennuis avec la justice. Je retire toute
plainte   contre eux

Il n'avait pas eu la force de mettre un point final. Lucien
enfouit la feuille dans sa redingote, puis saisit la main de son
patron et la serra dans la sienne. Le pauvre homme rendit l'âme
peu après. Malgré sa peur maladive des morts, Lucien garda sa
main dans celle du défunt, qui était encore tiède, et se surprit à
verser quelques larmes.

LXV

Les funérailles de Prosper Laflèche eurent lieu au cimetière Notre-Dame-des-Neiges. Un diacre marmonnait des prières tandis que des moineaux piaillaient dans un bosquet. Il n'y avait personne à la cérémonie funèbre, à part Lucien et le bon monsieur Hébert, qui se tenait bien droit, sa vieille casquette entre ses mains croisées, un bandeau blanc entourant sa tête. Le typographe avait le cœur gros. Il avait aimé le vieux bouledogue, malgré ses défauts.

Après l'enterrement, Lucien convoqua toute l'équipe de *L'Époque*. Reporters, typographes, pressiers, *press feeders*, vendeurs à la criée se rassemblèrent dans la grande salle de rédaction. Arsène Gagnon y assistait, ainsi que monsieur Hébert, Hypolite Leclerc, le jeune Cloclo et Fabien Pronovost. Ces derniers n'avaient pas eu d'autres ennuis avec la police, car Lucien s'était rendu au poste et avait retiré la plainte dont ils faisaient l'objet.

Le nouveau patron, vêtu avec une simplicité pleine d'élégance, s'adressa à son personnel de sa voix bien timbrée.

— Mes chers amis, nous avons perdu notre grand timonier, celui qui tenait les rênes de *L'Époque* depuis sa fondation, qui s'est dévoué corps et âme pour son journal: Prosper Laflèche.

Un silence réservé accueillit ses paroles. Les ouvriers surtout arboraient une mine grave, ayant toujours sur le cœur la décision de leur ancien patron d'ameuter la police afin de disperser les manifestants lors de la grève. Lucien poursuivit.

— Monsieur Laflèche avait le plus grand respect pour ses employés, qu'il aimait comme ses propres enfants.

— C'pour ça qu'y a envoyé la police après nous autres ! grogna Fabien Pronovost.

Des murmures approbateurs se firent entendre. Lucien leva une main apaisante.

— J'ai assisté à ses derniers moments. Monsieur Laflèche voulait faire la paix avec vous. J'en ai pour preuve un mot qu'il a laissé, juste avant sa mort.

Il sortit la feuille que le rédacteur en chef avait griffonnée et en lut un passage à voix haute :

— « Les employés, fais en sorte qu'ils n'aient pas d'ennuis avec la justice. Je retire toute plainte contre eux. »

Fabien Pronovost baissa la tête. Il y eut quelques raclements de gorge émus.

— Il nous faut désormais nous tourner vers l'avenir, enchaîna Lucien. Aussi ai-je une grande nouvelle à vous annoncer.

Il balaya la salle de ses yeux bleus.

— Monsieur Laflèche m'a légué son journal. Vous avez devant vous le nouveau patron de *L'Époque* !

Les employés échangèrent des regards stupéfaits. Arsène Gagnon grinçait des dents. Quoi, ce mirliflore à la tête de *son* journal ! C'était impensable…

— Mes amis, je sais que cette nouvelle peut vous paraître surprenante. Sachez que je ferai tout pour propulser *L'Époque* vers d'autres sommets. Mais d'abord, nous avons des choses importantes à régler. Je suis conscient que vous avez des griefs qui vous ont menés à faire la grève.

Cette fois, les employés écoutèrent avec la plus grande attention. On aurait entendu une mouche voler.

— J'étais le premier à appuyer vos revendications, que je trouvais justes et raisonnables. J'en avais même glissé un mot à monsieur Laflèche. D'abord, j'accorderai une indemnisation aux parents de Clément, dit Cloclo, afin de les compenser pour l'accident survenu à leur fils. Ensuite, je vous octroie à tous les augmentations de salaire demandées, ainsi qu'une journée de travail de dix heures !

Un tonnerre d'applaudissements éclata. Bientôt, Lucien fut entouré de ses employés, qui le soulevèrent dans les airs dans un moment spontané de joie.

— Vive notre nouveau rédacteur en chef !

— Hip, hip, hourra !

Une fois les manifestations d'enthousiasme calmées, Lucien s'adressa à ses journalistes.

— Allez, maintenant, au travail ! Il faut sortir un journal pour demain. À vos stylos, messieurs ! Pinard, je veux un hommage bien senti à Prosper Laflèche.

— Bien, patron.

— Leclerc, vous couvrirez le procès Lemoyne.

Le jeune journaliste rougit de plaisir.

— Vous pouvez compter sur moi !

Lucien continua à distribuer les tâches. Les reporters retournèrent à leurs pupitres tandis que les typographes s'affairaient à classer les lettres de plomb en attendant de recevoir les articles. Arsène Gagnon était le seul à qui Lucien n'avait rien confié.

— Et moi, patron ?

Lucien lui jeta un regard dédaigneux.

— Vous, Gagnon, vous vous chargerez des faits divers. C'est à la hauteur de votre talent.

Le reporter serra la mâchoire, puis ravala sa frustration. *Je lui montrerai de quel bois je me chauffe*, se dit-il en regagnant son pupitre.

LXVI

Le 27 mai 1867

Oscar s'efforça d'avaler un peu de gruau et but plusieurs tasses de café. Il avait passé une mauvaise nuit. Son procès contre l'Église et monseigneur Bourget allait reprendre ce matin, avec la plaidoirie de son avocat et celle de la défense, et cela le rendait nerveux. Comme Joséphine tenait à l'accompagner au palais de justice, elle emmena d'abord le petit Nicolas chez la voisine puis revint chercher Oscar, qui l'attendait devant l'imprimerie. Elle portait toujours la voilette qui masquait son visage.

— Jo, je vais te demander une chose qui te paraîtra peut-être étrange, mais c'est important que tu m'écoutes jusqu'au bout.

— De quoi s'agit-il ?

— Si je gagne ce procès, promets-moi de ne plus jamais porter de voilette.

Elle leva les yeux vers lui.

— Je ne veux pas te blesser, Oscar, mais le fait que je porte une voilette ou non ne concerne personne d'autre que moi.

— Ça me concerne autant que toi. Je sais pourquoi tu la portes. Te voir chaque jour cacher ton beau visage me chagrine.

— Tu n'es pas à ma place. Ce n'est pas toi qui dois constamment subir le regard curieux ou désobligeant des gens.

— Toi qui es si forte, comment peux-tu laisser l'opinion d'inconnus t'empoisonner la vie à ce point ? Comptent-ils donc davantage que moi ?

— Toi, tu me vois avec les yeux de l'amour.

— N'est-ce pas le seul qui a de l'importance ?

Après un long moment, elle acquiesça.

— Je te promets d'y réfléchir.

❧

Le couple avait marché jusqu'au palais de justice. Oscar se sentait petit dans ses souliers. Les colonnes de l'édifice lui parurent plus imposantes que d'habitude. Il fut soulagé de voir Julien Vanier qui venait à leur rencontre. L'avocat arborait une mine rassurante.

— Soyez confiant, monsieur Lemoyne. *Altius tendimus.*

Oscar le regarda d'un air interrogateur.

— Il s'agit de la devise de l'Institut canadien, expliqua Julien. Cela signifie : « Tendons vers le haut. »

❧

Guillaume avait endossé son meilleur habit. Sa femme l'aida à nouer sa lavallière, car il était trop agité pour le faire lui-même. Il décida de faire le trajet jusqu'au palais de justice à pied, en espérant que l'air printanier le calmerait, mais il avait encore les nerfs en boule lorsqu'il y parvint. Son cœur battit plus fort en franchissant les portes massives. Quel genre d'homme était son père ? Pourquoi avait-il abandonné la mère de son enfant ? Pourquoi l'avait-il abandonné, lui ? Ces questions s'agitaient dans sa tête tandis qu'il montait l'escalier de marbre.

En entrant dans la salle d'audience, Guillaume fut impressionné par le nombre de gens qui s'y trouvaient. Des hommes étaient debout dans les allées et fumaient la pipe ou le cigare. Il eut de la difficulté à se frayer un chemin jusqu'à une chaise libre. De là, il avait une assez bonne vue sur le prétoire, malgré les hauts-de-forme des messieurs qui formaient une haie noire devant lui.

❧

Fanette, assise dans la première rangée au balcon des dames, aperçut Joséphine qui cherchait une place. Elle lui fit signe de la rejoindre. La femme d'Oscar s'installa à côté d'elle.

— Merci, vous êtes trop aimable.

Sa voix tremblait légèrement. Fanette mit une main sur la sienne.

— Tout se passera bien.

Le juge Mondelet fit son entrée. Le bourdonnement des conversations s'éteignit tandis que le crieur faisait son annonce habituelle et que l'assistance se levait dans des grincements de chaises. Guillaume, la gorge et le ventre noués, avait les yeux fixés du côté de la défense. C'est alors qu'il aperçut un homme d'assez grande taille, vêtu d'une toge noire et d'un rabat blanc, s'avancer dans le prétoire. *C'est lui, c'est mon père*, se dit-il. Il observa son visage carré, son nez busqué, ses yeux gris surmontés de sourcils foncés, qui lui donnaient une mine sévère. Il ne se reconnaissait pas dans ces traits, dans l'arrogance qui en émanait. L'émotion se retira de lui peu à peu, comme une marée descendante. Le juge prit la parole.

— J'invite la défense à présenter sa plaidoirie.

Maître Maurice Loiselle souleva sa toge d'un mouvement solennel et s'avança vers l'assistance dans un silence à couper au couteau.

— Disons les choses clairement, commença-t-il d'une voix grave. Contrairement à ce qu'on pourrait croire, ce n'est pas le neveu de Victor Lemoyne qui a fait appel à ce tribunal, c'est *l'Institut canadien* qui s'est servi de cette cause pour s'attaquer à l'Église. Que répond l'Église pour se défendre contre ce procès aussi odieux qu'inique ? Elle répond qu'elle ne traitera pas comme catholique celui qui n'a jamais agi comme un catholique *et qui ne l'était plus au moment de sa mort.*

Il se tourna vers Oscar Lemoyne.

— Victor Lemoyne, du fait de son appartenance à l'Institut canadien, a été soumis à des peines canoniques résultant de cette association. Même sur son lit de mort, ledit Lemoyne a persisté à en rester membre, bien que le prêtre qui lui avait administré les derniers sacrements le suppliât d'y renoncer. Étant mort excommunié, monsieur Lemoyne avait perdu le droit, comme *pécheur public*, d'être enterré dans le cimetière catholique. D'ailleurs, la Fabrique Notre-Dame, en la personne du gardien du cimetière, monsieur Durocher, a offert à la famille d'enterrer son parent dans le charnier des inconnus. C'est le neveu du défunt, Oscar Lemoyne, qui a décliné cette offre généreuse et a préféré inhumer son parent dans le cimetière protestant. *C'était son choix.*

Oscar, révolté par la mauvaise foi de maître Loiselle, fit un mouvement pour se lever. Julien l'en empêcha.

— Je vous conjure de rester calme, chuchota-t-il.

— Mais c'est un mensonge !

Joséphine, même du balcon, avait remarqué l'agitation de son mari. Fanette lui serra le bras pour lui insuffler du courage.

L'avocat de l'évêché s'adressa au juge.

— Dans cette cause, Votre Seigneurie, vous devez garder en tête que l'Église catholique romaine est une société d'institution divine, revêtue des droits formels et constants que lui a conférés son Créateur. Ces droits sont supérieurs à tout pouvoir humain, et, dans l'exercice de ces droits, l'Église est absolument indépendante de tout contrôle du pouvoir civil au Canada et a droit au libre exercice de ses cérémonies religieuses. Comme nous tous, vous devez obéissance à votre évêque, qui représente l'autorité divine sur la Terre. Il ne devrait y avoir aucun doute dans votre esprit que la décision de l'Église concernant monsieur Lemoyne était juste et qu'elle ne saurait être contestée par le pouvoir civil.

Le juge Mondelet, contre toute attente, interrompit la plaidoirie.

— Maître Loiselle, êtes-vous en train de prétendre que l'Église a le droit de contrôler tout ce que le pouvoir civil peut faire ?

— Lorsqu'on en arrive à la limite qui sépare les deux pouvoirs, je dis que c'est à l'autorité ecclésiastique de décider.

— Alors, d'après votre principe, quand il y a doute, il faut que le pouvoir civil se soumette en tout temps au pouvoir ecclésiastique ?

— Exactement. L'État est dans l'Église, et non l'Église dans l'État. Je me permettrai d'ajouter qu'un juge chrétien ne peut se dépouiller des convictions religieuses que Dieu a mises en lui, et qu'il doit obéir aux règles de la religion catholique.

L'avocat retourna s'asseoir pendant que le magistrat prenait des notes. Ce fut au tour de Julien de s'avancer dans le prétoire.

— Maître Loiselle affirme que l'Institut canadien s'est servi de Victor Lemoyne pour s'attaquer à l'Église. J'affirme au contraire que *c'est l'Église qui s'est servie de cette cause pour détruire l'Institut canadien*. Depuis le début de ce procès, les représentants de l'Église clament haut et fort que Victor Lemoyne, par sa seule appartenance à l'Institut canadien, méritait de voir sa dépouille jetée dans une fosse commune.

Il regarda les ecclésiastiques en soutane qui étaient dans l'assistance.

— Qui est à l'origine de cette condamnation ? Nul autre que monseigneur Bourget, qui s'est servi du prétexte des « mauvais livres » que possédait selon lui la bibliothèque de l'Institut pour menacer d'excommunication *tous* ses membres.

L'avocat s'adressa à la foule entassée dans la salle.

— Saviez-vous que les règles de l'Index ne sont pas mises en pratique par plusieurs pays catholiques ? Saviez-vous que les livres de monsieur La Mennais, un fervent catholique, sont à l'Index ? Cela n'empêche pas bon nombre de curés et d'établissements d'enseignement catholique de les avoir dans leur bibliothèque. Ont-ils été excommuniés pour autant ? La réponse est : *non*.

Julien fit une pause avant de poursuivre.

— Monsieur Lemoyne a toujours été un catholique pratiquant. Il appartenait à la société Notre-Dame-de-Bon-Secours et donnait généreusement aux pauvres, malgré ses revenus modestes. Son seul péché a été de ne pas renier, sur son lit de mort, l'Institut canadien, auquel il avait consacré une bonne partie de sa vie. Méritait-il pour autant de subir l'indignité d'une sépulture dans une fosse commune ? Encore une fois, la réponse est : *non !*

Il fixa l'administrateur du diocèse, qui était assis dans les premiers rangs.

— L'abbé Truteau, grand vicaire de l'évêché de Montréal, a déclaré devant cette Cour que l'Église catholique romaine a toujours été libre au Canada et a droit au libre exercice de ses cérémonies religieuses. Ce libre exercice a permis à monsieur Dorion, membre de l'Institut canadien et rougiste notoire, de bénéficier d'un enterrement en terre consacrée. Rien n'empêchait cette même Église de se rendre aux vœux de la famille Lemoyne. *Rien*, sinon la volonté implacable de monseigneur Bourget, qui s'est servi de Victor Lemoyne dans le seul but de détruire une fois pour toutes l'Institut canadien, qu'il poursuit d'une haine farouche depuis sa fondation en 1844.

Les regards se tournèrent vers l'administrateur de l'évêché et le révérend Rousselot, qui serraient tous deux la mâchoire.

— Car ne vous y trompez pas ! continua Julien. Le pauvre Lemoyne n'a été qu'un instrument dans cette triste affaire. La *victime expiatoire d'une vengeance*, ourdie par monseigneur Bourget, pour mettre à genoux tout ce que le Québec compte d'intellectuels, d'écrivains, d'enseignants, de journalistes, de médecins, d'avocats, d'hommes politiques, dont le seul tort est de croire au progrès, à la science, à l'éducation, aux idées nouvelles et, surtout, à la séparation entre les pouvoirs de l'Église et de l'État.

Julien s'adressa au juge.

— Votre Seigneurie, c'est à vous de décider, en votre âme et conscience, si Victor Lemoyne méritait un tel sort. Tout ce que son neveu souhaite, c'est que son oncle soit enterré en terre consacrée, conformément aux usages, par souci d'humanité pour un fervent catholique et un bon patriote. Dans cette cause, c'est Victor Lemoyne, enfoui dans un charnier anonyme, qui arrache le masque de la défense et demande justice !

Les derniers mots résonnèrent dans la salle, suivis d'un long recueillement. Jamais Julien n'avait fait preuve d'autant d'éloquence. Même Hector Fabre, qui avait pourtant pris fait et cause pour l'évêché et mené la fronde contre l'Institut canadien, était ému.

Le juge Mondelet prit la parole.

— Je vous remercie, messieurs. Je prendrai maintenant cette cause en délibéré.

ॐ

Lorsque le juge avait annoncé la fin du procès et que les assistants s'étaient levés pour quitter la salle, Guillaume était resté assis, vissé à son siège, se demandant comment il s'y prendrait pour aborder maître Loiselle. Ce dernier avait déjà rangé ses papiers et se dirigeait vers la sortie. *C'est le moment où jamais*, se dit le jeune homme, qui se laissa entraîner par la foule vers les grandes portes de chêne que des employés venaient d'ouvrir. Une fois dans le couloir, il regarda autour de lui, un peu étourdi par le va-et-vient et le bourdonnement animé des conversations. Il fut tenté d'abandonner son entreprise. Durant sa plaidoirie, celui que Madeleine Portelance avait désigné comme étant son père biologique lui était apparu froid, rigide, à cheval sur ses principes. Comment réagirait-il en apprenant qu'il avait un fils, né hors mariage ? Il nierait sans doute la vérité, le traiterait avec mépris et refuserait de reconnaître sa paternité.

Guillaume décida de partir et se dirigea vers l'escalier quand il tomba face à face avec son père. Celui-ci le regarda sans le voir, comme s'il était transparent. Le jeune homme resta immobile, avec le sentiment d'être à la croisée des chemins. Il pouvait renoncer à cette rencontre, tourner le dos au passé et regarder vers l'avenir. Ou il pouvait faire face à son géniteur et tenter de comprendre pourquoi ce dernier n'avait pas voulu de lui. Il sentait confusément qu'il aurait des déceptions ou des regrets, quelle que soit sa décision.

413

— Monsieur Loiselle, dit-il d'une voix tremblante.

L'avocat leva les yeux vers lui, la mine contrariée.

— Vous voulez dire *maître* Loiselle.

— Maître… Puis-je m'entretenir avec vous quelques instants ?

— Si vous désirez me confier une cause, consultez d'abord mon apprenti, maître Cadieux.

— Il ne s'agit pas d'une cause. C'est… c'est personnel.

L'avocat le dévisagea froidement. Guillaume déglutit.

— Pouvons-nous parler dans un endroit discret ?

— Il y a un bureau réservé aux rencontres entre avocats et clients. Je vous accorde dix minutes, pas une de plus. J'ai un rendez-vous important avec monseigneur Bourget.

LXVII

Guillaume avait pris place sur une chaise droite et inconfortable, tenant son chapeau sur ses genoux. Un large pupitre le séparait de maître Loiselle. Celui-ci chaussa des lunettes, qui accentuaient l'austérité de son visage.

— Vous vouliez me parler ?

Un vide se fit dans la tête de Guillaume. Il avait tellement de choses à dire et, en même temps, ne savait pas comment les aborder. L'avocat pianota d'impatience sur le coin du bureau. Le jeune homme pensa à sa femme, Florence, à son enfant, ce qui lui donna un regain de courage.

— J'ai été adopté à ma naissance. Il y a quelques mois, j'ai rencontré Madeleine Portelance, qui m'a confirmé qu'elle était ma mère naturelle. Elle m'a appris que vous étiez mon vrai père.

Il fut étonné lui-même d'avoir réussi à résumer une situation aussi complexe en quelques phrases. Maître Loiselle ne l'avait pas quitté des yeux. Son visage n'exprimait aucune émotion. Guillaume, qui s'attendait à de vives dénégations, voire à de la colère, fut surpris par ce silence qui se prolongeait. Tout à coup, l'avocat prit la parole. Sa voix était coupante.

— Si c'est de l'argent que vous voulez, vous n'aurez pas un sou de moi. Et ne croyez surtout pas que je céderai à quelque chantage que ce soit. Si vous révélez publiquement que je suis votre père, je nierai tout et je vous poursuivrai pour diffamation.

Guillaume eut l'impression qu'un gouffre s'ouvrait sous ses pieds. Toutes les hypothèses qu'il avait échafaudées avant d'aborder cet homme s'effondraient. Ainsi, son géniteur croyait qu'il voulait lui soutirer de l'argent. L'idée ne l'avait jamais même effleuré.

— Ce n'est pas… Jamais une telle chose…, bredouilla-t-il.

Il se rappela la mise en garde de sa mère : « Peut-être seras-tu amèrement déçu. » Et une autre phrase, empreinte d'une telle sagesse qu'il la comprenait seulement aujourd'hui : « N'attends rien de lui. Cela te causerait trop de chagrin. »

— Vous croyez vraiment que je souhaitais vous parler pour une question d'argent ?

— Pour quelle autre raison auriez-vous provoqué cet entretien ?

— Ne vous est-il pas venu à l'esprit que je voulais savoir qui était mon vrai père ? Connaître mes origines ?

Un malaise parut sur le visage de l'avocat.

— Je ne vois pas en quoi cela pourrait vous être utile. Nous sommes des étrangers l'un pour l'autre.

— En effet.

Guillaume se leva.

— Je vous remercie d'avoir accepté de me rencontrer. Maintenant, je sais que je n'ai rien à attendre de vous.

Il mit son chapeau et sortit sans même se retourner. Maître Loiselle resta un moment immobile. Il se rappela cette femme qui l'avait bousculé dans un couloir du palais de justice et qui l'avait fixé d'un drôle de regard. Il sut soudain qui elle était. *Madeleine Portelance*. L'avait-il seulement aimée ? Il n'en était pas certain. Mais il avait été aimé par elle, avec une passion peu commune, et plus jamais il n'avait suscité une telle fougue chez une autre femme. Un étrange sentiment s'insinua en lui. Était-ce du remords ? Du regret ? Il n'aurait su le dire lui-même. Il chassa ces réminiscences et quitta la pièce d'un pas pressé. Il eût été de la dernière impolitesse de faire attendre l'évêque de Montréal, à qui il devait faire un compte rendu détaillé du procès.

LXVIII

Madeleine, installée à son secrétaire, écrivait sans arrêt depuis l'aube. Elle avait déjà rempli une dizaine de feuilles de son écriture hachurée. C'était la première fois depuis longtemps qu'elle sentait le flot de l'inspiration la transporter. Le sujet du roman lui était venu après sa dernière rencontre avec son fils. C'était l'histoire d'une femme qui, sentant ses derniers jours venir, avait décidé, avant de mourir, de dire la vérité à sa nièce au sujet de sa naissance. Vingt ans auparavant, elle avait eu un enfant hors mariage et, pour sauver l'honneur de la famille, sa sœur aînée avait fait passer cet enfant pour le sien. Madeleine avait intuitivement transformé les faits pour se sentir plus libre de développer cette intrigue sans se prendre dans les filets de la réalité et aussi, peut-être, par souci de ne pas embarrasser Guillaume. Elle était si absorbée qu'elle n'entendit pas la sonnette de la porte. Berthe alla répondre. Peu après, une voix claire résonna dans le salon.

— Maddie !

Madeleine leva la tête et aperçut Clara. Cette dernière portait un costume de voyage. Il fallut quelques secondes à l'écrivain pour sortir des brumes de la création et se rendre compte que sa compagne était là, à quelques pieds d'elle.

Clara parut décontenancée par la réaction de son amie.

— Tu ne m'embrasses pas ?

— Oui, bien sûr !

Madeleine remit sa plume dans son socle et s'arracha à regret à son travail, puis vint à la rencontre de Clara, qu'elle embrassa avec une certaine réserve.

— On dirait que tu n'es pas heureuse de me revoir, fit Clara, un peu désemparée.

— Je ne m'attendais pas à ce que tu reviennes de voyage si vite.

Le visage de Clara se rembrunit.

— Disons que les choses ne se sont pas passées comme je le souhaitais.

Elle prit place dans un fauteuil dans un froissement de jupe. Madeleine l'observa avec un étrange détachement. Les yeux de Clara étaient battus. Des ombres mauves marquaient son regard.

— Raconte.

Clara haussa les épaules.

— Eh bien, la galerie était loin d'être aussi enthousiaste que Peter l'avait cru. Monsieur Hatfield, le propriétaire, n'a finalement accepté qu'une dizaine de mes toiles. Aucune n'a trouvé preneur. Sans compter qu'un critique du *Times* a démoli mes peintures, en les traitant de *woman scribbling*, des gribouillis de bonne femme !

Madeleine aurait voulu ressentir davantage d'empathie pour sa compagne, mais elle était encore plongée dans l'univers de son personnage et se surprit à éprouver un besoin pressant de retourner à sa table de travail.

— J'en suis désolée pour toi.

Clara constata la froideur de son amie.

— Tu m'en veux encore d'être partie sans toi, n'est-ce pas ?

— Je t'en ai voulu, mais c'est oublié, je t'assure.

— Quelque chose a changé. Tu n'es plus la même avec moi.

Madeleine réfléchit. C'était vrai. Quelque chose avait changé. Cela était sans doute lié à ses retrouvailles avec son fils, qui était devenu soudain si important dans sa vie. Il lui avait même permis, sans le savoir, de renouer avec le plaisir d'écrire.

Clara se leva. Ses traits légèrement chiffonnés exprimaient l'inquiétude.

— Tu ne m'aimes plus ?

D'habitude, c'est moi qui lui posais ce genre de questions, songea Madeleine.

— Mes sentiments pour toi ne sont pas en cause, expliqua-t-elle. Simplement, j'ai compris durant ton absence que je ne devais pas mettre tous mes œufs dans le même panier.

Elle avait prononcé cette phrase avec calme, comme si cela allait de soi. Clara en fut troublée.

— Tu es devenue bien indépendante, tout à coup.

Elle hésita avant de poursuivre.

— Aurais-tu… quelqu'un d'autre dans ta vie ?

Madeleine regarda pensivement sa compagne. Les rôles s'étaient soudain inversés. Alors qu'à peine quelques semaines auparavant c'était elle qui quémandait l'affection de Clara et lui faisait des scènes de jalousie, maintenant c'était Clara qui avait besoin d'être rassurée sur leur relation. Cette constatation lui fit du bien. Elle avait le sentiment de s'être retrouvée elle-même, au lieu de se perdre corps et âme dans l'amour.

— Je suis devenue mère de famille. Je ne vois plus la vie de la même façon.

— Tu as revu ton fils ?

— Oui, et dans des circonstances bien particulières. Tu te souviens, lorsque je t'ai parlé de Guillaume, la première fois ? Tu m'as dit : « Laisse-toi le temps d'apprivoiser la situation. » Eh bien, j'ai écouté ton conseil. C'est un garçon qui a du cœur, beaucoup de cœur. J'ai appris à mieux le connaître, et j'ai une grande affection pour lui.

Clara aurait voulu s'en réjouir, mais elle sentait que ce fils, que Madeleine avait si violemment rejeté au début, était en train de prendre beaucoup de place dans l'existence de son amie, au point de lui faire de l'ombre. Elle s'efforça de sourire.

— J'en suis heureuse pour toi.

Elle remarqua des feuillets remplis de l'écriture en pattes de mouche de Madeleine répandus sur le pupitre.

— Tu t'es remise à l'écriture ?

Madeleine fit oui de la tête, un sourire radieux aux lèvres.

— Oui, un nouveau projet de roman.

— Tes affaires vont bien, à ce que je vois. Tant mieux.

Clara l'embrassa furtivement sur les lèvres.

— Je te laisse à ton travail.

Elle partit. Madeleine la suivit des yeux sans que sa poitrine soit comprimée par l'angoisse ou le chagrin. Un grand sentiment de plénitude la traversa. *Je suis une femme libre*, se dit-elle en regagnant son pupitre.

LXIX

Un mois plus tard
Le 25 juin 1867

Oscar s'était levé à l'aube. Jamais il ne s'était senti aussi nerveux. Ce matin même, le juge Mondelet rendrait son jugement dans la cause qui l'opposait à l'Église. Le journaliste sortit prendre de l'air, dans l'espoir qu'une promenade le calmerait, mais une sourde angoisse le minait. *Je ne pourrai jamais gagner contre le clergé, contre monseigneur Bourget. Ils sont trop puissants...*, se répétait-il.

Lorsqu'il revint chez lui, sa femme l'attendait, portant son sempiternel chapeau à voilette. Oscar trouva le courage de plaisanter.

— Je gagnerai ma cause et tu seras obligée de remplir ta promesse et d'enlever ta voilette !

Joséphine savait que son mari prenait un ton léger pour cacher son désarroi.

— Tu gagneras, Oscar. Il faut faire confiance à la justice.

Il la prit dans ses bras.

— T'ai-je déjà dit que je t'aimais ?

— Souvent, mais je ne me fatigue pas de l'entendre.

꿍

La salle d'audience était tellement pleine qu'il avait fallu ajouter des chaises dans les allées. Il y avait même des gens debout. Une chaleur étouffante régnait. Pas un souffle d'air n'entrait par les fenêtres ouvertes. Les hommes s'essuyaient le front avec leur mouchoir tandis que les femmes agitaient leur éventail. Les représentants de l'Église, du curé Rousselot au grand vicaire Truteau, étaient assis au parterre. Les membres les plus éminents de l'Institut canadien, tels Louis-Antoine Dessaulles, Arthur Buies et Gonzalve Doutre, étaient présents. Plusieurs de ceux qui avaient quitté l'association avec fracas, dont Hector Fabre, s'étaient également donné rendez-vous au palais de justice pour entendre le jugement. Les enjeux étaient énormes. Si le juge Mondelet donnait raison à Oscar Lemoyne, ce serait un revers retentissant pour l'Église, dont l'autorité se trouverait fortement ébranlée. Si, au contraire, la Fabrique Notre-Dame et l'Église l'emportaient, monseigneur Bourget n'hésiterait pas à utiliser cette victoire pour écraser définitivement l'Institut canadien et faire triompher le pouvoir de l'épiscopat contre tout ce que le Québec comptait d'intellectuels et de libres penseurs.

— Sa Seigneurie, le juge Mondelet, préside ! Tout le monde debout !

Les assistants se levèrent d'un seul mouvement tandis que le magistrat prenait place sur la tribune. L'atmosphère était solennelle. Seul le bruissement des éventails brisait le silence. Julien Vanier et Maurice Loiselle évitaient de se regarder.

— Nous sommes réunis dans cette cour aujourd'hui pour entendre mon jugement dans la cause de monsieur Oscar Lemoyne contre la Fabrique Notre-Dame. J'ai relu avec attention tous les témoignages, compulsé soigneusement tous les documents déposés par les deux parties, y compris les jugements déjà rendus dans des causes similaires. J'ai pris connaissance de la doctrine de l'Église catholique et des rites qu'elle a établis au fil des siècles. C'est donc avec une connaissance approfondie des faits apportés à cette Cour que je rends le jugement suivant.

Le juge se recueillit pendant quelques instants. Le cœur d'Oscar battait si fort qu'il en sentait les pulsations jusque dans son crâne.

— Je donne raison au demandeur, monsieur Oscar Lemoyne. Son oncle, feu Victor Lemoyne, sera inhumé au cimetière Notre-Dame-des-Neiges, en terre catholique, avec les rites propres à sa religion, dans l'honneur et la dignité.

Tous les membres de l'Institut se levèrent d'un bloc en lâchant des cris de joie. Des chapeaux furent lancés dans les airs. Oscar éclata en sanglots. Le magistrat poursuivit d'une voix plus forte, afin de couvrir le bruit.

— De plus, je condamne la Fabrique Notre-Dame et ses représentants à payer les dépens et tous les frais associés à cette cause.

Le grand vicaire Truteau poussa une exclamation de dépit. Jamais il n'avait envisagé une défaite aussi cuisante. Comment annoncerait-il la nouvelle à monseigneur Bourget ?

Oscar se tourna vers Julien et se jeta dans ses bras en pleurant. Puis il leva les yeux vers le balcon des dames. Joséphine enleva lentement sa voilette. Des larmes de joie roulaient sur ses joues.

∽

La foule se pressait dans l'escalier de marbre du palais. Le jugement Mondelet était sur toutes les lèvres. Fanette avait pris beaucoup de notes dans son carnet, décrivant avec force détails l'atmosphère qui régnait dans la cour et la réaction de l'assistance lorsque le jugement avait été prononcé. Elle avait observé avec plaisir les visages sombres des ecclésiastiques présents et de leur avocat, maître Loiselle, qui avaient rapidement quitté la salle. Quelle victoire inespérée pour Oscar Lemoyne et son oncle ! Après que le procès eut pris fin, le journaliste avait été porté en triomphe par des membres de l'Institut jusqu'à la sortie du palais de justice sous les « hourras » et les « bravos » de partisans enthousiastes.

∽

Arsène Gagnon se dirigeait vers la sortie du palais, ressassant ses griefs. Bien qu'il eût été relégué aux faits divers, le reporter avait tout de même assisté à la conclusion du procès

Lemoyne. Il rageait encore devant le traitement injuste dont il avait été victime de la part de son nouveau patron et ne comprenait pas que ce dernier eût confié la couverture d'un événement aussi important à ce jeunot d'Hypolite Leclerc, qui n'avait pas le dixième de son expérience. En levant la tête, il vit Fanette Vanier, qui se dirigeait vers les grandes portes du palais d'un pas vif. Son ressentiment s'accentua. En voilà une qui avait toujours levé le nez sur lui… La jeune femme laissa tomber un objet sans s'en apercevoir. Gagnon pressa le pas et se pencha pour le ramasser. Il s'agissait d'un carnet de notes. Il fit un mouvement pour le redonner à Fanette, mais se ravisa et le glissa dans sa redingote. La curiosité avait pris le pas sur la galanterie. Étant l'épouse de l'avocat du demandeur, Fanette Vanier avait peut-être noté des réflexions intéressantes sur la cause…

e⁀ɔ

Fanette monta dans son Phaéton, qu'elle avait garé à proximité du palais de justice. En saisissant les rênes, elle se rendit compte qu'elle n'avait plus son carnet. Le cœur battant, elle redescendit de sa voiture et revint sur ses pas, le cherchant des yeux. Distraite par l'effervescence qui avait suivi la victoire d'Oscar, elle l'avait sans doute oublié quelque part. Ne trouvant rien devant l'édifice, elle décida de retourner à l'intérieur. Elle explora le vaste hall, maintenant presque désert, et franchit à nouveau le grand escalier, mais il n'y avait nulle trace de son calepin. Découragée, elle alla voir un gardien et lui donna son nom et son adresse au cas où quelqu'un le rapporterait, puis elle revint vers sa voiture, la mine préoccupée. Pourvu que son carnet ne soit pas tombé entre de mauvaises mains !

e⁀ɔ

Arsène Gagnon attendit d'être à bonne distance du palais de justice avant de sortir le carnet de sa poche. Il s'assit sur un banc de parc et le feuilleta, sentant l'excitation lui parcourir les veines. Il reconnut aussitôt la main d'écriture de Fanette, qu'il avait observée à plusieurs reprises, lorsque la jeune femme travaillait pour *L'Époque*. Il commença à lire les pages. Il y avait là des notes détaillées sur les différentes étapes du procès Lemoyne, des réflexions de fond, des esquisses dessinées au crayon. Il remarqua une phrase qui le frappa particulièrement : « Nous demandons justice pour Victor Lemoyne ! » Cela ressemblait à un titre qu'il avait vu quelque part, mais *où* ? Il enfouit le carnet dans sa poche et se remit à marcher tout en se creusant les méninges. Il s'arrêta soudain. Il se rappelait maintenant. L'identité du Justicier lui apparut aussi clairement que le soleil en plein jour.

LXX

Arsène Gagnon était en nage lorsqu'il entra dans le bureau de Lucien Latourelle.

— Patron, je tiens une nouvelle sensationnelle. Je sais qui est la plume derrière le Justicier !

Lucien jeta un regard sceptique à son employé.

— Tu m'en diras tant.

— Il s'agit de Fanette Vanier, l'épouse de Julien Vanier, l'avocat d'Oscar Lemoyne !

Lucien accusa la surprise.

— As-tu une preuve de ce que tu avances ?

Gagnon lui remit le carnet.

— Il appartient à madame Vanier, affirma le reporter.

— Comment l'as-tu eu en ta possession ?

— Je l'ai trouvé par terre.

Le rédacteur en chef y jeta un coup d'œil.

— Tu es bien certain qu'il s'agit de l'écriture de Fanette Vanier ?

— Aussi certain que la Terre est ronde, patron.

Il lui indiqua un passage.

— Regardez bien cette phrase : « Nous demandons justice pour Victor Lemoyne ! » C'est le titre d'un article publié dans *Le Phare* et signé par le Justicier.

Lucien se cala dans le fauteuil qu'avait occupé son ancien patron pour mieux réfléchir. La nouvelle était en effet sensationnelle et ferait beaucoup de vagues. Il imaginait déjà la notoriété que cette manchette conférerait à son journal. Mais un léger scrupule le retenait. Il se rappelait l'émotion qu'il avait ressentie lorsque les restes du pauvre Victor Lemoyne avaient été jetés dans la fosse du cimetière protestant.

— Écris-moi un article sur le Justicier. Mais sois prudent, utilise le conditionnel. Je te donne deux heures.

Arsène Gagnon n'en revenait pas de sa chance. Il se jeta aux pieds de Lucien et baisa les pans de sa redingote. Lucien le repoussa avec dédain.

— Relève-toi, voyons. Allez, au travail.

Le reporter se redressa, balbutia des remerciements et sortit. Lucien prit un mouchoir et essuya son habit tout en songeant à la citation d'un sage, Cléobule de Rhodes, qu'il avait lue lors d'un cours de grec ancien : « Il y a deux choses à craindre : l'envie des amis et la haine des ennemis. » Il aurait volontiers mis Gagnon dehors, mais il préférait l'avoir avec lui plutôt que contre lui. Il eut une pensée pour Victor Lemoyne, puis s'empressa de l'oublier. *Les affaires sont les affaires.*

LXXI

La nouvelle de la victoire d'Oscar Lemoyne contre l'Église eut un tel retentissement que des journaux comme *Le Pays*, *La Minerve*, *L'Époque* et même *Le Phare* durent tripler, voire quadrupler leur tirage pour satisfaire à la demande. Fanette et Oscar, levés avant l'aube, avaient travaillé d'arrache-pied pour imprimer cinq cents exemplaires supplémentaires afin de les livrer à temps à leurs abonnés, dont le nombre avait considérablement augmenté, passant de quelque trois cents, du vivant de Victor Lemoyne, à plus de mille deux cents. La nouvelle presse Stanhope fonctionnait à merveille. Il ne leur fallut que quelques heures pour achever l'impression.

❧

L'horloge sonnait neuf heures lorsque Fanette rentra chez elle, fourbue, mais heureuse du travail accompli. Elle trouva la maison étrangement silencieuse. En allant à la cuisine, elle vit son mari, qui finissait un café tout en parcourant quelques journaux.

— Où sont les enfants ? demanda-t-elle.

— Au parc, avec Anne.

Le ton de Julien était glacial. Il tendit à sa femme un exemplaire de *L'Époque*. Une manchette s'étalait en première page.

L'identité du mystérieux Justicier enfin révélée !

— Mon Dieu, murmura Fanette.

Elle lut fébrilement l'article.

« *L'Époque* a appris d'une source sûre que le Justicier, auteur de pamphlets infâmes contre monseigneur Bourget et notre sainte Église, ne serait nul autre que Fanette Vanier, l'épouse de maître Julien Vanier, qui défendait la cause du pécheur public, Victor Lemoyne. S'il s'avérait que madame Vanier tenait bel et bien la plume du Justicier, cela en dirait long sur le manque d'éthique et d'honnêteté de son mari, qui ne pouvait ignorer que sa femme se prêtait à de telles avanies. Nous déplorons vivement que la vérité n'ait pas éclaté au grand jour durant le procès, car le jugement eût sans doute été différent. La simple pensée qu'un impie sera bientôt enterré en terre catholique, entachant ainsi à jamais ce lieu sacré, nous remplit d'une profonde indignation, à l'instar de l'Église et de ses nombreux fidèles. »

Le papier était signé par Arsène Gagnon. Fanette replia lentement le journal, en proie à la consternation. *Comment Gagnon a-t-il découvert la vérité ?* Elle se perdait en conjectures. Se pouvait-il qu'il lui ait subtilisé son carnet de notes ? Avec lui, tout était possible.

Julien lui adressa froidement la parole.

— L'affaire Lemoyne m'a fait perdre beaucoup de clients. Après ce scandale, je n'aurai plus qu'à mettre la clé dans la porte. Plus personne ne voudra avoir recours à un avocat dont la femme s'est cachée derrière un nom de plume pour prendre le parti de l'un de ses clients. Si tu ne t'étais pas obstinée à continuer d'écrire ces articles, nous n'en serions pas là.

Le coup porta. Fanette devint blême.

— Pardonne-moi. La dernière chose que je souhaitais, c'était de te nuire.

— Il est un peu tard pour avoir des regrets.

La clochette de l'entrée tinta. Oscar, qui nettoyait la presse, aperçut avec étonnement Fanette qui s'avançait vers lui, un journal à la main. Elle lui tendit un exemplaire de *L'Époque*.

— Lisez.

Frappé par le visage sombre de la jeune femme, le reporter prit la gazette et y jeta un coup d'œil. Il n'eut qu'à déchiffrer le grand titre pour comprendre la gravité de la situation.

— Cet article risque de causer beaucoup de tort à mon mari. Sa situation est déjà bien difficile. Je me dois de protéger sa réputation.

Oscar devina la suite.

— Vous quittez *Le Phare*?

— Maintenant que l'identité du Justicier a été dévoilée, je n'ai plus le choix.

Oscar éprouva soudain une profonde détresse. Il lui sembla que la bataille ardue qu'il avait menée pour rétablir l'honneur de son oncle était bien chèrement payée.

— Je vous remercie de tout ce que vous avez fait pour mon oncle et pour son journal. Sans vous, *Le Phare* serait demeuré une petite gazette obscure, lue par quelques fidèles abonnés.

Ils échangèrent un sourire complice, malgré leur tristesse.

— Attendez-moi un instant, reprit Oscar.

Il alla vers un vieux secrétaire, ouvrit un tiroir et revint avec une enveloppe.

— Pour vous.

Intriguée, elle ouvrit l'enveloppe, dans laquelle se trouvaient quelques billets.

— Votre salaire, expliqua-t-il.

— Je vous remercie, mais ce n'est vraiment pas nécessaire.

Il insista.

— C'est la moindre des choses. Vous avez consacré plusieurs mois au *Phare* sans avoir reçu un sou. Le journal commence à devenir prospère grâce à vous.

Fanette rangea l'enveloppe dans sa bourse.

— Peut-être que nos chemins se croiseront à nouveau, dit-elle, la voix étouffée par l'émotion.

— Sachez que la porte de ce journal vous sera toujours grande ouverte.

Elle lui tendit la main d'un geste spontané. Oscar voulut la saisir, mais constata avec embarras que la sienne était couverte d'huile et il l'essuya avec un linge. Il sentit non sans émoi la douceur du gant de satin que portait Fanette sur sa paume.

— Au revoir, monsieur Lemoyne.

Elle tourna les talons et franchit la porte. Le timbre de la clochette résonna tristement dans la pièce.

— Au revoir, jolie dame, murmura Oscar.

LXXII

Le lendemain

Oscar s'était levé le cœur lourd. Fanette ne lui avait donné sa démission que la veille, et pourtant l'imprimerie lui semblait bien vide sans elle. La clochette de l'entrée résonna. L'espoir fit battre son cœur. Peut-être que Fanette avait changé d'idée et décidé de revenir ? Il fut saisi en apercevant Julien Vanier. Ce dernier arborait une mine anxieuse. Oscar, convaincu que son avocat voulait avoir une explication au sujet du Justicier, baissa la tête, résigné à l'avance à subir l'orage.

— J'ai bien peur d'avoir de mauvaises nouvelles, dit Julien. La Fabrique Notre-Dame et monseigneur Bourget ont décidé d'en appeler de la décision du juge Mondelet. La cause se rendra donc à la Cour de révision de Londres.

Oscar eut un tel choc que Julien dut le soutenir jusqu'à un fauteuil.

— Qu'est-ce que cette Cour ? demanda-t-il d'une voix blanche.

— C'est une instance d'appel, qui réunit trois juges britanniques.

Oscar resta silencieux, comme écrasé par ce nouveau revers.

— Nous poursuivrons la bataille, monsieur Lemoyne, quand bien même il nous faudrait aller jusqu'à la reine d'Angleterre !

Oscar enfouit son visage dans ses mains. Joséphine, alertée par les voix, s'approcha des deux hommes. Elle avait entendu la fin de leur conversation. Julien la regarda d'un air malheureux.

— Il vaut mieux nous laisser seuls. Je m'occupe de lui, dit-elle à voix basse en escortant l'avocat jusqu'à la porte.

Joséphine revint vers son mari et posa une main compatissante sur son épaule.

— Excuse-moi, articula Oscar entre deux sanglots. Je suis une véritable mauviette.

— Tu n'es pas une mauviette. Tu es l'homme le plus courageux que je connaisse.

❧

Joséphine attendit que son mari aille se coucher, puis s'installa à un pupitre et rédigea une lettre demandant une audience à monseigneur Bourget. Elle n'avait pas mis Oscar au courant de sa démarche, afin de ne pas lui donner de faux espoirs. Une semaine plus tard, elle reçut une réponse signée par le chanoine Paré, qui lui accordait une rencontre avec Sa Grandeur.

Le jour de l'audience, Joséphine choisit une robe en gabardine de couleur prune, à la jupe ample, afin de camoufler sa grossesse. Un col de dentelle cachait entièrement le cou. Elle mit un chapeau et en rabattit la voilette pour couvrir son visage, puis elle se rappela la promesse faite à Oscar et la releva. Oscar, qui venait de se réveiller, se redressa dans son lit et jeta un regard surpris à sa femme.

— Où vas-tu ?

— Faire une course. Je ne serai pas longue. Prends bien soin de Nicolas pendant mon absence.

❧

Le fiacre se gara devant l'évêché. Joséphine paya le conducteur et se dirigea vers l'édifice de pierre. Avant son audience avec monseigneur Bourget, elle avait pris la peine de lire tous les mandements que l'évêque avait écrits au fil des ans contre l'Institut canadien et sa bibliothèque. Elle avait été frappée par l'acharnement du prélat à s'attaquer à une association somme toute inoffensive, qui avait pour but ultime de privilégier les connaissances. Elle n'avait pas grand espoir de le convaincre de surseoir à sa décision d'en appeler du jugement Mondelet, mais au moins il avait accepté de la voir, ce qui n'était pas rien. Elle avait également rendu visite à un diacre, afin de se renseigner sur le protocole. L'ecclésiastique lui avait recommandé de se prosterner devant l'évêque et de baiser sa main droite, celle qui portait l'anneau pastoral.

— Et n'oubliez pas. Attendez toujours que monseigneur Bourget parle en premier. Gardez les yeux baissés en tout temps.

⁓

Joséphine fut accueillie par le chanoine Paré, qui la conduisit aux appartements de Sa Grandeur, comme il appelait l'évêque. La jeune femme attendit dans l'antichambre et fut impressionnée par le portrait de monseigneur Bourget qui surplombait le foyer. Ses yeux d'un bleu d'acier donnaient de la froideur à un visage par ailleurs avenant.

Le chanoine revint après quelques minutes.

— Sa Grandeur est disposée à vous recevoir.

Sentant la nervosité la gagner, Joséphine suivit le secrétaire jusqu'à un bureau austère, dont les lourdes draperies laissaient à peine entrer un filet de clarté. Monseigneur Bourget était installé dans son fauteuil, ses belles mains croisées sur ses genoux. Il portait une soutane noire entourée par une ceinture violette. Sa croix pectorale luisait dans la lumière d'une lampe.

— Soyez la bienvenue à l'évêché, madame Lemoyne.

Joséphine fut frappée par la douceur de sa voix. Elle s'approcha de lui et se prosterna, comme le lui avait indiqué le diacre. Le prélat tendit sa main droite. Joséphine admira l'anneau qui brillait à son annulaire et l'effleura de ses lèvres. Elle remarqua que la peau de l'évêque sentait le savon.

— Je vous en prie, assoyez-vous.

Joséphine prit place dans un fauteuil que monseigneur Bourget lui avait désigné. Elle se tint droite, les yeux baissés, attendant qu'il prenne la parole, suivant les conseils du diacre à la lettre.

— Ainsi, vous êtes l'épouse d'Oscar Lemoyne.

— En effet, Votre Grandeur.

— C'est tout à votre honneur que de soutenir votre mari, particulièrement dans les causes qu'il défend.

Joséphine leva des yeux étonnés vers l'évêque qui, jusqu'à présent, lui avait parlé avec une bonté sans artifices.

— Ce que je vais vous dire vous surprendra peut-être, mais je n'ai rien personnellement contre votre mari et son oncle.

— Si je puis me permettre, Votre Grandeur, pourquoi, dans ce cas, ne pas accorder à monsieur Lemoyne la consolation d'une sépulture catholique ?

— J'en ai contre l'Institut canadien, qui défend Victor Lemoyne en s'attaquant aux valeurs et aux institutions catholiques, le ciment de notre nation. Si je cède sur ce principe, si je laisse l'Institut se rebeller ouvertement contre l'autorité ecclésiastique, alors c'est le fondement même de l'Église qui sera menacé d'effondrement.

Joséphine réfléchit aux paroles de l'évêque. Elle comprit que les seuls arguments qui pourraient le faire fléchir étaient ceux du cœur.

— Monsieur Lemoyne était un homme bon, généreux. Il a recueilli mon mari lorsque celui-ci a perdu ses parents dans un incendie. Il s'est toujours montré d'une grande gentillesse à mon égard. Il était le parrain de mon premier-né, qu'il aimait de tout son cœur. Et il aurait été heureux d'apprendre que j'attends un deuxième enfant. Le fait que ses restes aient été jetés dans une fosse commune, au cimetière protestant, est une cause de souffrance énorme pour mon mari et pour sa famille.

Les yeux toujours baissés, elle regarda l'évêque à travers ses cils pour voir l'effet de ses paroles. Le prélat acquiesçait doucement.

— Je comprends cette douleur et je prie pour l'âme du défunt, quelles qu'eussent été ses fautes. Mais à l'heure de la mort, alors que monsieur Lemoyne se disait prêt à recevoir les derniers sacrements, il n'a pas renoncé à son appartenance à l'Institut canadien et a choisi en toute conscience d'abandonner le giron de l'Église.

Il leva les yeux vers un crucifix, suspendu au-dessus de son pupitre.

— Le Seigneur s'est sacrifié pour nous sauver. Monsieur Lemoyne était peut-être une victime propitiatoire pour sauver l'Église et ramener les brebis égarées au bercail.

Joséphine comprit qu'une réelle bonté pouvait aussi s'accompagner d'un dogmatisme aveugle et que rien ni personne ne pourrait convaincre l'évêque de revenir sur sa décision. La révolte lui serra la gorge.

— Dieu vous jugera, monseigneur. À l'heure de votre mort, vous saurez ce qu'est la souffrance et la solitude.

LXXIII

Deux mois plus tard
Fin du mois d'août 1867

Monseigneur Bourget ayant appelé de la décision de la Cour
de révision, la cause de Victor Lemoyne s'était rendue jusqu'au
Conseil privé de Londres, composé de six magistrats. Lorsque
Julien reçut le jugement, il envoya aussitôt un télégramme à
Oscar afin de lui demander de passer le voir chez lui. Le reporter
alla trouver sa femme, qui terminait de changer les langes de
Nicolas. Il lui montra la dépêche.

— Maître Vanier n'a rien mentionné concernant le jugement
comme tel, expliqua-t-il, le visage anxieux. C'est sûrement mauvais signe.

— Va le voir dès maintenant, tu en auras le cœur net.

Sa femme avait raison, mais une force obscure le poussait
à retarder le moment de vérité, comme s'il en redoutait l'issue.
Son avocat lui avait expliqué que le Conseil privé de Londres
était l'instance juridique suprême du Canada et de la Grande-
Bretagne. S'il perdait sa cause, il n'aurait plus aucun recours,
et les restes de son oncle pourriraient pour l'éternité dans un
charnier anonyme. Oscar s'habilla et mit sa casquette. Malgré
son inquiétude, Joséphine lui fit un sourire encourageant.

— Je suis convaincue que ce sont de bonnes nouvelles.

❧

Oscar fut introduit dans le logement des Vanier par la bonne,
Céleste. Il remarqua des boîtes empilées le long des murs. Des

housses recouvraient certains meubles. Céleste lui chuchota, sur le ton de la confidence :

— Monsieur et madame vont déménager dans quelques semaines.

— Pour quelle raison ? demanda le reporter, étonné.

Elle poussa un soupir.

— Il paraît qu'ils ont de la misère à joindre les deux bouts. Ils ont trouvé un logement plus modeste. Même qu'ils ne pourront peut-être pas me garder à leur service.

Ce qu'il venait d'entendre troubla Oscar au plus haut point. Il eut l'intuition que la situation financière difficile des Vanier avait un lien avec le procès et l'affaire du Justicier.

Fanette vint à sa rencontre en souriant. Rien dans son attitude ne trahissait de soucis.

— Bonjour, monsieur Lemoyne. Mon mari vous attend.

Oscar entra dans le bureau de Julien. Ce dernier l'accueillit avec un large sourire.

— Le Conseil privé vous a donné raison dans une décision unanime. L'Église n'a plus aucun recours. Vous pourrez enterrer les restes de votre oncle en terre consacrée et lui redonner honneur et dignité.

— Enfin, murmura Oscar.

Ce fut le seul mot qu'il fut capable de prononcer tellement il était ému.

∽

Le 2 septembre, les restes de Victor Lemoyne furent retirés du charnier protestant et ramenés au cimetière Notre-Dame-des-Neiges dans un corbillard attelé à deux chevaux pommelés, escorté par une douzaine de voitures où se trouvaient la famille et les amis du défunt. Malgré la chaleur accablante, une foule d'au moins deux mille personnes s'était massée devant les grilles du cimetière. Lorsque monsieur Durocher, le gardien, commença à les ouvrir, des huées et des vociférations s'élevèrent. Des gens saisirent des pierres et les lancèrent sur le corbillard.

— Honte au pécheur public, Victor Lemoyne !

— Qu'il retourne chez les protestants, avec les siens !

— Qu'il brûle en enfer !

Oscar, installé avec sa femme dans la première voiture funéraire, serra les dents. Il était incapable de comprendre autant de haine et de fanatisme. Bien que les femmes ne fussent pas admises aux enterrements, Joséphine avait tenu à accompagner son mari dans un moment si important, quitte à rester dans le fiacre. Elle tenait le petit Nicolas sur ses genoux. Elle hocha la tête.

— Mon Dieu, ils ne savent pas ce qu'ils font.

Fanette et Julien, assis dans une calèche, observaient la foule avec inquiétude.

— Pourvu qu'il n'y ait pas d'incident…

Julien soupira.

— Certains journaux catholiques se sont déchaînés contre la décision du Conseil de Londres et ont exhorté les fidèles à manifester leur mécontentement. Je crains qu'il n'y ait du grabuge.

Lorsque le cortège s'approcha de l'entrée du cimetière, des dizaines de personnes se précipitèrent vers les barrières et les refermèrent. Monsieur Durocher tenta de s'interposer, mais la foule était trop nombreuse et violente. Un huissier s'avança vers lui.

— Sur ordre de la Cour de Londres, vous devez rouvrir ces portes.

— J'veux ben, mais qu'est-ce que j'peux faire contre ces enragés ?

Julien sortit de la calèche et alla rejoindre Arthur Buies et Louis-Antoine Dessaulles, qui tentaient de ramener les émeutiers à la raison. Les trois hommes furent repoussés rudement. Quelqu'un lança même à Julien une pierre qui l'atteignit à l'épaule et déchira sa redingote. Malgré la douleur, l'avocat s'adressa à l'officier de justice.

— Il faut de toute urgence avertir le maire Starnes de la situation. Demandez un détachement de police pour escorter le convoi funéraire, sinon je ne réponds de rien.

L'huissier obtempéra et courut vers le fiacre qui l'avait conduit au cimetière.

— À la mairie. Vite !

Le cocher fouetta son cheval. La voiture fut ralentie par des manifestants qui bloquaient la rue. Pendant ce temps, Julien chercha sa femme des yeux et la vit, saine et sauve, qui lui faisait signe de la calèche.

Il fallut plus d'une heure pour que des policiers armés de carabines se présentent enfin sur les lieux. Ils furent accueillis par des huées. Quelques forcenés furent arrêtés. Comme par miracle, le calme se rétablit et l'enterrement put avoir lieu. Une trentaine de personnes se rassemblèrent autour de la tombe de Victor Lemoyne. Oscar, les yeux secs, regardait le cercueil contenant les restes de son oncle que des fossoyeurs descendaient en terre. Il aurait voulu éprouver du soulagement, ou même de la tristesse, mais il ne sentait plus rien, sinon une immense lassitude.

LXXIV

Monseigneur Bourget, agenouillé sur son prie-Dieu, son beau front posé sur ses mains croisées, faisait ses dévotions. L'évêque avait été saisi d'une grande colère lorsqu'il avait appris la décision du Conseil de Londres de permettre l'inhumation de Victor Lemoyne en terre catholique. Le fait que son autorité eût été défiée par la magistrature anglaise n'avait qu'ajouté à son courroux. L'Institut canadien et ses suppôts de Satan avaient eu gain de cause. Comment Dieu avait-il pu permettre que Sa volonté fût ainsi bafouée par ces mécréants ?

On frappa discrètement à sa porte. Le chanoine Paré entra dans la pièce.

— Monsieur le grand vicaire Truteau est ici pour vous voir, Votre Grandeur.

— Faites-le entrer.

Le chanoine s'inclina et introduisit l'administrateur du diocèse. Ce dernier arborait une mine soucieuse.

— Votre Grandeur, j'ai de bien mauvaises nouvelles à vous apprendre. L'inhumation du pécheur Lemoyne a eu lieu, hier après-midi. D'après les gazettes, plus de deux mille personnes se sont rendues au cimetière Notre-Dame-des-Neiges pour tenter d'empêcher le cortège funéraire d'en franchir l'entrée. Une émeute a failli éclater.

Monseigneur Bourget se redressa lentement, s'appuyant sur son prie-Dieu, car ses membres étaient endoloris après une si longue séance de prières.

— Il n'y a pas eu d'incidents graves, j'espère ?

— Quelques blessés, une ou deux arrestations, rien de plus.

— Dieu merci. Je n'approuve pas les gestes de violence, mais je comprends le désarroi de nos fidèles. Maintenant, veuillez me laisser seul, mon bon père Truteau.

L'ecclésiastique s'éclipsa. L'évêque gagna son bureau et prit place dans son fauteuil, accablé qu'il était par l'enchaînement inexorable des faits ayant mené à cette fatale conclusion. Monsieur Paré avait déposé quelques journaux et un abondant courrier sur son pupitre. Il parcourut la gazette catholique *La Minerve*, qui décrivait avec indignation les funérailles de Victor Lemoyne et justifiait les actions des paroissiens, « révoltés par la décision inique de Londres de permettre une inhumation catholique à un impie ». Il lui fallait rédiger une lettre pastorale afin de consoler ses ouailles et de les enjoindre à la résignation et à la prière. C'est alors qu'une pensée s'imposa à lui avec une grande clarté. Certes, il n'avait plus aucun recours juridique, mais il lui restait le pouvoir que Dieu lui avait conféré pour faire régner Sa loi. Il saisit sa plume et se mit à écrire rapidement. Après avoir terminé sa missive, il la cacheta avec le sceau de l'évêché et fit revenir son secrétaire.

— Monsieur Paré, je souhaite que ce mandement soit publié dans notre gazette *L'Universel* et dans les bans paroissiaux dès que possible.

— Bien, Votre Grandeur.

Monseigneur Bourget ferma les yeux et médita sur ce qu'il venait d'écrire.

> Nous déclarons, par la présente, que le lieu du cimetière où est enterré le corps de feu Victor Lemoyne sera de fait et demeurera, *ipso facto*, interdit et séparé du reste du cimetière. Nous livrons ainsi à Satan celui qui, par ses actions non chrétiennes, a déshonoré l'Église.

Ainsi, même enterrés dans un cimetière catholique, les restes du pécheur public reposeraient pour l'éternité dans une parcelle de terre non consacrée. La cloche de la chapelle sonna les vêpres. Monseigneur Bourget se leva, replaça les plis de sa soutane et quitta son bureau pour assister à l'office, avec le sentiment du devoir accompli.

Quatrième partie

Le secret de Julien

LXXV

Le 21 mai 1868
Québec

Près de deux ans s'étaient écoulés depuis que maître Hart avait mis le domaine d'Alistair Gilmour en vente, à la demande de Fanette, en juillet 1866. Au début, quelques acheteurs potentiels s'étaient manifestés, mais ils s'étaient vite découragés devant l'ampleur des réparations à effectuer et la difficulté d'accès des lieux.

— La maison n'a pas été habitée depuis plusieurs années, s'évertuait à expliquer maître Hart aux visiteurs. Je ne vous cacherai pas qu'il y a beaucoup à faire pour la remettre en bon état, mais vous conviendrez avec moi que c'est une splendeur. La vue sur le fleuve est de toute beauté.

— C'est un éléphant blanc, vous voulez dire ! s'était exclamé un homme d'affaires prospère de Québec. Il faut être fou ou millionnaire pour vouloir faire l'acquisition d'un domaine en ruine !

Les visites s'étaient raréfiées, puis avaient cessé complètement. À même ses propres revenus, qui étaient plutôt modestes, maître Hart avait engagé un homme à tout faire pour exécuter les réparations les plus urgentes, comme colmater une fuite dans l'un des nombreux toits ou réparer un carreau brisé, mais le manoir dépérissait au fil des jours.

Puis, par une belle matinée de mai, alors que l'avoué s'apprêtait à aller chercher son courrier et ses journaux au bureau de poste, il reçut la visite d'un homme portant un costume et un chapeau de paille blancs, qui contrastaient avec son teint fortement basané. Maître Hart en déduisit que son visiteur venait

449

sans doute d'une colonie. Il remarqua que l'étranger avait une canne à la main et que le pantalon de sa jambe droite avait été coupé à la moitié et recousu autour d'un moignon. L'inconnu sentit le regard de l'avoué sur sa jambe.

— Je l'ai perdue à cause d'une morsure de serpent, commenta-t-il avec une moue amère. Je me présente; Gérard Tourrais, reprit-il en tendant une main brunie par le soleil.

Maître Hart constata que l'homme avait une poigne vigoureuse et parlait avec un curieux accent français teinté d'une note exotique.

— Êtes-vous originaire du Québec? demanda-t-il pour tâcher d'en savoir davantage sur l'étranger.

— Je suis du Poitou-Charentes, en France, mais j'ai passé quelques années en Martinique, où j'ai fait fortune grâce à mes plantations de cannes à sucre.

Le sens de l'observation du notaire ne l'avait pas trompé: Gérard Tourrais avait vécu dans une colonie. L'accent particulier de l'étranger avait sûrement été influencé par le créole. L'homme poursuivit:

— Je souhaiterais m'installer dans la région de Québec. J'ai entendu dire que vous aviez un magnifique domaine à vendre, au village de Cap-Rouge.

— En effet, répondit l'avoué. Mais en toute honnêteté, je dois vous avertir que la maison n'est pas habitée depuis plusieurs années et que son état…

— Je veux la voir, coupa le visiteur.

— Bien entendu.

Maître Hart n'aimait pas les manières tranchantes de Gérard Tourrais, mais il n'allait certainement pas lever le nez sur un acheteur potentiel. Plus le temps passait et plus le domaine se dégradait, au point d'être devenu inhabitable. Si, par miracle, cet homme en faisait l'acquisition, il en éprouverait le plus grand soulagement.

༄

L'étranger tint à faire le voyage jusqu'à Cap-Rouge dans une élégante voiture de marque Ledoux, qui avait dû coûter les yeux de la tête. Un cocher en livrée rouge la conduisait.

L'aspect délabré des lieux ne sembla pas indisposer le visiteur. Il fit rapidement le tour des grandes pièces, dont les lustres et les meubles étaient recouverts d'une épaisse couche de poussière, sans émettre le moindre commentaire. La vue des toiles d'araignées qui formaient un fin réseau de dentelle, les nombreuses fissures qui lézardaient les murs, les draperies décolorées par le soleil, les boiseries rongées par la vermine et l'humidité, tous ces signes d'abandon ne parurent pas le déranger. Au contraire, après une visite minutieuse de la maison, il parla de la qualité de l'architecture du manoir et du choix judicieux de son emplacement. Puis, accompagné par l'avoué, il se rendit à pied jusqu'à la pointe du cap et scruta longuement le fleuve, en contrebas.

— L'ancien propriétaire possédait-il un quai pour accéder au fleuve? demanda-t-il.

— En effet. Monsieur Gilmour était un marchand naval. Non seulement il avait fait bâtir un quai, mais il avait également racheté une scierie, qu'il avait entièrement modernisée. On y produisait du bois équarri et des madriers qui servaient à la construction de bateaux. Évidemment, tout cela a été laissé à l'abandon depuis son départ.

L'homme lui jeta un regard dubitatif.

— Pour quelle raison l'ancien propriétaire a-t-il laissé un aussi bel endroit?

Maître Hart lui expliqua que son client avait quitté le Québec plusieurs années auparavant et lui avait écrit pour le charger de rédiger son testament.

— Si je comprends bien, monsieur Gilmour est décédé.

Le notaire acquiesça.

— Sur un champ de bataille, d'après ce que j'ai pu apprendre. Il faisait partie d'un groupe révolutionnaire irlandais.

Un étrange éclat fit luire les prunelles sombres de l'homme. Maître Hart, en fin observateur qu'il était, pressentit que ce monsieur Tourrais avait dû connaître un passé tumultueux. Ce dernier demanda à faire de nouveau le tour du domaine, s'attardant à la contemplation du fleuve et du quai qui y donnait accès.

— J'en ai assez vu, dit-il abruptement.

Les deux hommes regagnèrent le landau, où les attendait le cocher, et montèrent dans la voiture. Le retour à Québec se fit dans le silence le plus complet. Maître Hart tournait la tête de temps en temps vers l'ancien propriétaire de plantations afin de l'observer discrètement, mais il ne put rien lire sur son visage sombre et fermé. Il était convaincu que le visiteur réfléchissait aux dépenses qu'il lui faudrait entreprendre pour remettre le domaine en état et qu'il avait renoncé à l'acheter. Ce n'est qu'au moment où la voiture parvint à Québec que l'étranger lui adressa de nouveau la parole.

— Je suis disposé à acquérir le manoir, ses dépendances, ainsi que les trois acres de terrain et le quai.

Maître Hart retint un soupir de soulagement.

— Vous m'en voyez heureux. Quel montant proposez-vous ?

— Dix mille dollars.

— Mais c'est dérisoire ! s'exclama le vieil avoué. Le domaine vaut beaucoup plus que cela.

— C'est une offre fort généreuse dans les circonstances. Le manoir est dans un état pitoyable. Il me faudra beaucoup d'argent pour le rendre à nouveau habitable. Vous ne trouverez jamais d'autre acheteur qui soit disposé à investir autant de temps et de ressources dans une telle entreprise.

Maître Hart garda le silence, mais il lui fallait reconnaître que monsieur Tourrais n'avait pas tort. C'était la première offre qu'il recevait depuis que le domaine avait été mis en vente, et la première visite depuis des lustres. Sans doute sa seule chance de vendre enfin cet « éléphant blanc ».

— Alors ? s'impatienta l'étranger.

— Prenez au moins le temps d'y réfléchir.

— C'est à prendre ou à laisser.

Le notaire hocha la tête.

— Dans ce cas, permettez-moi de consulter ma cliente.

— Votre cliente ?

— Madame Fanette Vanier, qui est l'héritière en titre de ce domaine.

Fanette Vanier... Gérard Tourrais sentit son pouls s'accélérer à l'évocation de ce nom. Il avait fait son enquête avant de se montrer intéressé par le domaine et savait que cette Fanette Vanier était la même femme dont le témoignage avait contribué à sa condamnation, puis à son emprisonnement dans la sinistre prison de la Force. Les rouages de sa vengeance commençaient à se mettre en place.

— Madame Vanier habite à Montréal, poursuivit l'avoué. Je lui enverrai un télégramme pour l'aviser de votre offre. Si elle approuve la transaction, elle devra se rendre en personne à Québec afin de signer le contrat de vente, la quittance et tous les papiers afférents. Si, toutefois, vous renoncez à votre proposition, je vous prie de m'en faire part dès maintenant. Je ne voudrais surtout pas déranger ma cliente pour rien.

— Au contraire. Je souhaite plus que jamais acquérir ce domaine.

Les traits coupés au couteau de l'étranger s'étaient durcis, ce que maître Hart ne manqua pas de remarquer. Dans l'exercice de sa profession, il avait côtoyé toutes sortes de gens, mais quelque chose chez ce Gérard Tourrais le mettait résolument mal à l'aise.

෴

La voiture de Gérard Tourrais s'immobilisa devant l'immeuble où se trouvait le logement du notaire, qui lui servait également de bureau.

— Au revoir, maître Hart.

Tourrais lui tendit une carte.

— J'attendrai de vos nouvelles avec impatience.

Le cocher ouvrit la portière. Le vieil homme sortit de la voiture. Ses jambes étaient un peu engourdies après un aussi long trajet, car l'acheteur avait refusé de s'arrêter en route, même pour manger un morceau. La nuit était tombée. Seul un lampadaire jetait un éclairage diffus sur le trottoir de bois.

Gérard Tourrais donna ordre à son cocher de repartir. Étrangement, il ne ressentait ni fatigue ni faim, malgré les nombreuses heures passées dans sa voiture. La perspective de devenir bientôt le propriétaire du domaine ayant appartenu à Alistair Gilmour, et dont Fanette Vanier avait hérité, le remplissait d'excitation. C'était l'endroit rêvé pour réaliser ses audacieux projets de contrebande, auxquels s'ajouterait le plaisir de la vengeance. Car il était bien décidé à faire le malheur de cette femme, tout comme elle avait fait le sien.

LXXVI

Deux jours plus tard
Montréal

Fanette, installée à son secrétaire, écrivait. Seul le tic-tac de l'horloge ponctuait le silence.

Le 23 mai 1868
Cher journal,
Comme le temps file ! Et pourtant, comme il me semble long, par-
fois. Depuis que j'ai dû quitter Le Phare, à cause de cette histoire
de Justicier, j'ai parfois l'impression de vivre à moitié, comme si
une part de moi-même était restée dans l'imprimerie, au milieu des
rames de papier, à respirer le parfum de l'encre.

Elle leva les yeux vers la fenêtre. Des enfants s'amusaient à jeter des sous dans la fontaine. Des mères de famille promenaient leur bébé dans un landau, tandis que des hommes, installés sur un banc, lisaient le journal. Huit mois auparavant, les Vanier avaient emménagé dans un logement plus petit, en raison de leurs ennuis financiers, mais les fenêtres du salon donnaient sur le carré Saint-Louis, ce qui importait beaucoup à Fanette. Le fait qu'elle pût observer les activités quotidiennes des gens du voisinage, admirer le chatoiement des feuilles dans la lumière du jour lui donnait l'impression de s'accorder au rythme du quartier. Elle se remit à écrire.

Les jumeaux grandissent à vue d'œil. Ils ont déjà trois ans et deux
mois. Hugo est toujours aussi contemplatif. Il semble regarder le

monde avec une gravité qui lui donne l'allure d'un vieux sage dans
un petit corps. On ne croirait jamais qu'Isabelle est sa jumelle. Elle
ne tient pas en place. Elle nous a fait toute une frayeur, il y a quelques
jours, lorsqu'elle a disparu du logement et s'est aventurée dans le parc
toute seule. Tante Madeleine croit qu'elle a le tempérament d'une
aventurière, ce qui n'est pas pour me rassurer... Marie-Rosalie, pour
sa part, continue à faire des progrès étonnants au piano, au point que
Rosalie lui a trouvé un excellent professeur, monsieur Klein – un
expatrié d'origine allemande par son père et française par sa mère –,
afin de lui donner des leçons particulières. Cela représente des frais,
mais les affaires de Julien vont mieux. Après le procès Lemoyne, qu'il
a gagné avec éclat mais qui lui a valu la réputation de radical, il a
réussi, à force de travail et de persévérance, à se refaire une solide
clientèle.

Elle s'interrompit, songeuse.

Je le sens malheureux, comme s'il portait un lourd fardeau. Ah, si
seulement je pouvais déchiffrer le secret de son cœur !

Fanette referma son journal et le rangea dans son secrétaire.
La sonnette de l'entrée résonna dans la pièce. Elle se leva et
alla répondre. Un jeune postier lui remit un télégramme.

Chère madame Vanier, j'ai reçu une offre pour le manoir
Gilmour et ses dépendances pour la somme dérisoire de dix
mille dollars. Je vous conseille de refuser. Si, toutefois, vous
décidiez d'accepter, il vous faudra faire le voyage à Québec,
au moment qui vous conviendra, pour signer le contrat de
vente. Votre tout dévoué, maître Hart.

Fanette replia le message. La nouvelle était inespérée. Peut-
être qu'aux yeux du notaire le montant de dix mille dollars
était dérisoire, mais pour Fanette c'était une petite fortune, qui
arrivait à un moment providentiel. Déjà, un rêve prenait forme,

qu'elle n'aurait jamais pu entrevoir auparavant, faute de moyens. Une excitation fiévreuse la parcourut. Il lui fallut toute sa volonté pour ne pas courir au bureau des télégrammes afin de donner son assentiment à l'avoué. Elle devait d'abord en faire part à Julien, qui était en cour et ne reviendrait qu'en début de soirée. Pour tromper l'attente, elle décida de faire une promenade avec les jumeaux. La journée était splendide. Les rayons de soleil irisaient les jets d'eau de la fontaine de reflets bleu et or. Isabelle et Hugo coururent rejoindre les autres enfants. Leurs cris de joie résonnaient gaiement dans l'air chargé des parfums suaves du printemps. L'espoir renaissait dans le cœur de Fanette. Tout lui semblait de nouveau possible.

De retour chez elle, Fanette confia les jumeaux à Anne et alla chercher Marie-Rosalie à l'école, puis elle commença les préparatifs du souper avec l'aide de Céleste. Par chance, les deux employées, très attachées à la famille Vanier, avaient accepté de réduire leurs gages pour rester à son service. À sept heures, constatant que Julien n'était pas encore rentré, elle fit servir le repas puis coucha les enfants. L'horloge sonna huit heures. L'impatience la gagna. *Mais que fait Julien ?* Il était plus de neuf heures lorsqu'elle entendit enfin la porte s'ouvrir. Son époux avait son visage des mauvais jours. Quand elle lui demanda des nouvelles de sa journée, il lui fit une réponse laconique.

— J'ai perdu mon procès.

Elle l'embrassa et sentit une odeur d'alcool et de tabac. Julien buvait peu et ne fumait pas. D'où venait-il ? Le souvenir de la lettre anonyme lui revint à l'esprit. *Votre mari n'est peut-être pas aussi loyal que vous le croyez.* Aurait-il renoué avec cette mystérieuse Olivia ? Julien perçut le trouble de sa femme.

— Je suis allé prendre un verre au Chat noir, expliqua-t-il. J'avais besoin de me détendre après une journée éprouvante.

Il semblait parfaitement sincère. Fanette s'en voulut d'avoir douté de lui.

— Eh bien, de mon côté, j'ai une excellente nouvelle ! dit-elle. J'ai enfin un acheteur pour le manoir.

Elle montra le télégramme à Julien.

— Que vas-tu faire ?

— Accepter l'offre.

— Pourtant, maître Hart te conseille de refuser.

— C'est le premier acheteur qui se présente depuis que le domaine a été mis en vente. Je veux tourner la page.

Elle l'enlaça.

— Tu pourrais m'accompagner à Québec. Nous en profiterions pour rendre visite à ma mère. Elle serait si heureuse de nous revoir, avec les enfants !

— C'est une excellente idée. Ce sera une bonne occasion de rencontrer des clients.

Un mensonge de plus, songea-t-il. Il embrassa sa femme avec une tendresse teintée de désespoir et fut sur le point de lui dire la vérité, mais y renonça. *Le bonheur, le bonheur avant tout, en dépit de tout…*

LXXVII

Au même moment
Montréal

— Attention !

Oscar saisit son fils par le bras juste avant que celui-ci déboule dans l'escalier. L'enfant se mit à pleurer à chaudes larmes. Joséphine apparut sur le palier, le visage inquiet. Elle tenait un bébé dans ses bras.

— Qu'est-ce qui se passe ?

— C'est Nicolas, répondit Oscar, tentant de consoler le petit. Il a réussi à ouvrir la barrière que j'avais placée en haut de l'escalier.

Le garçon, âgé de vingt-deux mois, était très intelligent et avait le diable au corps. Ses parents devaient avoir des yeux tout le tour de la tête pour le surveiller. Joséphine soupira et retourna dans la chambre du couple, où l'ancien berceau de Nicolas servait maintenant à Amélie, née au mois de novembre de l'année précédente. Elle déposa la petite dans le couffin et la couvrit chaudement. Bien que le printemps fût arrivé après un hiver interminable, les soirées et les nuits étaient encore fraîches.

Oscar rejoignit sa femme une demi-heure plus tard. Elle était au lit et s'apprêtait à éteindre.

— Le petit refusait de se coucher, expliqua-t-il à mi-voix pour ne pas réveiller Amélie. Il a fallu que je reste devant sa porte de chambre pendant tout ce temps pour l'empêcher de sortir. Des fois, je ne sais plus quoi faire avec lui. Crois-tu que je suis un mauvais père ?

— Si tu es un mauvais père, alors je suis une marâtre, commenta Jo en souriant.

Il se déshabilla et se mit au lit à son tour, complètement épuisé. Il se serait fait tuer pour ses enfants, mais il devait reconnaître que la vie de parent était bien exigeante. La lampe n'était pas aussitôt éteinte qu'Amélie se mit à pleurnicher. Joséphine se leva et lui donna le sein. Lorsqu'elle retourna se coucher, Oscar dormait, la bouche légèrement entrouverte. Elle l'embrassa avec tendresse sur une tempe, bénissant sa chance d'avoir un mari aussi aimant et dévoué.

෴

Le lendemain, Oscar dut se lever tôt pour imprimer des prospectus que lui avait commandés la Ville de Montréal. Peu de temps après la naissance d'Amélie, le reporter avait pris la difficile décision d'arrêter de faire paraître le journal *Le Phare*. Non seulement la gazette était coûteuse à produire, mais depuis la démission de Fanette Oscar était seul à s'occuper de l'écriture des articles, de la composition et de l'impression. Avec deux enfants en bas âge, il n'arrivait plus à trouver le temps de tout faire et n'avait pas les moyens d'engager un apprenti. Lucien Latourelle, le nouveau patron de *L'Époque*, lui avait fait une proposition afin qu'il devienne son adjoint à la rédaction, mais Oscar avait refusé. Accepter l'offre de celui qui avait pris le parti de l'Église contre son oncle aurait été une trahison à la mémoire de Victor.

Après avoir rangé les prospectus dans des boîtes, Oscar plaça celles-ci dans la grosse caisse à ridelles qui avait appartenu à Victor et livra la commande à l'hôtel de ville. Pendant le trajet du retour, il ne put résister à la tentation d'acheter un exemplaire de *L'Époque*, que le jeune Cloclo vendait à la criée. Chaque fois, la lecture d'un journal le chagrinait, lui rappelant le sacrifice qu'il avait dû faire, mais c'était plus fort que lui, il éprouvait le besoin de rester en contact avec le monde de la nouvelle. Un fait divers était relaté en manchette :

« Décidément, les rues de notre ville deviennent de plus en plus dangereuses ! Hier, en plein après-midi, un jeune voyou a tenté de voler la bourse d'une dame, qui faisait tranquillement ses emplettes dans la rue Notre-Dame. Par chance, un gendarme a réussi à prendre le garnement au collet et la brave dame a pu retrouver son bien. Le délinquant, du nom d'Antoine Sarrazin, n'en était pas à ses premières frasques et est déjà connu des services policiers. Il a été écroué au poste, rue des Commissaires. »

Antoine Sarrazin. Le cœur d'Oscar battit à tout rompre. Il avait reconnu le nom d'un garçon qu'il avait pris sous son aile lorsqu'il habitait à Québec. Antoine était orphelin de mère et son père le battait comme plâtre. Il s'était enfui d'une tannerie, où son père l'obligeait à travailler, et s'était retrouvé à Montréal. La dernière fois qu'Oscar l'avait vu, c'était dans une rue sombre de Montréal, en compagnie d'une bande de voleurs, qui avait failli le détrousser.

Oscar rapporta son chariot vide à l'imprimerie et avertit sa femme qu'il serait absent durant quelques heures. Joséphine remarqua la mine bouleversée de son mari.

— De quoi s'agit-il, Oscar ?

— Je t'en parlerai à mon retour.

౿

Une cloche d'église sonnait huit heures lorsque Oscar parvint au poste de police. À l'accueil, un agent bayait aux corneilles.

— Je souhaite voir Antoine Sarrazin, lui annonça le reporter. On m'a dit qu'il avait été arrêté et emmené ici.

— Quand ? s'enquit le gendarme.

— Hier après-midi.

L'homme consulta le registre.

— Y a bien un Sarrazin qui a été écroué hier, mais il n'est plus ici.

— Vous l'avez relâché ?

461

— Il a été conduit à l'Institut Saint-Antoine tôt ce matin.

Oscar se sentit défaillir. L'Institut Saint-Antoine était une école de réforme.

⁓

Oscar marcha jusqu'à un édifice de pierres grises, situé rue Mignonne, dans le centre de la ville. Il n'y avait jamais mis les pieds et fut impressionné par la taille imposante de l'établissement, qui ressemblait davantage à une prison qu'à une école, bien qu'il n'y eût pas de barreaux aux fenêtres ni de murs d'enceinte.

Le hall d'entrée était grand et bien éclairé. Quelques garçons d'environ dix ans ciraient le plancher de bois sous la surveillance d'un frère de la Charité, qui portait une soutane noire et une croix pendue à sa ceinture. À distance, on entendait des voix encore juvéniles entonnant un chant religieux. Oscar se dirigea vers une guérite vitrée derrière laquelle était installé un ecclésiastique aux lunettes cerclées de métal.

— Bonjour, mon frère. Je suis à la recherche d'Antoine Sarrazin. On m'a dit qu'il avait été emmené ici très tôt ce matin.

— Vous êtes un membre de la famille ?

Oscar faillit répondre non, mais se ravisa, craignant d'avoir à fournir des explications trop compliquées.

— Je suis son frère aîné.

Le religieux consulta un registre d'écrou placé devant lui.

— Un dénommé Antoine Sarrazin a bel et bien été admis dans notre établissement à six heures ce matin.

— Puis-je lui rendre visite ?

L'homme hocha la tête.

— Je crains que non. Votre frère était extrêmement agité lorsqu'il est arrivé. Il a fallu trois de nos religieux pour réussir à le maîtriser. Nous l'avons placé en isolement, contrairement à nos pratiques, afin de le calmer.

Le commentaire de l'ecclésiastique attrista Oscar au plus haut point.

— Antoine est un bon garçon, plaida-t-il, mais il a eu une vie très difficile. Si vous me laissiez le voir, je suis certain que je pourrais lui faire entendre raison.

— C'est contre le règlement.

— Je vous en prie. La visite de quelqu'un qu'il connaît lui apportera un peu de réconfort.

Le frère de la Charité observa le jeune homme et lui trouva un visage honnête.

— Attendez-moi ici.

L'homme se leva et disparut derrière une porte latérale. Il revint après une quinzaine de minutes.

— Notre directeur, l'abbé Bourgouin, vous accorde la permission de voir votre frère, mais pas plus de dix minutes.

— Merci. Je vous en suis très reconnaissant.

L'ecclésiastique prit un trousseau de clés suspendu à un crochet et sortit de la guérite, dont il referma la porte à clé.

— Venez.

Oscar le suivit dans des dédales de corridors. Au passage, il aperçut un grand réfectoire où de longues tables se succédaient, puis un dortoir avec une soixantaine de lits placés en rang d'oignons. Une odeur de désinfectant et de chou prenait à la gorge. Plus loin se trouvaient des ateliers.

— Notre école enseigne aux jeunes délinquants différents métiers, expliqua le frère, de sorte qu'après deux ou trois ans de formation ils pourront devenir menuisiers, ferblantiers, tailleurs de cuir, selliers, voituriers, enfin, le genre de travail qui les maintiendra dans le droit chemin.

Ils parvinrent à un escalier qui descendait dans le sous-sol de l'immeuble. Un corridor chichement éclairé menait à des cellules individuelles. L'homme s'arrêta devant une porte munie d'un guichet grillagé.

— Nous y sommes.

Il choisit une clé de son trousseau et l'introduisit dans la serrure, qui céda.

— Je vous attends dans le couloir.

Oscar pénétra dans une pièce de briques, sans fenêtre. Le seul éclairage était prodigué par une lampe qui pendait du plafond. Il fit quelques pas tandis que la porte se refermait derrière lui. Au début, il ne distingua que des ombres floues puis, ses yeux s'habituant à la demi-obscurité, il aperçut un lit de camp sur lequel était étendue une forme enroulée dans une couverture.

— Antoine, murmura-t-il. Antoine, c'est moi, Oscar.

La forme bougea. Un visage émergea de la couverture. Des yeux durs le fixèrent. Oscar constata avec un serrement de cœur que le crâne du garçon avait été rasé et qu'il portait un uniforme gris.

— Va-t'en ! cria Antoine.

Oscar s'approcha.

— Je veux te venir en aide.

— J'ai pas besoin de toé. Sacre-moé patience !

Antoine se recoucha, plaçant la couverture sur sa tête. Oscar s'arrêta près du lit.

— Je me suis installé à Montréal. Je suis marié et père de deux enfants.

— Ça m'fait pas un pli.

— Tu n'es pas aussi seul que tu le crois, persista Oscar. Je pourrais t'accueillir chez moi.

En prononçant ces mots, le reporter songea au fait qu'il n'avait pas consulté sa femme, ce qui le remplit d'embarras, mais il avait parlé avec son cœur. Connaissant la générosité de Joséphine, il était convaincu qu'elle accepterait d'héberger Antoine.

— Laisse-moé tranquille.

Il sembla à Oscar que la voix de l'adolescent avait perdu un peu de son agressivité. Il posa doucement une main sur son épaule. Antoine tressaillit violemment.

— Touche-moé pas !

Il se tourna vers Oscar. Son regard était farouche, comme celui d'un animal sauvage.

— J'avais un seul ami, y s'appelait Jules. Y a été enfermé icitte, comme moé. Pis y est mort. Là, c't'à mon tour d'être enfermé, y veulent me « réformer », qu'y disent. J'aime mieux crever !

— Je vais te faire sortir, Antoine, je te le promets.

— Y te laisseront pas faire. Y disent que c't'une école, mais c't'une prison. Y est trop tard pour moé. Va-t'en !

Oscar voulut parler, mais son ancien protégé l'en empêcha.

— Va-t'en ! Pis reviens pus jamais !

Antoine se tourna vers le mur. Le reporter resta debout près de lui, à court d'arguments. La voix du frère s'éleva.

— La visite est terminée.

La mort dans l'âme, Oscar se résigna à partir, mais une fois sur le seuil il s'adressa une dernière fois au garçon, comme on lance une bouée à la mer :

— J'habite au 443, rue Saint-Vincent, près du port.

La porte se referma dans un grincement de gonds. Antoine resta recroquevillé contre le mur, se mordant le poing. Des larmes de rage roulaient sur ses joues glabres, amaigries par la misère.

LXXVIII

Deux jours plus tard
Québec

La calèche des Vanier se gara devant l'auberge Giroux, après un voyage de deux jours. Il avait fait un temps superbe durant tout le trajet, et la journée s'annonçait tout aussi magnifique. Un valet de pied courut vers la voiture et ouvrit la portière tandis qu'un autre se dirigeait vers le porte-bagages. Fanette, portant une tenue de voyage, franchit le marchepied, heureuse de se dégourdir enfin les jambes, tandis que Julien aidait les enfants à descendre. Fanette avait planifié de se rendre en calèche à son rendez-vous avec maître Hart afin de signer le contrat de vente de l'ancien manoir d'Alistair Gilmour. Pendant ce temps, Julien resterait à l'auberge avec Marie-Rosalie et les jumeaux. La famille ferait ensuite une visite à Emma et séjournerait quelques jours à Québec avant de repartir pour Montréal.

Le hall de l'auberge bruissait d'activités. Des voyageurs faisaient la queue devant le comptoir d'accueil, derrière lequel se dressait un grand panneau de bois où étaient accrochées les clés de chaque chambre, assorties d'un numéro. Des chasseurs poussaient des chariots où s'empilaient des monceaux de valises. Les Vanier montèrent à leur chambre, qui était assez grande pour accueillir une famille. Fanette se changea dans le cabinet de toilette et revêtit une jolie robe en coton d'Égypte, idéale pour la saison. Elle tenait à faire bonne impression au futur acheteur de son domaine.

∽

Le bureau de maître Hart était encombré de dossiers et de paperasse. Les lourdes draperies avaient été tirées à la demande de Gérard Tourrais, qui prétendait ne plus pouvoir supporter une lumière trop vive. Lorsque Fanette entra dans la pièce, elle dut cligner des yeux pour les accoutumer à l'obscurité, que perçait à peine une lampe au kérosène. Une forte odeur de tabac régnait. Maître Hart accueillit la jeune femme avec sa cordialité habituelle.

— Bienvenue à Québec, chère madame Vanier.

— Merci, maître Hart.

— Je vous en prie, assoyez-vous.

Fanette prit place dans un fauteuil, en face du pupitre. C'est alors qu'elle décela une présence, à sa droite. Quelqu'un était installé sur un divan, près de la bibliothèque. Son visage était plongé dans une demi-pénombre, de sorte que Fanette ne put distinguer clairement ses traits. L'étranger portait une longue barbe. Il avait un cigare à la main. Une canne était posée à côté de lui.

— Madame Vanier, voici monsieur Gérard Tourrais, originaire du Poitou-Charentes, en France, qui souhaite acquérir votre domaine de Cap-Rouge.

Auguste Lenoir se tourna vers Fanette et la regarda avec intensité. Ses yeux, d'un noir de jais, luisaient d'un éclat dur. *C'est elle*, se dit-il avec un frisson d'excitation. *Elle n'a pas changé. Toujours aussi belle.* Il inclina légèrement la tête.

— Enchanté, madame Vanier.

Sa voix était éraillée par l'abus du tabac, mais Fanette éprouva un malaise en l'entendant, sans qu'elle sût pourquoi.

Il fallut à peine une heure pour conclure la transaction et signer tous les papiers. Gérard Tourrais avait apporté une serviette de cuir contenant une traite bancaire au montant de dix mille dollars, qu'il déposa sur le pupitre. Le notaire ajusta ses bésicles et l'examina soigneusement.

— Tout me semble conforme.

Il se racla la gorge.

— Eh bien, monsieur Tourrais, vous voici maintenant l'heureux propriétaire du manoir de Cap-Rouge, déclara-t-il.

L'avoué ne put s'empêcher d'en éprouver un sourd regret. Il continuait à croire que cet extraordinaire domaine, bien que décrépit, avait été vendu à vil prix.

Gérard Tourrais se leva et, s'appuyant sur sa canne, s'inclina poliment devant Fanette.

— Adieu, madame. J'ai été enchanté de faire votre connaissance. J'espère que nos chemins se croiseront à nouveau.

Elle se rendit compte qu'il avait une jambe en moins. Au lieu de susciter sa pitié, cette infirmité lui inspira un étrange dégoût, qu'elle ne s'expliquait pas. Ce n'était pas dans sa nature de juger les gens sur leur apparence physique.

L'homme sortit en claudiquant légèrement. La porte se referma derrière lui avec un bruit sec. Fanette rangea soigneusement la traite bancaire dans sa bourse, puis remercia le notaire.

— Voilà une bonne chose de faite, dit-elle. Je vous avoue que ce Gérard Tourrais ne m'inspire aucune sympathie.

— Je partage vos sentiments. Cet homme a un vernis de bonnes manières, mais à mon avis cela cache un lourd passé. C'est parfois le cas des hommes qui s'exilent de leur mère patrie pour faire fortune dans les colonies.

Fanette sortit et respira l'air frais avec soulagement. Une voiture élégante s'éloignait. Elle n'eut que le temps d'entrevoir le profil de Gérard Tourrais derrière la vitre. Elle eut l'impression désagréable qu'il ne la quittait pas des yeux.

LXXIX

Emma surveillait la rue Sous-le-Cap de sa fenêtre. Il y avait belle lurette qu'elle avait vu Fanette et sa famille, qui lui manquaient grandement. Mère et fille s'écrivaient régulièrement, mais Emma commençait à ressentir le poids des ans et voyait poindre la vieillesse avec appréhension. Non pas qu'elle eût peur d'affronter ses vieux jours, mais le temps semblait se rétrécir peu à peu, comme si elle entrevoyait la fin de sa vie plutôt que son commencement. Chaque moment de retrouvailles devenait un trésor, qu'elle gardait précieusement dans le coffret de ses souvenirs.

Quelle ne fut pas sa joie en apercevant la calèche devant sa maison ! Les jumeaux et Marie-Rosalie sortirent de la voiture et coururent vers leur grand-mère, qui les attendait sur le pas de la porte. Emma se pencha vers eux et les couvrit de baisers sonores.

— Mes enfants ! Mais c'est que vous avez grandi comme de la mauvaise herbe ! s'exclama-t-elle en riant.

Fanette et Julien vinrent à sa rencontre. Emma les embrassa avec affection.

— Bienvenue à Québec ! Si ç'a du bon sens, nous ne nous sommes pas revus depuis les fêtes !

Fanette étreignit sa mère longuement, respirant avec bonheur le doux parfum de violette que dégageait son corsage.

❦

Tandis que les enfants jouaient à la cachette, Emma offrit du thé à sa fille et à son gendre. Le couple lui sembla légèrement tendu. Elle n'avait rien oublié des confidences que Fanette lui avait faites au sujet de son mari et d'une liaison qu'il aurait eue avec une certaine Olivia, avant leur mariage. Emma avait demandé à sa fille si Julien voyait toujours cette femme. Elle lui avait répondu quelque chose comme : « Il m'a juré qu'il ne l'aimait plus. » Depuis, dans ses lettres, Fanette n'avait plus fait allusion à ses doutes quant à la fidélité de son mari. Emma espérait que tout nuage s'était dissipé entre eux.

Après le souper, qui se déroula avec gaieté, Emma insista pour garder les enfants à dormir chez elle.

— Cela vous fera un petit répit, dit-elle en rougissant.

Fanette et Julien acceptèrent avec reconnaissance. La vie quotidienne ne leur laissait guère d'intimité. Le fait de se retrouver en tête à tête leur ferait le plus grand bien. Ils embrassèrent leurs enfants et retournèrent à l'auberge. Quoique l'ameublement de leur chambre fût des plus ordinaires et qu'on entendît le bruit incessant des diligences et des voitures, l'endroit plut à Fanette. Elle avait le sentiment de retrouver le Julien des premiers temps. Il l'aima avec passion, lui murmurant des mots tendres à l'oreille, caressant son visage, comme s'il le voyait pour la dernière fois.

Auguste Lenoir, appuyé sur sa canne, tenait une lanterne devant lui, surveillant l'horizon avec anxiété. Par chance, la lune était presque pleine, jetant une lueur bleuâtre sur le fleuve Saint-Laurent et sur la falaise de Cap-Rouge, qui s'élevait dans le ciel étoilé. Après une longue attente, il vit une lumière qui clignotait par intermittence. Il fixa les flots. La lumière se rapprochait. Bientôt, il put distinguer les contours d'une goélette qui s'avançait vers le rivage. *Il n'est pas trop tôt*, murmura-t-il.

La goélette jeta l'ancre. Une barque fut mise à l'eau, avec deux hommes à son bord. Les rames s'élevaient et s'abaissaient, faisant gicler des gouttelettes d'eau qui scintillaient dans la lumière lunaire. L'embarcation accosta. Un des hommes se hissa sur le quai et arrima le bateau solidement à un poteau à l'aide d'une corde.

— Ma cargaison ? demanda Lenoir à mi-voix.

— Tout est là.

L'autre marin retira une bâche, révélant deux gros sacs de jute. Il en souleva un de ses bras musclés et le jeta sur le débarcadère. Le sac atterrit sur les planches de bois avec un bruit sourd.

— Attention ! protesta Lenoir.

Le second sac fut déchargé avec plus de soin. Lenoir sortit un canif de sa poche de pantalon et fit une incision dans le jute, puis il tassa la paille qui recouvrait la surface et coupa un morceau de ce qui ressemblait à de la résine. Il la renifla et la goûta.

— C'est parfait.

Il prit une liasse de billets qui se trouvait dans une bourse attachée à sa ceinture et la tendit au premier marin, qui examina les billets sous la lueur falote de la lanterne et les enfouit ensuite dans sa poche.

— Le compte y est.

Il sauta dans l'embarcation, qui s'éloigna en laissant un sillon lumineux derrière elle.

Lenoir poussa un sifflement. Trois ombres apparurent.

— Chargez la cargaison, ordonna-t-il.

Les hommes saisirent les sacs et les transportèrent jusqu'à une voiture fermée. Lenoir ne les quittait pas des yeux. Le chargement était des plus précieux. Il s'agissait d'opium pur, qu'il avait acheté et fait transporter de Patna, ville de l'Hindoustan anglais, située sur la rive droite du Gange, à cinquante lieues de Bénarès, jusqu'à Liverpool, dans une goélette qu'il s'était procurée à bon prix d'un marchand naval à la retraite. L'opium avait été caché parmi d'autres marchandises comme le sucre, le tabac et l'indigo. Lenoir avait acheté la complaisance du chef des débardeurs du port anglais. Il n'avait pas attendu de devenir propriétaire du domaine de Cap-Rouge pour mettre cette opération sur pied : le fait que le manoir fût abandonné avait servi ses desseins à merveille.

Les sacs furent apportés au domaine et cachés dans les combles. Lenoir avait l'intention de vendre l'opium à des médecins, des apothicaires ou des amateurs de cette drogue, qui était de plus en plus populaire, particulièrement parmi les gens aisés de Québec et de Montréal. Il ferait une fortune considérable, qui lui permettrait de réaliser ses rêves, même les plus fous. Et d'accomplir sa vengeance en toute impunité.

⁓

Étendu sur le lit à baldaquin, dans l'ancienne chambre du Lumber Lord, Auguste Lenoir allongea le bras et saisit une pipe en porcelaine, dont la tige, longue et étroite, se terminait par un fourneau en écume de mer. Il y plaça une boule d'opium, puis l'alluma. Il ferma les yeux et inhala profondément la fumée. Le goût à la fois âcre et doucereux du pavot emplit sa bouche. Il sentit la brûlure délicieuse dans sa gorge et dans ses poumons. Il avait contracté l'habitude de fumer de l'opium durant ses années passées en Martinique. Grâce à la drogue, au tafia et à la peau douce de sa servante noire, il arrivait à oublier la dureté de la vie de colon. Bientôt, son esprit vogua dans des rêveries fastueuses. Il se voyait déjà appuyé sur une balustrade qui entourait une immense terrasse en marbre d'Italie, surplombant le fleuve majestueux. Les tourelles du manoir se dressaient dans le ciel d'un bleu éclatant. Au milieu des jardins qui regorgeaient de plantes rares, les jets d'eau de la fontaine brillaient dans le soleil comme des diamants et retombaient en écume vaporeuse dans la vasque de porphyre. Le domaine avait retrouvé sa splendeur d'antan.

Il ouvrit les yeux. Les rideaux effilochés d'une fenêtre s'agitaient sous la brise, tel un fantôme. Dans les formes mouvantes, il entrevit les courbes gracieuses de Fanette Vanier, sa taille élancée, ses hanches bien dessinées. Il se redressa dans le lit et tendit les mains, comme s'il tentait de caresser les seins blancs et délicats de la jeune femme. Soudain, rien ne compta plus pour lui que de la posséder et de la tenir à sa merci.

LXXX

Fanette s'éveilla avec un vif sentiment de bonheur. Sa nuit d'amour avec Julien avait dissipé ses doutes. Elle ne l'avait jamais tant aimé que maintenant, dans cette chambre d'auberge anonyme, inondée par la lumière matinale qui entrait à flots par la fenêtre entrouverte. Elle s'étira avec volupté, chercha à se blottir contre Julien, puis se rendit compte que la place à côté d'elle était vide. En levant les yeux, elle aperçut son mari qui ajustait sa lavallière devant le miroir d'un chiffonnier.

— Tu es déjà debout ?

— Je n'avais plus sommeil.

Fanette se leva, rejoignit Julien et l'enlaça.

— Que dirais-tu si nous faisions une promenade en amoureux du côté de la plateforme[9] ? proposa-t-elle.

Julien évita son regard.

— C'est une merveilleuse idée, mais je dois aller voir un client. Je serai absent quelques heures.

La déception de Fanette fut telle qu'elle jeta un voile sur son bonheur.

— Tu es certain de ne pas pouvoir remettre ce rendez-vous ? La journée s'annonce si belle.

---

9. C'était ainsi que les gens de Québec surnommaient la charmante terrasse qui longeait le fleuve, à l'emplacement où s'était élevé le château Saint-Louis, qui avait brûlé en 1834. Quatre ans plus tard, lord Durham avait fait raser la forteresse qui avait été édifiée sur les ruines du château et l'avait remplacée par une jolie promenade, surmontant le cap Diamant.

— Je t'avais pourtant dit avant notre départ que je profiterais de ce voyage pour prendre des rendez-vous d'affaires.

Quelque chose dans la voix de son mari éveilla sa suspicion.

— De qui s'agit-il ?

— Tu ne le connais pas. As-tu bientôt fini ton interrogatoire ?

Le ton coupant de Julien la blessa. Il secoua la tête.

— Pardonne-moi, je ne sais pas ce qui m'a pris. Je tâcherai de ne pas m'absenter trop longtemps.

Il lui effleura une joue de ses lèvres et partit. Fanette resta figée sur place, sentant une douleur sourde dans sa poitrine. Le ton de sa voix, la façon dont il évitait son regard… Elle avait la certitude que Julien lui avait menti. La vérité lui apparut crûment. *Il a rendez-vous avec cette Olivia.* Comment expliquer autrement l'attitude étrange de son époux, le fait qu'il ait refusé de nommer son client, sous prétexte qu'elle ne le connaissait pas ? L'idée qu'il ait organisé un tête-à-tête avec sa maîtresse alors que sa propre femme était dans la même ville, avec leurs enfants, la mit en colère et lui donna le courage d'agir. Elle courut vers l'armoire, prit une robe au hasard et s'empressa de s'habiller. Elle fit une toilette rapide, se coiffa avec des gestes nerveux et faillit se piquer avec une épingle en mettant son chapeau. Elle s'élança ensuite vers la fenêtre, qui donnait sur l'entrée de l'auberge. Julien faisait les cent pas devant la porte. Il attendait sans doute qu'un palefrenier lui apporte sa calèche. Elle enfila ses gants, saisit sa bourse et quitta la chambre en coup de vent.

⁓

Fanette traversa rapidement le hall de l'auberge. Un jeune chasseur lui ouvrit la porte. Elle jeta un coup d'œil prudent à l'extérieur et vit Julien qui prenait place sur le siège de sa calèche, tenant les rênes dans une main. Elle s'adressa au garçon, qui avait les joues rondes et un sourire avenant.

— J'ai besoin d'une voiture. Je suis très pressée.

Elle glissa une pièce dans sa main. Le chasseur se précipita vers un fiacre qui était garé devant l'auberge et consulta le conducteur. Ce dernier fumait la pipe en discutant avec un portier.

— Y a une dame qui veut une voiture. Elle est pressée.

— J'dis jamais non à une dame, surtout si elle est pressée, blagua le cocher.

Le chasseur fit signe à Fanette de le rejoindre et lui ouvrit la portière. La jeune femme courut vers la voiture et y monta. Au même moment, elle vit la calèche de son mari s'éloigner et n'eut que le temps de demander au conducteur de la suivre, avant que la portière se referme. Le fiacre se mit en route. Fanette appuya sa tête sur le dossier de la banquette. Sa colère avait fait place à une angoisse diffuse. Qu'allait-elle découvrir? Quel était ce secret que Julien gardait en lui depuis si longtemps?

~

Après avoir roulé pendant environ un mille, la calèche de Julien s'arrêta dans une rue paisible de Sillery. Fanette demanda au conducteur de se garer à une bonne distance et paya la course.

— S'il vous plaît, attendez-moi ici. Il se peut que j'aie encore besoin de vous.

Elle vit Julien s'approcher d'une maison coquette, entourée d'un petit jardin. Il sonna à la porte. Le cœur battant, la jeune femme s'avança dans cette direction, prenant soin de ne pas trop s'approcher de crainte qu'il l'aperçût. Sa tête bourdonnait. Qui Julien allait-il visiter? Elle espéra de tout son cœur qu'elle avait imaginé toute cette histoire et qu'il avait bel et bien rendez-vous avec un client.

Julien attendit longtemps. La porte s'ouvrit enfin. Une femme, vêtue d'une robe sombre, était sur le seuil. Sa belle chevelure noire était couverte d'un fichu. Fanette était trop loin pour distinguer ses traits. Oubliant toute prudence, elle s'approcha de la maison. Sa nervosité était telle qu'elle était incapable de réfléchir. Soudain, elle s'arrêta sur ses pas. Elle venait de reconnaître l'interlocutrice de son mari. C'était la mystérieuse femme en noir, la même qu'elle avait entrevue dans l'église, lors de son mariage avec Julien. La femme se mit à parler avec volubilité dans une langue qui ressemblait à l'italien, puis elle éclata en sanglots. Des larmes roulaient sur ses joues pâles. Julien sortit un mouchoir de sa redingote et le lui tendit. Elle s'en empara et s'essuya les yeux, mais garda le mouchoir roulé en boule dans sa main et se jeta dans les bras de Julien. Le couple entra dans la maison.

La mort dans l'âme, Fanette resta immobile, incapable de bouger. Ses pires appréhensions étaient devenues réalité. Son mari entretenait une liaison avec cette femme. Ses pleurs, la façon dont elle s'était jetée dans ses bras, l'intimité du geste de Julien lorsqu'il lui avait offert un mouchoir pour sécher ses larmes, tout cela indiquait une maîtresse en émoi, qui reproche à son amant de ne pas la visiter plus souvent.

Envahie par un profond désespoir, Fanette fit quelques pas en direction du fiacre qui l'attendait toujours, puis elle se ravisa. Il lui fallait avoir une explication avec son époux, quoi qu'il lui en coûtât. Il lui fallait entendre de sa bouche l'aveu de sa liaison. Elle retourna vers la maison et franchit les marches du perron. Elle resta longtemps devant la porte, sans se résoudre à frapper. *Courage.* Elle souleva le heurtoir et frappa. Le son se répercuta dans la résidence. Puis ce fut le silence. Personne ne répondit. Elle fut sur le point de cogner de nouveau lorsqu'elle entendit le cliquetis d'une chaîne. La porte s'entrouvrit. Le visage de la femme en noir se profila dans l'entrebâillement. Elle fixa Fanette sans mot dire puis fit un mouvement pour refermer la porte, mais Fanette s'interposa.

— Mon mari est ici. Je veux le voir.

La femme hésita. Une silhouette apparut derrière elle.

— Laisse-la entrer, Olivia.

C'était Julien.

LXXXI

Julien regarda Fanette. Son monde s'écroulait, mais en même temps il se sentait étrangement soulagé. Chaque jour, il s'était préparé à ce moment, sachant que la vérité finirait par éclater, d'une façon ou d'une autre. Ce jour était arrivé. Il s'adressa à la femme en noir.

— Je t'en prie, Olivia, laisse-la entrer.

Olivia hésita, puis elle poussa un long soupir.

— Comme tu veux.

Elle fit signe à Fanette de la suivre. Cette dernière entra dans la maison en marchant comme une somnambule. Ainsi, c'était elle, la mystérieuse Olivia, à qui son mari avait écrit un brouillon de lettre. Olivia la conduisit à un petit salon, puis lui fit signe de s'asseoir. Fanette décida de rester debout. Elle ne voulait rien devoir à cette femme, pas même le confort d'un fauteuil. Julien s'adressa de nouveau à Olivia.

— *Per favore*, laisse-nous seuls.

Olivia sortit, refermant les portes qui séparaient le salon d'une salle à manger. Julien leva les yeux vers sa femme.

— Comment as-tu su que j'étais ici ? Tu m'as suivi ?

— Ça n'a pas d'importance. Je veux savoir depuis combien de temps elle est ta maîtresse.

— Olivia n'est pas ma maîtresse.

Olivia. Le seul fait qu'il la nommât par son prénom lui faisait mal.

481

— Pourquoi m'as-tu menti au sujet de ton rendez-vous ?

— C'est une longue et triste histoire.

— N'essaie pas de jouer avec mes sentiments !

— C'est la dernière chose que je souhaite faire.

— Dans ce cas, dis-moi la vérité. J'ai le droit de savoir.

Julien s'abîma dans de pénibles réflexions.

— Attends-moi dans la calèche. Il me faut avertir Olivia que nous partons.

— Où allons-nous ?

— Tu le sauras bien assez vite.

Fanette sortit de la maison, se perdant en conjectures. Où Julien voulait-il la mener ? Elle avisa le fiacre, qui était toujours garé au même endroit, et rejoignit le conducteur.

— Vous pouvez partir.

Elle lui donna un généreux pourboire, puis alla vers la calèche de son mari et y prit place, appréhendant ce qui l'attendait.

❧

La calèche, conduite par Julien, roulait sur le chemin de la Canardière, qui longeait des étangs où s'ébrouaient des centaines de colverts, dont les têtes émeraude tachetaient les berges. Des saules pleureurs se reflétaient dans l'eau, ployant leurs branches en arcs gracieux. Si elle n'avait pas été si malheureuse, Fanette aurait aimé ce paysage bucolique, mais dans l'état où elle était, toute cette beauté ne faisait que raviver son chagrin. Le mystère qui entourait son mari s'épaississait encore davantage. *Où me conduit-il ?* se demandait-elle sans arrêt.

Après avoir parcouru un mille, la voiture s'engagea dans un joli chemin bordé de peupliers. Bientôt, les contours d'un imposant édifice, dominé par une tourelle surmontée d'une croix, apparurent dans une lumière vaporeuse. Des pavillons aux toits d'ardoises jouxtaient le bâtiment principal. Une boule d'angoisse serra la gorge de Fanette. Elle n'avait pas la moindre idée de ce qu'était cet endroit.

La voiture s'arrêta devant un mur d'enceinte, fermé par deux grilles. Un gardien était posté dans une guérite. Julien le salua.

— Bonjour, monsieur Comtois.

— Bien le bonjour, monsieur Vanier ! Vous apportez l'beau temps avec vous !

Fanette jeta un regard intrigué à son mari, que le gardien semblait bien connaître. Ce dernier ouvrit les grilles. La calèche franchit la porte et s'approcha de l'immeuble principal, entouré d'un immense parc. Des sentiers menaient à des tonnelles sur lesquelles sinuaient des roses grimpantes. Des ponts de bois surmontaient des ruisseaux. Des bancs, peints de couleurs gaies, avaient été installés un peu partout. On se serait cru dans le domaine de quelque monarque ou d'un riche propriétaire terrien. Fanette remarqua que des gens se promenaient dans les allées. Elle fut frappée par le fait qu'ils étaient accompagnés par des femmes vêtues de blanc. *Des infirmières.* Des religieuses en uniforme noir, chargées de plateaux, allaient et venaient. Quelques hommes en blouse blanche fumaient des cigares devant l'entrée. Des médecins, de toute évidence. Fanette comprit qu'il s'agissait d'un hôpital. Pour quelle raison Julien l'emmenait-il dans un tel endroit ? À qui rendait-il visite ? Lorsqu'elle déchiffra l'inscription gravée sur le fronton de pierre au-dessus de la porte, elle eut un choc. « Institut des aliénés de Québec. » Elle commençait à entrevoir la vérité, mais à travers des brumes épaisses.

Julien lui prit le bras et la mena à l'intérieur, dans un grand hall au sol carrelé de losanges blancs et noirs. Un étrange silence régnait, contrastant avec l'animation de l'extérieur. Une infirmière poussait un fauteuil roulant. Deux sœurs converses, munies d'un seau et d'une brosse, lavaient vaillamment le plancher. Une forte odeur d'encaustique envahissait les lieux.

Julien s'adressa à une religieuse, installée derrière un comptoir de bois doté d'un guichet.

— Bonjour, ma sœur. Je viens visiter Marietta.

Marietta. Fanette avait déjà entendu ce prénom. La religieuse sourit.

— Bonjour, monsieur Vanier. Veuillez inscrire votre nom dans le registre, comme d'habitude.

Fanette se rappela la conversation qu'elle avait surprise entre la femme en noir et son mari, lorsqu'elle était revenue d'un voyage à Québec, plusieurs années auparavant. *Marietta... Malata... Parla da sola.* Ainsi, c'était cette Marietta que Julien venait visiter à l'asile. Et il devait le faire régulièrement, car la religieuse l'avait reconnu et lui avait demandé de signer le registre, en précisant « comme d'habitude ». Mais alors, qui était Olivia ? Et quel rôle jouait-elle dans cette histoire ? Le mystère devenait de plus en plus ténébreux.

Julien signa le registre et entraîna son épouse vers un corridor, situé dans l'aile droite du bâtiment. Le même silence dominait, interrompu seulement par des sons étranges, qui ressemblaient à des pleurs d'enfants. Le couple croisa une femme en robe de chambre, dont les cheveux blancs pendaient en mèches désordonnées sur ses épaules maigres. Une infirmière la soutenait. La patiente, l'air hagard, marmonnait des mots indistincts. Un filet de salive coulait sur son menton. Fanette fut saisie de pitié et d'effroi. Elle se demanda de quelle maladie souffrait cette pauvre femme. Julien s'arrêta devant une porte, au fond du couloir.

— Nous y sommes.

Il frappa. Après un moment, la porte s'entrouvrit. Le visage d'une infirmière se profila dans l'interstice.

— Ah, bonjour, monsieur Vanier.

— Je rends visite à ma cousine, Marietta.

Ma cousine. Jamais Julien ne lui avait parlé d'une cousine portant ce prénom.

— Entrez. Mais je vous avertis, elle est bien agitée aujourd'hui.

Julien se tourna vers Fanette et la regarda dans les yeux pour la première fois depuis leur échange dans la maison d'Olivia.

— Maintenant, tu comprendras tout.

Ils pénétrèrent dans une pièce petite, mais ensoleillée. Un lit de camp, un fauteuil et une commode composaient l'ameublement. L'unique fenêtre était grillagée, comme pour empêcher une évasion. Une femme était assise dans le fauteuil. Elle portait une robe grise, ornée d'un col blanc. Ses cheveux, d'un noir de jais entremêlé de fils argent, étaient peignés en chignon, mais des boucles s'en échappaient. Elle avait dû être très belle, mais son visage exsangue et les ombres bleuâtres sous ses yeux la vieillissaient prématurément. Fanette remarqua qu'elle avait une certaine ressemblance avec Olivia.

La patiente gémit et tenta de se lever. Fanette se rendit compte avec horreur qu'elle était sanglée à son fauteuil par la taille. Elle se mit à se balancer d'avant en arrière, en murmurant des mots sans suite.

Julien fit quelques pas vers celle qu'il avait appelée Marietta. La femme leva soudain la tête et l'aperçut. Un sourire hésitant apparut sur ses lèvres. Une lueur de tendresse fit briller ses yeux d'un vert presque translucide.

— *Giuliano… Sei tu.*

— Oui, c'est moi, Marietta.

Le sourire de la femme s'effaça. Ses traits se crispèrent en un masque de douleur. Elle saisit les mains de Julien.

— *Giuliano, amore mio, te ne supplico, fammi uscire di qui, voglio ritornare a casa !*

— Marietta, tu sais bien que je ne peux pas te ramener à la maison. *Sai bene che non posso riportarti a casa.* N'es-tu pas bien traitée, ici ? *Non sei trattata bene, qui ?*

Il parlait d'une voix douce, avec une patience infinie. Marietta s'agita.

— *Perché ! Perché mi lasci anche tu in questo orribile luogo ! Mi si osteggia, mi si umilia, sono trattata come una prigioniera !*

— Marietta, tu n'es pas prisonnière. Mais tu es très, très malade. *Sei molto malata.* Tu es ici pour être soignée.

Il hésita puis lui dit, le plus gentiment possible :

— *Devi provare a capire. Amo un'altra donna.* Tu dois essayer de comprendre. J'aime une autre femme.

Elle secoua la tête, poussa de petits cris et tenta à nouveau de se lever.

— Marietta, je t'en prie, ne t'agite pas ainsi, tu te fais du mal. *Te ne prego, non agitarti così, ti fai del male.*

— *Vattene ! Sei cattivo, ti detesto ! Ti detesto !*

L'infirmière intervint.

— Vous feriez mieux de la laisser. Je vais lui donner du laudanum pour la calmer.

Julien acquiesça. Une profonde tristesse marquait son visage. Il s'adressa à Fanette, qui était restée en retrait, bouleversée par la scène dont elle venait d'être témoin.

— Partons, dit Julien.

Il eut un dernier regard pour Marietta, qui se débattait en criant.

— *Giuliano ! Giuliano ! Non abbandonarmi !*

Fanette avait compris le sens des derniers mots. « Ne m'abandonne pas. »

⸎

Julien conduisit sa femme dans le jardin de l'asile. Des patients, escortés par des infirmières, se promenaient. Il s'engagea dans un sentier qui menait à une tonnelle, sous laquelle se trouvait un banc.

— Ici, nous serons tranquilles, dit-il.

Le couple prit place sur le banc. Des oiseaux volèrent à tire-d'aile dans le ciel sans nuages.

— J'ai rencontré Marietta et sa sœur aînée, Olivia, lors d'un voyage en Italie, à Florence. J'avais à peine vingt et un ans, je venais d'être admis au Barreau et je voulais connaître d'autres horizons avant de me lancer dans la pratique du droit. Je suis tombé follement amoureux de Marietta. Elle était orpheline, sans dot, mais je l'aimais. Je l'ai épousée sur un coup de tête. Je me suis rapidement rendu compte que j'avais fait une tragique erreur. Un instant, elle était calme et souriante, l'instant d'après, elle entrait dans des colères effroyables. Elle me disait parfois qu'elle entendait des voix. Une nuit, elle a même tenté de me poignarder, car elle croyait que j'étais un étranger venu pour l'assassiner. Le

486

lendemain de cet incident, j'ai exigé des explications de sa sœur, Olivia. Elle a fini par admettre que sa cadette était atteinte de démence. Leur propre mère avait été internée pour folie dans une institution. Je lui ai demandé pourquoi elle m'avait laissé épouser Marietta, tout en connaissant son état. Elle m'a répondu que j'étais quelqu'un de bien, que j'avais un bel avenir devant moi et que c'était la seule façon qu'elle voyait de protéger sa sœur. J'ai voulu demander le divorce, mais Marietta a menacé de s'enlever la vie si je la quittais. Après un mois de mariage, j'ai ramené Marietta au Québec pour la faire soigner. Je l'ai fait passer pour une cousine, dans l'espoir idiot que je me libérerais, du moins aux yeux du monde extérieur, de ce mariage insensé. J'ai voulu à plusieurs reprises faire des démarches pour annuler cette union, mais je n'ai pas eu le cœur d'abandonner Marietta à son sort. C'est moi qui payais toutes les dépenses pour les soins qu'elle recevait. Olivia vivait de peu en faisant de la couture et des ménages, elle n'avait pas les moyens d'aider financièrement sa sœur. Sans moi, Marietta n'aurait pas pu être soignée. Dieu sait ce qu'elle serait devenue.

Il regarda sans le voir le vol furtif d'un couple de chardonnerets.

— Pendant des années, j'ai espéré qu'elle guérirait, mais son état n'a fait qu'empirer.

Fanette avait écouté son mari en silence. Tout prenait maintenant un sens : les absences prolongées de Julien, ses humeurs changeantes, ses périodes de mutisme déconcertant, le brouillon de lettre…

— Je te demande pardon pour tout le mal que je t'ai fait, poursuivit Julien. Je t'aime du plus profond de mon être, je t'ai aimée dès la première seconde où j'ai posé les yeux sur toi. J'ai ardemment tenté de résister à cet amour de toutes mes forces, sachant que j'étais enchaîné à ce mariage à cause de la terrible erreur de jeunesse que j'avais commise et qui a gâché ma vie. Ce que je ne me pardonne pas, c'est d'avoir aussi gâché la tienne.

Fanette était dévastée. Elle comprenait la présence d'Olivia à leur mariage. C'était peut-être cette même personne qui lui avait envoyé la lettre anonyme. Julien continua à parler, comme s'il avait deviné les pensées de sa femme.

— Lorsque je t'ai épousée, Olivia a bien sûr voulu s'interposer. Au moment où je l'ai aperçue dans l'église, j'ai cru qu'elle me dénoncerait et j'ai souffert le martyre. Mais elle ne l'a pas fait.

Il ajouta avec une note d'amertume :

— Après tout, c'était grâce à moi si sa sœur recevait des soins. Si elle était intervenue pour empêcher notre mariage, elle risquait de briser à tout jamais le lien qui me liait à elle et à Marietta.

Fanette leva les yeux vers son mari.

— Pourquoi ne m'as-tu rien dit ?

— Aurais-tu accepté de m'épouser si je t'avais appris que j'étais déjà marié avec une femme atteinte de démence ? Si tu savais combien j'ai tenté de résister aux sentiments que tu m'inspirais ! Mais je voulais être heureux. Je savais que tu étais la seule femme qui m'apporterait enfin le bonheur.

Un long silence s'ensuivit. Fanette prenait peu à peu conscience des conséquences désastreuses de ce qu'elle venait d'entendre. Julien fit un mouvement pour lui prendre la main mais se ravisa. Un mur infranchissable les séparait désormais. Fanette se leva.

— Je vais aller retrouver les enfants chez ma mère. Ne cherche pas à m'y rejoindre.

— Fanette…

— J'ai besoin de temps pour réfléchir à notre avenir.

Elle fit un mouvement pour partir. Il la retint d'un geste.

— Fanette, je te supplie de m'écouter encore un instant.

Elle resta debout près du banc, les yeux tournés vers le lointain.

— De grâce, fais vite, je suis à bout de forces.

— Maintenant que tu connais la vérité, tu peux me rejeter de ta vie, si c'est cela que tu souhaites. Mais je te demande de penser d'abord et avant tout au bien-être de nos enfants.

— Si tu avais accordé de l'importance à leur bien-être, comme tu dis, tu ne m'aurais pas menti sur ton premier mariage !

— Laisse-moi poursuivre, je t'en prie. Ce n'est plus ton mari qui parle, mais l'avocat.

Fanette fut frappée par le ton résolu de Julien.

— Par ma faute, Isabelle et Hugo ne sont pas des enfants légitimes au regard de la loi. Je suis bigame, ce qui est considéré comme un crime. Pour leur bien comme pour le tien, si tu veux te séparer de moi, ce sera ta décision, mais il ne faut pas que cela se fasse à leur détriment.

Il avait parlé calmement et avec aplomb, malgré le profond désarroi qui l'habitait.

— Il y a cependant une autre solution, enchaîna-t-il. Je pourrais demander l'annulation de mon premier mariage. Le droit canon stipule que l'incapacité à donner son consentement pour réaliser une véritable communauté de vie et d'amour peut permettre de rendre cette union nulle et non avenue. Bien sûr, le fait que j'aie contracté un deuxième mariage *avant* la procédure d'annulation du premier pose un problème de taille, mais je pourrais faire la preuve que j'ai été trompé lorsque j'ai épousé Marietta et que cette union n'a jamais été valide. Le processus sera long et plein d'embûches, mais c'est faisable. Quant à Marietta, je continuerais à m'acquitter de mes responsabilités envers elle, mais par compassion et non à titre d'époux.

De toute évidence, Julien avait soigneusement préparé ses arguments, comme lorsqu'il avait à plaider une cause difficile en cour. Fanette ne répondit pas tout de suite. Jusqu'à présent, elle avait été à ce point obnubilée par la souffrance que lui avaient occasionnée les révélations de Julien qu'elle n'avait pas songé aux conséquences néfastes que celles-ci auraient sur leurs enfants.

— Je te promets d'y réfléchir, finit-elle par dire.

— Je resterai à l'auberge tout le temps qu'il faudra. En attendant, permets-moi de te conduire chez ta mère.

Elle accepta. Un très faible espoir animait l'âme de Julien. Fanette l'avait écouté jusqu'au bout. Elle lui avait promis de réfléchir. C'était mieux que rien. Cela l'aiderait à tout le moins à tenir le coup jusqu'à ce qu'elle ait pris une décision sur leur avenir.

LXXXII

Le soir commençait à tomber. Emma jeta un coup d'œil anxieux à la fenêtre du séjour, en espérant voir sa fille et son gendre arriver, mais la rue Sous-le-Cap était déserte. Elle tenta de replonger dans *Le Lys dans la vallée*, un roman de Balzac qu'elle aimait beaucoup, mais elle avait de la difficulté à se concentrer. Fanette avait beau avoir vingt-huit ans et être mère de trois enfants, Emma n'avait pas perdu sa faculté de se faire du mauvais sang pour elle. Elle entendit soudain le roulement d'une voiture, suivi d'un grincement de roues. Elle déposa son livre sur son fauteuil et s'empressa de retourner à la fenêtre. Fanette descendait de la calèche que conduisait son mari, mais ce dernier resta assis sur le siège. Intriguée, Emma alla ouvrir la porte.

— Te voilà enfin ! s'exclama-t-elle en voyant sa fille sur le seuil. Je commençais à m'inquiéter.

Elle s'adressa à Julien.

— Vous pouvez garer votre voiture dans la cour. Je vais vous ouvrir la barrière de ce pas.

— Ne vous dérangez pas, madame Portelance. Je dois retourner à l'auberge. Bonsoir.

Il inclina poliment la tête, reprit ses rênes et les secoua. La calèche s'éloigna sous les yeux ahuris d'Emma. Elle se tourna vers Fanette.

— Pourquoi Julien est-il reparti ?

— Je vous expliquerai.

Fanette entra dans la maison.

— Où sont les enfants ?

Emma referma la porte et la verrouilla.

— Je les ai installés dans ton ancienne chambre. Quand je suis montée, il y a une quinzaine de minutes, ils dormaient comme des loirs.

Fanette parut soulagée, malgré sa détresse. Emma la couva d'un regard soucieux. Elle connaissait sa fille comme si elle l'avait tricotée et se doutait que celle-ci n'était pas dans son état normal. Il s'agissait sans doute d'une querelle d'amoureux. Le fait que son gendre soit retourné à l'auberge semblait confirmer cette hypothèse.

— Tu t'es disputée avec Julien ? demanda-t-elle avec sollicitude.

— C'est beaucoup plus grave qu'une dispute.

Emma demeura interdite.

— Je vais préparer du thé.

༄

Emma déposa une théière et deux tasses sur la table de la cuisine. Fanette prit son courage à deux mains et raconta, d'une voix rendue atone par l'épuisement, ce que Julien lui avait révélé, y compris l'éprouvante visite à l'Institut des aliénés de Québec. Sa mère l'écouta jusqu'au bout, sans l'interrompre. La situation était bien pire que tout ce qu'elle aurait pu imaginer. *Bigamie !* Le mot était lourd de sens. Sans être avocate, Emma connaissait assez la loi pour savoir que ce crime était punissable de prison au Canada. Elle n'osait imaginer le tort immense que cette situation ferait à Fanette et aux enfants si jamais le premier mariage de Julien devenait public.

— Qu'as-tu l'intention de faire ?

L'amertume alluma les prunelles de Fanette.

— Quitter Julien, bien entendu. Il m'a menti sans vergogne pendant toutes ces années. Notre mariage n'est même pas valide.

Emma jeta un regard songeur à sa fille. Jamais elle ne se serait doutée que son gendre pût faire preuve d'autant de duplicité. Il avait eu tort d'épouser Fanette sans lui faire part de sa première union, mais au fond d'elle-même elle ne pouvait s'empêcher d'éprouver une certaine empathie pour lui. Après tout, il avait été grossièrement trompé sur l'état de santé de Marietta, du moins, s'il fallait en croire le récit qu'il avait fait à Fanette. Et par la suite, au lieu de l'abandonner à son sort, il l'avait fait admettre à l'asile et avait payé pour ses soins avec diligence. Elle connaissait peu d'hommes qui auraient été capables d'un tel dévouement. Combien Julien avait dû souffrir en portant ce secret en lui pendant si longtemps !

— Ne crois-tu pas que l'annulation du premier mariage pourrait être une solution envisageable ?

— Vous prenez le parti de Julien ? s'écria Fanette avec ressentiment.

Emma eut un regard anxieux vers l'escalier, craignant que les enfants aient été réveillés par leur discussion.

— Je pense surtout aux répercussions qu'aurait une séparation pour les jumeaux et pour Marie-Rosalie.

Fanette baissa le ton, mais sa voix était chargée de révolte.

— Quand bien même Julien obtiendrait l'annulation du premier mariage, je serais incapable de continuer notre vie commune. Le lien de confiance a été brisé.

— Il est trop tôt pour prendre une décision aussi lourde de conséquences. Laisse-toi du temps et, surtout, sois à l'écoute de ton cœur.

Le visage de Fanette se ferma. Son cœur avait été mis à trop rude épreuve pour qu'il y subsiste d'autres sentiments que l'amertume et le désenchantement.

— Si cela ne vous dérange pas, je vais aller me coucher, je suis morte de fatigue.

— Tu peux dormir dans mon lit, je m'installerai dans le salon.

— Je vous en prie, n'en faites rien. Je m'allongerai dans mon ancienne chambre, avec les enfants.

Fanette sortit de la cuisine et se hâta vers l'escalier. Elle était à bout de nerfs et craignait de s'effondrer devant sa mère. Emma, restée seule, sortit un mouchoir de sa manche et se tamponna les yeux. Elle se sentait impuissante devant le malheur de sa fille, la trahison de Julien, l'avenir de leurs enfants. Un gouffre s'ouvrait devant les êtres qu'elle chérissait le plus au monde. Elle pria intérieurement pour que Fanette fût capable de trouver en elle la force de pardonner.

⁂

Penchée au-dessus du lit qu'elle avait occupé lorsqu'elle était petite, Fanette regardait les jumeaux dormir, abandonnés dans le sommeil paisible de l'enfance. Son tête-à-tête avec sa mère l'avait profondément perturbée. Elle croyait trouver du réconfort auprès d'elle, mais s'était sentie seule avec sa souffrance. Rien ni personne ne pouvait lui venir en aide. Elle fit quelques pas vers le deuxième lit. Marie-Rosalie, repliée en chien de fusil, semblait endormie. Fanette caressa doucement ses cheveux bouclés, puis constata que ses petites épaules tremblaient légèrement.

— Tu ne dors pas, ma chouette ? murmura-t-elle.

La fillette se tourna vers sa mère. Ses grands yeux marron étaient gonflés de larmes.

— Qu'est-ce qui ne va pas entre beau-papa et toi ?

Atterrée, Fanette comprit que Marie-Rosalie avait dû entendre une partie de sa discussion avec sa grand-mère.

— Julien et moi avons eu une dispute. Cela arrive parfois, même quand on s'aime. Essaie de te rendormir.

Trop accablée pour se déshabiller, Fanette s'étendit près de sa fille et l'enlaça. La chaleur de son corps, son doux parfum d'amande, l'apaisa. Elle finit par sombrer dans un sommeil sans rêves.

LXXXIII

Fanette se leva à l'aube. Elle avait à peine dormi tant l'angoisse l'avait tenaillée. Elle fit sa toilette sans bruit, pour ne pas réveiller les enfants, et descendit à la cuisine. Elle ralluma le feu dans le poêle et fit un café bien fort. Elle laissa ensuite un mot à sa mère pour l'avertir qu'elle était sortie prendre un peu d'air.

Dehors, une légère brume flottait, donnant un aspect fantomatique aux maisons et aux lampadaires. Fanette marcha dans la rue Sous-le-Cap, regardant sans les voir les maisons si familières. Son intransigeance de la veille s'était transformée en douloureuse incertitude. Elle ne savait pas ce qu'il adviendrait d'elle et de ses enfants. Elle ne voyait aucune issue honorable, quelle que soit la solution choisie.

Comme elle le faisait chaque fois qu'elle venait à Québec, Fanette se rendit au cimetière Saint-Louis afin de se recueillir sur la tombe de Philippe. Les monuments funéraires se distinguaient à peine dans le brouillard. Elle cueillit quelques myosotis qui poussaient dans un bosquet, puis s'arrêta devant la tombe où reposait son premier mari.

Philippe Grandmont

1836-1859

Son souvenir restera à jamais

Le reste de l'épitaphe, rongé par le salpêtre et la mousse, était illisible. Fanette compléta la phrase à mi-voix.

— ... gravé dans nos cœurs.

Elle déposa le bouquet au pied du monument puis éclata en sanglots. Tout le chagrin qu'elle avait contenu en elle jusqu'à présent déferla comme une vague. Elle pleurait sans pouvoir s'arrêter. Sa vie défilait devant ses yeux, son enfance en Irlande, à la fois heureuse et misérable, la famine qui lui avait enlevé ses parents et une partie de sa famille, la mort tragique de Philippe, disparu trop jeune, celle d'Alistair, victime d'une guerre absurde, la trahison de Julien, en qui elle avait placé toutes ses espérances : ces malheurs formaient une chaîne sombre qui l'empêchait de voir le bonheur qui avait illuminé son existence. Elle resta là longtemps, perdue dans une rêverie empreinte de tristesse.

La brume se leva peu à peu, traversée par une lumière pâle. Dans les filaments du brouillard qui persistait, Fanette aperçut la silhouette d'un homme d'une vingtaine d'années qui marchait dans une allée, tenant une petite fille par la main. Il portait une redingote et un chapeau légèrement démodés. La fillette, en robe bouffante et en souliers de cuir verni, avait un chapeau de paille retenu par un ruban rouge. Le jeune homme montra à l'enfant un goéland haut dans le ciel. La petite fille suivit le vol de l'oiseau en riant. L'homme se tourna alors vers Fanette et lui sourit. Il ressemblait à Philippe à s'y méprendre : les mêmes traits fins, la chevelure fournie et claire, les yeux marron, pailletés d'or. Elle n'arrivait pas à distinguer le visage de la fillette, caché sous le chapeau, mais celle-ci lui rappelait Marie-Rosalie à l'âge de trois ans. Elle avait déjà eu un chapeau semblable, avec un ruban rouge, au même âge.

Comme dans un rêve éveillé, Fanette alla à leur rencontre. Le soleil dissipa complètement la brume.

— Philippe !

Le jeune homme et l'enfant avaient disparu. Fanette arpenta les allées dans l'espoir de les revoir, mais il n'y avait plus de trace de leur présence. Pourtant, elle les avait vus, elle en était certaine. Peut-être avaient-ils pris un autre sentier. La possibilité qu'elle ait imaginé cette scène lui vint à l'esprit. Dans l'état d'agitation et d'épuisement où elle était, cela n'aurait rien eu de si étonnant. Mais qu'elle eût été réelle ou imaginée, cette vision lui avait procuré une étrange sérénité.

Lorsqu'elle revint chez sa mère, Fanette se sentait plus calme. Les jumeaux coururent vers elle et se pendirent à ses jupes.

— Où est papa ? demanda Hugo.

Fanette lui caressa la tête. Son regard croisa celui d'Emma. *Sois à l'écoute de ton cœur.*

LXXXIV

Julien respira pour la millième fois le parfum qui imprégnait les robes de sa femme, rangées dans la grande armoire de la chambre de l'auberge. Il n'avait pas fermé l'œil de la nuit. L'attente était insoutenable. Pourtant, il n'éprouvait aucun regret. Le bonheur qu'il avait connu auprès de Fanette valait toutes les peines qu'il aurait à supporter à cause de son absence. Car il était convaincu qu'elle serait incapable de lui pardonner. Qui le pourrait ?

C'est à peine s'il entendit la porte de la chambre s'entrebâiller. Les cris joyeux des jumeaux le sortirent de sa léthargie. Les enfants s'élancèrent vers lui. Il les prit dans ses bras et les serra très fort contre lui.

— Comme je suis heureux de vous voir !

Il les couvrit de baisers. En levant les yeux, il remarqua Marie-Rosalie, qui se tenait timidement à l'écart.

— Approche-toi, ma chérie.

La fillette vint se blottir contre lui. Fanette était restée en retrait, observant la scène à distance, remuée malgré elle par les retrouvailles entre Julien et les enfants. Et si Emma avait raison ? Certes, Julien avait commis une grave faute en l'épousant sans lui dire la vérité au sujet de son premier mariage. Mais pouvait-elle le blâmer de l'avoir aimée sincèrement et d'avoir cherché le bonheur ?

Julien aperçut la silhouette fine de sa femme. Ils échangèrent un long regard, où s'exprimaient à la fois détresse, incertitude et espoir. Il comprit alors que tout n'était pas perdu. Bien entendu, il faudrait du temps, beaucoup de temps pour retisser leurs liens, pour rebâtir la confiance, mais il y consacrerait le reste de ses jours s'il le fallait.

∾

Marietta avait été très agitée toute la journée. Il avait même fallu lui mettre la camisole de force pour qu'elle ne se blesse pas. Lorsque le soir tomba, elle devint cependant très calme, presque enjouée, de sorte que sœur Gisèle, la religieuse de garde, décida de lui enlever « l'instrument de torture », comme elle nommait la blouse de contention. C'était une jeune sœur de la Charité. Elle travaillait depuis seulement quelques semaines à l'Institut des aliénés et trouvait éprouvant d'être témoin de tant de souffrances. Elle faisait ce qu'elle pouvait pour soulager les patientes dont elle avait la charge, leur prodiguant sourires et encouragements, leur parlant avec douceur. Après tout, elles avaient beau être atteintes de démence, elles étaient des êtres humains à part entière.

— On dirait que ça va mieux, madame Marietta.

Cette dernière sourit, fixant le vide devant elle.

— Bonne nuit. Faites de beaux rêves.

La jeune religieuse fit un geste pour éteindre la lampe, mais Marietta l'en empêcha.

— *Ve ne prego, non spegnete la lampada.*

Sœur Gisèle la regarda sans comprendre. La patiente tâcha de lui expliquer dans un français laborieux :

— La lampe. Allumée. *Prego… Ho paura del buio.* Peur du noir…

La religieuse, compatissante, acquiesça.

— Vous ne voulez pas dormir dans la noirceur ? Très bien. Je laisserai la lampe allumée. Bonne nuit.

Sœur Gisèle l'embrassa spontanément sur la joue. Il y avait quelque chose chez cette patiente qui la touchait beaucoup. La tristesse de son sourire, peut-être. Elle quitta la chambre et verrouilla soigneusement la porte. Restée seule, Marietta se tenait immobile, psalmodiant des mots sans suite. Puis d'un geste furtif, elle saisit la lampe et l'approcha de son visage. Elle contempla longuement la lumière.

— *La luce*, murmura-t-elle. La lumière. *Libero, libero, come un uccello*.

Libre, libre, comme un oiseau… Elle laissa choir la lampe sur le plancher. Le verre se brisa. Une flamme orange et bleue s'éleva.

LXXXV

Le lendemain

Julien et Fanette avaient convenu de repartir pour Montréal après le déjeuner. Leur séjour à Québec avait été empreint d'une telle souffrance qu'ils éprouvaient le besoin de s'en distancer et de retourner chez eux. Le retour à leur vie quotidienne les aiderait sans doute à panser leurs blessures. Julien voulait également commencer à monter un dossier pour l'annulation de son mariage avec Marietta, qui s'annonçait des plus compliquées.

La famille descendit dans la salle à manger de l'auberge pour y prendre un déjeuner avant le départ. La pièce était remplie de voyageurs. Des garçons chargés de plateaux allaient et venaient dans le bruit des conversations et la fumée provenant des pipes. Les jumeaux et Marie-Rosalie se tenaient sagement à table, mais observaient avec curiosité toute cette animation, si différente de leur existence habituelle.

Julien feuilleta un journal que quelqu'un avait laissé sur la table. Il tomba sur une manchette qui le fit blêmir.

L'Institut des aliénés de Québec détruit par un terrible incendie !

« Notre reporter est arrivé à l'asile au moment où le personnel transportait les aliénées à la bâtisse destinée aux hommes ; car c'est dans l'aile occupée par les femmes que le feu a pris naissance. Nous avons vu bien des incendies, mais n'avons jamais rien vu d'aussi triste que le spectacle dont nous étions témoins, hier soir. Toute la campagne entre Québec et Beauport était illuminée comme en plein midi. Un immense nuage de fumée, couleur de feu, était suspendu au-dessus de l'asile. On aurait dit que le ciel était en flammes.

Imaginez une centaine de femmes déjà privées de la raison et rendues furieuses par la vue des flammes qui dévoraient leur seul refuge. Imaginez ces pauvres infortunées, arrachées, à moitié vêtues, de leurs cellules et transportées à une distance de plusieurs arpents. Les unes pleuraient, les autres riaient, d'autres encore poussaient des cris de désespoir. Rien de plus lugubre que le spectacle qui se présentait aux yeux de ceux qui se dirigeaient vers la conflagration. »

Julien tendit le journal à sa femme en silence.

— Mon Dieu, murmura-t-elle.

Julien jeta un coup d'œil aux enfants, qui avaient le nez plongé dans leur assiette et mangeaient avec appétit.

— L'article ne mentionne pas s'il y a des blessées ou des décès parmi les patientes, dit-il à mi-voix. Je dois retourner à l'asile. Je te donnerai des nouvelles dès que j'en aurai.

Fanette prit les mains de son mari dans les siennes.

— Je t'attendrai à l'auberge, avec les enfants. Bon courage.

༄

Le chemin menant à l'Institut des aliénés était encombré de voitures et de piétons. Une grosse citerne tirée par deux chevaux gisait sur le côté de la route. Julien gara sa calèche à une bonne distance de l'entrée principale et fit le reste du chemin à pied. Une forte odeur de fumée imprégnait l'air. Seuls quelques troncs d'arbres calcinés restaient du magnifique parc qui avait entouré la propriété. La vue de l'édifice lui-même était encore plus désolante. Au moins les trois quarts de l'asile avaient brûlé, ne laissant que des débris charbonneux. Il ne restait plus rien de l'aile droite qui avait abrité les femmes.

Julien vit quelques policiers qui contemplaient les ruines en parlant à mi-voix. Un homme plutôt grand, portant une moustache et des favoris blancs contrastant avec son haut-de-forme noir, était debout près du groupe et prenait des notes dans un carnet. Julien s'approcha de lui.

— Désolé de vous déranger, monsieur. Je cherche à savoir ce qu'il est advenu de l'une des patientes qui étaient ici.

— Qui êtes-vous ? demanda sèchement l'homme au chapeau.

— Julien Vanier, avocat.

L'homme lui tendit la main.

— Georges Duchesne, coroner de la ville de Québec. Je fais enquête sur l'incendie qui a ravagé l'Institut des aliénés. Qui cherchez-vous, au juste ?

— Marietta De Bertolis.

— Quel lien aviez-vous avec madame De Bertolis ?

— Elle était… ma cousine.

Le coroner s'adressa à l'un des policiers.

— Apportez-moi la liste des survivantes.

Survivantes. Le mot sonnait comme un glas. Le policier revint peu de temps après, un registre sous le bras.

— Les corps n'ont pas encore pu être identifiés, expliqua le coroner. Ce sera une tâche extrêmement difficile, car la plupart sont méconnaissables, mais nous avons dressé un registre des patientes qui ont été retrouvées vivantes. Seulement le tiers d'entre elles ont survécu.

Le gendarme remit le cahier à Julien, qui le consulta. Les noms défilaient devant ses yeux embrouillés par l'émotion. Après avoir parcouru la liste, il ne vit pas le nom de Marietta. Le coroner Duchesne remarqua le visage altéré de l'avocat.

— Par acquit de conscience, je vous invite à vous rendre dans la salle commune habituellement réservée aux patients masculins, où les survivantes ont été conduites, dit le coroner avec une note de compassion. On ne sait jamais. Peut-être y a-t-il eu confusion dans les noms.

Julien accepta. Un policier le conduisit dans une grande salle, dans laquelle le personnel de l'asile avait installé une cinquantaine de lits. La vision qui l'attendait était la plus déchirante dont il ait été témoin dans sa vie, et pourtant il en avait vu beaucoup. Des femmes se lamentaient, d'autres se frappaient le front sur la tête de leur lit. La plupart étaient attachées à un fauteuil. Julien se serait cru dans l'un des cercles de l'Enfer de Dante. Après avoir examiné les pauvres femmes, il constata que Marietta n'était pas parmi elles.

⁓

Lorsque Julien sortit, il aperçut Olivia qui faisait les cent pas devant l'asile. Elle s'élança vers lui, le regard affolé.

— *Ho saputo, per l'incendio.* J'ai su, pour l'incendie. Marietta ?

Julien secoua la tête.

— Elle n'est pas parmi les survivantes.

Olivia mit une main sur sa bouche. Elle était tellement sous le choc qu'elle était incapable de verser une larme. Puis elle se mit à trembler comme une feuille, au point où Julien songea à aller chercher un médecin, mais elle l'en empêcha.

— *Adesso, non soffre più.* Maintenant, elle ne souffre plus…

Julien offrit de la conduire chez elle, mais elle refusa. Il lui mit une main sur l'épaule et s'engagea à continuer à lui payer un montant fixe tous les mois afin de contribuer à sa subsistance. Elle acquiesça, puis tourna les talons et se dirigea vers un fiacre.

Le coroner Duchesne était toujours en train de prendre des notes devant l'immeuble en ruine lorsqu'il aperçut Julien.

— Maître Vanier !

L'avocat se tourna vers lui. Il avait les traits tirés et les yeux rougis par le chagrin. Le coroner le rejoignit.

— Vous avez bien dit que votre cousine s'appelait Marietta De Bertolis ?

— C'est exact. Pourquoi cette question ?

Duchesne hocha la tête.

— Eh bien, selon nos premières constatations, le feu aurait commencé dans la cellule de l'une des aliénées, située au rez-de-chaussée, dans l'aile droite de l'immeuble. Lorsque je suis arrivé sur les lieux de l'incendie, vers les trois heures du matin, j'ai interrogé une religieuse, sœur Gisèle, qui était de garde, hier soir. Elle a avoué qu'elle avait laissé la lampe d'une patiente allumée, car cette dernière avait peur du noir et souhaitait avoir de la lumière. Selon toute probabilité, la lampe serait tombée par terre. Cela aurait provoqué un début d'incendie, qui se serait répandu à tout l'immeuble par la suite.

— Quel était le nom de cette patiente ? demanda Julien d'une voix blanche, tout en sachant d'avance la réponse.

— Marietta De Bertolis.

Au fond de son cœur, Julien eut la conviction que ce n'était pas un accident et que Marietta, dans un geste de désespoir, avait mis le feu volontairement à sa chambre. Peut-être avait-elle pris conscience qu'elle ne pourrait jamais guérir et voulu le libérer d'une union impossible ? Ou bien, trop malheureuse, elle avait décidé de mettre fin à ses jours. Mais cela, il ne le saurait jamais.

❧

Une pendule sonna onze heures. Fanette plaça un signet entre les pages de son livre et le referma. Julien n'était pas encore rentré. Elle se demanda avec angoisse ce qu'il avait appris en se rendant à l'asile. Marietta avait-elle survécu ? Elle ne pouvait s'empêcher d'éprouver une profonde compassion pour la pauvre femme. L'atmosphère de la chambre lui parut soudain étouffante. Elle songea à emmener les enfants à la plateforme. Cela leur ferait le plus grand bien, de prendre un peu d'air avant leur retour à Montréal.

On frappa à la porte sur ces entrefaites. Le chasseur aux joues rousselées et au sourire avenant, portant un képi et un uniforme rouge à boutons dorés, se tenait sur le seuil.

— Madame Vanier ? Un télégramme pour vous.

Il lui tendit une dépêche. Intriguée, Fanette la prit et l'examina.

Chère madame Vanier,
Un problème important est survenu en rapport avec la traite bancaire de monsieur Tourrais pour l'achat du domaine. Rendez-vous dès que possible au manoir de Cap-Rouge. Je vous y attendrai. Votre dévoué, maître Isaac Hart

Fanette, songeuse, replia le télégramme. Maître Hart était un homme flegmatique. Le ton de son message laissait toutefois supposer que la situation était préoccupante. Était-il possible que la traite bancaire fût sans provision ? Après tout, l'avoué lui-même n'avait guère confiance en Gérard Tourrais. Elle prit la décision de se rendre à Cap-Rouge, comme maître Hart le lui avait demandé. Elle se serait volontiers passée de cette nouvelle tuile, mais il n'était pas question de repartir pour Montréal sans aller au fond des choses.

LXXXVI

Le soleil était déjà haut dans le ciel lorsque la voiture que conduisait Fanette s'engagea dans le chemin Saint-Louis en direction du
village de Cap-Rouge. Après avoir laissé un mot à Julien pour
lui expliquer la situation, elle avait loué un fiacre à l'auberge,
puis elle avait amené les enfants chez Emma avant de reprendre
la route. Il lui faudrait encore cinq ou six heures pour arriver au
domaine. Emma avait pris soin de lui fournir un panier rempli
de provisions, tout en lui enjoignant d'être prudente.

— De nos jours, les gens conduisent comme des fous…

Sa mère avait également insisté pour lui prêter une cape de
voyage, d'une couleur orange vif, que Fanette trouvait un peu
trop voyante.

— Les soirées sont encore fraîches. Tu ne regretteras pas
d'avoir un manteau pour te garder au chaud.

⁓

La journée était splendide. À peine s'il y avait quelques
nuages festonnant le ciel. Fanette, qui commençait à avoir chaud,
enleva la cape et la déposa sur le siège à côté d'elle. L'air embaumait l'herbe fraîche. Des fleurs sauvages parsemaient les champs.
La beauté du paysage calma les appréhensions de la jeune femme.
Elle avait la plus grande confiance en maître Hart. Le fait qu'il
serait présent au domaine pour tirer les choses au clair la rassurait au plus haut point.

Après s'être arrêtée pour prendre une bouchée, Fanette reprit la route. Au bout de quelques heures, alors que le crépuscule commençait à colorer l'horizon de lueurs bleuâtres, elle put entrevoir les premières maisons de Cap-Rouge. La nuit était presque tombée lorsqu'elle aperçut les tourelles du manoir qui se dessinaient dans le firmament indigo. De loin, le domaine donnait encore l'illusion de la splendeur. Elle frissonna. Un vent frais s'était levé. Elle reprit la cape orange et la plaça sur ses épaules, bénissant sa mère pour sa prévoyance.

∾

Fanette gara la voiture devant le portique, qui n'était éclairé que par une lampe torchère. Elle fut frappée par le silence qui régnait. Elle jeta un coup d'œil à la ronde, mais ne vit pas d'autres véhicules. Maître Hart avait sans doute laissé le sien à l'écurie. Elle se rappela alors qu'il n'en possédait pas, mais se dit qu'il avait sûrement loué un fiacre, comme elle l'avait fait elle-même.

Ramenant les pans de sa cape autour de ses épaules, elle frappa à la porte, dont le bois fissuré ressemblait à l'écorce d'un vieil arbre. Personne ne vint répondre. Elle tourna la poignée, qui ne résista pas, et s'avança dans le hall désert. Quelques lampes avaient été allumées, projetant des lueurs fauves sur les murs décrépits. Ses pas résonnaient sur le plancher de marbre.

— Maître Hart ? Monsieur Tourrais ?

L'écho de sa voix se perdit dans l'immensité du manoir. Personne ne vint à sa rencontre. L'inquiétude la gagna. Où était le nouveau maître des lieux ? Et le notaire ? Fanette pénétra dans le salon. Les meubles recouverts de housses ressemblaient à des fantômes. Un bruit sec la fit tressaillir. C'était sans doute un volet, que le vent avait fait claquer. Elle remarqua alors un cercle de lumière, au fond de la pièce. Quelqu'un était à demi étendu sur un divan et fumait. Une volute blanche s'enroulait autour de lui tel un serpent. Fanette respira une odeur douceâtre.

— Madame Vanier ! Quel bonheur de vous revoir.

Fanette reconnut la voix de Gérard Tourrais. Elle s'immobilisa. Une crainte irraisonnée s'empara d'elle.

— Où est maître Hart ? demanda-t-elle, s'efforçant de raffermir sa voix.

— Ce cher notaire m'a fait parvenir un télégramme pour m'avertir qu'il avait eu un petit contretemps et serait un peu en retard. Puis-je vous offrir quelque chose ? Du thé ? Un verre de vin ?

— Rien, je vous remercie.

Tourrais déposa sa pipe sur une table à café. Fanette n'en avait jamais vu de semblable, avec une longue tige et un petit foyer. Elle distinguait mieux les traits de l'étranger. Une singulière fixité plombait son regard. Son visage avait une teinte de craie.

Il désigna un fauteuil, non loin de lui.

— Assoyez-vous, je vous prie. Vous êtes certaine que je ne puis vous offrir quelque chose ? Je ne voudrais pas passer pour un mauvais hôte.

Fanette resta debout.

— Maître Hart m'a avisée qu'il y avait un problème avec la traite bancaire.

— Oh, ne vous inquiétez pas ! Maître Hart est un excellent notaire, mais il se fait une montagne d'une taupinière.

Fanette observa Tourrais avec attention. Cette voix suave, ces yeux noirs et fixes, qui l'inspectaient sans vergogne, et dans lesquels elle décelait une dureté et un manque de scrupules qui lui donnaient froid dans le dos… Un sourire étira les lèvres minces de l'homme, découvrant des dents blanches et pointues. C'est à ce moment qu'elle le reconnut. *Auguste Lenoir.*

LXXXVII

En un éclair, Fanette comprit que l'ancien agent de renseignement lui avait tendu un piège. Le télégramme de maître Hart, le
problème avec la traite bancaire n'étaient que des prétextes pour
l'attirer au domaine. Comme s'il avait suivi son raisonnement,
Lenoir eut un petit rire satisfait.

— Quelle chance de vous retrouver, ma chère Fanette. Vous
n'avez pas changé. Toujours aussi belle.

Avec une souplesse étonnante pour un unijambiste, il se
redressa soudain et se jeta sur elle. Fanette sentit avec terreur
le souffle âcre de Lenoir dans son cou, ses lèvres rugueuses et
brûlantes sur sa peau. Elle tenta désespérément de se dégager,
mais son agresseur la maintenait avec une poigne de fer. Il réussit
à l'entraîner vers le divan. Fanette voulut crier, mais il lui couvrit
la bouche avec une main.

— Inutile de résister. Il n'y a personne d'autre ici que nous
deux, et un serviteur que j'ai ramené de la Martinique. Il donnerait sa vie pour moi.

Il releva ses jupes et plaqua son corps contre celui de la jeune
femme. Dans un geste désespéré, Fanette lui mordit une main.
Lenoir poussa un cri de douleur. Elle en profita pour se défaire
de son emprise et traversa le salon en courant le plus vite possible,
sans regarder derrière elle.

Lorsqu'elle parvint au hall, elle s'élança vers la porte d'entrée
et tenta de l'ouvrir, mais celle-ci était verrouillée. Sentant une
présence, elle tourna la tête et aperçut un homme de bonne taille,

portant une livrée de valet, qui était debout à quelques pieds d'elle. Sa peau d'ébène luisait dans la lueur d'une lanterne qu'il tenait dans une main. Sans réfléchir, elle se rua dans l'escalier. Le serviteur la suivit. Son ombre se reflétait sur le mur lézardé.

Fanette arriva sur le palier, hors d'haleine. Elle entendait les pas du valet qui s'approchaient d'elle. Mue par l'instinct, elle se précipita vers la chambre d'Alistair Gilmour. Par chance, la porte n'était pas verrouillée. Elle entra, referma la porte, puis s'y appuya de toutes ses forces, même si elle savait bien qu'elle ne pourrait pas résister à l'assaut d'un homme beaucoup plus fort qu'elle. Elle sentit alors quelque chose dans son dos. C'était une clé, qui était restée dans la serrure. Elle tenta de la tourner, mais ses mains tremblaient si fort qu'elle dût s'y prendre à plusieurs reprises. Au moment où elle entendit le déclic du pêne, des coups brusques ébranlèrent la porte.

Fanette recula de quelques pas et jeta un regard désespéré autour d'elle. La pièce était plongée dans les ténèbres. Elle distinguait vaguement la forme d'un lit à baldaquin et celle d'une armoire. Les coups redoublèrent. La porte semblait sur le point de céder. Elle s'enfuit vers le fond de la chambre, comme un animal pris au piège. Puis elle se souvint. La fenêtre, l'oiseau ; l'entrée secrète derrière une tapisserie. Elle souleva la tenture et s'élança dans l'escalier à vis.

Il faisait un noir d'encre. Elle tendait les mains pour tâter les murs afin de ne pas trébucher. Elle tâcha de réfléchir en descendant les marches étroites. Où menait ce passage ? La chambre d'Alistair était située à l'est du domaine et donnait sur les jardins, en face du fleuve. Le Lumber Lord se servait sans doute de cet escalier lorsqu'il voulait quitter son manoir incognito. En toute logique, celui-ci devait aboutir à l'écurie, qui se trouvait derrière le manoir, en face du fleuve.

Après quelques minutes, Fanette parvint à une porte dont elle souleva le loquet. Son hypothèse se vérifia. Le passage caché donnait bel et bien sur l'écurie. La plupart des stalles étaient vides. Il n'y avait que deux chevaux, dont elle entendait le souffle et le bruit des sabots. Elle pensa dans un premier temps fuir avec l'une des bêtes, mais elle changea d'idée. Mieux valait regagner l'entrée du manoir et rejoindre le fiacre, en espérant qu'il serait toujours là où elle l'avait laissé. Elle regarda autour d'elle, mais il faisait sombre. Se fiant à sa connaissance des lieux, elle repéra la fontaine, qui se situait au milieu des jardins. Elle marcha dans cette direction, puis contourna la fontaine et s'engagea dans un sentier qui menait vers l'avant de la maison. Un vent puissant fit mugir les arbres. Les pans de sa cape se soulevèrent. Une ombre apparut devant elle. *Lenoir.*

— Cette fois, tu ne m'échapperas pas ! rugit-il.

Il brandit sa canne et l'abattit sur elle. Fanette esquiva le coup comme par miracle et se mit à courir à toutes jambes. Elle vit à distance sa voiture, toujours garée devant le porche et vaguement éclairée par une lampe torchère. L'espoir lui donna l'énergie de poursuivre sa course éperdue. C'est alors qu'une silhouette massive se profila à une vingtaine de pieds du fiacre, une torche à la main. *Mon Dieu, le serviteur…* Ce dernier surveillait l'entrée de la maison et l'empêcherait de fuir. En proie à la panique, elle rebroussa chemin et retourna du côté de l'écurie, avec la terreur de tomber à nouveau sur Auguste Lenoir. Elle crut entendre un bruit de pas juste derrière elle et continua à courir, les poumons douloureux et le ventre noué par la peur. Elle finit par atteindre l'écurie. Il n'y avait aucun signe de la présence de Lenoir, comme s'il s'était volatilisé. Elle s'élança vers l'un des chevaux, l'empoigna par la crinière et tenta de se hisser sur son dos, mais, affaiblie et à bout de souffle, elle glissait à chaque tentative. Soudain, elle perçut un son, celui d'une canne. Clac, clac, clac. *Lenoir.* Ses yeux s'étant habitués à l'obscurité, Fanette distingua une meule de foin. Elle y grimpa, monta sur le cheval et réussit à s'agripper à sa crinière. La peur lui donnait une force inhabituelle. Elle talonna l'animal, qui renâcla d'abord puis partit comme une flèche.

Auguste Lenoir, qui faisait le guet devant l'écurie, se plaça devant le cheval en faisant des moulinets avec sa canne. L'animal se braqua et rua en hennissant. Les sabots atteignirent Lenoir sur une épaule. Il s'écroula sur le sol en hurlant de douleur. Fanette talonna de nouveau le cheval, qui s'élança au galop. Elle se cramponna au cou de la bête de toutes ses forces. Une bourrasque lui arracha sa cape, qui voleta dans les airs et finit par s'accrocher à une branche, non loin de la falaise qui dominait le fleuve.

Fanette continua sur sa lancée. Elle évita de passer par le sentier qui menait au portique, de crainte d'être poursuivie par le serviteur de Lenoir, et prit un raccourci vers le chemin qui descendait la montagne jusqu'au village de Cap-Rouge, se guidant grâce à la faible lumière qui provenait des étoiles. Après avoir parcouru un quart de mille, elle aperçut l'ancien portail du domaine. La route de la montagne était à quelques pieds de là. Elle était sauvée.

 ⁃

Le chemin qui menait à Cap-Rouge était étroit et cailouteux. À plusieurs reprises, Fanette faillit tomber du cheval, mais elle était bonne cavalière et réussit à s'y maintenir. Un peu avant l'aube, épuisée, les membres endoloris, les vêtements déchirés, elle parvint enfin au village. Une calèche roulait dans sa direction. Elle crut reconnaître Julien, mais la fatigue eut raison d'elle. Elle glissa du cheval et s'écroula sur le sol.

Julien n'eut que le temps de tirer sur les rênes. Il accourut vers la jeune femme et la souleva.

— Fanette… Mon Dieu, ma chérie…

Après son retour de l'asile, alarmé par l'absence prolongée de sa femme, Julien avait pris la route vers Cap-Rouge.

Des villageois sortirent de leur maison. Une femme apporta de l'eau et des linges. Fanette reprit connaissance. Elle sourit en voyant le beau visage de Julien penché au-dessus d'elle. Il prit sa femme dans ses bras et la serra contre lui.

 ⁃

Le jour naissait à peine lorsque Lenoir revint à lui. Il cligna des yeux et tenta de se redresser. Une violente douleur à l'épaule le fit grimacer. Il se rappela la ruade du cheval et la fuite de Fanette. La rage le galvanisa. Malgré la souffrance, il saisit sa canne, qui était à quelques pieds de lui, se mit debout et regarda à la ronde. Le vent était complètement tombé. Des lambeaux de brouillard enveloppaient les arbres. C'est alors qu'il aperçut une forme au loin, portant une cape orange. *C'est elle.* Il avança en titubant dans sa direction. Une fois à sa hauteur, il se précipita vers elle et voulut la frapper avec sa canne mais n'atteignit que le vide. Dans son élan, Lenoir trébucha et s'accrocha à une branche, qui craqua sous son poids. Il sentit un vide sous ses pieds et tomba dans le ravin.

Ce fut un pêcheur qui trouva le corps d'Auguste Lenoir écrasé sur des rochers, désarticulé comme un pantin.

Lorsque le coroner Duchesne, alerté par le pêcheur, arriva sur la berge avec deux policiers, il ne put que constater le décès. Il fit le chemin jusqu'à l'ancien manoir d'Alistair Gilmour avec ses hommes et fouilla la maison de fond en comble. Il n'y avait personne, pas même l'ombre d'un domestique. Des restes d'opium noircissaient le fond d'une pipe. Le coroner trouva une quantité énorme d'opium dans deux sacs de jute, qui avaient été entreposés dans les combles.

Lorsqu'il regagna l'extérieur, le coroner se rendit à l'écurie, qui était vide. Puis il remarqua à distance une forme orangée qui flottait dans la brume, ressemblant à une chevelure flamboyante. Pendant un instant, il crut qu'il s'agissait d'Alistair Gilmour. Pourtant, le Lumber Lord était mort, tous les journaux en avaient parlé, à l'époque… Il s'approcha de la forme. C'était une cape orange, accrochée à une branche.

Cinquième partie

Une femme nouvelle

LXXXVIII

Un mois plus tard
Montréal, juin 1868

Depuis sa visite à l'école de réforme, Oscar traînait une sorte de tristesse. Joséphine, à qui il avait parlé de sa rencontre pénible avec Antoine, n'arrivait pas à lui remonter le moral. Elle voyait bien qu'au fond son mari se sentait coupable.

— Tu as fait ton possible. On ne peut forcer personne à prendre une main tendue.

— Je l'ai abandonné à son sort, répondait Oscar. Pendant toutes ces années, je n'ai rien fait pour le retrouver, pour lui venir en aide.

Afin de lui changer les idées, Jo lui proposa une balade avec les enfants à Saint-Henri-des-Tanneries, là où ils s'étaient mariés.

— Ce sera un pèlerinage, dit-elle en souriant.

Oscar accepta, davantage pour faire plaisir à sa femme que pour lui-même. La famille se rendit à la pointe de l'île en diligence. Joséphine avait apporté une poussette pour la petite Amélie. Un soleil radieux balayait le chemin. Une brise agréable agitait les feuilles des arbres qui longeaient la route. Oscar retrouva avec bonheur l'église où le vieux curé Bernard Paquin avait béni leur union. Le prêtre, dont le dos était de plus en plus voûté, et les yeux, voilés par la cataracte, les accueillit néanmoins avec joie. La famille fit un pique-nique au bord du canal Lachine. Nicolas s'amusait à courir après un papillon tandis qu'Amélie, assise dans l'herbe, gazouillait gaiement.

Le trajet de retour se fit dans la bonne humeur. La diligence les laissa à quelques rues de chez eux. Ils firent le reste du chemin à pied. Joséphine fut la première à apercevoir une forme recroquevillée devant la porte. Elle s'immobilisa. Oscar suivit la direction de son regard. D'abord, il crut qu'il s'agissait d'un mendiant, mais en s'approchant il constata que c'était un jeune homme, dont les cheveux se dressaient comme de petits épis sur son crâne. Ses vêtements étaient sales et déchirés par endroits. Il le reconnut aussitôt.

— Mon Dieu, Antoine !

Il se précipita vers l'adolescent. Ce dernier était immobile et avait les yeux clos. Oscar se pencha au-dessus de lui et le secoua doucement.

— Antoine…

Un gémissement sortit de la bouche du jeune homme, gercée par la soif et le soleil. Sa peau était couverte de rougeurs. Ses clavicules saillaient tellement il était maigre. Oscar se tourna vers sa femme.

— S'il te plaît, emmène les enfants dans la maison. Je m'occupe de lui.

Joséphine, la mine anxieuse, acquiesça. Elle prit Amélie dans ses bras, puis saisit la main de Nicolas.

— Allez, c'est le temps de la sieste…

Oscar souleva délicatement Antoine dans ses bras et le transporta à l'intérieur. Il le déposa avec précaution dans le vieux fauteuil de son oncle. Le garçon remua les lèvres en émettant des bribes de phrases incohérentes. Malgré la chaleur, il était parcouru de frissons. Oscar alla chercher un verre d'eau et fit boire l'adolescent, qui avala trop vite et s'étouffa.

— Doucement, Antoine.

Joséphine, après avoir couché les enfants, rejoignit Oscar.

— Il est bien mal en point, murmura-t-elle.

— Je vais chercher le docteur Brissette, dit Oscar. Veille sur lui pendant mon absence.

Joséphine jeta un regard appréhensif vers l'étranger, qui continuait à marmonner des mots sans suite.

Le docteur Brissette prit le pouls d'Antoine, puis examina ses membres.

— Le pauvre n'a que la peau et les os. Il n'a pas dû manger à sa faim bien souvent.

Il scruta son visage, son cou et ses bras.

— Il a la gale et beaucoup de piqûres de moustiques. Je devrai lui administrer une pommade d'Helmerich à base de soufre, mais je n'en ai pas sous la main. J'en ferai préparer par mon apothicaire. Mais d'abord, il faut lui donner un bain chaud et frotter vigoureusement les parties affectées avec du savon noir.

Le médecin se lava les mains dans une bassine que Joséphine avait apportée et les essuya avec un linge propre.

— Je ne veux pas être indiscret, monsieur Lemoyne, mais comment ce garçon a-t-il pu se retrouver dans un état pareil ?

Le reporter détourna les yeux. Il se sentait honteux, même s'il n'avait rien à se reprocher.

— Il s'est probablement sauvé de l'Institut Saint-Antoine, où il avait été placé contre son gré.

Le docteur Brissette fronça les sourcils.

— N'est-ce pas une école de réforme ?

— Oui, admit Oscar, malheureux.

Le médecin baissa la voix.

— Que ferez-vous de lui, une fois qu'il se portera mieux ?

Oscar consulta sa femme du regard. Cette dernière semblait en proie à une vive inquiétude.

— Je n'en sais rien, murmura-t-il. Nous traverserons le pont quand nous y serons.

Oscar contemplait Antoine. L'adolescent dormait sur un vieux matelas que le reporter avait déniché dans le grenier et installé dans un coin de l'imprimerie. Il avait également suspendu un rideau de fortune pour lui donner un peu d'intimité. La veille, malgré sa saleté repoussante, Antoine avait obstinément refusé de prendre un bain. Il avait fallu que le docteur Brissette et Oscar s'y prennent à deux pour l'obliger à s'asseoir dans une cuve de bois qui servait aux ablutions. Joséphine avait brûlé tous ses vêtements et lui avait prêté un pantalon et une chemise appartenant à son mari, en attendant de lui procurer des habits à sa taille au bazar de l'église.

Bien qu'elle fût réticente à accueillir le garçon, dont le passé de délinquant l'inquiétait, Jo avait fait contre mauvaise fortune bon cœur et avait accepté de l'héberger, sachant à quel point Oscar tenait à se racheter auprès de son ancien protégé, mais elle avait été honnête avec lui :

— Je suis prête à le garder pendant quelque temps, mais quand il ira mieux, il devra se trouver un autre endroit.

Antoine gémit dans son sommeil. Il avait les joues creuses, le teint cireux. Il ouvrit les yeux. Au début, il ne sembla pas reconnaître Oscar, puis il eut un faible sourire. *Je ne t'abandonnerai plus jamais*, se promit Oscar. *Plus jamais.*

LXXXIX

Au même moment
Village de la Jeune Lorette

L'atmosphère était à la fête. Tous les habitants du village avaient revêtu leurs plus beaux atours afin d'accueillir Ian, le fils d'Amanda, qui avait été reçu officier de la marine marchande. Les chapeaux des hommes étaient garnis de plumes multicolores, tandis que les femmes portaient des châles sertis de broderies et de sequins qui scintillaient dans la lumière d'été. Une petite fanfare composée d'enfants et d'adultes répétait des airs martiaux sous la direction de Thomas, le jeune Irlandais que Sean avait ramené des Cantons-de-l'Est après l'invasion manquée des Fenians. Serviable et débrouillard, Thomas s'était rapidement acclimaté à la vie du village. Doué pour le chant et la musique, il avait également de bonnes connaissances en agriculture, ce qui lui avait valu la sympathie des Hurons, pour qui c'est le mode essentiel de subsistance.

Fanette, Julien et leurs enfants étaient arrivés au village la veille et s'étaient installés chez les Picard. Amanda avait été frappée par la gravité qui marquait le visage de sa sœur cadette et lui conférait une beauté empreinte de maturité. Après le souper, les deux sœurs étaient allées faire une promenade près de la rivière. Le chant des grenouilles, mêlé au bruissement de l'eau, s'élevait et s'apaisait telle une douce mélopée. Fanette avait confié à sa sœur les événements qui avaient bouleversé sa vie. Le premier mariage malheureux de Julien, la mort tragique de sa femme, leur décision de reprendre leur vie commune, la difficulté de rebâtir des ponts solides. Amanda l'avait écoutée avec compassion. Ses malheurs passés lui avaient appris à garder un esprit ouvert et à comprendre au lieu de juger.

— As-tu pardonné à Julien ? avait-elle demandé.

Fanette avait gardé un long silence avant de répondre.

— Oui, je lui ai pardonné.

Les deux sœurs avaient continué leur promenade. Amanda avait le sentiment que sa cadette ne lui avait pas tout dit. En contemplant les flots de la rivière qui chatoyaient dans la lumière argentée de la lune, Fanette avait décidé de ne rien révéler à sa sœur au sujet du sinistre Auguste Lenoir. La seule évocation de cet homme lui faisait revivre un cauchemar qu'elle voulait à tout prix oublier. Avec sa mort, la menace avait disparu. Malgré sa bassesse, il avait toutefois accompli un geste honnête. Le lendemain de son décès, Fanette s'était présentée chez maître Hart, lui faisant part de ses inquiétudes quant à la validité de la traite bancaire de dix mille dollars que Lenoir, sous l'identité de Gérard Tourrais, avait remise au notaire pour l'achat du domaine d'Alistair Gilmour. Étonné par cette démarche, maître Hart l'avait assurée que le document était parfaitement valide et que l'argent avait bel et bien été déposé dans un compte bancaire à son nom.

༄

Les Vanier et les Picard étaient aux premiers rangs pour célébrer Ian, qui était attendu d'une minute à l'autre. Même Emma et le bon docteur Lanthier étaient de la fête, accompagnés par monsieur Dolbeau, le dévoué métayer du domaine de Portelance.

Tandis que le son de flûtes et de tambours créait une joyeuse cacophonie, Lucie et son époux Bertrand aidaient Aurélien et André à disposer une banderole sur laquelle les mots « Bienvenue à Ian, lieutenant dans la marine marchande » avaient été peints en lettres multicolores. Dans quelques semaines, le jeune homme prendrait son poste à bord du *Mistral*, le même navire où il avait reçu sa formation d'officier. Son ascension dans la marine avait été fulgurante. Noël, ayant lui-même fait une carrière remarquable dans la Royal Navy britannique, avait très tôt décelé le talent du jeune homme pour la navigation et l'avait encouragé à faire sa formation d'officier. Ian avait trouvé là sa vocation. Son amour de la mer lui avait donné une raison de vivre. Ses tourments quant au fait que son vrai père, Jacques Cloutier, avait été un criminel qui avait fini ses jours sur l'échafaud semblaient s'être apaisés.

Amanda surveillait le chemin, le cœur en joie à l'idée de revoir enfin son fils, dont elle avait été séparée pendant de longs mois. Elle tourna la tête du côté de son frère, Sean. Comme il avait changé, depuis qu'il habitait au village ! Ses traits s'étaient adoucis. Il n'avait plus ces sautes d'humeur déconcertantes, ces replis sur lui-même qui le transformaient soudain en un étranger presque hostile. Elle avait craint le pire lorsqu'il avait quitté la Jeune Lorette pour aller combattre aux côtés des révolutionnaires irlandais, mais depuis son retour il n'avait plus jamais fait allusion à cette période de sa vie ni parlé d'un autre engagement dans les rangs des Fenians. Son amour pour Marie l'avait changé. Amanda surprenait parfois son frère chantonnant en coupant du bois ou souriant aux anges pendant les repas, qu'il continuait à prendre avec eux. Elle s'était souvent demandé à quel moment il ferait la grande demande à Marie, mais jusqu'à présent il n'avait pas été question d'épousailles. Elle ne connaissait pas très bien la jeune veuve huronne, mais suffisamment pour savoir que celle-ci avait un esprit indépendant et ne se laisserait pas facilement convaincre de nouer les liens du mariage.

Un point noir apparut à l'horizon. Bientôt, la silhouette se précisa. Un cavalier en uniforme, monté sur un cheval alezan, galopait sur le chemin, soulevant un nuage de poussière. Amanda le reconnut et poussa un cri de joie.

— Ian !

Thomas fit signe à la fanfare de se tenir prête. Les villageois lançaient déjà leurs ovations tandis qu'Aurélien et André soulevaient vaillamment la banderole, qui claqua au vent. Lorsque Ian fut à une vingtaine de pieds de la foule, le petit orchestre, composé de quelques trompettes, d'un cor de chasse, d'un trombone, de cymbales et d'un petit tambour, se mit à jouer un air, accompagné par la belle voix de baryton de Simon Romain, le chef huron.

Partons, la mer est belle, embarquons-nous, pêcheurs
Guidons notre nacelle, ramons avec ardeur
Au mât, hissons les voiles, le ciel est pur et beau
Je vois briller l'étoile, qui guide les matelots.

Des vivats et des bravos fusèrent de toutes parts tandis qu'Ian s'approchait. Il avait fière allure dans son uniforme noir, orné de passementeries aux manches et de galons dorés aux épaules. Il souleva son képi et salua la foule avec un sourire radieux. Amanda ne put retenir ses larmes en voyant son fils, si beau dans son habit, si imposant sur sa monture. Non seulement il était devenu un homme, mais il avait finalement trouvé la bonne route à suivre, après avoir frôlé la mort à plusieurs reprises. Peut-être avait-il fallu qu'il surmonte toutes ces épreuves pour choisir enfin la voie qui le rendrait heureux. La filiation maudite avec Jacques Cloutier avait été définitivement rompue.

❧

De grandes tables, couvertes de nappes blanches, avaient été dressées à l'extérieur. Un repas fastueux fut servi, composé de gibier, de lièvres et de pain banique, le tout arrosé de cidre et de bière. Les rires s'égrenaient tandis que les enfants couraient partout. Les plus vieux surveillaient les plus jeunes. Marie-Rosalie, fascinée par les instruments de musique de la petite fanfare, avait fait connaissance avec Thomas, qui lui apprenait les rudiments de la flûte.

Après le festin, les villageois se dispersèrent. Emma Porte-lance, le docteur Lanthier et monsieur Dolbeau félicitèrent de nouveau Ian et reprirent la route. La famille Vanier passa une seconde nuit dans la maison des Picard. Pour la plus grande joie des jumeaux et de Marie-Rosalie, Noël avait dressé une tente dans le jardin. Les enfants étaient enchantés. Pour eux, c'était une aventure exaltante. Ils n'avaient jamais dormi dans une vraie tente, fabriquée avec de la peau de chevreuil et de l'écorce de bouleau. De son côté, Bertrand offrit à Julien de l'accompagner à la chasse avant la tombée du jour. Bien qu'il fût devenu un citadin jusqu'au bout des doigts, l'avocat accepta avec plaisir. Cela lui rappellerait son enfance à Charlevoix, lorsqu'il partait parfois avec son père pour des expéditions dans le bois et qu'ils rapportaient du petit gibier. Amanda, Fanette et Sean en profitèrent pour parler à bâtons rompus, évoquant les souvenirs de leur enfance à Skibbereen, heureuse malgré leur pauvreté, leurs jeux d'enfants, les tours qu'ils faisaient au vieux voisin, monsieur Fitzpatrick, en lui volant des pommes sous son nez. Puis Sean prit congé de ses sœurs. Lorsqu'il fut parti, Amanda fit un sourire de connivence à sa cadette.

— Pour moi, il va rejoindre sa dulcinée.

꿍

La lune était ronde et éclairait le sentier presque comme en plein jour. Avant d'aller chez Marie, Sean décida de se recueillir à la chute Kabir Kouba, comme il avait pris l'habitude de le faire quotidiennement. Il admira les trombes d'eau, dont l'écume jaillissait en gerbes argentées entre les rochers moussus. Les épinettes embaumaient dans l'air du soir. Il entendit un léger craquement. En se retournant, il aperçut Marie qui marchait sur l'étroit sentier. Elle s'arrêta près de lui.

— Je pensais bien te trouver ici, dit-elle en souriant.

Elle contempla la chute à son tour. Ses prunelles sombres reflétaient la clarté lunaire. Elle était magnifique dans sa robe de daim, sertie de perles et serrée à la taille par une ceinture de cuir tressée.

— J'attends un enfant.

Sur le moment, Sean n'éprouva rien tellement il était saisi par la nouvelle. Il écouta le bruissement de la cascade et respira le parfum acidulé de la forêt. Puis la joie déferla en lui. Il eut le sentiment que le sang qui coulait dans ses veines était devenu l'eau de la chute. Marie portait la vie en elle. *Leur enfant.* Il l'étreignit en silence. Ils restèrent longtemps ainsi, se laissant bercer par le chant de la chute. La voix de Marie s'éleva à nouveau.

— Je veux bien t'épouser.

XC

Montréal, novembre 1868

Oscar observait Antoine, qui alignait habilement des lettres de plomb sur un composteur. Il les pigeait rapidement, sans même les regarder, dans les tiroirs de la casse[10]. Le jeune homme était devenu un excellent typographe et connaissait maintenant sur le bout de ses doigts tous les rudiments de l'imprimerie, de la composition au pressage. Quel contraste saisissant avec l'adolescent hâve, à moitié mort de faim et couvert de gale, que sa femme et lui avaient trouvé sur le pas de leur porte, cinq mois auparavant !

Antoine avait pris du poil de la bête. La bonne nourriture, le repos, un environnement sain avaient adouci son caractère. Mais cette transformation ne s'était pas effectuée sans heurts. L'adolescent avait vécu pendant des années dans des conditions misérables, survivant grâce à la rapine et à la mendicité. Cette existence l'avait endurci. Au début de son séjour chez les Lemoyne, il était parfois très agressif et parsemait ses phrases des jurons les plus grossiers. Ses colères imprévisibles bouleversaient Joséphine, qui craignait pour la sécurité de Nicolas et d'Amélie, au point qu'elle avait supplié son mari de demander à Antoine de partir. Mais Oscar ne pouvait s'y résigner. Il savait que, s'il l'abandonnait, Antoine retomberait dans la délinquance et la misère. C'est alors qu'il avait eu l'idée de le former au métier de typographe. L'adolescent avait peu d'instruction, mais il était intelligent et

---

10. Boîte en bois dans laquelle sont rangés les caractères de plomb qui servent à composer des textes qui seront imprimés.

débrouillard. Joséphine, impressionnée par la capacité d'apprentissage du jeune homme, avait découvert, sous ses dehors rudes, un être fragile, assoiffé d'amour et de reconnaissance.

L'intuition d'Oscar ne l'avait pas trompé. Antoine montrait d'étonnantes dispositions. Mais il ne pouvait continuer à dormir sur un vieux matelas, dans un coin de l'atelier. Joséphine avait alors eu l'idée d'installer la famille dans un appartement plus grand, à proximité de l'imprimerie, et de laisser l'ancien logement de Victor Lemoyne à Antoine, qui leur paierait en retour un petit loyer. Oscar s'était tellement attaché à son protégé qu'il avait fait des démarches à l'état civil du palais de justice afin que le garçon porte son nom.

Après avoir terminé la composition de l'article, Antoine disposa chaque ligne sur une galée, les maintenant en place à l'aide d'une ficelle. Il plaça ensuite les blocs de lignes dans un châssis en fonte, qu'il fixa sur la presse typographique. Ses gestes étaient précis, méticuleux. Oscar lui tapota affectueusement l'épaule.

— Excellent travail, Antoine. Je n'aurais pas fait mieux.

Antoine sourit. Le compliment l'avait visiblement touché. Après avoir inséré une rame de papier dans la presse, les deux hommes s'activèrent à imprimer les prospectus commandés par la Ville, puis les déposèrent dans un chariot.

La clochette de la porte d'entrée carillonna. Oscar et Antoine se tournèrent vers la porte. Une jeune femme s'avança dans l'atelier. C'était Fanette. Elle portait une robe cintrée à la taille, avec un col et des manches garnis de dentelle, et tenait une cravache à la main. Un chapeau imitant les hauts-de-forme masculins, orné d'un ruban, complétait l'ensemble.

— Madame Vanier ! s'exclama Oscar, surpris et ravi de sa visite. Quel bonheur de vous revoir !

Antoine regarda avec admiration la « jolie dame ». Celle-ci ne reconnut pas le jeune homme aux épaules carrées et au visage avenant, dont les doigts étaient tachés d'encre.

— Je vous présente Antoine, dit Oscar. Il est comme mon jeune frère. Et un excellent typographe, ajouta-t-il, avec fierté.

Antoine inclina timidement la tête. Fanette pensa reconnaître l'adolescent qu'elle avait entrevu au poste de police, lorsqu'elle avait tenté de faire libérer sa tante Madeleine. Elle vint vers lui et lui tendit gentiment une main gantée de blanc. Antoine rougit et essuya ses mains tachées d'encre sur son pantalon.

— Enchanté, balbutia-t-il.

Fanette s'adressa ensuite à Oscar.

— Pouvons-nous parler quelques minutes ?

— Bien entendu.

Antoine, comprenant qu'il était de trop, saisit les ridelles du chariot.

— Je m'en vas porter les prospectus au bureau de poste.

Lorsque Antoine fut parti, Oscar offrit à son ancienne employée de s'asseoir.

— Puis-je vous offrir du thé ?

— Ne vous mettez pas en frais pour moi, dit-elle en prenant place sur une chaise. J'ai une proposition à vous faire.

Oscar rougit jusqu'aux oreilles. Fanette secoua la tête en riant.

— Ne vous méprenez pas. Il s'agit d'une proposition d'affaires.

— D'affaires ?

— Je souhaiterais investir dix mille dollars dans *Le Phare*. En contrepartie, je voudrais partager avec vous la direction du journal. Autrement dit, devenir votre associée.

Le reporter, qui ne s'attendait aucunement à recevoir une telle offre, resta bouche bée. Puis il prit la parole.

— C'est que… j'ai cessé de le publier.

— Pour quelle raison ? demanda Fanette.

Oscar haussa les épaules, embarrassé.

— Parce que vous n'étiez plus là.

La jeune femme lui jeta un regard ému.

— Maintenant, je suis de retour.

Elle poursuivit avec enthousiasme.

— Nous pourrions ajouter une nouvelle section au journal : des chroniques qui aborderaient toutes sortes de sujets d'actualité sur les arts, l'éducation, la santé, la vie quotidienne. J'ai examiné tout ce qui se publie au Québec en ce moment. Nous serions les premiers à nous lancer dans ce genre d'articles. Qu'en dites-vous ?

— C'est… c'est fort intéressant, répondit Oscar, dépassé par toutes ces nouveautés.

— Pardonnez-moi, je vous ai bousculé, admit Fanette en souriant. Je vous laisse le temps d'y réfléchir.

Elle se leva dans un froufrou de jupe.

— C'est tout réfléchi ! s'écria Oscar. J'accepte, madame Vanier.

— Appelez-moi Fanette. Après tout, nous sommes associés !

Oscar sourit de toutes ses dents. Ils se serrèrent la main pour sceller leur entente.

XCI

Madeleine faisait les cent pas dans le grand salon de Clara Bloomingdale tandis que sa compagne, installée sur un sofa de style
victorien, achevait la lecture d'un roman intitulé *Amours interdites*,
que l'écrivain venait à peine de terminer, après de longs mois de
labeur.

— Alors ? s'écria Madeleine.

Clara leva les yeux au ciel.

— Je t'en prie, Maddie, cesse de tourner en rond, tu me
donnes le vertige.

— Tu ne m'as pas dit un traître mot sur mon manuscrit depuis
que tu l'as commencé !

— Je te dirai ce que j'en pense après l'avoir terminé.

Madeleine s'affala dans un fauteuil et s'éventa avec une main.

— Tu ne sais pas ce que c'est que d'être un écrivain. Il faut
être fou ou masochiste pour faire ce métier. C'est comme se
donner en pâture à des lions !

— Si tu continues à m'interrompre, je n'arriverai pas à le
finir, protesta Clara. Va faire un tour dans le jardin et laisse-moi
lire en paix.

Madeleine fit ce que son amie demandait et ouvrit les portes
qui menaient à un beau jardin à l'anglaise, agrémenté d'un étang.
Elle marcha dans une allée bordée de verges d'or et de chrysanthèmes. Le temps était étonnamment doux pour novembre. L'air
embaumait le parfum suave des feuilles mortes. Madeleine prit
place sur un banc de pierre et contempla le vol d'une formation

d'outardes qui traversait le ciel vers le sud. Elle se laissa bercer par ses pensées. Sa vie s'était complètement transformée depuis sa réconciliation avec Guillaume. Ce dernier l'invitait tous les dimanches chez lui, autour de la table familiale. Rien ne plaisait autant à Madeleine que d'entendre le rire gai de Florence, la femme de son fils naturel, dont la gentillesse et la joie de vivre étaient irrésistibles. Les babillages de son petit-fils, Tristan, la ravissaient. L'enfant s'était d'abord montré timide, mais il s'était peu à peu habitué à sa présence. Maintenant, chaque fois que Madeleine entrait dans le logement, il courait vers elle en criant : « Mamie ! », ce qui la faisait fondre comme neige au soleil. Tristan adorait sa grand-mère, qui le lui rendait bien. Elle le gâtait au point où Florence devait parfois la gronder gentiment.

— Pas encore des bonbons ! Vous n'êtes pas raisonnable…

Guillaume n'avait plus jamais abordé avec sa mère la question de ses amours avec Clara, mais un jour il avait proposé à Madeleine de venir souper avec sa compagne, ce qui avait été pour lui une façon de montrer que, sans nécessairement comprendre une telle relation, il l'acceptait. Madeleine lui en avait été infiniment reconnaissante. Elle était convaincue qu'avec le temps son fils finirait par s'attacher à Clara, et même par trouver normal que deux femmes puissent s'aimer.

ॐ

Un vent plus frais se leva. Madeleine resserra son châle sur ses épaules et rentra. Elle s'approcha de Clara, qui était toujours assise sur le sofa. Le manuscrit reposait sur ses genoux et elle portait un mouchoir à ses yeux.

— Alors, tu as terminé ? demanda Madeleine, anxieuse.

Clara acquiesça en reniflant.

— Je crois que c'est ce que tu as écrit de mieux.

— C'est vrai ? Tu ne me dis pas cela pour me faire plaisir ?

— Je te respecte trop pour ne pas te donner une opinion franche. Ton roman est très touchant. On a l'impression de vivre au diapason du personnage de Béatrice. Lorsqu'elle se fait arracher sa fille au refuge, je t'avoue que j'ai pleuré.

Rassurée par l'avis de sa compagne, Madeleine alla porter son manuscrit à sa nièce. Fanette le trouva excellent et lui offrit de le publier par tranches dans le journal *Le Phare*. Bien que monseigneur Bourget dénonçât avec vigueur ce roman, qu'il jugeait « scandaleux et contraire aux bonnes mœurs », le feuilleton connut un immense succès. *Le Phare* tripla son tirage. Le journal comptait maintenant cinq mille abonnés.

XCII

Lucien Latourelle tentait de se concentrer sur la lecture d'un article, mais il avait la tête embrumée et un début de migraine. Il avait passé une partie de la nuit à faire la fête avec Mathilde et des acteurs de la troupe, qui présentaient un nouveau spectacle au théâtre Royal. Il avait repris ses mauvaises habitudes, continuant à s'endetter davantage et négligeant le journal. Certains jours, il ne prenait même pas la peine de se rendre à la salle de rédaction, ce qui laissait les journalistes et les employés dans le désarroi.

On frappa à la porte.

— Entrez, dit-il d'une voix pâteuse.

Le prote, monsieur Hébert, se montra sur le seuil.

— Monsieur Latourelle, pardon de vous déranger, mais il n'y a plus d'encre et le papier va bientôt manquer.

— Vous n'avez qu'à en commander, mon pauvre monsieur Hébert.

— C'est que… Il me faut de l'argent pour payer le matériel.

— Dans ce cas, vous paierez plus tard, lança Lucien avec insouciance.

— Plus personne ne veut vous faire crédit. Vous devez des sommes importantes à tous vos fournisseurs.

Lucien voulut parler, mais monsieur Hébert, qui en avait gros sur le cœur, l'en empêcha.

— Ce n'est pas tout. Les employés n'ont pas reçu leur salaire depuis près d'un mois. La grogne commence à monter.

Lucien prit sa tête dans ses mains. Il avait l'impression que son crâne allait éclater.

— Que voulez-vous que je fasse ? Les caisses sont vides !

— Si vous ne dilapidiez pas les revenus de *L'Époque* pour vos dépenses personnelles, nous n'en serions pas là ! s'écria monsieur Hébert, excédé.

Lucien, estomaqué par la sortie de son typographe en chef, qui était d'habitude un homme calme et affable, voulut répliquer avec fermeté, mais il balbutia lamentablement.

— La vie coûte cher.

— La vie coûte cher pour tout le monde, monsieur Latourelle. Le journal va à sa perte !

— Que voulez-vous que je fasse, Bon Dieu ?

— Monsieur Laflèche vous avait confié les rênes de *L'Époque*. C'est à vous de prendre vos responsabilités.

Le typographe quitta le bureau. Lucien, dans un mouvement d'humeur, balaya le pupitre avec une main. Des feuillets et des factures, qui s'étaient accumulées depuis des mois, se répandirent sur le sol. Une bouteille d'encre tomba par terre et éclaboussa le beau pantalon grège que portait le rédacteur. Il poussa une exclamation de dépit. Ce pantalon lui avait coûté cher. Les taches d'encre l'avaient complètement gâché.

La porte du bureau s'ouvrit de nouveau. Arsène Gagnon entra, l'air affolé.

— Patron, il y a des huissiers. Ils sont en train de prendre la presse et tout le matériel du journal !

Lucien se leva d'un bond et sortit en coup de vent. Un homme en redingote, portant une moustache et des bésicles, alla vers lui.

— Hector Robichaud, huissier de justice.

— Lucien Latourelle, propriétaire de ce journal. Veuillez quitter immédiatement les lieux.

— J'ai ordre de procéder à la saisie de tous vos biens.

— Vous n'avez pas le droit !

L'huissier montra à Lucien un document timbré de la Cour. Les reporters présents, ainsi que les typographes et les pressiers, observaient la scène avec consternation. Après la grève contre leur ancien patron, Prosper Laflèche, ils avaient placé tous leurs espoirs en Lucien Latourelle, un jeune journaliste rempli d'idéaux, qui avait appuyé leur cause. Et voilà que ce « héros », loin de leur apporter la prospérité souhaitée, avait tellement négligé la gazette que celle-ci était maintenant dans une situation désespérée.

Lucien était devenu très pâle.

— Je paierai les montants dus.

— Avec quel argent ?

— J'en emprunterai.

— Il fallait y penser avant, monsieur Latourelle.

L'huissier fit signe à trois hommes bien bâtis de saisir la presse Hoe, qui avait fait la fierté de Prosper Laflèche et permis d'augmenter considérablement le tirage de *L'Époque*. Lucien, se sentant complètement impuissant, retourna s'enfermer dans son bureau. Après la presse, les huissiers emportèrent les pupitres, les chaises, les lampes et même les plumes. Les employés, la mine abattue, quittèrent les lieux les uns après les autres. Bientôt, la salle de rédaction fut vide. Seuls quelques bouts de papier et un seau vide traînaient par terre, dernières traces de ce qui avait été un grand journal.

XCIII

La petite église de la Lorette était remplie à craquer. Tous les villageois s'y étaient assemblés pour célébrer l'union entre Sean et Marie, dont la tunique de daim, sertie de pierres et de sequins, cachait à peine son ventre arrondi. Lorsque le couple était allé rendre visite au curé Vincent pour lui annoncer son intention de se marier, ce dernier avait remarqué que Marie portait un enfant, mais cela ne l'avait pas offusqué. Bien que les Hurons fussent pour la plupart de fervents catholiques, ils avaient des mœurs plus libres que les Blancs. Pour eux, faire des enfants était la chose la plus naturelle du monde et ils ne voyaient rien de mal à ce qu'ils soient conçus avant le mariage.

Ce fut Noël qui conduisit la future mariée à l'autel, car cette dernière n'avait plus de parents. Ian, portant fièrement son uniforme d'officier, servait de témoin. Fanette, Julien et leurs enfants étaient assis au premier rang, en compagnie d'Amanda et de sa famille. Les deux sœurs échangèrent un regard chargé d'émotion. Leur rêve de réunir les O'Brennan s'était en grande partie réalisé. Leur frère Arthur manquait à l'appel, leur père et leur mère n'étaient plus que des souvenirs lointains, mais Sean, Fanette et Amanda, après des années de quête et d'errance, s'étaient finalement retrouvés.

Lorsque Marie s'avança dans l'allée, accompagnée par le petit orchestre de Thomas, dont les flûtes et les tambours résonnaient joyeusement dans l'église, Fanette se tourna vers Julien, dont les yeux étaient embrumés de larmes. Il revivait son propre mariage avec la femme qu'il aimait plus que tout, mais qu'il avait failli perdre à jamais. Il eut une pensée pour l'infortunée Marietta, dont la mort tragique l'avait délivré d'une union vouée au malheur. Comme si elle avait lu dans ses pensées, Fanette prit sa main dans la sienne. L'épreuve qui avait failli les briser les avait soudés encore davantage et avait resserré leurs liens.

La cloche de l'église sonna à toute volée. Les nouveaux mariés sortirent sur le parvis sous les hourras et les bravos des villageois. Les dernières feuilles tourbillonnaient dans le ciel pâle, annonçant déjà l'hiver. Mais les récoltes avaient été abondantes. Personne ne manquerait de rien.

Épilogue

Paris, 1889

Fanette, la tête penchée au-dessus de sa feuille, écrivait. La lumière d'une lampe jetait une lueur ambrée sur son profil délicat, à peine marqué par le passage des ans. Le son rêche de sa plume et le tic-tac d'une horloge remplissaient la pièce. Le matin même, elle avait visité avec Julien la Galerie des machines, l'un des pavillons les plus courus de l'Exposition universelle de Paris. Conçu par l'architecte Ferdinand Dutert, le bâtiment était une imposante structure métallique inspirée de l'Art nouveau, qui faisait fureur en France depuis peu. La veille, le couple était allé voir le Palais des industries, place du Trocadéro.

> « Imaginez un immense dôme central, écrivait-elle, orné de statues, dont la plus imposante est un ange qui déploie ses ailes dans un ciel couleur indigo. Le pavillon est entièrement éclairé à l'électricité. Vous avez bien lu : pas une seule lampe n'est alimentée au gaz. Devant l'édifice, une magnifique fontaine fait jaillir des trombes d'eau, à travers lesquelles un jeu de lumières électriques projette des couleurs qui se transforment au gré d'une musique de fanfare. Ces innovations techniques, éblouissantes en soi, nous permettent d'entrevoir ce que l'avenir nous réserve. »

Sa chronique serait publiée dans le *Journal de Fanette*, une gazette qu'elle avait fondée avec Oscar Lemoyne en 1875 et qui paraissait une fois par semaine. À force de persévérance, Fanette s'était bâti une excellente réputation comme journaliste. Même d'éminentes plumes, comme Arthur Buies, louaient son talent et saluaient son regard, à la fois enjoué et lucide, sur la société contemporaine. Quant au journal *Le Phare*, il connaissait un tel succès qu'il avait fallu déménager dans d'autres locaux. Par un étrange tournant du destin, Oscar et Fanette avaient finalement loué l'édifice qui abritait le défunt journal *L'Époque*. D'ailleurs, plusieurs anciens employés et journalistes de cette gazette s'étaient joints à leur équipe, dont l'excellent monsieur Hébert, le journaliste Hypolite Leclerc, le pressier Fabien Pronovost et le jeune Cloclo, qui était devenu typographe. Toutefois, lorsque Arsène Gagnon s'était présenté à la salle de rédaction, en quête d'un emploi, Fanette lui avait sèchement signifié qu'il n'y avait pas de place dans son journal pour une mauvaise langue et un fauteur de troubles.

Fanette déposa son stylo à plume et jeta un regard attendri sur Julien, qui s'était étendu sur un canapé pour faire une sieste. Il avait gardé un visage juvénile, malgré les nombreux fils blancs qui striaient sa chevelure. La carrière de son mari avait connu une nouvelle tournure. Une dizaine d'années auparavant, il avait décidé de se présenter comme député au provincial et avait remporté ses élections. Depuis, il avait entrepris des réformes pour améliorer les conditions de vie des ouvriers dans les quartiers défavorisés et en particulier le sort des enfants, afin de mettre un terme à leur exploitation sans vergogne dans des usines et des manufactures.

Fanette se leva et fit quelques pas vers la fenêtre. Elle ouvrit les volets et contempla le ciel de Paris, avec ses innombrables toits ardoisés et la myriade de lumières qui brillaient dans la nuit. La fameuse tour Eiffel se dressait à distance, telle une fusée prête à prendre son envol. Elle eut une pensée pour sa tante Madeleine, qui avait acheté, avec Clara, une petite maison dans la région du Berry, en France, non loin de la demeure de George Sand, et qui y coulait des jours heureux. Julien et elle iraient d'ailleurs leur rendre visite, après avoir assisté au concert que Marie-Rosalie, devenue une pianiste de renommée internationale, donnerait le soir même au Théâtre-Lyrique, situé dans la rue Scribe. Hugo, pour sa part, avait été reçu au Barreau et avait commencé une brillante carrière comme avocat, suivant ainsi les traces de son père. De son côté, Isabelle avait hérité du talent de sa mère et de sa grand-tante pour l'écriture et avait déjà publié un recueil de poésies, qui avait connu un bon succès d'estime. Son amie Rosalie avait fait la connaissance du docteur Brissette lors de l'inauguration des nouveaux locaux du journal *Le Phare*. Les jeunes gens étaient tombés amoureux et s'étaient mariés. Rosalie était maintenant la mère de deux beaux enfants.

De la fenêtre, Fanette aperçut un couple qui déambulait sur le trottoir, se tenant discrètement par la main. *Voilà une chose qu'on ne verrait jamais au Québec*, se dit-elle en souriant. Son regard se perdit à l'horizon. Quel chemin elle et sa famille avaient parcouru depuis leur exil d'Irlande ! Un long et terrifiant voyage à bord d'un « bateau cercueil » les avait menés vers leur nouvelle terre d'accueil. Sans le courage de ses parents, ni elle ni les siens n'auraient connu une vie meilleure. Amanda continuait de filer le parfait bonheur avec Noël, avec lequel elle avait eu deux autres enfants. Sean et Marie étaient les heureux parents de trois enfants et avaient mis sur pied un commerce de produits artisanaux, dont la renommée faisait accourir des touristes canadiens et américains.

Fanette referma la croisée et retourna s'asseoir. Elle termina son papier, qu'elle enverrait le lendemain par télégraphe à Oscar Lemoyne. Après tant d'années de labeur acharné, elle avait gagné le droit de signer ses articles de son propre nom. Elle trempa sa plume et apposa sa signature.

Fanette O'Brennan

∽

Emma Portelance, portant sa sempiternelle capeline de voyage, conduisait son vieux boghei. Malgré ses quatre-vingt-deux ans bien sonnés, elle avait encore bon pied bon œil et continuait à s'occuper de son domaine de Portelance. Son fidèle métayer, Isidore Dolbeau, était mort l'année précédente. Elle l'avait assisté jusqu'à la fin. Son dernier mot avait été « goéland ». Le docteur Lanthier et Emma soupaient ensemble une fois par semaine, parlant des nouvelles découvertes littéraires et scientifiques.

Le boghei roulait à bonne vitesse sur le chemin du Roy. Le soleil éclaboussait la route de taches jaunes. Emma respira avec délice l'air chargé des parfums d'herbes et de fleurs des champs. Tout à coup, elle aperçut une petite fille qui marchait au bord de la route. Son cœur fit un bond dans sa poitrine. Pendant un instant, elle eut le sentiment de faire un immense saut dans le temps. Elle revoyait Fanette à l'âge de neuf ans, marchant ainsi sur le bord du chemin. Emma, qui revenait de son domaine, avait failli lui rouler sur le corps. Elle avait arrêté son boghei et accouru vers l'enfant, qui gisait sur le sol. Elle l'avait ramenée chez elle pour la soigner, et toute son existence s'en était trouvée transformée à jamais.

La fillette se retourna et lui sourit en la saluant de la main. Emma, les yeux remplis de larmes, la salua à son tour.

Montréal, le 28 février 2014

Mot de l'auteure et remerciements

Tout le long de l'écriture de cette saga, j'ai consulté plusieurs centaines de livres, d'archives et de sites internet, qu'il serait beaucoup trop fastidieux d'énumérer de façon exhaustive. Je tiens toutefois à mentionner l'essai d'Adrien Thério, *Joseph Guibord, victime expiatoire de l'évêque Bourget*, publié aux éditions XYZ, qui m'a été d'une grande utilité pour l'intrigue autour de Victor Lemoyne. Joseph Guibord était imprimeur et membre de l'Institut canadien, condamné par monseigneur Bourget, l'évêque de Montréal, à cause des « mauvais livres » que contenait sa bibliothèque. Sur son lit de mort, Guibord a refusé de renoncer à son appartenance à l'Institut et a été excommunié. Monseigneur Bourget lui a refusé une sépulture catholique. La veuve de l'imprimeur a intenté un procès retentissant contre l'Église. J'ai mêlé des personnages fictifs à des personnes qui ont vraiment existé, tels Louis-Antoine Dessaulles, Arthur Buies, le curé Rousselot, le grand vicaire Truteau, monseigneur Bourget et même le pape Pie IX. J'ai bien sûr modifié les dates et synthétisé les événements aux fins de mon roman.

Le document *Enquête sur le serpent de la Martinique*, par le Dr E. Rufz, publié à Paris par le libraire-éditeur Germer Baillière en 1859, m'a renseignée sur les vipères « fer de lance ». L'article que Lucien Latourelle a écrit sur l'étiquette a été pris dans Arthur Martine, *Martine's Hand-Book of Etiquette, and Guide to True Politeness*, New York, Dick and Fitzgerald, 1866, p. 48. Le chant de marins *Partons la mer est belle* fait partie du folklore vendéen.

L'intrigue du vol des cadavres m'a été inspirée par un article publié dans le journal *Le Canadien* le 26 février 1866. Quant aux batailles des Fenians dans les Cantons-de-l'Est, je les ai regroupées en un seul événement, dont j'ai changé la chronologie pour les besoins de mon histoire.

Silvestra Mariniello, directrice et professeure titulaire du département d'histoire de l'art et d'études cinématographiques de l'Université de Montréal, a gentiment accepté de corriger les passages en italien dans le tome 7. Je l'en remercie de tout cœur. Merci également à l'écrivaine Sergine Desjardins, qui m'a permis d'utiliser « Une femme nouvelle » comme sous-titre de ma cinquième partie, inspirée du titre *La Femme nouvelle* de sa biographie sur la première femme journaliste du Québec, Robertine Barry, et à la romancière Louise Lacoursière, qui a confirmé l'utilisation d'arséniate d'antimoine pour le traitement des maladies du cœur au XIXe siècle. Un clin d'œil à mon amie Geneviève Lefebvre pour l'allusion au titre de son roman *Je compte les morts*, publié aux Éditions Libre Expression.

Toute ma reconnaissance va à ma directrice littéraire, Monique H. Messier, à mon éditrice, Johanne Guay, et à mon agent littéraire, Évelyne Saint-Pierre, ainsi qu'à l'équipe formidable de Libre Expression.

Mgr Ignace Bourget, copie réalisée en 1865,
anonyme, 1865, XIXᵉ siècle
© Musée McCord

Enterrement de Joseph Guibord au cimetière Notre-Dame-
des-Neiges. Gravure parue dans le journal *Canadian Illustrated
News* le 18 septembre 1875.

Retrouvez Fanette sur le blogue :
www.fanette.ca

Suivez les Éditions Libre Expression sur le Web :
www.edlibreexpression.com

Cet ouv... ...n 12,25/14,7
et achevé... ...les presses de
M... ...anada.

certifié   énergie
biogaz

chlore

Imprimé sur du papier 100 % postconsommation,
traité sans chlore, accrédité Éco-Logo et fait à partir de biogaz.